*My girlhood*

# 轮椅上的梦

张海迪 著

U1003725

中国青年出版社

**谨以此书**

献给我少女时代的朋友们

还有那些随风飘逝的岁月

……

张海迪

# 新版序

2025年的春天，中国青年出版社要再版我的长篇小说《轮椅上的梦》《绝顶》《天长地久》，这是我的生命中最宝贵的礼物。在此，感谢中国青年出版社，你是我文学阅读和创作的启蒙者。我也要感谢亲爱的读者，几十年来，你们的支持给了我鼓舞和力量。

2025年，我走进生命的第70年，其中65年我在病痛中度过，能走到今天，是文学给了我力量。童年起我开始自学，九岁就能读长篇小说了，每一本书都像闪烁的星光，照亮我的梦想。读书让我忘了病痛，只觉得云开了，雾散了，太阳出来了，世界无比灿烂。

1984年冬天，中国青年出版社约我写长篇小说，我想起很多作家，他们的小说拓展了我的视野，丰富了我的心灵。后来我就写下一本又一本小说。这三本书已经再版了很多次，能够拥有那么多读者，我真的很感动。

感谢中国青年出版社的编辑，这一版的编排为小说增添了文学的深意。

张海迪

2025年春天

# 致读者

二十年前，中国青年出版社出版了《轮椅上的梦》，那时候我还年轻。二十年间，这部长篇小说在好几家出版社一版再版，还在日本和韩国翻译出版。在此,我衷心地感谢亲爱的读者对这本书的厚爱，感谢编辑们为这本书付出的劳动！

青春的岁月随风而逝，一年又一年过去了，今天我的鬓边已经有了白发，可是书里的人物却永远年轻——他们是我的少女时代的伙伴，黎江、维娜、谭静、维嘉、和平、燕宁，相信读者会在书中找到我们共同的朋友。无论过去、现在还是将来，真诚的友谊都会在心中闪亮……

小时候我问母亲，时间是什么？母亲说，时间就是秋天的落叶冬天的雪，飘飘洒洒。我问她，时间在哪里呢？母亲说，其实，时间就在你的眼前掠过，比如春天的风，还有夏天的雨，时间总在急匆匆地赶路。今天想来，时间真的很快，二十年就这样悄然无声地过去了。中国青年出版社再次出版这本书，对我是珍贵的礼物，我也愿把书中美好的一切送给亲爱的读者，我对你们有着不尽的谢意！

张海迪

2011年12月3日

# 目录

# 01　记忆的河流

你见过我，你也许见过我，是在一列火车上。如果你穿过记忆的大门，你或许会记得，在靠车厢门口的座位上坐着一个女孩子，那时她十五岁，梳两条长长的辫子，辫子垂在胸前。她穿着红色的翻领毛衣，毛衣是手织的。要是你稍稍留意，也许会发现她的脸色有点儿苍白。你不知道在这以前的事，也不知道那时正在发生的事，更不知道后来发生了什么。但不管怎样，你是见过我的，要是你仔细回想，你也许会发现那个女孩子一路都没有说话，这样你或许就会觉得她很忧郁。你看她的时候，她把脸扭向了窗外，她从不愿让别人看见她的眼泪。后来她从一个花布书包里拿出一本有点儿旧了的代数课本，看一道很难的题，是一个方程组。对她来说，那本书很难。她默默地解着那个多元方程组，好像忘了周围的一切。她只想把这个方程组解出来，不让黎江笑话她，她很怕他看不起自己。你不知道黎江是谁，也不知道他对她有多么重要。她看书看了很久也没解出那道题。后来她就把书放回花书包。

突然就离开了城市，让她很迷惘，她不知道前面是什么。她想起一个词——未来。过去她觉得这是一个常常让她产生憧憬的词，也是一个常常让她激动的词。她不能准确地说出自己为什么激动，可她觉得未来总会发生一些什么，她就是为那些说不清的什么而激动的。未来是什么呢？她在想。这是一个时间问题。那时，她还不知道这是哲学家、天文学家和天体物理学家思考的问题。她想的是另一个概念，未来是什么时候？她觉得未来太远了，不像火车，有一个到达的时间，而未来是没有到达时间的，未来也许就是多年前她没想到的今天。也许是明年的今天，或是后年，或是……她想，未来就是一天又一天，一年又一年……

你见过我，是在火车上。那趟车咣当咣当开得很慢，在每一站都要停一会儿。你见过我，你也许会想起，她朝窗外看了很久，可你并不知道她在想什么。一切结束了，又重新开始了，结束也许就是另一次开始。她曾期待结束这一切，开始另一切，让所有的一切重新开始，就像蛹变成美丽的蝴蝶……

火车晃动着，窗外的田野一片片向后旋转，树木一棵棵向后闪去，还有记忆的河流……

# 02　十二色蜡笔

我那时很喜欢画房子，无论去哪里，都要带上我的十二色蜡笔。大人看见我画的房子都说我画得好，他们有的说，长大了当建筑师吧。我很想见到一个建筑师，看看他画的房子。我画的房子都是我自己想象出来的，实际上有没有那种形状的房子我不知道，我只是按照自己的意愿画，想怎么画就怎么画。我画的大多是楼房，楼都很高，有的楼顶飘着云彩。我开始画高楼的时候，我的腿已经不能走路了。我后来想，假如我从来没有病，也许就不会喜欢画高楼了。那一天，我从病床上坐起来，以为很快就能回家了，可医生说我还得再住下去。我害怕病房，病房里太安静，墙壁白得刺眼，还有一种可怕的气味，后来一闻到那种味儿，我就知道又要打针吃药，进手术室了。我总想逃跑，还想过黑夜里逃跑。得病之前我曾经从家里逃跑过，妈妈不让我自己上街，她说我还小。可我很想去，有一次，趁妈妈不注意，我偷偷跑了，我在大街上闲逛，还跑进商店里看玩具，天黑了我才想起回家。我累得走不动了，坐在地上，倚着一根电线杆睡着了……那时候，我还不喜欢画画，只想到处乱跑。在医院，我整天不是躺着就是坐着，我烦得常常大声尖叫。开始，护士一听我叫就赶紧跑来，怎么啦怎么啦？她们总是一脸慌张。后来她们就不紧张了。每次我发疯似的叫，她们就说，别着急，过几天就让你出院啦。可我不听，谁也无法让我安静。想不起又过了多久，我终于回家了。爸爸给我买了一盒蜡笔，还有图画本。我安静下来，开始画房子，一张又一张。我画的楼房里很热闹，每一层都有很多人。其实我的四周平时没有人，只有一只白猫。我很想跟人们说话，可我只能给自己说话。在我的记忆中有很多孩子跟我说话，我曾和他们在一起疯跑疯闹。离开他们，我在神经科病房里见到的几乎都是昏迷不醒的孩子，他们偶尔也说话，是说胡话，发出模糊不清的声音。我觉得很丧气，就回想那些和我说过话的孩子。可我那时总爱跟女孩儿吵架，我们互相翻白眼，互相呸对方。我从不和男孩儿吵架，有一次我在火车上见过一个会拉小提琴的男孩子，他一路总是对我笑，说实话，我很想再见到他。

有一天，爸爸说我们就要搬家了，搬到一幢楼房里。我找出很久不用的蜡笔，画了一幢红色的楼房，楼上的每一扇窗子都是敞开的，一个个孩子从窗口露出笑脸。我在楼前画了一个穿花裙子的女孩儿，她正扬起胳膊向新朋友问好，楼上楼下洋溢着一片温馨友好的气氛。我在楼房四周画满了奇异的花草。我毫不吝惜地把彩色蜡笔尽情涂抹在那些花草和女孩子的花衣裙上，还给每个孩子都涂上两个火红的脸蛋儿。

我们的新家真的是一幢红色楼房，虽然不像我画中的楼房那样花团锦簇，却比我画的端正和坚固得多。楼前有一排青青的柳树，树下是连成一片的绿草，几只洁白的鸽子正在草坪上悠闲地踱来踱去，还不时发出咕咕的叫声。我抬眼看看，楼上有很多窗子，可那些窗子几乎都关着，有的还拉着窗帘，把我的画中的孩子遮挡得无影无踪。

我的窗外有一棵柳树，几只小麻雀正在枝头上蹦跳着，叽叽喳喳地吵闹着。猫弟弟一进门就注意到它们了，它敏捷地跳到窗台上，圆圆的眼睛紧盯着小麻雀，射出贪婪的光。它翘起胡子呜呜地叫着，像只笼中虎似的来回踱着，对那些快乐的小鸟大耍威风。小麻雀们对这个突然出现的暴君很惧怕，在它发起进攻前，便一哄而散，逃走了。猫弟弟不甘心地伸长脖子东瞧西看，确信小麻雀们不再回来时，就扫兴地甩甩尾巴跳下窗台，懒懒地蜷到我的枕边做梦去了。我嘟哝猫弟弟，怪它一进门就把小鸟赶走了。

窗外几只鸽子还在不停地咕咕叫着，我趴在窗台上，看着它们，它们在说什么？咕咕咕咕，咕咕咕咕……后来我恍惚看见一群孩子拥到窗边，他们七嘴八舌地对我说什么，我跑出去，和他们手拉手围成一个圆圈，又唱又跳。那群鸽子拍着翅膀飞起来，在我们的头顶盘旋。我们的歌声很响亮，节奏很整齐，我觉得还有一阵叮叮咚咚的钢琴声。

我猛地睁开眼睛。

夜幕早已低低垂落，琴声却真的在响，真的是钢琴。一支美妙的琴曲飘荡着，忽而柔情似水，忽而声震如钟，忽而又仿佛携来习习清风。于是，月儿像游船，缓缓浮上夜的黑海，星儿像灯标，静静地闪烁在无边的夜空……我觉得心里仿佛荡漾开一片柔和的清波。

忽然，琴声一转，节奏变得明快起来，并且总是围绕着一个旋律回响。正在睡觉的猫弟弟醒了，它机灵地竖起耳朵，眼睛也瞪圆了，先是倾听片刻，随即一跃跳下床，在地上来回奔跑着，撒起欢儿来。拴在它尾巴上的小铜铃发出丁零零的响声，它被铃声吸引着，一刻不停地蹦跳着，打着转又扑又捉，可它怎么也捉不住自己的尾巴。看着它摇头摆尾，又笨又可爱的样子，我忍不住笑起来。我发现这铃声和着跳动的琴曲竟是那么和谐，我真想知道，隔壁是谁在弹琴。

# 03 小狗圆舞曲

喧闹而快乐的琴曲在一双白皙灵活的手下流淌着，叮叮咚咚敲击着夜的耳鼓。谭静熟练而流畅地弹奏着肖邦的《小狗圆舞曲》。这是她最喜欢的一支琴曲，那一串串闪动的音符就像一颗颗晶亮的珠子，轻盈地在琴键上跳跃滚动。

谭静不时抬头看一眼挂在钢琴上方的一幅油画，画中有一只可爱的长毛小狗，大脑袋披满了浓密柔软的毛，眼睛几乎都被毛遮住了。它的尾巴上拴着一只亮闪闪的小铜铃，小狗正使劲儿回过头，想咬住小铃。它那憨乎乎的体态，和它固执而焦急的表情更加让人喜爱。

每当《小狗圆舞曲》充满情趣和快乐的节奏在指尖上响起，谭静的目光就会情不自禁地落在这幅油画上。她的眼前时常出现幻觉，总觉得那只小狗真的就旋转起来，她甚至听到了小铜铃丁零零的响声。啊，尤其是今晚，她觉得铃声格外清晰，就反反复复地弹奏着，唯恐自己一停下来，美妙的铃声就会消失。

谭静很小的时候，就学钢琴了，一开始妈妈教她弹《拜尔》。一连串单调枯燥的练习曲把她缠得不耐烦，只要妈妈一离开，她就会随心所欲地乱弹一气。在她的手下，钢琴像一只发怒的小公牛，一会儿哼哼地吼叫，一会儿又发出呻吟。岁月在五线谱的更换中叮叮咚咚地过去了。随着钢琴奏出的优美清脆的旋律，谭静的性格渐渐沉稳了许多，并且产生了一种强烈的渴望，要把她所认识的世界用琴声表现出来。在她的弹奏中，枯黄的草坪变绿了，干涸的小河哗啦啦地唱起了歌，一群小鸟展开翅膀在她的眼前飞起来了……她被自己双手弹奏出的每一个音符吸引住了。从此，谭静爱上了钢琴，每支曲子都要反复练习，她不再感到音乐枯燥，音乐中有无穷的奥秘啊。她想将来长大了，要把每一个动人的故事都变成一支优美的钢琴曲，让每一个地方都回荡着琴声——山川、原野、天空、海洋。窗外，星河像一条闪光的五线谱，晚风揉响了月光的弦，一起融进了她的琴曲里……

# 04 女孩子们

在这座楼房里，我听见了一群女孩子的欢声笑语。每天下午放学她们都会又说又笑地跑进大院子，有时她们会互相追逐一阵，有时就说笑着跑上楼去。她们是些什么样的女孩子啊？我觉得有什么东西在我心里涌动起来。

一天下午，几个女孩子的笑闹声由远而近。我听见一个嗓音清朗朗的女孩子气喘吁吁地叫着，噢，追上了，追上了！怎么样，追上了吧？另一个女孩子发出一声惊惶的尖叫，接着是几个女孩子混在一起的笑声，我被这笑声吸引着。

谭静，你跑得真快，我们出了校门，走了老远还没见你出来呢，你跑得这么快，真是个野兔子。发出尖叫的女孩子喘息未定地说。

那个嗓音清朗朗的女孩子说，好啊维娜，你骂我，这下你可别想知道我带来的好消息了。

什么好消息，什么好消息呀？又一个嗓音圆润的女孩子插进来问。

燕宁，来，我趴在你耳朵上说。叫谭静的女孩子不知在做什么。维娜着急地大声央求着，谭静，谭静，你也告诉我吧，我再也不骂你了。

谁叫你们放学就跑啦？音乐老师到处找你们呢。谭静说。

真的啊？燕宁说，我以为今天不开队会就走了。

维娜又问，谭静，你快说，是什么好消息呀？

嗯……好吧。谭静说，刚才老师说，下星期三咱们学校歌咏队要去广播电台录节目，录合唱！

真的？

当然，不信你们去问老师，老师还说让燕宁当领唱呢！

嗨——！她们发出一阵欢呼。

哎，谭静，那我们录什么歌啊？维娜问。

老师说，就是咱们在新年联欢会上唱的那支。说着她轻声唱起来：不论天涯海角，远渡重洋，忠实的朋友永远在我身旁……哎，维娜，下面是什么词啊？

维娜小声唱起来：不论岁月动荡，啦啦啦……我忘了。

燕宁接着唱下去：不论岁月动荡，时光暗淡，友谊的火把为我们把道路照亮……后面几段词我也想不起来了。维娜，我记得在你家听过这支歌，你哥哥那些唱片里好像有。

那我们去找找。维娜说。

谭静问，可是我们没有曲谱啊。

我去找歌本。燕宁抢着回答。

谭静说，我们可是第一次录音，一定要好好练练。她又说，对了，老师说这次要录多声部，维娜你跟于海燕、庄志辉、刘援朝他们唱第一声部，我和李南征、宋小北还有许和平他们唱第二声部……

燕宁问，谭静，许和平怎么还没回来啊？

可能快了吧。

听着她们热闹的谈论，我恍惚觉得自己就站在她们中间，我在问她们，我唱第一声部，还是唱第二声部呢？

这时，维娜着急地催促着，燕宁，咱们快去你家找歌本吧。

好吧，走。

女孩子们说着，往楼上去了。

我有说不出的失望。她们的说笑声近在身旁，可我却被锁在屋里。我为自己不能像她们一样友爱而委屈，为我的生活中没有学校，没有老师，没有幸运的歌咏队而难过。我看见我哭了，我真的哭了吗？我常常想哭，可我从不在别人面前掉眼泪，更不在别人面前抽泣，我总是把眼泪憋到喉咙里咽下去。其实我很想哭一次，使劲儿哭，就像身边没有人，想怎么哭就怎么哭。我不想听人们说我勇敢，我其实不勇敢，一点儿也不，我心里总在哭，我总想使劲儿哭，我觉得那样哭会很快乐，我很想快乐地哭……我想认识那些女孩子，可我怎么才能让她们知道我的存在呢？

在这件事情上，猫弟弟很难说是一个称心的伙伴儿，它拒绝给我任何帮助。我写了一张热情洋溢的纸条，拴在它的脖子上，把它推出窗口，希望它能像童话故事里的鸽子或狗那样去为我送信，可是，不管我怎么催促、恳求，它就是不肯做我的信使，还带着我的信钻到床底下，用爪子和牙齿把信撕扯成碎纸条。

窗外的小柳树发出沙沙声，仿佛唱着一支歌。我想起那优美的钢琴曲，哦，歌声。歌声也许能把我的心愿送到那些女孩子的耳边。一连几天，只要外面有一点儿声音，我就大声唱歌。我相信，她们听见歌声一定会到我的床边来。我一遍又一遍地唱着，好像看见那群女孩子涌进门来，一下围坐在我的床边……

# 05　谁在唱歌

嘘——

谭静将手指竖在嘴唇上，瞪大了眼睛看着燕宁和维娜，又把耳朵贴在传出歌声的门上，她屏住气息，仔细倾听着。维娜和燕宁也紧挨着凑过来，围拢在她身边。她们小心翼翼地尽量不让自己发出声音。这一刻，她们的心全都怦怦地跳得很响。开始，她们听见这间屋里传出断断续续的歌声，谁也没有在意，以为是新搬来的女孩儿在唱歌，可是，好几天过去了，她们却没有见到唱歌的人。她每天都在屋里没完没了地唱，谭静觉得她不像是在练声，她甚至想，她这样毫无节制地唱歌会把嗓子喊坏的，现在，这个女孩儿的嗓子真的有点沙哑了……歌声弱下去，歌声消失了。谭静听见屋里的人好像在抽泣。她轻轻退到楼道里，把她听到的声音告诉跟过来的燕宁和维娜。嗨，你们说奇怪吧？谭静问道。维娜说，是很奇怪。在她们的生活中从来没有碰到过这样的事情，这歌声激发了她们的好奇心。她们仔细想想，觉得这歌声里好像有一种无法形容的东西，让她们的心感到震颤。歌声又响起来，在静静的楼道里，这歌声激起了空荡荡的回声，就像一个在旷野里迷失了方向的孩子向四周发出了无助的呼唤。

谭静紧盯着燕宁、维娜，她低声问，你们说这是怎么回事啊？

维娜摇摇头，露出一脸的困惑，她也想，屋里是个什么样的女孩子呢？

她们被这歌声牢牢吸引着，又一次轻手轻脚地来到这个上着锁的门前，出神地听着，这歌声引起了她们的幻想，她们按照各自的想象，猜测着屋里这个唱歌的女孩子。她是谁？为什么没见她出来过？

歌声再一次慢慢低落下去了。燕宁在这歌声消失之前退到了楼梯口，她招招手，谭静和维娜跟过来，燕宁轻声问，你们说，她是谁啊？

谭静摇摇头说，不知道。

维娜说，可是，你们听出来了吗？她好像很难过。

我也这么想。谭静说。

我认为咱们应该问问她，燕宁热心地说。

对呀！谭静立刻表示赞成，说话的声音一下提高了八度似的。

可是……维娜有点儿犹豫不决地问，那我们谁先去敲门呢？

我！燕宁自告奋勇地回答。

三个女孩子又一次朝那个上着锁的门走去……

# 06　十四岁

屋门传来轻轻的叩响。我问，是谁？

我们！

我们！

几个女孩子争相回答，又急切地问，嗨，你为什么不出来？

我……我不能出去……

为什么？为什么啊？

是做错事关禁闭了吗？

不，不是……

那为什么？

你们进来吧。我说。

可你的门锁着呢。

啊，钥匙就在门框上面。

好吧，你等着。我听见她们在门外忙乱起来。

我赶忙倚着被子坐好，又拉拉毯子，尽量把双腿盖严实。刚才的失望和现在的惊喜交织在一起，我有点慌乱，她们会做我的朋友吗？我在想。

燕宁，找到了吗？外面谭静的声音在催促。

别急……哦，在这儿。

一串钥匙碰在一起发出清脆的丁零声，接着门锁被打开了。屋门慢慢推开一条缝，一个女孩子小心翼翼地把头探进来，她看上去十四五岁的样子。她的一双弯月似的眼睛带着疑问，在一副白框眼镜后面探询地张望着。

我向她伸出手。

戴眼镜的女孩子闪身进来了，她好像有分身术似的，一眨眼进来了三个。她们带着惊异的表情来到我的床边，询问般的目光落在我的脸上。戴眼镜的女孩子穿着一件方格外套，白衬衣的领子翻在外面，她梳着乌黑的齐耳短发，头顶偏右边用红色玻璃丝扎着一个歪辫儿，圆圆的脸上那对弯月似的眼睛很秀气。见我目不转睛地望着她，就歪头一笑，她问，你叫什么？

这是很久以来第一个跳出我的幻想和我说话的女孩子啊！我，我叫方丹。我说。

我叫马燕宁。她说着转回身拉过身后的女孩子，指着其中一个说，方丹，你认识一下吧，这是我的同学罗维娜，又指指另一个说，这是谭静，也是我的同学，我们都在一个中学，不过她们和我不在一个班。

维娜正忽闪着一双大眼睛注视着我，一对柔软的长辫子垂在身后，雪白的皮肤像细瓷一样光滑，眉毛又细又长，几乎没进了鬓边的发丝里。她微笑着，嘴角边现出一对浅浅的酒窝。她的色彩淡雅的花衬衣别在蓝色的背带裤里，显得格外有精神。

她身旁的谭静个子最高，她修长的身材要比燕宁高出半个头，可脸上的神情却充满稚气，黑亮亮的眸子里洋溢着热情的光芒。她的脑后高高地扎着个马尾巴，光洁的额头上垂着一绺卷发，弯弯的像一个活泼的音符“2”。她穿了一件绿色的套头毛衣，一条咖啡色的灯芯绒裤子让她的腿显得很长，看着她，我想起了春天刚刚冒芽的小柳树。

方丹，你在看什么？你在猜我们谁大，是吗？谭静晃着额头上的小音符似的卷发问我。

我点点头。

谭静又介绍说，我们几个数燕宁最大，燕宁十四岁半，我和罗维娜都是十四岁。

我说，我也十四岁。

维娜说，真的，太好了，要是你在我们学校，说不定我们会在一个班呢。方丹，燕宁已经填了入团志愿书，她才十四岁半……

燕宁赶忙打断维娜说，这有什么了不起的？刘胡兰十五岁的时候就牺牲了。

谭静说，哎，一个人非得牺牲了才了不起呀？

燕宁说，谭静，你别忘了，刘胡兰正是因为不怕牺牲才了不起，毛主席才说她生的伟大死的光荣呢。

维娜笑了，她说，方丹，你不知道，谭静和燕宁碰到一起就爱顶嘴。

我看着她们，觉得有趣，有个爱顶嘴的伙伴儿多么快乐啊。

燕宁没有理会谭静，她回过头问我，方丹，刚才是你唱歌吗？

是我……可是我的嗓子……

方丹，你能唱那么高的音调，我就不行。维娜说，她又问我，你也是学校歌咏队的吗？

不，不是。

谭静问，你在哪个学校，你们学校有歌咏队吗？

我……我没有学校……

我知道三双眼睛都在惊奇地看着我。

燕宁问，你为什么不去上学呢？

我想上学，每天都想。

那为什么？你为什么不去上学呢？谭静紧紧追问着。

因……因为……我的腿不能走路，我也不能站起来……

三个女孩子都显出不知所措的样子，一时间屋里静极了。在这沉默中，我忽然觉得不安，她们为什么不说话？也许她们失望了，她们要走了，她们不会做我的朋友了，因为她们看到了，我是一个双腿瘫痪的女孩子，不能和她们一起去上学，也不能同她们一起去跑去跳……

方丹，你……你别难过……

一只手轻轻拉起我的手，友爱而温暖。我看到维娜的眼里噙着泪光。

方丹，我认为你应该坚强些……燕宁轻轻搂着我的肩头说，以后我们每天放了学都会来看你，好吗？说着，她坐在我的床边。

对，我们每天都会来看你。谭静说。

维娜看着我，眼睛里充满柔情，她很关切地问，方丹，白天你总是一个人被锁在屋里吗？

不，不是我自己，还有我的猫弟弟。我掀开盖在腿上的毯子。猫弟弟趴在我的腿边，对这样突然被惊醒很不满意，它张大嘴巴，卷起带刺儿的舌头，使劲儿打了个哈欠。

哎呀，猫咪！燕宁惊喜地叫起来。

猫弟弟听到燕宁的叫声，猛地支起四爪站起来，瞪圆眼睛，警惕地盯着我的新朋友，还扬起脖子嗅着她们带来的陌生而热烈的气息。大概觉得没有什么危险，就跳到床边，喵呜地叫了一声。

站在床边的维娜吓坏了，赶忙躲到谭静身后。燕宁亲热地抱起猫弟弟说，嗨，你们看，它的眼睛就像宝石一样。她轻轻为它梳理着毛，还把脸贴在它身上。猫弟弟惬意地眯着眼睛，对燕宁喵呜喵呜地叫着。多可爱的猫咪啊，你们看，它舔我的手呢。燕宁咯咯笑着，举起猫弟弟在屋里转了好几个圈儿，又坐在椅子上，从口袋里掏出一根红绸带，扎在猫弟弟的脖子上，精心地系了一个蝴蝶结。你们快看，猫弟弟扎上我的发结更漂亮了吧？她得意地说着，又把猫弟弟抱在胸前。

方丹，刚才你说猫弟弟，我还以为你真有弟弟呢。维娜在谭静身后露出脸说，她看着猫弟弟还是害怕。

谭静却对猫弟弟很感兴趣。方丹，你的猫弟弟会干什么？她问。

我说，猫弟弟是我的伙伴儿，它看我一个人在家里难过了，就会跳到我的胳膊弯儿里，舔我的手，或是叼着纸团儿在地上又跑又跳地追着把我逗笑。猫弟弟还是我的同学，我读书写字的时候，它会很安静地坐在我的对面，瞪着眼睛望着我，还喵呜喵呜地跟我一起读书。有时候，遇到学不会的地方，我不耐烦了，就把书扔得老远，可猫弟弟很懂事，它总是跑过去，用嘴叼着，把书拖到我床前……

多好的猫咪啊，这么聪明，就像童话里的猫一样。谭静听着猫弟弟的故事，更喜欢它了，她不停地摸摸猫弟弟的脑袋和鼻子。维娜也忍不住，伸手抚摩猫弟弟，猫弟弟却淘气地咬她的手，维娜一声尖叫又躲到谭静身后。猫弟弟淘气地追过去，扑捉维娜长长的辫梢，维娜几乎吓哭了。我连忙抱住猫弟弟，让它听话，我在它的尾巴上拴上了小铜铃，让它给大家表演。猫弟弟跳到地上，又蹦又跳地去扑捉，屋子里响起了一片铃声。

谭静看着猫弟弟转圈，突然一拍双手叫起来，怪不得那天我弹琴的时候听到铃声了，原来是真的！

我也觉得惊喜，没想到弹钢琴的是这位新朋友。我好像又听到那支优美的琴曲，猫弟弟也更加起劲儿地去扑捉小铜铃。铃声在响，琴声在响，欢快的旋律融进了我们的笑声里。

门开了，妹妹小米放学回来了。看到燕宁维娜和谭静，她惊奇地愣在了门口。

# 07　她和她们

这架半旧的钢琴是谭静最心爱的伙伴，平时它就靠在墙边，像一只神秘的宝箱闪着紫红色的亮光。琴盖下静静地伏着一群洁白的鸽子，鸽群里混进了一些黑色的燕子。每当谭静那修长灵活的手指从它们身上轻轻抚过，它们就会发出一片欢悦的合鸣，而且不同的指法会变幻出不同的景象，高音像叮咚的山泉，清脆地在山阶上跌宕，低音如浑厚的河流，轰鸣着发出巨浪翻卷的喧嚣。谭静最喜欢轻轻弹出一串琶音，听着震颤的琴声由强变弱，缓缓消失。

谭静常常梦见舞台上紫红色的帷幕徐徐拉开，她坐在钢琴前，双手在光亮如水的琴键上活泼跳动，欢快的乐曲飞遍了剧场的每一个角落，于是她就听见了热烈的掌声。而让她的梦有了真实寄托的，却是在认识方丹以后。过去她从未想到，自己会认识一个整天被锁在屋里的病女孩儿，从此，她就像被一根无形的绳子牵着，一放学就不由自主地来到方丹的床前。知道自己的琴声能给方丹带来快乐，她感到了一种从未有过的欣慰。她常常把方丹背到自己屋里，让她坐在床边听她弹琴。每当她打开琴盖，双手触键奏出第一声和弦，方丹的眼睛就会一亮。随着她富有表情的弹奏，方丹就沉浸在琴声里。她会静静地听她弹奏，直到听完所有的练习曲。

有一天谭静为方丹谱了一支钢琴曲，活泼流畅的旋律仿佛展现出一幅动人的画面：

秋天的树林，
风在沙沙地响，
金色的叶片闪闪发光，
一片片缓缓飘落，
如同金色的蝴蝶翩翩飞舞。

落满树叶的一条路，
跑来一个快乐的女孩儿，
风把她的长发向后飘起，
女孩儿一边跑一边笑。

她欢笑着跑进一条小河，
温暖的河水淙淙流淌，
女孩儿快乐地奔跑，
她的脚下溅起白色的水花。

天上飞过一群欢唱的小鸟，
女孩儿大笑着追它们，
和它们赛跑。
女孩儿不停地跑，
追着小鸟，追着小鸟的欢唱。

女孩儿的笑声穿透了迷蒙的阳光，
她不顾一切地跑，

河水喧哗着，

世界开满了花，

女孩儿永远不停地奔跑，奔跑

……

谭静的双手离开琴键，让那袅袅的余音在屋里环绕着。

忽然，她听见方丹耳语似的问她，谭静，你说那片树林真的那么美吗？

谭静从琴凳上直跳起来，满脸惊诧地看着方丹，不敢相信自己听到了什么。她看见方丹眼里好像闪着泪花，亮晶晶的。她又问，谭静你说那片树林真的很美吗？

嗨，方丹，你看见什么啦？谭静激动地瞪大了眼睛。

方丹摇摇头，我能看见，可是说不出来，我不知道怎么告诉你。她又说，谭静，你再弹一遍，再弹一遍吧……

谭静的双手不知不觉又落到琴键上，她一再地重复弹奏着这支琴曲，心里感受到强烈的震动。面对方丹向往的目光，她忽然从这支琴曲中发现了一些全新的意义。此刻，她不再是机械地按下琴键，不再是弹奏一支琴曲，而是在随着优美的旋律将那一切都带到方丹身边。她看着方丹的眼睛，仿佛觉得她的目光已经穿过了眼前的一切，看到了那片美丽的景色。

谭静的心在颤抖，她突然深切地懂得了方丹的孤独。每天清晨，当她们蹦跳着奔向学校的时候，方丹却孤零零地坐在一片寂静之中，周围的一切永远沉默地固定着。每天早晨，太阳悄无声息地把光影投射到不会说话的白墙上，到了傍晚，又不声不响地离去。窗外的小鸟总是唱着一支单调的歌，屋门也总是冷酷地板着面孔。在这种生活里，期待也会变得疲惫。

谭静的手指情不自禁地变得柔和了，仿佛在一笔一笔为方丹想象中的世界增添着色彩，让它变得更加美丽。她要让这琴声不断回旋在方丹身旁。放学后，谭静坐在琴凳上的时间更久了，她觉得自己弹琴的意义加深了，因为生活中出现了一个像她一样热爱音乐的女孩子，方丹就像一片干涸的土地汲取甘霖那样，聆听着钢琴的旋律，进入无限遐想的天地。

谭静看到方丹正在凝视着她，与她共同领略着琴曲表达的感情，这一刻，她觉得，世界只属于她和方丹两个人……

# 08　芭蕾舞鞋

谭静放了学，哼着歌跑回家，来到楼门口，刚要上台阶，从门洞里却闪电般跑出一个人，冲着她的耳朵大叫了一声，谭静！这突如其来的叫声把她吓了一跳，定神一看，禁不住高兴地叫起来，嗨，和平，你回来了，什么时候回来的呀？

和平背着鼓鼓囊囊的花书包，笑眯眯地站在谭静面前。她很满意谭静这副吃惊的表情，她期待的就是谭静情不自禁流露出来的意外的惊喜。她亲热地搂住谭静的肩膀，滔滔不绝地说，谭静，你没想到我今天回来吧？我姑姑说让我再多住些日子，可我早就着急了……

谭静看着和平赞叹说，你的裙子真漂亮！

真的？和平扯了扯镶纱边的白色连衣裙。

谭静说，什么时候学校再开联欢会，你就穿这件裙子。

好吧。和平兴冲冲地又说，谭静，我这次在上海舞蹈学校跟老师学了几套芭蕾组合。坐在火车上，我就想着一件事，回来以后一定先跳给你看看。我在那里每天练习，把脚都磨破了……

谭静看着和平，忽然有点走神儿，现在每天放了学去看方丹已经成了习惯，竟不知不觉忽略了以往生活中的某些事情，以至于和平突然出现在她面前的时候，她都感到惊讶。她有点儿惭愧，自己差点儿把往日最要好的朋友忘了。

和平还在说，谭静你知道，考试的那天我心里多紧张啊，我那会儿就想，要是你在我身边多好，我已经习惯听你给我数拍子了。不过，我还是跳得很好，没出一点儿岔子，我当时就觉得初试没问题，怎么样，一下就通过了……和平说着，两手合握在胸前，她快乐地笑着，几乎跳起来。

谭静也笑了，你走的时候我就说过，你保证能考第一名。对了和平，我也有好多事想告诉你呢，其中有一件最重要……

哦，是什么是什么，你快说……和平问。

谭静的语气变得兴奋起来，你刚去上海，咱们楼上就搬来一个叫方丹的女孩儿，她跟咱们差不多大，她要是知道你回来，又多了一个朋友，不知道会多高兴呢！走，我现在就带你去看看她。说着，她拉起和平的手。

和平一愣，脸上的热情一下冷却下来，眼里满是疑惑。这就是她所期待的重逢吗？从上海回来，第一件事就是来找谭静。这次去考上海舞蹈学校，有多少新鲜事啊！再说姑姑还送给她一双漂亮的芭蕾舞鞋，这一切她都想让谭静第一个知道，让她和自己一起分享快乐。没想到谭静却给她泼冷水，搬出一个不相干的女孩子插在她们中间，让人扫兴……和平猛一下抽出自己的手，一扭身子背着谭静，嘟起嘴巴，长长的睫毛垂下来，一脸的不高兴。

谭静转到和平面前，看着她的脸问，哎，和平你干吗？怎么不高兴啦？

和平抬起眼睛看一眼谭静，发现她那么真诚地望着自己，不禁觉得自己好笑。和谭静分别那么久，几乎天天都在想她，为什么刚见面就闹别扭呢？她不好意思地一笑，说，谭静，我跟你闹着玩儿呢。走吧，你先去我家，看看我的舞鞋吧，我……

你呀，真是的。谭静松了一口气，又说，我还以为你生我的气了呢。她大咧咧笑着，又拉起和平的手，走吧，咱们还是先去看看新朋友吧。

新朋友，新朋友，怪不得你……和平气咻咻地打了个转，她不愿再听谭静说话了，更不愿陪谭静去看什么新朋友。从一见面，谭静就忙着为她介绍朋友，根本不想听她说什么，也不想看她的舞鞋。过去……过去，她想起过去，每次暑假或寒假去上海的姑姑家，谭静都让她快回来，谭静给她写信，给她写好几封信。告诉她几个要好的同学的事，有时还把她正在练习的琴曲抄一段给她，让她先睹为快……可这次呢？和平想起，这次她在上海很少收到谭静的信，不，她就收到谭静的一封信。那时她并没有在意，她想谭静或许太忙了。别的同学放学后就是写写作业，可谭静还要练琴，谭静很勤奋，往钢琴边一坐就是好几个小时。对了，她还想起就在那封信里，谭静也说到了叫方丹的女孩子……方丹，方丹，刚搬来几天就和谭静好成一个人了。要知道，自己和谭静从一年级到六年级都是同班，中学也在一个班，谁不知道她们要好得形影不离呢？这次要不是想念谭静，说不定自己还不这么着急回来呢。考完试她都没有在上海玩儿一天，就回来了。想到这里，和平噘起嘴巴，猛一转身，一个人上楼回家了。

谭静愣住了，她不知道和平怎么了，过去她从不这样。尽管和平有时候也跟她耍点小脾气，可谭静不在乎，她太了解和平了，每次和平不高兴，还不等谭静说好话，她就会自己来找谭静。说实话，谭静从不想跟和平闹别扭，她对和平有一种同情感。小学一年级时，她去和平家玩儿，她看见一个五斗橱上摆着一个黑边镜框，镜框里是一个英俊的男人，和平说那是她的爸爸，他已经离开她和妈妈好几年了……谭静那一会儿简直说不出自己有多么难过，看着泪流满面的和平，她说她要一辈子做她的好朋友，一辈子……谭静那时只懂得一辈子很长，就是到老。从那天起，她们就成了最好的朋友，也就在那一年，她开始学钢琴，和平开始学舞蹈。放学后她有时为和平弹琴伴奏，和平就练习舞蹈。她们是那么友爱，那么协调。班里的女同学都羡慕她们，也有嫉妒她们的。可很少有人知道谭静对和平的那份深深的同情。她不想让和平不高兴，可和平却是真生气的样子。谭静不知道自己哪儿错了，唉，和平哪儿都好，就是爱耍小脾气……

维娜跑进大院子，远远就看见谭静站在楼门洞里，一动也不动。她连忙跑过来，谭静，你站在这里干吗？

谭静耷拉下脑袋嘟哝着，许和平回来了……

是吗？维娜惊喜地叫起来，可看看谭静沮丧的表情，就问她，谭静，和平回来我们就更热闹了，你干吗不高兴啊？

有什么可高兴的，看她那个样儿吧，觉得自己有多了不起似的，不就是会跳芭蕾舞吗。谭静又说，我对她好好的，可她不知道为什么就生气了。

那你怎么啦？

我没怎么。谭静把刚才的事说了一遍。

维娜听完就笑起来，她说，好了谭静，别生气了，人家许和平是把你当第一好的朋友呢。我现在就去找和平，让她给你说对不起。

给我？

对啊。

她才不会呢。

好吧，谭静，你等着。说着，她就朝楼上跑去。

和平正躺在床上，把脸埋在枕头里，听见笃笃的敲门声，一下跳起来，刚想去开门，却又站住了。心想，准是谭静，不理她！和平噘着嘴，又坐到床边，想了想，还是站了起来。谭静毕竟是自己最要好的朋友，干吗一回来就跟她闹别扭呢？她拉开屋门，眼前一亮，是你呀，维娜。

维娜扑进来，拉起和平的手转了一个圈儿，上下打量着她，笑盈盈地问，和平，是谭静告诉我你回来了。

和平好像没有听见维娜说谭静，只顾说自己的事。维娜，告诉你个好消息，我已经通过上海舞蹈学校的初试了。

太好了，我真为你高兴，和平。这些天咱们班里很多女生都说，许和平将来一定是芭蕾舞明星呢。

和平笑了，还有点儿掩饰不住的骄傲。她在想，谭静有了新朋友，可她还有维娜，维娜也是她最要好的同学，她还可以给维娜看舞鞋，让维娜看自己跳舞。她这样想着，又快乐起来。维娜，我学了一些芭蕾组合动作，你等着，我换上舞鞋跳给你看。和平说着，就去翻书包。维娜却拉住她，和平，我去叫谭静，还有我看看燕宁回来没有，我把她们都叫来，大家一起看你跳舞多好。

和平兴致勃勃的脸立刻又沉下来，她一噘嘴说，谭静根本不想看我跳舞，她急着去看新朋友，早把我扔到脑后了。

维娜笑了，她说，和平，我正要告诉你方丹的事，走吧，我带你去看新朋友。

又是新朋友！和平嘴巴噘得更高了，她一扭头，坐在床边，不看维娜了。

维娜跟过来问，和平，你怎么了？

和平说，我没怎么，我倒是想知道你们怎么了，我又不认识方丹，为什么非要去看她？你们为什么不让她来看我？

和平，你不该这样说……

和平见维娜神情不对，意识到自己有些过火，却还不甘心地小声咕嗾着，我不该这么说，又该怎么说？反正我没有她好，你们都去找新朋友吧。

维娜有点儿激动了，她说，和平，你就是不该这样说，谭静没告诉你方丹的腿瘫痪了吗？

什么？和平吃了一惊，她拉住维娜的胳膊，忽然瞪大眼睛，长长的睫毛扑闪着，好像想起什么似的，接着她又轻轻摇摇头。

维娜没注意和平的神情。她接着说，和平，方丹每天被锁在家里，她需要友谊，需要我们大家。在认识方丹之前，我觉得友谊是一件很平常的事，我们大家谁没有好朋友呢？可是，认识方丹以后，我才觉得友谊是很值得珍惜的……

和平觉得脸上发烧，不由低下头，她的嗓音也低下去，维娜，我……我真的不知道……谭静没有告诉我这些……要是……要是我知道这样……

维娜说，和平，这不怪你，方丹也在盼你回来呢，我们常常跟方丹说起你，说你会跳舞，她就更想早点见到你了。和平，你也会是方丹的好朋友。

和平的悔意更深了，她有点儿恨自己，从心里觉得对不起谭静。维娜，我……我该怎么办呢？她讷讷地问。维娜拉起她的手说，和平，那咱们现在就去方丹家，你给我们跳舞吧，我都要等不及了。和平的情绪被维娜鼓动着，又高涨起来，她回身抓起书包就要出门，维娜却说，和平，你还是先去找谭静吧。和平笑了，维娜觉得她的微笑是那么美丽。

几个女孩子来到方丹的门口。推开屋门，谭静高声叫着，方丹，看，我又给你带来一个新朋友！

和平一进门，就看见在窗边坐着的方丹，她的胸前柔软地垂着两根辫子，有点苍白的脸上眨着一双好看的眼睛。这双眼睛让她的心猛地一跳，她觉得自己在哪里曾经看到过这双眼睛……在哪里呢？她更仔细地打量着方丹，哦，她想起学校的绿色铁栏，几年前，那里经常有个女孩子坐在铁栏外的石阶上，两手紧紧抓着铁栏向里张望，那对眼睛深深打动过她的心。和平仿佛听见自己在问，你为什么不来上学？女孩子说，我不能……为什么？为什么不能？和平一连串地追问。当知道她是一个病孩子时，她真有说不出的难过。那天，和平隔着铁栏安慰她，还把自己心爱的《格林童话》送给她了……啊，是她，是她。和平来到方丹面前，她们不约而同地叫起来，是你，怎么是你呀？

这情景把维娜、谭静全都看呆了。

方丹拿出一本《格林童话》。她说，你们看，和平早就是我的朋友了。维娜、谭静都被感动了，她们以崭新的目光望着和平。谭静说，嗨，许和平，没想到你做了好事还保密呢！维娜说，许和平助人为乐，老师应该表扬。和平赶快摆手，不，不，这有什么啊。

和平，快给我们跳舞吧！谭静说。

和平弯腰换上芭蕾舞鞋，立起足尖，轻轻哼着舞曲，双臂像天鹅展翅般轻柔地举过头顶。她缓缓地移动双脚，仿佛一只洁白的天鹅在碧绿的湖水中轻抖着羽毛，欣赏着自己倒映在水面的美丽身影。一个旋转，湖水里泛起了一片波动的光环……

和平不停地旋转起来，汗珠开始顺着她的腮边滴落，但她还是不停地旋转、旋转。她看着方丹，就仿佛又看到了那个坐在绿色铁栏外面的女孩儿。她忘不了这双眼睛，于是，她就对她露出了微笑。她继续旋转着，看到方丹眼里的羡慕和赞赏，她就更加认真地旋转起来。她希望她的舞蹈能给方丹带来快乐，也希望能让谭静和维娜原谅她刚才的任性。

和平，和平，你跳得太好了！方丹赞叹着，她的眼睛一刻也没有离开正在飘舞的和平，那天她也穿着洁白衣裙，沿着学校绿色的铁栏向她走来，在丁香花丛中走来，手里拿着一本彩色封面的书。方丹笑了，以满含深挚友爱的微笑回报和平，重逢的喜悦像一条温暖的小河荡漾在她们心间。

和平，太棒啦！谭静第一个拍着手欢呼起来。

和平，你跳得真好！

和平真了不起！

不行，不行。和平说，我还差得远呢！说着，她坐在方丹身边，擦汗的手在脸上晃来晃去，遮掩着羞涩和几分得意。

方丹的眼睛牢牢地盯在和平的脚上，她被那双漂亮的芭蕾舞鞋吸引住了。鞋面上，雪亮的缎子闪着银白色的光，和平灵活的脚显得这么轻盈秀美。她不由自主地赞叹着，和平，你的舞鞋真好看！

你知道，这双鞋是姑姑送给我的，她跑了很多地方才买到的。和平弯腰解着鞋带说。

许和平，我也来穿穿你的舞鞋。谭静说着，拿过和平刚刚脱下的一只舞鞋，刚把鞋套在脚上，就叫起来，不行不行，我的脚太大了！

维娜凑过来，给我给我，我来试试。说着，她又拿过舞鞋，在脚上比了比，接着却遗憾地说，你们看，我的脚也不行。

嗨，方丹你试试吧。谭静忽然说。

对啊，方丹该你了。好几个女孩儿一起嚷嚷着。

方丹却忙说，不，不，我不……

和平热情地把舞鞋捧到方丹面前，一脸真诚的样子，方丹，你就试试吧。她说。

方丹迟疑地接过舞鞋，套在脚上，又系好鞋带。

多好看啊，正合适！维娜说。

和平也说，你们看，这双鞋就像为方丹做的一样！她又转过脸说，方丹，你看，你穿上舞鞋多漂亮啊！

方丹不敢去看自己的脚，她知道那双脚早已经变形了，但是在大家的赞叹中，她又忍不住把目光悄悄移到脚上去。她发现那双银白色的舞鞋使她的脚显示出一种奇妙的变化，看，它们不是像和平跳舞时那样足尖挺直吗？那绷紧的肌肉不是同样显示出力量吗？我也有一双会跳舞的脚啊！她多么快乐啊！她真希望像和平那样立起足尖飞快地旋转。她不由得抬腿就要下床，可是突然又停住了，这双腿仿佛不是自己的，因为它们完全不能按照她的意愿伸屈。她那颗刚才还发热的心一下就冰冷了。她低下头，脸涨红了。

方丹，你怎么了？和平赶忙问。

女孩子们都不安地围拢过来。

我……我不能跳舞……我跟你们不一样，也许永远……方丹说。

维娜说，方丹，别说永远，你的病也许很快就会好的。

和平说，真的，方丹，现在很多病都能治好……

谭静说，你们都别说这些了，维娜，和平，你们就不会说点儿别的吗？

对了方丹，维娜突然说，我想起来了，我哥哥说过，等将来医学发达了，所有的病都能治好，就连谁不小心掉了脑袋，都能换一个呢。

女孩子们笑了。

谭静说，维娜，你哥哥真会吹牛，世界上哪有这样的事啊？

不是吹牛。维娜着急地分辩说，我哥哥的一本书里就是这么说的。维娜，真有这本书吗？方丹一阵惊喜。

维娜想了想，十分肯定地说，有，方丹，我一定找来给你看看。

# 09　老式留声机

我很想快点见到维娜的哥哥，让他给我找来那本能换脑袋的书。可维嘉他们学校下乡帮农民干活去了，过几天才能回来。维娜每次说起她哥哥都很骄傲，维嘉上小学的时候，曾作为小学生代表访问过苏联，去过克里姆林宫，去过红场，还瞻仰过列宁墓。

维娜每天都从家里给我搬来一些书，那都是维嘉的书。我把那些书翻来找去，就想找到一个人能换脑袋的事，可那些书都是诗集和小说。维娜又找来她父亲的书，有几本真是和人有关的，比如《人是机器》《人和国家》《论人类不平等的起源和基础》等等。可我觉得读这些书很难，我也没能在书里找到换脑袋的内容。

一天下午，我听见有人从楼上咚咚咚地跑下来，还听到维娜笑着，又发出尖叫，有个男孩子大声叫着，维娜，你给我站住。维娜发出更尖锐的叫声，从楼上冲下来。我正奇怪，屋门嗵的一声被撞开了。维娜像一阵急风似的跑进来，她双手托着一大摞书，那些书摞得很高，最上面的一本正好抵着她的下巴颏。

维娜，你干吗？我问。

嘘——，维娜慌忙发出一声警告，顾不得说话，一闪身，像条鱼似的溜到门后藏起来。

这时，外面的脚步声已经追过来，男孩子喊着，维娜，维娜……脚步停了一下。一个十六七岁的少年出现在门口，他高高的个子，穿一件深蓝色的灯芯绒外套。他多么有趣啊！这是我第一眼看见他时发出的感慨。我新奇地盯着他，高高的鼻梁，尖尖的下巴，眨着一双褐色眼睛，他的头发也是褐色的，还毛蓬蓬的有点儿卷曲……这时他问，喂，维娜是不是跑到这儿来了？

我犹豫着，不知该不该告诉他，看看躲在门后的维娜，她正在冲我挤眼睛，我连忙摇摇头说，没……没有……

没有？他不相信地往前迈了一步，目光狡黠地盯着我，真的没有吗？我明明听见她朝这儿跑了，我敢肯定她跑到这来了。

我又看看维娜，怎么办？我用自己的目光跟她说话。

维娜很快地摇摇头，这下，那一大摞书猛地从她胸前倒下来，哗啦一声全撒在地上，最上面的那本一直跌到了屋子中央。维娜大声尖叫着，笑着，转身就想跑，却被拦在门口的少年敏捷地一把抓住了。好啊，这下你可跑不了啦！他气咻咻地叫着，举起了拳头。维娜用力挣脱了他的手，飞快地跑到我的床边，躲在我身后，那少年追过来，嘴里不停地嚷着，怪不得我的书少了这么多，我一猜就是你偷走了，没猜错吧？这回我可饶不了你！说着，他又向维娜举起了拳头。

我急忙伸出胳膊护着维娜，你，你别打维娜……

我就要打，她偷我的书，还把我的书摔得乱七八糟，今天我非得教训教训她，看她以后还敢不敢了。说着，他推开我的胳膊就要去捉维娜，我一把扯住了他的衣袖，喊着，维娜，快跑！

维娜灵敏地一闪，转身往外跑，那少年急了，猛地一甩胳膊，我觉得自己像被一阵旋风卷起来似的，轻轻一悠，就被重重地摔在地上。

那少年顿时愣住了，已经跑到门口的维娜也呆呆地站在那里，一脸的惊惶。接着，维娜扑到我跟前，着急地问，方丹，你摔疼了吧？你的胳膊流血了……都怪我，都怪我哥哥……她怒不可遏地冲到那少年面前，你赔你赔，都是你的事，都怪你！她握起拳头，使劲儿捶打他的脊背，他却站在那里一动不动，任凭鼓槌儿般的拳头落在他身上。直到维娜停住手，他才像猛地醒悟了似的，赶忙过来，弯下腰，把一只手伸给我，脸上充满歉意地说，对不起，你不要紧吧，来，我扶你起来……说着，他拉起我的手。

维娜却猛地推开他，怒气冲冲地对他嚷着，起来？方丹要是能站起来就好了！

他看看我，语气担忧地问，你摔坏哪儿了吗？

不，不是……那你……他显出更不安的样子。

维娜说，你知道吗？方丹的腿瘫痪了！

一听这话，他就像被火烫了一下似的。他弯腰轻轻抱起我，就像托着一件瓷器，小心翼翼地把我放在床上，然后，退了一步，用疑惑的目光看着我垂在床边的双腿。你的腿真的……我是说……你看上去很好……他抓抓毛蓬蓬的头发，又一次说，对不起，我一点儿也不知道……我帮你去找红药水……

我说，我有红药水，只是你别怪维娜，她拿你的书是为了我，我是想找你那本……没等我说完，他猛地转过身去，三把两把收拾起散落在地上的书，拍了拍灰尘，全都堆到我床上。这些书，你看吧。你还想要什么书尽管告诉我。要是你不生我的气，我会亲自给你送来的。他热情爽快地说。

我笑了，我说，刚才……刚才我还以为你真要打人呢。

他眨眨眼睛，做了个鬼脸儿说，这事儿都怪维娜，她拿我的书也不说一声，我马上就要考试了，可是俄语课本却不见了，怎么找也找不着。维娜把我的书翻得乱七八糟，我怎么能不着急呢？哈，你看，在这儿。他从书堆里抽出一本《俄语》课本，在维娜眼前晃晃，维娜脸一红，偷偷笑着把脸扭到一边去了。他友爱地向我伸出右手说，好吧，我们就算认识了。我叫罗维嘉，今后，我们就是朋友了。我握住他的手。

维嘉看看我的四周，我的桌上和床上除了书本，就是一盒蜡笔。维嘉问，你平时就自己学习吗？

我点点头。

这也是自己学吗？他翻开一本代数。

我说，是，我只能自己学习。

维嘉说，我不怎么喜欢代数，在学校这门功课最差……

我说，可我喜欢，我喜欢解题，有时候一道题做好多遍，等做对了，才发现不知不觉过了好长时间，那会儿我就忘了自己，也忘了自己是一个人在家。我总觉得奇怪，数学会有那么多的变化，可我学不会的时候就很着急……维嘉问，方丹，我能帮你做什么呢？

我说，维嘉，我已经看了你的好几本书了。

维嘉忽然说，方丹，你等着。说完就跑上楼去。

维娜一边帮我往摔破的胳膊上涂着红药水，一边说，维嘉真的吓坏了，我们要让他赔。我笑了。维娜又说，方丹，我哥哥其实很好，就是有时候爱和我吵架，啊，不，也许是我愿意跟他吵架。你知道，人家说哥哥和妹妹总爱打架，姐姐和妹妹就不打架，不过，我还是愿意有哥哥。告诉你一个秘密，要是有哥哥，他不怕你跟他打架，就怕你给他耍赖，有时候维嘉越让我做的事，我就越不做，气得他怪叫，又不敢打我……维娜说着自己先忍不住笑了。

我说，你有哥哥多好啊，可我没有……

维娜一边收好红药水和棉棒，一边说，方丹，今后让维嘉也当你的哥哥吧。

维嘉回来了，他两手搬着一个方方的木盒子，木盒上摞着几本书。维嘉把木盒放在桌上，先把书给我，他说，方丹，这是我喜欢的《福尔摩斯探案》，你保证也喜欢……维娜抢过来说，方丹，维嘉会讲很多福尔摩斯的故事，什么血字啊，巴斯克维尔猎犬啊……可是，不能让他晚上讲，你会吓得睡不着。

真的？我很想立刻就让维嘉讲一个吓人的故事。

维嘉却打开了木盒子，里面是一架老式的手摇留声机。他把一张乌黑光亮的唱片放在转盘上，摇着手柄上紧了发条，又把唱针放在唱片的边缘，唱片转动起来，发出沙沙的声音，唱针顺着波纹缓缓地一圈圈向唱片的中心转去，一首又一首好听的歌曲就在屋里回响起来。维嘉说，以后他会经常让我听他的留声机，还说，他会给我找来那本关于换脑袋的书。

# 10　维嘉的秘密

春天的夜晚带着温馨的梦悄悄潜入每一个窗口，一抹淡而柔和的月光透过薄薄的窗帘照进屋里，在窗前的地上投下一片朦胧的宁静。远处，不知谁家的挂钟当当地敲着子夜，那钟声带着轻微的震颤荡漾开来，像水中的涟漪，一圈圈儿扩散着，缓缓消失。

在这片朦胧中，黎江瞪着眼睛，丝毫没有睡意。今天公布的综合测验成绩表上，他又是名列第一。今年是黎江最重要的一年，即将面临高考，他希望自己也能像哥哥那样，不久的将来，胸前也戴上让他羡慕已久的大学校徽。现在距离高考只有几个月的时间了，自己必须加倍努力地学习。黎江想着，感到又紧张又愉快。

这时，黎江听见躺在他身边的维嘉发出一声深深的叹息。黎江心里觉得好笑，这家伙今天怎么了？上俄语课时，黎江就发现维嘉的情绪有点儿异常，他不知为什么显得心神不定。俄语是维嘉学得最好的一门课程，他那准确的发音、抑扬顿挫的语调、漂亮的译文，总是赢得老师的赞赏，女同学的羡慕。可是，今天在课堂上朗读普希金的一首诗，他却结结巴巴让人扫兴。回到座位上，黎江关切地悄声问，喂，怎么搞的？谁知道呢？维嘉自言自语似的，好像无法从一个固定的思绪中挣脱出来。黎江忍不住无声地笑了，一贯神采飞扬的维嘉被什么困住了呢？

黎江太了解维嘉了。从上小学第一天起，他们俩的座位就始终排在一起。跟维嘉在一起，总能让人感到单纯的快乐。他精力充沛，一脸无忧无虑的表情。有时候，他会充满激情地朗诵一首诗，让你热血沸腾；有时候心血来潮，做些让人啼笑皆非的事情。黎江想起，有一次学校组织看电影《英雄儿女》，看完电影，一连几天维嘉都处在一种激昂的情绪之中。黎江发现维嘉总是在偷偷摸摸地写什么，他问维嘉，他却露出初中生般的微笑。其实在黎江眼里，维嘉就像一个长不大的少年。看着维嘉神秘兮兮的样子，他没有多问，他知道维嘉是个绝对藏不住秘密的人,用不了几天他就会把一切都告诉他。黎江静静地等待着。想到这里,他不由得笑了。那几天，他看见维嘉上课总是坐不安稳，像只热锅上的蚂蚁，一下课就往学校传达室跑，几天过去了，十几天过去了，维嘉还是热情不减地往传达室跑。黎江都为他的执着感动了，这家伙到底等什么啊？黎江第一次忍不住想知道维嘉的秘密。那天下课，维嘉从传达室回来垂头丧气的，他在树下的石凳上坐下，深深地叹了口气。这时他才告诉黎江，他给《英雄儿女》中王芳的扮演者写信，寄到了北京八一电影制片厂。黎江笑了，问他，你在信里说了什么？维嘉的脸红了一下，说他只表示要向“英雄”学习。嗯,英雄的妹妹一定会被你感动。黎江说。他又问维嘉，你还写了什么？别的……没写什么。维嘉有点儿不自然地笑了笑。不用说，黎江的心里也明白了。维嘉继续等待，继续往学校传达室跑……最终，“英雄的妹妹”也没有回信。那天维嘉的耐心坚持不下去了，才告诉黎江，他爱上了“英雄的妹妹”，他给她写了十一封信！黎江那会儿很想大笑,可他只微微一笑,他从不会大笑,这让他有点憋闷。维嘉啊，可爱的维嘉！他心里这么想着，拍拍维嘉的肩头，和他一起出了校园……

唉。维嘉又发出一声叹息。

黎江知道维嘉准是又遇到难题了，不然，他是不会跑来跟他挤在一张小床上的。他忍不住问道，嗨，你这家伙怎么啦？又给谁写了信吧？唔，又写了什么？

维嘉没有回答黎江，而是反问他，喂，伙计，你说，有没有这么一本书，谈人类未来发展的？

你指哪方面？人类的未来？这个题目太笼统了，未来的发展是各个方面的，比如说，人类现在已经进入了太空，将来还可能到其他星球上去……你指的是哪方面呢？黎江一骨碌爬起来，望着维嘉问。

维嘉也爬起来，他在黑暗中看见了黎江眼睛的闪光，他说，比……比如说，有人想换一双腿……

为什么？黎江忍不住笑了，他问维嘉，你好端端的换腿干什么？这你别管，就说有没有这方面的书吧。

黎江认真地想了想，点点头说，当然有。什么书？

那太多了，比如《科学家谈二十一世纪》，那里面就是对二十一世纪的展望，到那时候，工业农业发展了，科学技术发展了，人类会创造出今天根本无法想象的奇迹。这么说吧，那时候，人们会把很多在今天看来只是幻想的东西变为现实，比如说，医学的发展会治好很多复杂的病，说不定人的器官也可以在必要的时候进行更换，还有……

维嘉没等黎江说完，就兴奋地说，嗨，伙计，那你快点儿给我找来《科学家谈二十一世纪》吧！

行。黎江毫不犹豫地答应了，他看看维嘉又问，你怎么想起找“我们爱科学”的书啦？

我是给一个朋友找的。维嘉说。

一个朋友？黎江心里笑了。

维嘉非常郑重地嘱咐黎江，你明天就找来，下午我要参加诗歌小组的活动，你把书送到我楼下的邻居家。他从桌上拖过书包，掏出个本子，借着月光唰唰地写了方丹的名字，哧地撕下来，递给黎江。

这家伙搞什么鬼啊？黎江见维嘉神神秘秘的样子，又觉得好笑，但他还是郑重地把那张纸条装进了贴胸的衣兜里，又躺下了。

维嘉躺在黎江身边，感到轻松多了。望着月光朦胧的窗口，他心里涌起一些感慨。生活常常向人们敞开一扇窗口，自从认识方丹，他就对她产生了深切的同情，他那颗一向无忧无虑的心仿佛一下变得沉甸甸的。一想到自己把方丹摔在地上，他就自责得几乎抬不起头来，尽管那不是有意的，可他仍觉得自己伤害了方丹。他想，当他伸手要拉她起来的时候，方丹心里也许很懊恼，他看出她总是竭力掩盖自己的缺陷，不让别人看出她的双腿是瘫痪的……

他想起，在他暗暗责骂自己的时候，方丹却在向他微笑，他知道她一定摔得很疼，可她却那么善解人意，用她开朗的微笑消除他的歉疚。后来方丹问他，你有一本能换脑袋的书吗？你能帮我找来吗？

能。维嘉不假思索地回答，那一会儿，他恨不得去为她摘星星，牵白云。他在方丹面前狠狠地夸下海口，只要她想看的书，只要天底下有的书，他都能给她找来。方丹说她只想要那本换脑袋的书。这一下，维嘉真像掉进自己织的网子里去了，维嘉常常爱云山雾罩地幻想未来，在他的幻想里，什么离奇古怪的事情都可能发生。有时他把这些幻想说成科学家的新发现，然后一本正经地讲给维娜听。维娜不相信，说他吹牛时，他就说他是书里看来的。换脑袋的事可能就是他对未来的设想之一。现在方丹向他要这本书，他到哪儿去找呢？接下来的那几天，他翻遍了自己家里所有的书，他发现所有的科学家都不敢像他那样大胆地去幻想。维嘉第一次遇到了一个无法解决的难题，没想到黎江这么容易就把这个难题解决了。他听着黎江均匀的呼吸，露出了满意的笑容。

第二天下午，黎江借了书，来到维嘉家楼下的一个门前。

笃笃笃。他轻轻敲了敲屋门，立刻听到一个女孩子清脆的嗓音在里边说，请进来。

黎江轻轻推开屋门走进去，只见屋里靠窗子的床边端坐着一个安静的女孩子，她的胳膊弯里正抱着一只眯着眼睛睡觉的白猫。看到黎江，她立刻现出一副友好的微笑，同时用好奇的神情打量着他，你找谁？她轻声问。

黎江环顾四周，见屋里没有别人，方丹在家吗？他问。

女孩子发出一串清脆的笑声，说，我就是。

黎江有点儿惊异，维嘉怎么会郑重其事地称这个女孩子是自己的朋友呢？过去他一向是瞧不起女孩子的。放学的时候，那些喜欢他的女同学用俄语对他说“达斯维达尼亚”，他都不屑回报一眼的。黎江不由得端详起眼前的女孩子，他觉得她很可爱。她的眼里似乎包含着无数个亮晶晶的疑问，阳光从她身后的窗外照射进来，把温暖的光辉喷洒在她那乌黑的头发上，洒在她那鲜红的毛衣上。

她又笑出了声。黎江一愣，这才想起一定是自己发愣的样子引得她笑了，他觉得自己的脸热烘烘的。

你干吗老站在那儿啊？方丹笑着问他，还歪着头用顽皮的目光打量他。

哦……黎江讷讷地告诉她，维嘉说让我来给你送本书……

快给我！方丹一听，就快活地叫起来。

黎江心里暗暗笑维嘉，竟让他给这么个抱着猫的小姑娘借《科学家谈二十一世纪》，可他还是走到她面前，从书包里把书取出来递给她。

方丹连忙把胳膊弯里的猫放开，接过书去翻看着。过了一会儿，她好像突然想起来似的，连忙说，我一高兴都忘了请你坐下了。她带着真诚的歉意指了指床边的椅子。

黎江不想辜负这个女孩子的一腔热情，就坐下了。可还没等他坐稳，方丹又说，你喝水吗？杯子就在桌子上，你自己倒吧。

这种坦率的客气，黎江还是第一次领略。他摆摆手，笑着谢绝了。谁知，方丹却又着急地叫起来，我的猫要跑了，她指指屋门，有点不好意思的样子。

黎江扭头一看，只见那只雪球似的小猫正在用爪子唰唰地扒着门缝，企图钻出去。他赶忙追过去，把那个憨态可掬的小家伙抱回来。方丹接过小猫，却把那本书碰落在地上，当他弯下腰把书捡起来的时候，心里有点儿别扭，不禁埋怨起来，维嘉，你的朋友可真是个地地道道的小公主啊！

黎江回到学校，开过团支部会，刚走出教室，一眼就看到维嘉正坐在走廊的一个窗台上等他。看到黎江，他显得很高兴，走过来攀着他的肩膀，黎江说他已经把书送去了。维嘉问，怎么样，方丹一定很感激你吧？

感激不敢当。黎江直言不讳地说，只是我以后不想再见到这个小公主了，自己的猫跑了，还要别人追回来……说着他走向楼梯。没听见维嘉的脚步声，他回头一看，维嘉还站在窗边，脸上的神情黯淡下来。黎江走回去，拍拍他的肩膀问，怎么了？

维嘉看着他说，黎江，你是个很幸运的人。

为什么？黎江问。

维嘉却反问他，你没发现方丹是个双腿瘫痪的女孩子吗？

黎江惊奇地瞪着维嘉，半天没说一句话，只觉得沉沉的暮色在四周弥漫开来。黎江默默地望着窗外，太阳已经在天边敛尽了它的光芒，那半个红红的火球正在缓缓地沉下去。方丹的笑脸又出现在眼前，黎江的耳畔好像又响起她那清脆的笑声。哦，他一点也没有注意她的腿，他觉得应该庆幸自己没有注意那双腿。他觉得，当他离开那间屋子时，方丹对他露出的微笑里似乎有一丝感激。

# 11　燕宁的计划

四月的天空格外晴朗，柏油路也被映得发蓝，街道两旁多么整洁啊，路边的白杨树上，新生的绿叶在一幢幢红色楼房和白色围墙的映衬下，显露出一片蓬勃的生机。燕宁手里抱着一束金黄的花，急匆匆地走着，一路上，她十分小心地躲避着来往的行人，生怕碰坏了手里的花束。她兴冲冲跑进楼门，把花束藏在身后，猛地冲进方丹屋里，大声说，方丹，看，我给你带来了春天！说着，唰地把花举到方丹的眼前。

啊，真漂亮！方丹赞叹着。

燕宁说，这是我在英雄山给你采的。

方丹捧着花，闻闻花香，她说，燕宁，我很长时间都没见过这样的花了，只是在梦里见过，梦里有数不清的花，红的白的黄的……还有蝴蝶，可是一醒来，那一切就不见了。我要是能去那儿多好啊！

燕宁恨不得用尽所有美好的词句来为方丹描绘英雄山的秀美。

方丹羡慕地听着，她说，燕宁，要是我能自由自在地去跑多好啊，我真想跑得很远，我想到原野上去和风赛跑，还想爬到山顶去摸摸白云……

方丹被自己美好的想象激动着，眼里露出无限向往。

燕宁觉得心里涌起微微的波澜，过去，她从来没有见过病在床上的女孩子。从第一次见到方丹，她就对她产生了无限同情。她很希望自己能尽力帮助方丹，可是方丹明朗的微笑像一团泛彩的迷雾，让人忽视了她的不幸。

晚上，燕宁坐在桌前，翻开了日记本。她觉得自己今天的感想太多了，她低头写道：

1966年4月5日　星期二　清明

今天是一个有意义的日子，学校少先队组织同学们到英雄山烈士陵园去扫墓。在雄伟的烈士纪念碑前，我们怀着深深的敬意，献上了自己亲手制作的花圈。春风已经吹来了。在烈士们洒下过鲜血的山坡上，开满了金灿灿的小花。这是幸福的花，这是和平的花。在山上，我想到了方丹，我采了一束花送给她，能够帮助她，我心里多么快乐啊！

燕宁停了笔，咬着笔帽，陷入了沉思。她一直觉得方丹的生活中缺少些什么。虽然，方丹在刻苦学习，各方面都不肯落在伙伴们后面，但是，她缺少集体生活，缺少思想进步方面的引导，因为方丹不能像其他伙伴儿那样参加学校的各项活动，也没有听辅导员老师讲新中国少年的崇高理想和肩负的光荣使命。燕宁注意到，方丹是多么渴望进步。燕宁悄悄观察过，每次她来到方丹面前，方丹就会盯着她胸前的红领巾。燕宁总是尽可能详细地把学校的事讲给方丹听。每当她讲起红领巾小队的春游活动，讲起夏令营迷人的篝火晚会，讲起他们下乡帮助农民收割庄稼时，少先队员们怎样排着整齐的队伍，迈着统一的步伐，歌声嘹亮地前进，方丹的脸上就会显出羡慕的神情，同时也发出一声轻轻的叹息……

燕宁想起辅导员老师曾告诉她，你是少先队大队长，应该时时刻刻关心和帮助同学，平时一定要牢牢记住，帮助一个人首先要从思想上关心他。

燕宁抬起头，目光落在桌上一尊小小的石膏塑像上。这是一颗不屈的头颅，这是苏联卫国战争女英雄卓娅面对德国法西斯毫无惧色、视死如归的头颅。罪恶的绞索套在她年轻的脖颈上，就像一个胜利的花环。燕宁知道，妈妈选在今天把这尊塑像放在她的桌上，是要激励她向卓娅学习。可是，现在不是硝烟弥漫的战争年代，她没有机会像卓娅那样悲壮地为祖国而英勇献身，不过，她要在平凡的生活中做些不平凡的事情，努力使自己成为一个人人敬佩的女英雄。想到这里，燕宁有些激动。帮助方丹这样一个双腿瘫痪的女孩子不正是一件不平凡的事情吗？燕宁埋下头又要写下去，钢笔却不出水了，在她凝思时，笔尖晾干了。甩了甩钢笔，她又庄重地写道：

我认为，方丹现在真正需要的是思想方面的帮助。我要把少先队的工作开展到校外，开展到方丹身边来。我想这是我的责任。我希望我们这个时代的每一个少年都能成为光荣的少先队员。我们要像葵花的一颗颗种子，紧紧地团结在一起，永远向着祖国的阳光仰起我们的笑脸。

燕宁觉得自己眼前出现了一幅十分壮观的图景，蓝天，白云，在迎风招展的红旗下，集合着全国的少先队员，每个人的胸前都飘扬着红旗的一角，红领巾汇成了一片红色的海洋。在这浩浩荡荡的队伍里，有她和所有的伙伴儿，他们是祖国的未来，人民的花朵，是共产主义事业的接班人……

燕宁写不下去了，一个美好的愿望在她心里萌发出来，她站起身，扔下钢笔，匆忙地掩上日记本，飞一般地向门外跑去……

几分钟后，燕宁把维娜、谭静、和平和小米召集到自己屋里。

窗外，星星在夜空里闪烁着，仿佛在遥远的地方有无数个这样的窗口都闪着灯光，无数个窗口里都开着这样“重要”的会议。

燕宁怀着一种自豪感对大家说，今天，我有一个很好的建议。我认为，咱们楼上的少先队员应该组织起来，成立一个校外红领巾小队，互相关心，互相帮助，让我们的校外生活过得更有意义。

谭静刚坐稳，听了燕宁的话，立刻站起来：哎，燕宁，你急急火火把我们叫来，就是为这事啊？我不同意！她抬起头，翻着白眼儿说，咱们在学校有大队，有中队，还有小队，今天开会，明天学习，后天大扫除，还不够忙的呀？干吗回家来还要约束自己，我弹琴的时间都快没有了。再说，我们大家平时互相帮助得不是挺好吗？不见得非成立个小队不可嘛。说完，懒洋洋地坐下了。

燕宁的热情受到挫折，她严肃地说，我认为，谭静的说法是一种自由主义的表现，少先队员无论何时何地都应该严格要求自己。

我同意燕宁的意见。维娜说着，举起了右手。

和平扑闪着长睫毛问，咱们成立了小队，做些什么呢？

燕宁说，我想，咱们首先应该帮助方丹学习。

这我倒同意。谭静举起手来。

我也同意。

还有我。

和平和小米也跟着举手。

燕宁圆圆的脸变得绯红，她激动地看着一个个伙伴儿，又说，我想我们这个红领巾小队最重要的责任就是帮助方丹在思想上进步，不光要学习好，还要懂得为什么而学习。大家同意吧？

同意。女孩子们齐声回答。又一次举起手来。

我也同意。燕宁自己也郑重地举起右手。

表决通过！她高兴地宣布，现在，我们选一位小队长吧。

我觉得，燕宁做小队长最合适。维娜的手还没落下，又举了起来。

同意！

同意！

女孩子们热烈地响应着，维娜的建议顺利通过了。

燕宁直了直身子说，今天，是我们小队成立的日子，我们应该做一件有意义的事。我认为，大家应该想一想，是不是可以吸收方丹加入少先队呢？

嗨，这有什么可想的？谭静爽快地说，方丹要是能上学，早就是少先队员了。

我也是这样想。维娜说。

小米望着燕宁，又感激，又钦佩。

谭静热切地建议，干脆，我们大家买一条红领巾送给方丹吧！

我同意。和平拍手叫起来。

燕宁扶了扶眼镜框，目光严肃地看看屋里的每一个人，认真地说，我们帮助方丹入队的目的，并不单单是为了送给方丹一条红领巾，而是要让她像我们一样，受到崇高理想的教育。比如说，我们应该把在学校里学到的东西告诉方丹，把学校少先队组织的每一次活动开展到咱们这个红领巾小队里来。我认为，只有这样，方丹才能真正了解和懂得入队的意义和少先队员的奋斗目标。燕宁看看屋里一双双眼睛，又说，我们下个星期天为方丹举行一个入队仪式怎么样？

同意！女孩子们又发出一阵欢呼。

维娜望着燕宁，露出由衷钦佩的表情，她觉得燕宁的学习觉悟和思想觉悟都很高，在学校燕宁就是那么出色，不但自己学习好，还常常鼓励同学们进步。她刚刚填写了入团志愿书，就找来她父亲的一本《联共（布）党史简明教程》，她的书包里就装着这本书。维娜觉得那是大人读的书，而燕宁总是让自己很快地进步。维娜觉得燕宁懂得那么多，她不仅知道列宁领导的十月革命，还知道那些革命的叛徒布哈林之类。

嗨，没想到燕宁还藏着这么好的主意呢。谭静高兴地叫着，心急地站起来，她说，那我们赶快去把这个好消息告诉方丹吧！

不行。燕宁赶忙一把扯住谭静，表情更加严肃地说，我认为，我们还应该规定一条特殊的纪律，在为方丹举行入队仪式之前，任何人也不许将这个秘密泄露给她，我们要让她得到意外的快乐。

对！

这个主意太棒了！

女孩子们都忍不住兴奋地欢叫起来。

几天过去了，准备活动都在悄悄地进行。

星期天的早上，燕宁把自己的房间收拾得干干净净，穿上了整洁的队服，雪白的衬衣外面套着学生蓝的背带裙，胸前端正地系着鲜艳的红领巾。她的心情快乐又兴奋。燕宁站在镜子跟前，梳理着自己的短发，她看到自己的表情显得有点儿紧张。过去，她在学校组织过多次活动，每次任务都完成得很漂亮，可是组织这次小队活动，她的心却有点紧张。

维娜、谭静、和平来集合了，她们也都换上了队服。女孩子们做好了所有的准备，一起跑下楼去。

推开方丹的屋门，她们呼啦一下簇拥到方丹的床前。燕宁看到，方丹脸上露出惊异的表情，她眨眨眼睛，看着她们问道，燕宁，维娜，你们今天要到哪儿去？为什么都穿一样的衣裳？谭静，和平，你们为什么都这么高兴啊？

小米在一旁，脸上也露出藏不住的喜悦。

方丹，我们是来背你到我家去的。燕宁笑盈盈地对她说。

到楼上去？燕宁，为什么？方丹十分惊奇。

方丹，先别问，去了你就知道了！谭静快乐得几乎要跳起来。

来，方丹，我来背你。燕宁说着，转过身，让方丹伏在她的背上。

我来背。谭静自告奋勇地挤过来。

我来，我来。女孩子们嚷嚷着。

大家都不要争了，还是我来吧。燕宁背起了方丹，伙伴儿们只好簇拥在她身旁。燕宁开始上楼了。平时放学回家，她飞跑着上楼，觉得三层楼的阶梯就像流水似的，很快就在脚下溜过去。可是一背上方丹，这一级级台阶就像突然变高了，每往上迈一步都很艰难。燕宁牢牢抓住方丹的双腿，一级一级往上迈着，不一会儿汗水就顺着鬓边流下来。她觉得两条腿不住地打战，呼吸也变得急促起来。抬头看看，她觉得眼前的一切都晃动起来，双腿好像就要跪倒了。她不由停住脚喘息着，真有点支撑不住了。

维娜和谭静几次抢着要替换她，燕宁，让我们来背一会儿吧。

燕宁咬咬嘴唇，摇摇头，又开始往上走。正因为艰难，这次活动才更有意义啊！她这样想。终于，她把方丹背上了三楼，背进了她的房间。她的白衬衣都让汗水浸湿了，脸上也淌着汗水，可这汗水和方丹感激的目光都让她心里充满了一种从未有过的自豪感，一种精神上的快慰。燕宁顾不得擦汗，就忙着和维娜她们安置方丹在她的床边坐好。

燕宁，你们到底要做什么呀？方丹看到大家忙忙碌碌的样子，又忍不住问。

燕宁终于抑制不住内心的激动站在方丹面前，扳住方丹的双肩，欣喜的目光盯住她，语气郑重地说，方丹，告诉你一件事，你一定会高兴的。我认为，今天是你值得骄傲的日子，我们……我们要吸收你参加少先队啦！

方丹听了，不敢相信地摇摇头，一时愣在那里。

方丹，这是真的。你不是盼了很久了吗？我们知道你会大吃一惊的。维娜望着方丹，快活地对她说，那对浅浅的酒窝闪动着。

谭静、和平也围在方丹的身旁，争着把这些天来一直憋在心里的秘密告诉方丹。谭静说，方丹，说实话，这些天我可憋坏了，好几次都差那么一点儿就说出来，吓得我只好赶快跑回家了。谭静的话把大家逗笑了。

燕宁，你们说的都是真的吗？方丹看看屋里的女孩子，声音发颤地问。

方丹，是真的。燕宁边说边走到敞开的窗前，抬手指指远处，碧蓝的天空浮着几片粉红的云霞，火红的太阳在楼群间露出笑脸。她望着窗外轻轻地说，太阳升起来了，就让它温暖的光芒照耀着方丹的入队仪式吧……

屋里的女孩子们爆发出一阵热烈的欢呼。

谭静、和平、小米一字排开，站在方丹的面前，目光都集中在仪式主持人燕宁身上。维娜双手托着一条崭新的红领巾，紧挨着站在燕宁身旁。

少先队员们，燕宁竭力用平稳的声调开始说，今天是一个不寻常的日子，我们的红领巾小队要在这里为方丹举行入队仪式。我们都知道，红领巾是红旗的一角，是用烈士的鲜血染成的，戴上它，就要时刻严格要求自己，要像珍惜生命那样，珍惜红领巾的荣誉。我们都要像刘胡兰、卓娅那样，英勇地为共产主义事业而奋斗。我们为方丹戴上红领巾，就是希望她和我们一起向着这个目标前进。方丹，来，接受这崇高的荣誉吧。

燕宁从维娜手里取过红领巾，为方丹系在胸前，又说，方丹，现在，举手行队礼吧。五指并拢，高举过头。别忘了，这意思是，人民的利益高于一切。让我们高举着队旗前进，星星火炬照耀着我们走向光辉的未来。让我们向队旗宣誓，时刻准备着！

身后响起女孩子们整齐而有力的合声。

燕宁激动地看看大家，说，今天，我们吸收方丹加入少先队，明天，我们还要一起加入共青团！她又转向方丹，无限深情地说，方丹，我们这里虽然不是开满鲜花的校园，虽然没有在晨风里呼啦啦飘扬的队旗，也没有震动人心的鼓号队和浩浩荡荡的队伍，但是我认为，我们现在的心情早已经超过了我们自己入队时的激动。方丹，你是在我们这个特殊仪式上入队的少先队员，希望你牢牢记住这个幸福的时刻。我们大家祝贺你！

维嘉来了，他胸前抱着几只白色的鸽子来到窗前，他低头看着鸽子说，嗨，鸽子，飞吧，你们也为方丹高兴吧。在热烈的气氛中，维嘉松开手，鸽子飞出窗外，呜呜地鸣着鸽哨，飞向蓝天。维娜拉着方丹的手说，方丹，从今天起，你就和我们一样了……维嘉也走过来紧紧握住她的手，说，方丹，祝贺你，我想黎江知道了也会为你高兴的。

方丹低头，轻轻抚摩着胸前的红领巾，哦，她曾悄悄地想了多少回呀。

燕宁坐在方丹的身边告诉她，方丹，这条红领巾是维娜送给你的，这是她去参加“三好学生”夏令营的时候发的，它代表着特殊的荣誉。方丹,我也要送你一件礼物,燕宁说着从书包里取出一本《革命烈士书信集》递给方丹。她说，这本书送给你，我认为，你应该学习一种英勇无畏的精神。燕宁又说，我想等你读完这本书，我们就组织一次朗诵会。

朗诵会？方丹欣喜地说，我从来都没有参加过朗诵会呢。

维娜问，燕宁，我们朗诵什么呢？

燕宁想了想，笑了，她说，内容嘛，暂时保密，过几天我会给大家布置任务……

维嘉过来打断了她的话。维嘉说，先别说你们的朗诵会，现在我们应该开个庆祝会，嗨，我们大家一起唱歌吧。

维嘉的后半句话被一片欢呼声淹没了。

维嘉跑上楼，飞快地搬来了留声机，他摇动手柄，唱片缓缓转动，一个优美的旋律响起来，仿佛我们正唱着歌从遥远的地方走来：

不论天涯海角，
远渡重洋，
忠实的朋友永远在我身旁，

不论岁月动荡，
时光暗淡，
友谊的火把为我们把道路照亮，
……

# 12　五封遗书

那个夜晚不像以往那么欢乐，过去我们凑在一起总是热闹地说个没完，而现在维娜、谭静、和平她们在我的床边静默地坐着，听燕宁讲朗诵会的形式和要求，沉闷的气氛是燕宁制造的，因为燕宁要给大家开一个特别的朗诵会——朗诵烈士遗书，而“烈士”就是我们自己。

维娜对我说，燕宁总是有一种活跃的思想，组织一些别人根本想不到的事。这样的朗诵会绝对是独出心裁，燕宁的主意是多么吸引人啊！

是很吸引人吗？那些在枪声中消失了的人们，他们活着的时候在铁窗里偷偷写下的几句话，还有铁镣在青石板的街道上留下的叮叮当当的回声。我为那些字句，那些情感、信念和理想，为那些牺牲的人流下热泪……可是，我从没想过我有一天要做一名烈士。燕宁要我们像烈士那样写遗书。也许是为了考验一下我们是否忠诚，是不是真的被烈士们的书信感动了。或者，她是想让我们不要忘记我们是这个少先队小队的一员。不管燕宁怎么想，我还是被那些用血和泪写成的文字感动了。虽然我从没有见过铁窗、刑场，我甚至想象不出那是什么样子，可我知道，他们失去了最宝贵的自由。

燕宁问我读了《革命烈士书信集》有什么感想的时候，我说，认识书里的牺牲者，我觉得自己的病痛算不了什么。燕宁说她也被这本书感动得热泪滚滚，只想早日成为共青团员。后来燕宁又让维娜、谭静，让和平轮流读过了。一连几个晚上大家都在讨论这本书。维娜说，她为其中的好几封信而泣不成声，那天晚上她读完烈士书信集，第二天早晨去上学眼睛还是红红的。谭静说她读了一半就读不下去了，她被那些烈士的壮志豪情感染着，只想弹钢琴，谱一支激越的琴曲。和平说，她读了这本书，觉得所有的一切都那么好。燕宁说，大家都被感动了，就说明这本书很有意义。她说，我认为，我们应该把这本书作为朗诵会的内容。她问大家，假如我们在白色恐怖时期，我们会怎么样？

维娜说，和敌人作斗争，像那些烈士一样。

谭静说，我们也印传单贴标语，也上街去大声演讲，手里挥着小三角旗，大声喊同胞们……

燕宁打断了她的话，我不是那个意思，我是说，假如我们被敌人逮捕了，关在铁牢里，明天就要赴刑场了，我们会做什么呢？

谭静很快乐地笑了，说，赴刑场？我们为什么要赴刑场啊？我们早就胜利了。

燕宁说，谭静，你严肃点儿，我是说假如我们赴刑场……

谭静又嚷嚷着，这不可能，我们不是好好的吗？

维娜赶忙劝阻谭静，她说，谭静你别吵，我明白燕宁的意思，燕宁是说……

看着燕宁和谭静认真的样子，我忍不住笑了，也说，真的呢，假如我们被关在铁牢里，我们会想些什么呢？

和平说，那我们就在牢里绣红旗。

我说，我们要唱，线儿长，针儿密……

燕宁的眼睛亮了，她说，对，我说的就是这个意思。我们还要唱就义歌，说着她就放开了嗓子：戴镣长街行，告别众乡亲……

我和维娜、和平也跟着燕宁唱起来：砍头不要紧，只要主义真，杀了我一个，自有后来人……

谭静不服气地扭过头去。

我们唱完，燕宁激动地又说，大家想一想，要是明天我们就牺牲了，今天我们会留下什么呢？

我说，我们……我们像烈士一样写遗书。

燕宁说，对，我想我会写遗书的。

我也是。维娜问，哎，可我们给谁写呢？

谭静说，当然给自己的同志了，比如一个地下组织的人。

我说，还给父母写，等到胜利了，让那些地下组织的人转交……

和平说，我想我会给妈妈写……呵，不……和平忽然不说了。

这时，燕宁一下站起来，表情激动地说，我想，我们每个人都写一封特别的遗书，嗯……不是给父母的，也不是给同志的，我们……我们……燕宁看看大家，她的脸红了，我还没见过燕宁脸红过。燕宁为什么脸红啊？

谭静问，给谁写呀，燕宁？

维娜也追问着，燕宁，你干吗不说话了？

燕宁说，我……我想……我们都给自己的未婚夫写一封遗书，怎么样？

什么？未……未婚夫？

我们一起叫起来，我们的脸都红了。我觉得这个词是让人脸红的，可我说不清它为什么让人觉得脸红，人做了错事才脸红，我们做了错事吗？

什么是未……未婚夫啊？谭静问，一副大惊小怪的样子。

维娜说，未婚夫……未婚夫就是正在谈恋爱还没有结婚的人……

我们的脸更红了。

谭静急火火地嚷嚷起来，什么未婚夫啊，我可没有未婚夫，我可没有……

和平也羞涩地低下头说，我……我也没有……

我没说什么，我在想未婚夫这个词，这个词很让人激动，听起来身体里好像有什么很热的东西在涌动。

燕宁见大家乱哄哄的，就说，别吵，你们都别吵，我只是这样比方。

这样比方也不行，和平说，我们还小，我们离着结婚还有好多年呢……

谭静说，我们怎么知道谁是我们的未婚夫啊？

我看看屋里每一个人，维娜的脸最红，可她没有像谭静那样大声叫嚷，只是小声说，这……这怎么写啊？

和平又说，我们这样做就像演戏一样，多不好意思啊。

燕宁的脸色已经恢复了正常，她说，那……那我们就算演戏吧，要知道我们扮演的是革命者，就像电影里的革命者，那都是演员扮演的，可我们不是被感动了吗？

我们不再争辩，一种庄严的情感从我的心底升起，维娜她们的表情也都严肃起来。

燕宁要求大家，每个人都给自己的“未婚夫”写一封遗书，她说烈士书信集里给自己爱人写遗书的最多，也许告别自己的爱人是最悲壮的。燕宁说，这是一次特别的小队活动，同意这个活动决定的请举手。

我们全都举起了手。

那天晚上，我趴在本子上写遗书，可我开了好几个头也写不出来。给自己的“未婚夫”写遗书？他是什么样子呢？我绞尽脑汁想象自己的未婚夫会是什么样子，高大，一脸络腮胡子，穿着白衬衣，衬衣上浸染着一道道血迹。他戴着手铐脚镣向我走来，我甚至听见了镣铐的沉重的拖拽声。可我怎么也看不清他的脸。我给他写什么呢？我翻开小说《红岩》，我想比着刘思扬写，可他有了未婚妻，他的未婚妻叫孙明霞，不行。我又想象他是成岗、龙光华，可他们都不像我想象的人。我又翻开《青春之歌》，想象着卢嘉川，我想给他写信，我被书中的情节吸引着打动着，看到他牺牲时，我流下了眼泪，他牺牲了，我还给他写什么遗书啊？我趴在桌上，还是写不出来，我觉得，写遗书比写信难多了。可这是红领巾小队的任务，我必须写出来……

又一个晚上。

燕宁宣布，朗诵会现在开始。

我们热烈鼓掌。

燕宁的神情兴奋起来，语气也有些激动，她说，那么下面我们就轮流朗读吧。她指指谭静说，谭静先开始吧。

谭静却说，燕宁，这是你出的主意，你应该第一个朗诵。

对！我们同声说，燕宁先开始！

燕宁没有推辞，她从上衣口袋里掏出一张纸展开，扶了扶眼镜，此刻屋里没有一点声响，我们从没有这么安静。燕宁开始朗读：

我亲爱的战友：

……

当你收到这封信时，我已经和你永别了，希望你不要为我的死而难过，不要为我的离去而悲伤，我的死是光荣的，我为伟大的事业而献身，还有什么能比这更崇高的呢？我曾和你并肩战斗，也曾和你分享胜利的快乐。我记得那时我们一起读书，你给我讲马克思列宁主义，你说我们总有一天会胜利。你还说如果革命需要，我们就应该献出我们的一切，甚至生命。由于叛徒的出卖，我不幸被捕，可是我保守了党的机密，敌人从我这里什么也没得到。虽然我就要死了，但是我是这样的无所畏惧，因为我已经看见胜利的旗帜在高高地飘扬了。我也听见了隆隆的炮声，我们的祖国就要解放了，我将迎着黎明的曙光奔赴刑场……

燕宁的声音从低沉到高昂，最后一句真的就像演员的朗诵，让人感到很壮烈。我忍不住流下眼泪，我想起卢嘉川，我已经为他的牺牲流了好多眼泪。我旁边的维娜眼圈也红了。她说，燕宁真了不起，她写得多好啊！

燕宁沉静了一会儿，看看大家，显然对这种效果很满意。她说，谭静这次该你了吧？

谭静露出一副骄傲的样子，从身后拿出一个小本子，低头翻了几页，看看大家，就抑扬顿挫地读起来：

我亲爱的同志：

……

我不知道这封信是不是能到你的手里，你收到的也许是一封被鲜血染红的遗书。自从被捕后，敌人对我进行了严刑拷打，可我什么也没说，在敌人面前，我只是放声高唱《国际歌》，敌人在我的歌声中颤抖着，向后退去。我相信我们一定会胜利的。你在信里说，你和同志们正在制定劫狱计划，明天清晨，我就要奔赴刑场了，不知道你们今夜的劫狱计划是不是能成功，我希望活着……最后注意，如果来营救时，请给我一个暗号，一声猫叫，或者一声狗叫，要不就……

谭静还没朗诵完，我们就笑起来，屋里的气氛轻松了许多。

维娜说，谭静你干吗又是猫叫又是狗叫啊，这么热闹早被敌人发现了。

和平说，谭静，真没想到，你还能找人救你呢。

我说，书里很多人都是在牺牲前被救出来的，有时候敌人正要举枪，营救的人就赶到了。

维娜说，对，一些电影里就是这样，每次看见枪口对准我们的人，我就紧张得喘不过气来，其实，大部分结果都没事。

燕宁坐在那里始终没有笑，她有点蔑视地盯着谭静说，我认为，谭静这样写是一种胆怯的表现，真正的革命者……

没等燕宁说完，谭静就一梗脖子说，可我觉得，只要有可能，我们就要保存自己的力量，这样才能保证革命的成功。

燕宁说，可是你要知道，叛徒都是因为贪生怕死才叛变的！

燕宁的话让谭静像个点着的炮仗似的跳起来，她对燕宁一连串地说，你才想当叛徒，你才想当叛徒呢！

屋里又乱起来，和平说，谭静你不会好好说吗？你这样吵，朗诵会还能继续开吗？

燕宁说，谭静，我认为你应该克服爱跟别人吵架的缺点。

谭静嘟囔着，谁叫你说我是叛徒啊？可是她的声音低下来了，屋里又重新安静下来。

这时维娜说，我们继续吧，方丹，该你了。

我拿出自己的遗书，觉得心跳得很快，这是给未婚夫的信啊！他到底是什么模样？假如我真有未婚夫，他收到这封遗书会怎样……我又想起卢嘉川，恍惚中看见他在读我的信，卢嘉川，卢嘉川……

方丹，你怎么了？快点儿啊！燕宁说。

我吓了一跳，赶快开始读我的遗书：

亲爱的朋友：

……

我是借着透进窗口的月光给你写最后一封信的，从此以后你再也收不到我的信了，我也再不能给你写信了，其实我多想给你写信啊，写很多，让它们像一只只洁白的鸽子飞向你的身边。如果我写一百封信，就像一百只鸽子向你飞去，一百只鸽子该是多大一群啊！可这是我给你的最后一只鸽子了，我就要死了，就在明天早晨。现在我在想，我为什么要死呢？人死了会怎么样？我知道，死了就什么也没有了，没有一切了，假如我没有了一切，别人还有，我愿用我的死为人们换来幸福……

屋里一片沉默。

和平说，方丹，你写得多美啊，我好像看见了那群鸽子……

谭静说，嗨，方丹，你再朗诵的时候，我要用钢琴给你伴奏，那一定更动人。

燕宁说，不过我觉得方丹写得有点儿轻飘飘的，不像真正的革命者。我说，这我还写了好几遍呢……

燕宁回头看看维娜，维娜没等燕宁说话，就拿出了一个红色的硬皮本，翻开一页，轻轻地读起来，亲爱的未婚夫……

维娜刚读出信的开头，屋里就爆发出一阵大笑。

谭静仰着脸哈哈大笑，和平一只手捂着嘴，把头扭到一边笑开了。

我想大笑，可看见维娜的脸忽地涨红了，就把笑声咽回去，可谭静却还在大笑，一边笑着跺脚，一边说，未……未婚夫……哈哈哈……

维娜满脸通红，她说，你们笑什么？我们每个人不都是给未婚夫写信吗？这是燕宁说的。

谭静不管不顾地大笑，她笑得跪在地上，趴在我的床边，我也笑得不行，和平开始捂着嘴笑，后来就直擦眼睛，她笑出的眼泪就像哭出的眼泪一样多。燕宁本来或许不想笑，可最后也忍不住了，她笑着说，罗维娜啊，罗维娜，谁叫你这样开头啦？

维娜拧起眉毛生气了，她说，你们都笑吧，笑吧，我不念了还不行吗？

我们赶忙使劲儿止住笑。

燕宁说，就是，这么严肃的事，你们却哈哈大笑，我认为这没有什么好笑的。好了，维娜，你继续吧。

维娜轻轻地朗读起来，那声音很迷人，就像一丝微微的凉风从我的心间掠过，可我觉得维娜遗书里的一些句子听起来好像很熟悉。她写道：

> ……
>
> 我是含着眼泪给你写这封信的，因为明天太阳还没有升起的时候我就要和你永别了。今晚我心里有说不出的难过，我多么留恋和你在一起的时光啊！你说过冬天到了，春天还会远吗？

你还说过，生命诚可贵，爱情价更高，若为自由故，两者皆可抛。现在我无限留恋的一切就要远去了。亲爱的，永别了……

嗨，真浪漫！谭静赞叹着。

燕宁说，不行，不行，维娜，你看你写的，像一个革命者的遗书吗？拖泥带水的。

谭静说，那就再加上一句，亲爱的未婚夫，让我们高唱《国际歌》，向刑场走去吧。

这时，燕宁像个指挥官似的把头转向了和平，说，该你了，和平。

我……

大家都读了，该你了。燕宁又说。

谭静很感兴趣地看着和平。和平站起来，两手放在身后，背靠在对面的墙上，头低着，一缕长长的柔软的额发垂下来，遮住了她的一只眼睛。

和平，快点儿啊。维娜也催促说。

可是和平只是低着头，她小声说，我……我不行，我写不出来……

那不行，燕宁说，大家都行，为什么你不行？

和平说，我就是不行，我就是想不出来，我实在想不出来，我为什么要去死呢？

燕宁说，许和平，你怎么跟谭静犯一个毛病啊？我们只是假设，就好比学代数总要有假设吧。

和平说，可这不是代数，你说的是死。

燕宁说，我说假如去死。

和平说，我不想假如去死。

维娜说，好了好了，别吵了，许和平，你念念不就完了吗？

谭静偷偷地笑了，她说，和平，让我们也认识认识你的未婚夫吧。

和平慢慢地从裤子口袋里掏出一张折好的信纸，走过来递给了燕宁，燕宁把信纸展开，顿时气得脸色发白，她说，许和平，你……她把那张信纸在空中一扬，屋里一双双眼睛都瞪圆了：那是一张白纸，和平一个字也没写！

大家把目光一齐盯在和平身上，和平这会儿很平静的样子，她依然背靠墙站着，她低垂着长长的睫毛，像一幅油画中的少女。和平多美啊！我从心里发出感叹。这时，我听见燕宁严厉地说，许和平，你为什么这样，你还有纪律吗，你为什么不写啊？

我看着和平，她只是轻轻地，一字一顿地说了一句话，我、不、想、死。

燕宁愤愤地说，许和平，就你事儿多，你以为烈士都愿牺牲呀？要都像你这样……

维娜也说，和平，你真是的，这又不是真让你去死。

和平轻轻抽泣开了，谭静连忙说，和平，算了，算了，你哭什么，不写就算了。说着，过去搂住和平的肩头。和平却哭出声来了，很伤心的样子。她抽抽搭搭地说，我……我不能死，我已经没了爸爸，我要死了，我妈妈怎么办啊？说着哭得更伤心了。谭静先跟着哭了，我和维娜的眼泪也流了下来。燕宁的眼圈儿红了，她站在那里再也没说一句话……

# 13　王子和仙女

燕宁组织的朗诵会在一片抽泣声中结束了，可从那天起，爱情却成了我们每天都要热烈议论的事。有那么几天，我们凑在一起时，关于什么是爱情的话题几乎要泛滥了。当然，燕宁没有加入这种议论，有时候我们正在说着有关爱情的事，燕宁一进来，维娜就会立刻换一个话题。维娜跟我说，要是燕宁知道我们在一起议论爱情的事，她准会到学校告诉老师。谭静说燕宁在学校追求进步，学习好，思想好，劳动好，什么都好，可就是爱把别人好心好意跟她说的事告诉老师，所以，有些事就不能让她知道。

我问，要是燕宁告诉老师会怎么样呢？

维娜说，那我们可能就要挨老师的批评。

和平说，要是老师知道我们谈论爱情，还不定会怎么样呢……

我问，为什么？

谭静说，因为爱情是大人的事。

那天，维娜看着我忽然问，方丹，你说，爱情是什么？

我说，爱情就是爱。

维娜笑了，说，爱情当然就是爱呀。

谭静翻着白眼儿说，什么是爱情啊？让我说，爱情就是一个男的爱上了一个女的。

和平说，很多芭蕾舞都是爱情的故事，比如那些芭蕾舞里都有一个王子爱上一个公主，要不就是王子爱上一个仙女。我想，爱情就是王子和公主或是王子和仙女的故事。

谭静说，嗨，许和平，那你就等一个王子吧。

和平噘起嘴说，好啊谭静，你小心，我现在不愿跟你吵就是了。

谭静说，哎，和平，我又不是说你的坏话……

维娜看着我，又问，方丹，你说爱情到底是什么呢？

嗯……我想……爱情就是两个人很要好，一起去散步，看电影……

维娜问，然后呢？

我说，我怎么知道啊？

谭静说，我们什么时候才有爱情啊。

那要等我们长大，我说。

我们什么时候才能长大呢？谭静嘟哝着。

和平趁机报复她，哎，谭静，你已经等不及了吗？那就……

我们大笑起来。谭静气得直跺脚，把地板跺得咚咚响。维娜说她，谭静，你跺这么响干吗，这又不是在你家。

呸！谭静说，我就跺，谁叫你们欺负我呀。

维娜又转过脸对我说，方丹，我总想知道明天是什么样，你想过明天会是什么样吗？

我想，到那时候，田野里跑着红色的拖拉机、联合收割机，星期天人们在一起跳舞，唱歌，年轻人到森林里去散步，然后在一个长凳上坐下两个人，男的说我爱你，女的也说我爱你。

维娜十分向往地盯着我，方丹，你怎么知道啊？

我说，你整天看小说，书里不是这样写的吗？

维娜不好意思地笑了，眼睛好像蒙蒙眬眬的样子，我觉得维娜真漂亮。

我发现维娜最喜欢谈论爱情什么的,她还喜欢读有爱情描写的书。她的书包里有时装着很厚的书，尽是些有爱情故事的长篇小说。谭静说，维娜是我们中间读长篇小说最多的一个。维娜总是把书中那些有爱情的片段读给我们听，她还在一些有关爱情的地方用红铅笔画了波浪线，有的书页还折了角。当我听维娜读一些很美的描写时，就觉得在什么地方有一朵花静悄悄地开放了，那是一朵美丽的无形的花，有时它在很远的地方，有时仿佛就盛开在我的眼前。它的美丽深深吸引着我，我很快乐，可又不知道为什么有点儿难过。那一会儿，我说不清自己究竟想做什么，也说不清自己在期待什么，但是，我却又分明正在期待发生什么。

一天晚上，维娜来找我，她不像平时一样，在门外就喊我的名字，而是悄悄进屋来的。维娜坐在我的床边，看着我，脸上一副想说什么又怕说出来的样子。我觉得奇怪，就问她，维娜，你怎么了？维娜抿着嘴唇不说话，脸有点红。我又问，维娜，你有什么事吗？维娜没有回答我，而是问我，方丹你说，我该怎么办呢？我笑起来，我说，什么怎么办啊？

维娜回头看看里屋，问我，小米呢？我说去找同学抄作业题了。维娜放心地点点头，可还是用很小的声音说，方丹，告诉你一件事，你知道……今……今天，我们班里的一个男生给我写了一封信。方丹，你说我该怎么办呢？

男生？给你写信？

是啊。

他……他为什么给你写信？

我……我不知道……

我说，那我也不知道啊。

维娜说，你应该知道……

啊，他……是不是他……一个男生给维娜写信？他写了什么？

方丹，你干吗不说话？维娜问我。

我说，维娜，那你问问燕宁和谭静她们该怎么办，我想燕宁也许……

不，不行。维娜说，我不能让燕宁知道这件事，给我写信的男生是我们班的文体委员，他常和燕宁在一起开会，还跟谭静组织文体活动，她们要是知道了准会在班里乱传。方丹，我只告诉你一个人，你可谁也别告诉啊，包括和平。

好吧。我又问维娜，你怕什么？

维娜说，方丹，你不知道这种喜欢就是……就是……

我问维娜，那你喜欢他吗？

不，维娜摇摇头。

我说，那你就跟他说你不喜欢他。

维娜蹙起长长的眉毛说，不行，要是我这样告诉他，他会多难过啊……

我笑了，那你就说，你喜欢他。

维娜好像吓了一跳似的说，不行不行。

那怎么办呢？我和维娜一起发出无可奈何的叹息。我们有一会儿没有说话，只是互相看着对方的脸，后来我们笑起来。我说，维娜，我们干吗唉声叹气的，有人喜欢你怕什么，说不定你长大了他就是你的未婚夫呢……维娜的脸一下变得通红，就像我发高烧时的脸一样。方丹，你……你别……别乱说啊。她急得叫起来。接着，她让我保证不把这件事告诉别人。我使劲儿点头，我说我保证。

维娜站起来，她说，我光给你说这件事，都忘了让你看看我新画的素描，今天下午黎明又教我画石膏像了。

黎明是黎江的哥哥，是艺术学院雕塑系的二年级学生，他每个星期六下午都教维娜画速写和素描。有时黎明还带维娜去艺术学院看他做雕塑。我问黎江的哥哥长得像谁。维娜又坐下了，想了想说，黎明长得跟黎江差不多，我总觉得他像一个电影里的人……可是像谁呢？维娜说着，笑起来，露出两个好看的酒窝。

我说，维娜，你一定很喜欢黎明。

维娜赶忙说，谁说的？我……我只是喜欢他做的雕塑。

我说，可我觉得你喜欢他。

维娜又说了一遍，谁说的，不是不是。

就是就是。我故意说。

就不是。维娜急了，不知再怎么说，我咯咯地笑起来。

门开了，谭静牵着和平的手跑进来，嗨，方丹你笑什么？什么事儿这么高兴啊？

和平说，我在楼门口就听见你笑了。

我刚要说什么，维娜却不许我说。

谭静来到我床前，看着我，故意做出一副审判我的样子问，方丹，快坦白，刚才你们在说什么？

我正说咱们班里的男生呢，维娜赶快说，我说他们一到打扫卫生的时候就偷懒……

谭静点点头，这倒是，还有呢？她又问。

维娜又说，我……我刚想说咱们班新来的那个女生呢，今天上课的时候，我回头看了她好几次……

谭静问，为什么？

维娜说，自从她来了，我总觉得是方丹坐在那儿……

谭静的兴趣立刻转移了。嗨，维娜，你是不是说她长得有点像方丹？

和平也猛一下想起来什么似的说，哎，你们一说，我觉得还真有点儿像……是有点儿，嗯……特别是眼睛，她的眼睛很漂亮。和平又说，方丹，我总想要是你没有病，我们一定会是同学，我们一起去上学，一起回家，还会一起写作业。

我也常这么想，我说，和平，你知道自己学习很难，特别是代数，有时一道题我做出了好几个答案，可就不知道哪个是对的，那一会儿我真……真的……

谭静过来搂住我的肩头，打断我的话，又说起新来的女生。维娜，和平，你们发现了吗？新来的那家伙很好看，可就是胸脯平平的，像个男孩儿，你们看方丹多丰满啊。

我连忙抱紧自己的两只胳膊，遮挡起胸脯，觉得脸上热烘烘的。

维娜说，方丹，你这儿真的像演员。

和平也说，你要穿上芭蕾舞裙，一定更好看，你看，我这儿就有点平。

我看看她们说，维娜这儿最丰满。

这回维娜的脸红了，方丹，还是你的丰满……

谭静忽然小声说，嗨，那我们脱了衣服比比，怎么样？

维娜叫起来，谭静你疯了吗？

谭静说，这有什么？她扬起下巴，挑战似的问，谁敢？

屋里一下静得没有一点声音。

你们都不敢吗？谭静又问。

其实我很想让维娜，让谭静、和平她们知道我好看。我在镜子里看见过自己的胸脯，它向上隆起，白皙柔软，富有弹性，它的顶端是一朵小小的浅粉色的花蕾。我曾为它的成长感到惊奇和慌乱，也为它的美丽感到骄傲和欣喜。我为什么不敢？我不是美的吗？我为什么不敢承认呢？我不觉轻轻地说，我……我敢……

我也敢。和平说。

维娜却抓着自己的衣角，说，我……我不是不敢，我是说……燕宁要是知道我们这样，准会批评我们……她的声音怯怯的，发抖似的。

谭静瞥了维娜一眼说，整天燕宁燕宁的，罗维娜，你自己没有脑袋吗？

我只是说燕宁要是……维娜争辩着。

谭静说，那我们谁也不许告诉她，燕宁总是故意把胸脯弄得平平的，有一次去洗澡，我看见她里面穿了一件很紧的马甲，把胸脯勒得很平，就好像这样才是革命者似的，可卓娅的胸脯不是高高挺着吗？

维娜说，谭静，你别这样说燕宁……

谭静说，我知道，知道你们两个好，你不就是想巴结她，早点儿入团吗？

维娜说，你……你才……

和平打断她们就要开始的争吵，说，谭静，你说你敢，你怎么不把衣服脱了啊？

谭静一听，一下脱了白衬衣，露出淡绿色的内衣，她说，那你们也得脱。

那一会儿，我们都有些激动，我好像能听见每个人的喘息声。我们要做什么？我真敢让维娜她们看见我的一切吗？哦……一切……一切是什么？维娜有点儿害怕似的说，那……那我们要关好门。谭静一听，马上跑去插上门。我们互相看着，却谁也不动了，我的眼前是维娜、谭静、和平粉红的脸庞，还有她们一对对好像忽然变得迷迷蒙蒙的眼睛。我觉得我在微微颤抖，两只手紧紧地握在一起。心里一个声音不停地问，我要做什么？我们要做什么啊？谭静又说话了，你们快点儿。我说，那我们把灯关上吧。说着我拉灭了灯，一片黑暗，只有窸窸窣窣脱衣服的声音。

好了吗？黑暗中谭静问。

没有，我说。

好了。维娜说。

和平接着说，我也好了。

忽然，我发现，当我的眼睛习惯了黑暗，一切又清晰起来，一束蓝色的月光从窗外倾洒进来，淡淡的，像弥散的雾，给眼前的景物罩上一层美丽的朦胧。我想起神话故事里的情境，那些夜晚到河边去的洗澡的仙女，她们抛开披在身上的轻纱，游到水中，只在河面上露出半身……真的是仙女啊，她们的皮肤洁白晶莹，她们的乳峰挺立着，我很想伸出手指去触摸，维娜羞涩地把头转向一边，和平低垂着睫毛，像是睡着了，谭静看着我，我觉得她好像换了一个人，站在那儿安稳得像一幅画里的女孩儿……

那是过了多久啊，这组“群雕”才活动起来。维娜悄声说，方丹，你最好看……我看看自己，我的一切像维娜她们一样，也许真的最好看，淡蓝的月光里，皮肤更显得洁白，向上隆起的乳峰丰满光滑……我有点紧张，我们长大了吗？这一切意味着什么？不不，我们才十几岁，我们还在成长，就像花儿等待开放……我们互相赞美着，每个人听到别人赞美时，却不好意思承认，明明知道别人不如自己好，反而说别人比自己好。我们互相欣赏，互相认识，我为自己，也为我们的美丽悄声欢呼着……哦，别的女孩子也像我们一样吗？

忽然有人敲门。和平没命地尖叫了一声。我们慌慌忙忙地穿上衣服，谭静一边系着衬衣上的扣子，一边说，嗨，今晚的事儿，我们谁也不准说。

只能我们四个人知道，我说。

和平叮嘱维娜，维娜，你有什么事都告诉燕宁，你会告诉她吗？

不会，我保证。维娜说。

谭静伸出小拇指，说，来，我们拉钩，谁要是泄密，谁就是叛徒。

我们拉了钩。

笃笃笃，又是敲门声。

我拉开灯，谭静跑去打开门。

进来的是维嘉，他两手抱着留声机，一脸的疑惑，我想也许他发现了我们不自然的表情。他问,你们在干什么？没……没干什么。我们说。没干什么？不对吧。他狡黠地看了我们每个人一遍。

谭静赶忙反问他，维嘉你来干什么？

我给方丹找来一张新唱片。维嘉说着，打开了留声机……

# 14　夏天来到了

一九六六年的夏天来到了。其实，我不愿回想那个夏天，我很想把它彻底忘掉，就当我从未经历过。可是，一个人要忘却自己经历过的某个时期是不可能的，谁也无法忘却，无论是欢乐还是痛苦。这样我就不能回避那个夏天，还有从那以后的事。

我就要去北京治病了。这个晚上，燕宁、维娜、和平还有谭静都围在我的床边。谭静说，嗨，方丹，等你回来的时候，我们大家都去火车站接你。

和平说，我希望方丹回来就上学去，我们在一个班，老师最好让我们两个坐一个桌。

谭静说，那不可能，方丹一定会和一个男生坐在一起。

维娜看着我说，谭静，你看你把方丹的脸都说红了。

谭静甩甩马尾辫，认真地说，哎，这有什么，我们不都是跟男生坐在一起吗？方丹当然要和男生坐在一起了。和平，我觉得方丹跟你旁边的那个坐在一起最好，那家伙学习好，还挺爱帮助人……和平的睫毛扑闪着，谭静，你是说刘援朝吗？她想了想，又自问自答似的说，嗯……刘援朝是挺好。她又对我说，刘援朝会吹笛子，还是文体委员呢。

文体委员？我想起维娜告诉我的秘密——给她写信的男生就是文体委员。啊，他就是刘援朝吧……我忍不住悄悄看了一眼维娜。这时谭静又说，许和平，你发现了吗？刘援朝开始戴眼镜了。

发现了。和平说，那天我就发现了，我跟他说话的时候，他总是扶扶眼镜，好像就怕别人不知道。

就是啊，有什么了不起呀。谭静跟着说。

听着谭静、和平的议论，我心里涌起一种说不出的快乐，就像那时的冬天从外面跑进屋里，全身一阵温暖。我很想知道刘援朝是什么样，我很想快点见到他。我这么想着，就觉得和他坐在一起了，他回头看了我一眼，我笑了，他也笑了。忽然，我想起那个在火车上见过的拉小提琴的男孩儿，那一次他就是这样对我笑的……

方丹，你不愿跟刘援朝坐一块吗？谭静问。

我一愣，猛地回过神来，又听见一片叽叽喳喳。

燕宁看看谭静、和平，扶了扶眼镜说，我认为方丹跟谁坐在一起是次要的，重要的是她能回到集体中去。我们一起读书学习，还有，方丹可以真正地参加学校的各种活动。

维娜紧接着说，我们还可以一起参加学校的歌咏队。

还有还有，过年的时候，我们一起参加联欢会，又跳舞又唱歌……谭静说着，几乎跳起来。

燕宁这时一脸的沉静，她说，我想现在我们应该让方丹面对现实，方丹，你治病一定会很痛苦，我们大家希望你坚强些，像卓娅一样什么也不怕。

谭静打断了燕宁的话，燕宁，方丹当然要面对现实，可她又不是让法西斯抓走了，有什么可怕的。

维娜说，好了，燕宁，谭静，你们别说这些事了，方丹的病一定能治好。

我让燕宁她们别为我担心，我说，在疼痛面前，我会很勇敢。

那天晚上，我和妹妹躺在床上，我说，等我治好病回来的时候，我要穿一条最漂亮的花裙子飞跑回家，像过去一样，我要在那条街上一边跑一边笑，我要一口气跑回家，旋风般地冲到维娜、谭静她们中间，那会是怎样快乐的情景啊。我说着，就仿佛看见维娜她们欢呼起来，维嘉眼睛睁得大大的，黎江也露出欣喜的样子……从此，在清晨的阳光里，我会背着书包跟维娜、谭静她们一起脚步轻盈地奔向学校，在校园的丁香花丛里，我会跟和平肩并肩，一边走着，一边读着有趣的书。在节日的舞台上，我会站在歌咏队里，和同学们一起放声高唱欢乐的歌……

妹妹不知什么时候睡着了，我睡不着，掀开窗帘向外望去，仿佛满天的星光，一个多么美丽的夜晚啊！

我开始关心爸爸妈妈的工作，从他们的言谈话语中注意他们的工作忙不忙，悄悄盼望着他们能早日带我去坐火车。要是哪天妈妈不停地洗衣服,我就想,妈妈一定是为出远门做准备。我也开始注意天气的变化,每天早晨，睁开眼睛第一件事就是趴在窗口看看是不是晴天。

一天维嘉来看我，我问他，维嘉，你说刮大风、下大雨的时候，火车还会开吗？

维嘉诧异地看着我，好像我提了一个不该提的问题，但他神情十分严肃地说，方丹，记住，革命者不怕狂风暴雨，历史的车轮永远向前。维嘉的回答坚决而肯定，语气中加进了一定的力量，眼里也闪着一种异常兴奋的光芒。维嘉的话还没说完，人已经冲到门外去了。我不能完全理解维嘉的话，也不知道现在的维嘉究竟在做什么。我只知道这段时间，维嘉忙极了，他来看我总是一阵风来，又一阵风去，我的视野里只飘忽闪过他的影子，就像外面有一种极强的引力在牵拉着他。我仿佛觉得维嘉从头到脚都在燃烧，只是看不见火光罢了。我多希望维嘉还能像过去一样坐在我的床边，讲一个福尔摩斯探案的故事啊。

我发现爸爸回家越来越晚了，而且，一回家就立刻把自己关在里屋写东西，有时还把妈妈叫进去，嘁嘁喳喳地小声商量什么。我听不清他们在说什么，只能闻到门缝里飘出的香烟味儿越来越浓。妈妈从里屋出来的时候，我的眼睛跟着她，想在她的脸色和目光里看出一点儿什么。尽管妈妈的表情和往常一样，但我还是从她变得有点迟疑的举止中隐约觉察到一丝潜在的忧虑。我预感到将会有什么不好的事情发生，却又无法推测那究竟是什么。于是，我有点惶惶不安。越是这样，我就越是害怕爸爸妈妈忘记带我去治病的事，可我又不敢说出来，只让我的目光在他们身上固执地跟随着，提醒着。

墙上的日历仿佛掀得慢了，在焦急的等待中，窗外小鸟的歌声变成了令人心烦的吵闹，猫弟弟不但不去驱赶小鸟，反而跟小鸟成了好朋友。它总是长时间一动不动地趴在窗台上，睁大眼睛，看着那些黄嘴巴、黄脚爪的小东西上蹿下跳。每一天都变得那么漫长，我心里一遍遍地喊着，时间啊，你为什么不插上翅膀飞走呢？

一天早晨，爸爸来到我的床前，坐在床边的椅子上，抬起大手拍拍我的脑袋。爸爸表情郑重，好像要告诉我什么大事情。爸爸，爸爸，你就要带我去北京了吗？

爸爸沉吟了一会儿，说，方丹，这些天你一定等急了，其实我和妈妈心里比你更着急。你知道，我们天天都盼着你能站起来……自从接到医生的来信，我和妈妈就做了准备，我们……借了钱，妈妈把手表也卖了……我低下头，眼泪流了下来。我不愿让爸爸看到我哭，可我的眼泪却总是这样不听话。爸爸用宽厚的大手为我抹去脸上的泪水，停了一下，又说，方丹，今天有些话我必须告诉你，希望你能理解爸爸的心情……这段时间我有一些非常重要的事情，一时恐怕脱不开身，嗯……去治病的事看来要等几天……方丹，我告诉你这些，是希望你不要着急，要相信你的病一定能治好。方丹，你一定要有耐心，更要有信心……

窗外好像发生了什么大事情，我常常听见远远的大街上传来阵阵喧嚣，那声音传到我的耳朵里已经变得隐隐约约很微弱了。我趴在窗口仔细听着，很想知道外面为什么那样热闹。与外面相反，楼道里的气氛却不像往常了。过去一到下班时间，我就会听见我们的爸爸妈妈互相问候。维娜的爸爸回家时总要唱着自己编的上楼号子，谭静的妈妈下班回家总是哼着一支好听的歌，女孩子们放学回来，也总是将一路的欢笑带进楼道里。而现在，楼道里只剩下人们匆匆的脚步声，在这里面，维嘉是最忙的一个人，每当他从楼上冲下来的时候，那脚步就像一阵急风暴雨卷出门去。燕宁也好像变得紧紧张张，匆匆忙忙，她那圆圆的脸带着一种掩饰不住的兴奋和欣喜。

外面究竟发生了什么事啊?

一天下午，院子里突然出现一阵骚乱，有惊恐的叫喊声，还有凄惨的哭嚎声，我急忙扑到窗口，看到院子里的人都向一个方向跑去，那里出了什么事啊？没过多久，我看见有四个人抬着一张木床急匆匆地向大门外跑去，木床上躺着一个人，我看不见他的脸，一件染着鲜血的衣服从头一直蒙到他的肩部。在他们跑过的地方，留下了一路血迹。有个女人脸色惨白，连嘴唇都失去了血色，她悲痛欲绝地哭嚎着，被两个人架着胳膊，两腿瘫软，趺趺撞撞地追着木床跑过去。

这时，燕宁、维娜、谭静、和平冲进门来，妹妹也跑进来，她们带进来一股恐怖的气息。

维娜一进门就坐在门边的椅子上。和平的脸色惨白，嘴唇直发抖。谭静黑亮的眼珠直在眼眶里打转。妹妹呆呆的，好像还没有从恐怖中回过神儿来。燕宁还算镇定，可是当她摘下眼镜揉眼睛时，却差点儿把眼镜掉到地上。

那个人怎么了？我问。

谭静神情异常恐惧，她说，方丹，你知道吗？刚才那个人跳楼自杀，摔死了！

我猛地打了个冷战，自杀？多可怕的字眼儿啊！过去我只是偶尔在书里看见过这个词，我觉得这是一个离我的生活很远的事。可……我怯怯地问，他为什么要自杀，为什么要这样？

燕宁说，因为他是个反革命分子！

反革命？我们身边怎么会有反革命分子呢？我不敢相信。他……他为什么要自杀？我又问。

燕宁说，我认为他这是自绝于人民。

和平用手背揉了揉眼睛，心有余悸地说，太可怕了！这是为什么啊……

燕宁镇定下来，重新戴好眼镜郑重地说，方丹，你知道，无产阶级文化大革命开始了，现在外面到处都开始揪坏人，我们学校也揪出了一些坏人。我们要给他们戴上高帽子，还要押着他们游街，就像当年斗争土豪劣绅一样。我想刚才那个人就是想逃避斗争，才走上了自绝于人民的道路。燕宁说着，心中好像燃烧起火一样的愤慨。

维娜战战兢兢地说，燕宁，你干吗说得这么狠啊？

燕宁看看维娜，激愤地一挥胳膊说，革命不是请客吃饭，不是做文章，不是绘画绣花，不能那样雅致，那样从容不迫，文质彬彬，那样温良恭俭让。革命是暴动，是一个阶级推翻一个阶级的暴烈的行动。这是毛主席说的。所以，我们对那些反动派绝不能客气。毛主席还说过，凡是反动的东西，你不打，它就不倒。

我震惊地望着燕宁，她在空中挥舞的手就好像指挥合唱队那样有力。

维娜也一定觉得惊奇，她的眼里充满了困惑和忧虑，她迟疑地问，燕宁，老师都打倒了，往后谁来教我们呢？

我们自己呀！燕宁的脸上泛起了红光，她看看我们每个人，又激动地说，毛主席说，世界是你们的，也是我们的，但是归根结底是你们的。你们青年人朝气蓬勃，正在兴旺时期，好像早晨八九点钟的太阳，希望寄托在……

可是……维娜打断了燕宁的话，她说，老师总是教咱们热爱祖国，热爱社会主义，热爱……

燕宁的声音提高了八度似的，她说，维娜，你知道吗？那叫糖衣炮弹！毛主席说……

算了，算了！谭静不耐烦了，插进来说，文化大革命是大人的事，你们争什么？

燕宁的圆脸涨红了，她一甩短发还想说什么，可能看到谭静不耐烦的样子，就咽了回去。和平什么也没说，她坐在一旁，那神情好像一只受了惊吓的小白兔，她惶恐地看看这个，又看看那个。她的脸色那样苍白，坐在那里显得十分虚弱。

我呆呆地看着燕宁，不知为什么，一种不祥的预感又袭上心头。

夜晚，窗外高不可测的天空里嵌满萤火虫似的星星，沉沉的夜幕下，星星湿淋淋地闪着光。很晚了，爸爸还没有回来，妹妹躺在她的小床上已经发出了轻轻的酣睡声。妈妈没有睡，还在里屋轻手轻脚地做什么。我睡不着，在黑暗中睁着眼睛，脑子里乱纷纷地塞满了白天的事情，那匆匆跑过的人群，那个蒙住头的死人，还有那滴滴答答的鲜血和燕宁那番毫不留情的话语……爸爸怎么还不回来呀？在黑暗中，我盼着爸爸快点回来，更盼望他一进门就对我说，明天就带你去治病。那样，我就能够逃离这儿发生的可怕的事了。我凝神聆听着宁静的夜里有没有爸爸的脚步声。不知过了多久，迷蒙中，我看见一个高大的身影正俯在我的床边，哦，是爸爸回来了。我不愿让爸爸发现我醒了，于是赶快闭上眼睛，在那短短的一瞥中，我好像看见爸爸的眉头紧紧蹙在一起，黑暗并没有遮住他满脸的忧虑。我感到忐忑不安。爸爸伸出宽厚的带着烟味儿的大手，轻轻摸摸我的额头，又转过身去看了看熟睡的妹妹，然后踮起脚尖走向里屋，一道亮光闪过，爸爸随手关紧了屋门，我又陷入了一片黑暗之中。

怎么回来这么晚？都两点多了。我听见妈妈轻声问道。

看来要出事了！爸爸语气沉重地低声回答。

我忽地一下爬起来，屏住呼吸，竭力想听清爸爸说什么。

一阵短暂的沉默之后，爸爸又轻声说，我已经列在第一批被揪出来的名单上了。

我不由打了个冷战，突然想起燕宁告诉我的事，我们学校开始揪坏人了，我们要给他们戴上高帽子，还要……我紧张地听下去。我倒没什么，心里是坦然的……可我最担心的是方丹和小米……特别是方丹……爸爸又说。

他们会把你怎么样呢？妈妈的问话含着无限担忧。

不外乎打成黑帮分子、黑线人物吧。说实话，我想不通……不过，不管黑的红的，总会搞清楚的，我们应该相信党……

爸爸妈妈悄声谈论的这些陌生的词句，过去我从没听说过，我感到迷惑，也感到恐惧，我觉得自己的心通通地跳得很响。我猜想爸爸一定跟那些黑色的东西有牵连。连爸爸都感到沉重的事，一定是非常可怕的。我支撑着身体的胳膊不住地颤抖起来。我屏住气，更仔细地听下去。

妈妈发出一声深深的叹息，她说，我真担心，今天那边楼上有个人自杀了，方丹在窗口看见了……

屋里又是一阵沉默，爸爸妈妈的说话声更小了，我已经听不清他们在说什么，只听到妈妈不断发出吃惊的询问和感叹。

吱——，过了一会儿，一阵轻微的拖拽声从里屋传来，好像从哪里拖出了一只木箱子。爸爸妈妈半夜三更要找什么？哧——哧——，我听见有什么东西被撕破了，好像是一摞纸。接着，撕扯的声音持续着，一阵比一阵急，一阵比一阵响。先是一双手在撕，后来是两双手。爸爸妈妈到底在做什么？为什么把那么多纸都撕了？

嚓——，我听见一根火柴被划着了，一股焦煳味儿很快从门缝里钻出来，啊，这是烧纸的味儿，一定是爸爸把那些撕掉的纸烧了。在这寂静的深夜，烧纸干什么？一种从未有过的不安从心底涌起，可怕的预感又一次像阴云一样遮在我面前。我很想再听听爸爸妈妈说什么，可是他们说话的声音低了下去，我只能偶尔听见几个模糊的不连贯的字，而没有办法猜测和连接那些字的意义。

烧纸的焦煳味儿继续在屋里飘散，我很想咳嗽，可我不敢咳出来，就使劲儿捂住嘴，我的嗓子却还是发痒，更想咳嗽了，我连忙躺下，把毛巾被紧紧蒙在头上。我感到害怕，双手紧紧抱在胸前，反复想着，究竟发生了什么事啊？

清晨，我被一阵轻轻翻动纸张的声音弄醒了，睁眼一看，爸爸正站在我床边的椅子上，往我的窗子上糊报纸，窗框上已经刷好了糨糊，爸爸用一些旧报纸往窗上贴着，窗子的上半部分已经被严严实实地糊住了，屋里的光线显得有些昏暗。这么闷热的夏天，爸爸为什么要把窗子糊起来啊？我以为自己还在做梦，赶忙揉揉眼睛，仔细一看，爸爸真的在糊窗子。

我猛地爬起来，叫着，爸爸，干吗把窗子糊起来呀？

爸爸从椅子上下来，向我转过脸，我看见他的眼里布满了血丝，脸上一副非常疲劳的神情，就像没有睡觉，过去爸爸彻夜写东西时就是这样。爸爸放下手里的报纸，搓着手坐到我床边的椅子上。

爸爸，为什么把我的窗子糊起来呀？我着急地又问了一遍。

爸爸说，方丹，这段时间外面很乱，我和妈妈商量了一下，暂时先把窗子糊起来……

可是爸爸……我噘起嘴，恳求地望着爸爸，我想告诉他，我只能在窗口看见外面，只有在这里我才有蓝天，才有一线阳光啊！我想说，爸爸别把我的窗子糊上，别……我也想说，我什么也不怕。可爸爸的神情异常严峻，他语气坚定地说，方丹，你要懂事，要相信爸爸这样做是有道理的。

我看着爸爸，又想起昨天下午看见的那个满身是血的人，一片沉沉的黑雾仿佛正缓缓飘向我的头顶。我害怕了，可还是低声恳求着，爸爸，别把窗子糊上，别把窗子都糊上……爸爸抬起手为我抹去淌到腮边的泪水，说，方丹，别难过，我相信这一切很快就会过去的。

虽然我心里很不情愿，却又不能不听爸爸的话，只得无可奈何地点点头。爸爸宽厚的大手轻轻拍了拍我的头顶，又走到窗前，继续往窗上糊着报纸。随着最后一张报纸的遮挡，屋里的光线骤然昏暗了。我的眼泪涌出来，心里有个声音在呼喊，我的天空，我的太阳……

# 15 直升飞机

黎江挤出纷乱的教室，沿着教学楼的长廊走着。高大的窗户外面，知了正躲在白杨树的绿叶中起劲儿地鸣叫。进入夏季，气候开始变幻无常，忽而沉闷得令人窒息，忽又电闪雷鸣，大雨滂沱。树木在热风中摇来摆去，浓密的树叶在烈日下哗啦啦翻动着，发出耀眼的亮光。

热风搅扰着人们的生活。

这段时间，谁都能感觉到一场巨大的社会变革正以迅雷不及掩耳之势，飞快地冲击着生活的每一个角落。一切常规都被打乱了，空气在动荡中颤抖着，好像被热气炙烤的火药，随时都会轰然一声爆炸开来。

学校里失去了往常的秩序，中学生们纷纷成立了红卫兵组织，维嘉也在一个晚上戴上了红袖章，突然成了学校里引人注目的人物。他丢下心爱的俄语课本，带领一部分同学，每天走大街串小巷，去刷标语，写口号，贴大字报。他们的脸上洋溢着从未有过的兴奋和激动，又带着几分庄重，仿佛正在干着一桩前所未有的、惊天动地的大事情。路上的行人纷纷被那些墨迹很浓的纸张吸引了，看到那些很大的横幅标语上被“打倒”的名字，有的人惊讶地瞪大了眼睛，更多的人则围在那里悄声议论着，脸上露出各种不同的表情，有的新奇，有的惊异，有的愤怒，还有的复杂得没法辨析。

街上的标语口号越来越多，一面面高墙被糊满了，就连路旁的电线杆和树干上也被红红绿绿地糊了一层又一层。有时，一夜大风吹过，街道上就汇成了纸的海洋，树杈上、电线杆上、地上，无处不飘飞着破纸碎屑。

看到这些，黎江不免替维嘉着急，就要考大学了，他还整天拎着糨糊桶东奔西走。维嘉的俄语成绩在学校是数一数二的，放弃考大学的机会多可惜啊！不过，黎江又想，维嘉或许早已经有了准备，他一向有一种惊人的本领，期末，当别人都在专心致志、紧张地复习功课准备考试的时候，他却总是悠闲地跑到操场的篮球架底下练习投球，要不就坐在校园里树荫下的石凳上，读一些与考试毫无关系的诗集或小说，等到老师公布考试成绩时，维嘉准会自信而得意地冲黎江挤挤眼睛，他总是名列前茅！

高考的时间一天天迫近了，黎江很想埋头复习功课，维嘉曾几次兴冲冲地拎着糨糊桶跑来，拉他一起去贴大字报，他却舍不得扔下手里的书本。上大学是黎江梦寐以求的愿望，从上小学起，他的眼前就仿佛铺展开一条路，他要从这个起点一步步走进中学的大门，迈进大学的校门。他常常幻想着自己从一个平凡的孩子成长为一个不平凡的科学家，幻想在未来的世界，人们能够从有所发现和发明的科学家名单上找到他的名字。

黎江还是满怀希望地坐在桌前，抓紧一切时间复习功课。

然而现在，他却不得不放弃这种努力，几天前，学校公布了一个决定，全国大专院校停止招生了！这个消息在黎江的眼前罩上了一层迷雾，以往美好幻想组成的彩虹忽然随风飘散。茫然中，他仿佛看见少年时架起的理想的彩桥在半空中骤然断裂，坍塌的碎片落英般纷纷飘坠下来，塞满了视野，人们大声欢呼着冲过去抢夺，黎江一怔，定睛细看，原来是直升机在空中散发的五颜六色的传单正在飘落……

黎江趴在走廊的窗口向楼下观望，只见大街上浮动着一片红色的海洋，成群结队的人们手里擎着红旗，臂上戴着红袖章，敲锣打鼓，激奋地呼着口号。每当他们扬起胳膊，大街上就会腾起一片动荡的红光。游行队伍前面的人举着一幅幅漫画像，尽管“画家”们极力夸张了画中人的缺点，但人们依然能够一眼就认出那都是曾经被他们爱戴和敬仰过的人。

黎江不由想起报纸上刚刚发表的那篇《横扫一切牛鬼蛇神》的重要文章，多么可怕的现实啊！在和平的生活中竟然隐藏着那么多的叛徒、特务和反党反社会主义分子！黎江陷入了深深的疑惑和忧虑之中，他多么想找回往日平静安宁的学习环境，一头扎进书本里，把眼前的一切都抛到脑后，可是，教室里的一张张课桌都被热衷于写大字报的同学挤满了。开始，他们还推举一些毛笔字写得好的同学代笔，现在，索性抓起毛笔信手涂抹一张，滴着浓浓的墨汁就匆匆拿去张贴，整个教室里都弥漫着浓重的墨臭。

教室里无法坐下去了，走廊里更加得不到安宁。黎江觉得自己的内心被搅乱了，他毫无目的地走着，凝起浓黑的眉毛沉思着，生活正在发生翻天覆地的变化，自己应该怎样认识它呢？报纸上说无产阶级文化大革命是一场关系到党和国家命运的伟大运动，同学们都热情高涨地投入了战斗，自己作为一个团支部委员怎么能落后于政治形势呢？过去他一直要求自己成为一名好学生，总是刻苦地学习，事事处处都走在前头。这段时间，他却觉得自己有些落伍了，心里若有所失，甚至有点垂头丧气。同时，他又在心里一遍遍提醒自己，也许自己对眼前的一些事情还缺乏深刻的理解，思想也没有跟上政治形势的发展，不过，学知识，为祖国的明天贡献青春和力量是老师的一贯教导。现在，究竟应该怎么认识眼前的一切呢?

黎江的眉头拧得更紧了，他不知不觉走到楼梯口，正要下去，忽然听到一声熟悉的叫喊，他连忙扭回头，看见燕宁正从初中教室那边匆匆向他跑来，脸上似乎显出一副十分焦急的神情，黎江不由得站住了。他在想，燕宁怎么了?

这段时间，燕宁显得十分活跃，前不久刚刚入了团，现在又加入了红卫兵，她已经不再穿那些显得文雅秀气的裙服，而是换上了一套父母早年穿过的褪了色的旧军装。她将肥大的袖管卷到胳膊弯儿，左臂上佩戴着一个鲜艳的红袖章，腰间还神气十足地扎了一条棕色皮带，头上戴了一顶洗得发白的军帽。这身装束让燕宁显得朴素而庄重。黎江发现,短短的时间里，燕宁的举止似乎变得生硬了许多，举手投足就像个虎里虎气的男孩子。

燕宁气喘吁吁地跑到楼梯口，神色慌张地向四面瞅瞅，抬手推一下眼镜，就势用手掌遮住面颊，小声而神秘地说，黎江，出事了!

什么事?黎江盯着燕宁，由于受了燕宁紧张情绪的感染，他也不由得压低了嗓音。

方丹家里出了大事!

啊!黎江一惊，连忙追问，方丹……怎么了?

哎呀，不是方丹!燕宁急得直跺脚。黎江，咱们怎么办呢?

燕宁，你说清楚，到底怎么啦?黎江也急了。

燕宁向四面看看，放低了声音又说，方丹的爸爸今天被登报批判了!

真的?黎江心里猛地一沉，不由愣在那里，他的眼前立刻闪过方丹的眼睛，仿佛看到那双眼睛突然惊恐地圆睁着定住了。不，不可能吧……黎江喃喃地嘟哝着，完全凭着自己的心意怀疑这件事。

是真的！燕宁十分不情愿地证实她带来的坏消息，但又不得不证实。刚才，她到报社去找爸爸要宣传材料，看到爸爸的办公桌上有一大摞码得整整齐齐的报纸，她随手拿起一张，却猛然发现，报纸的显赫位置上横着一道刺人眼目的大标题，打倒反党反社会主义分子……那后面竟是方丹爸爸的名字。她不敢相信，可是爸爸却严肃地告诉她，这是事实，还告诫她说，阶级斗争是复杂的，要她加强学习，提高认识。燕宁不得不相信了，爸爸是报社的社长啊！

黎江，你看。燕宁低头从军装的大口袋里掏出一张折得很小的报纸，递到黎江的面前。黎江紧盯着那一行粗黑的字迹，只觉得头脑更加混乱了，方丹的爸爸怎么变成反党反社会主义分子了呢？他为什么要破坏用自己的信仰换来的和平与安宁呢？

但是，机关报不是流言，它是党的喉舌呀！

黎江心里烦闷，不知道应该怎样看待这件事。在沉默中，一个令人担心的问题逐渐清晰地从他混沌的脑海里浮现出来，他赶忙问燕宁，方丹知道这件事了吗？

燕宁想了想，推测说，这是今天刚刚印出来的报纸，她可能还不知道……可是，听我爸爸说，所有登了报的人都要批斗，听说还要抄他们的家呢。黎江，你说，如果真是那样，方丹可怎么办呢？

黎江沉吟不语，他的头脑却在急速地思考。

燕宁沉不住气，焦急地说，黎江，要不咱们先去找维嘉想办法吧，他是消息灵通的人，也许会知道得多一些。

唔……黎江赞同地点点头，随手把报纸装进自己的书包，刚要下楼，又止住脚步回头问，燕宁，你知道这会儿维嘉在哪儿吗？

刚才我看见他在大门口跟人辩论呢。燕宁说，走，我领你找去。燕宁不由分说，拽起黎江急急忙忙跑下楼去。

学校大门口热闹非常，远远地就能看见，沿着学校的围墙，用几十张课桌搭起了两座对垒的高台，两面高台上都站满了红卫兵，他们因不同的观点分成了两个阵营，一方戴着黄字红袖章，一方戴着黑字红袖章。他们站在高台上，这边挥舞着手臂高声叫嚷，那边脸红筋涨地奋力强争，双方在辩论中都称自己是最最革命的。成百上千的学生拥挤在台下，有所倾向地不住为自己的一方呐喊助威。也有些观点不明的，骑在围墙上，爬到树杈上新奇地看热闹。辩论的声势越来越大，从四面八方汇集而来的人越来越多，学校外面的整条马路已经被堵塞得水泄不通。

高台上的最显眼处站着威风凛凛的维嘉，他换上了一套崭新合体的绿军装，加上腰间紧束的棕色皮带，显得十分英俊潇洒。他左手卡着腰，右手挥舞着军帽，那么威武奔放的样子。维嘉的嗓音已经有些沙哑，但是感情却还是那样浓烈。他那蓬松的褐色的头发在激昂慷慨的演说中剧烈地跳跃着。不知是因为激情的燃烧，还是因为满街红旗的辉映，他的眼睛里泛着红光，涌动的人流映在里面，就像一股不肯平息的暗红色的大潮。

维嘉在这方面真不愧是个天才。辩论风一起，他很快便成了大家公认的雄辩家，他能够借古论今地证实自己观点的正确和对方的谬误，也能够在辩论最激烈的关键时刻引用几段最恰当的毛主席的语录向对方迎头痛击。于是，好几个学校便争相邀请他为自己的组织壮大声威，维嘉呢，耳朵根儿一软就轻易倒戈，今天代表这派发表热烈的演说，明天又代表那派把自己昨天的理论驳得一无是处，因此他忙得不亦乐乎。

维嘉的辩论不仅在声势上压人一头，他所站的台子也比别人高，别人站一层课桌，他要摞两层，别人摞两层，他就要站第三层。站得越高，目标越大，也吸引了路上更多的人围过来听他慷慨陈词。在辩论中，他总是以激昂的语调和有力的手势步步紧逼，直到把对方堵得理屈词穷，哑口无言，灰溜溜地钻到台下的人丛中去。每当这时候，簇拥挤动的人群里就会爆发出热烈的掌声和震天动地的欢呼声，所有的目光都赞许地集中在维嘉身上，人群像波动的潮水般向他身边汇集。胜利的一方顿觉声威大震，激越的口号声此起彼伏，然后，大家便按照同一个节奏喊起来：

四海翻腾云水怒，
五洲震荡风雷激，
要扫除一切害人虫，
全——无——敌——

接下来，大辩论变成了维嘉的独家演说，他从今天的大好形势讲到黑暗的过去，从收租院的水牢讲到戴镣长街行的革命烈士，从中国六亿五千万人口讲到世界上还有三分之二的受苦人。他提醒人们注意共和国潜在的危险，随时警惕阶级敌人的捣乱，他说，帝国主义的预言家们把和平演变的希望寄托在我们第三代和第四代的身上，我们决不能让这种反动的预言得逞，我们要打倒一切反动派，让我们铁打的江山千秋红似火，万代坚如钢！他舞动着手臂，情绪激奋地在台子上走来走去，仿佛他看见五洲风云在头顶翻滚，四海怒涛在脚下沸腾。他的声音抑扬顿挫，充满着一股征服的力量，整个地球几个世纪的风云变幻都在他的舌尖上复活、演绎，成为今天颠扑不破的真理。他完全沉浸在自己的演讲中，用铿锵有力的话语点燃了台下那一颗颗年轻火热的心。

维嘉的演说不时被一阵阵长时间的掌声打断。

维嘉成功了，他以自己在过去岁月中所学的知识猛烈地抨击着过去，他以自己最美好的青春年华中旺盛的活力赢得了最辉煌的战绩。

黎江和燕宁穿过密集的、正听得目瞪口呆的人群挤到台角，黎江攀着扶桌腿的同学的肩头，一层层爬上高台，下面的人还以为又来了一个援军，便气壮力足地向已经偃旗息鼓的对方示威般地大叫起来。

黎江趁乱扯住了维嘉的胳膊，附在他耳边悄声说，维嘉，快下来，我有急事跟你说。

维嘉回过头，完全是一副入了迷的神情，无动于衷地看着黎江，眼里蒙着一层激奋的红光。他一抡胳膊甩开了黎江的手，又转过身去，向台角人头攒动的密集处亮开了他激昂的嗓音。

黎江感到震惊。他发现维嘉一时竟不能从那种狂热的叫喊中清醒过来，维嘉的身影在他的视野里向远处退去，他仿佛觉得维嘉站在一片升腾的雾里，情绪亢奋地说呀，喊呀，每一根发丝都兴奋起来，随着他的喊声而颤动。他在陈述，在引证，在驳斥，可是黎江的耳朵里除了一片轰响已经听不清他在说什么了，只看到那褐色的头发在视野里像火一样燃烧……

终于，对方仓皇地弃阵而逃，兴奋已极的支持者抓住维嘉，大声欢呼着把他直往天上抛，以此来庆贺他们的胜利，为他们无敌的辩论之王加冕。

维嘉以胜利者的姿态离开了辩论台，跟着黎江和燕宁来到学校大操场的一个篮球架底下，一阵清风迎面吹来，维嘉那涨红的脸色淡了下去，他重新又变成了那个褐色眼睛的少年。

哎，你们叫我到这儿来干吗？维嘉眨眨眼睛莫名其妙地问道。

黎江掏出那张报纸默默地递过去，维嘉展开扫了几眼，立刻惊奇地瞪大了眼睛，燕宁又把她爸爸说过的话对维嘉重复了一遍。维嘉紧紧攥着报纸，皱起眉头呆在那里，他充分意识到了事态的严重性，这对方丹是多么大的打击啊！

维嘉，怎么办呢？燕宁望着他着急地问。

燕宁，方丹知道了吗？维嘉问。

她可能还不知道。

那好，听我说，最好先别让她看到这张报纸。

对。黎江点点头说，我也是这样想，我们一定要尽量想办法瞒住她。

可是瞒得住吗？燕宁有些担心的样子。

一定要瞒住！维嘉决断地说，只要咱们大家都不说，就不会有人告诉她。再说，方丹不是就要去北京治病了吗？一旦她离开这里就好办了，也许等她回来的时候，事情就烟消云散了。

但愿如此。黎江忧虑地抬起头，深深吐了一口气。

我们还要告诉维娜、谭静，还有和平，无论谁看到报纸也不许说，我相信她们会做到的。维嘉很有把握地说。

对，黎江信任地拍拍维嘉的肩头，首先我们三个人不要告诉她。

一言为定。维嘉说。

燕宁又有些担心地问，可这张报纸怎么办呢？

消灭！维嘉坚决地回答。

燕宁抓过维嘉手里的报纸，回过身去哧哧几下，把它撕得粉碎。黎江和维嘉不禁为她的勇气感动了，黎江赶忙张开自己的书包，让燕宁将手里的碎片塞进去。

他们同时松了一口气。

一片黑沉沉的浓云滚过天空，几声闷雷从灰暗的天边隆隆地压过来，黎江抬头看看天，哦，一场暴风雨就要来了。

# 16 狂风暴雨

一声声惊雷猛烈地震撼着整个世界，急骤的暴雨噼里啪啦敲砸着我的玻璃窗。外面，被阳光炙烤过的墙壁和地上冲起一股股带土味儿的热气，随着暴躁怒吼的狂风从窗缝中挤进屋里，空气更加湿热闷人。我几乎喘不过气来，真想掀开屋顶，让狂风急雨猛冲进来，卷走这令人窒息的空气。我更想跑到外面去吮吸一口清新的气息，哪怕让暴雨浇得透湿。

屋里的光线越来越暗，外面一定有灰暗的阴云像浓烟一样翻卷着滚过天空。糊在窗上的报纸被风鼓得发出呼啦啦的响声，猫弟弟被这混乱吓得蜷缩成一团，它的身体战栗着，把脑袋钻进我的胳膊弯儿里。

天空发出一阵阵惊心动魄的爆响，闪电在窗前甩出一道道刺眼的亮光。我怕极了，我的心好像就要从喉咙里逃出来。我不敢喘息，只感到一种隐隐约约说不清楚的恐惧。我的眼前迷乱地出现了很多支离破碎的景象，无论我怎样镇定自己，也摆脱不了它们的纠缠。雷声雨声把那些支离破碎的景象拼接起来，越来越清晰地浮现在我的眼前，我看见一片废墟，看见自己满身灰尘，艰难地从一堆瓦砾中挣扎着爬出来，我的周围没有一个人影，只有猫弟弟在另一个瓦砾堆上发出凄惨的哀叫，它被肮脏的雨水弄得浑身透湿。我缩起肩头，靠在墙角上，我觉得地球就要爆炸了！楼房就要倒塌了！

雷鸣中传来一阵啪嗒啪嗒的脚步声，我听到有人急匆匆地从外面冲进楼道，紧接着，门开了。妹妹裹着雨，带着风一头闯进屋里，猛地把门关紧，却没有过来。她紧紧倚在门上，全身都在滴着水，头发也湿淋淋地贴在额头上，脸上现出一副从未有过的惊恐万状的表情。

小米，怎么啦？

爸爸……爸爸……出……事了！妹妹气促而结巴地说。

啊？我的心猛一颤，爸爸怎么了？

爸爸……被……被打……打倒了……

妹妹的脸上闪着颤动的水光，不知是雨还是泪。

爸爸在哪儿？小米，爸爸伤着了吗？我心慌意乱，着急地问。

不，不是打架打倒的……是……是在报纸上！

妹妹来到我的床边，从她的书包里掏出一张被雨水淋湿的报纸，把它展开摊在我的眼前。

一行醒目的大字标题上，爸爸的名字像一道强烈的闪电刺痛了我的眼睛，耳畔也仿佛又猛然炸响一声惊雷，我飞快地掠过整版文章，真的，文章末尾还有一连串的打倒……

我的手缩在胸前，不敢去碰那张报纸。我不相信，不相信。我紧盯着报上的字迹，在一片骇人的空白中，“打倒”这两个字变成了无数个刺眼的星星，乱纷纷地飞舞着塞满我的视野。我连忙用手捂住眼睛，全身止不住地哆嗦起来，这些天我心里的不安和忧虑真的变成了可怕的现实！报纸上为什么要“打倒”爸爸？爸爸真的是坏人吗？

窗外，雷声更响，闪电更急，雨点急鼓爆豆般地打在窗上。姐姐……妹妹站在一旁语声发颤地叫着。

我的手无力地垂下来。

此刻，昨天夜里的情景又清晰地闪现在我的眼前，我不由得问妹妹，小米，昨天晚上你听见了吗？

听见什么？妹妹一边换着湿衣服，一边奇怪地问。

我告诉你，你可别告诉别人……

我知道！

我说，昨天晚上很晚很晚，可能都半夜了，那时候，你睡着了，可我还没有睡着，我听见爸爸回来了。

后来呢？妹妹紧张地问。

后来，爸爸看了看我们就到里屋去了，我听见他对妈妈说他被揪出来了，还说很担心我们……

再后来呢？

他们说话的声音太小了，我怎么听也听不清，再说我心里多害怕呀，只听见耳朵里嗡嗡响。不过，后来，我又听见爸爸和妈妈一摞一摞地撕纸，他们撕了很多纸，然后又烧掉了。

真的？妹妹瞪大眼睛问，爸爸撕了什么？为什么要烧掉呢？

我也这么想，我不相信爸爸会干坏事，可是这些天，我总觉得爸爸有什么事瞒着我们。

你说，爸爸会干什么呢？妹妹提心吊胆地喃喃着。

不知道……

也许报纸上都写了吧？

我拿起报纸，妹妹也凑过来和我一起读着，报上有许多词句都是我们过去没有听说过的，向反动黑线猛烈开火！横扫一切牛鬼蛇神！读一段报纸，我和妹妹就互相问问，你相信爸爸是坏人吗？

不，你呢？

也不……

可报上这么说……

要不我们问问爸爸……

你敢吗？妹妹问我。

我迟疑地摇摇头，我知道自己没有勇气这样做，尽管我不愿意相信报纸上的话。我把报纸藏在枕头底下，可又忍不住一次次拿出来反复读着。

不，小米，我要问爸爸，我还是不相信爸爸是坏人！我对妹妹说着，把报纸摊开放在桌上最显眼的地方，想让爸爸一进门就能注意到，相信爸爸会给我们解释，我希望爸爸能对我们说，报纸登错了……

就在这时，爸爸那熟悉的脚步声突然在门外响起，就在这一瞬间，我突然失掉了勇气，我害怕爸爸看见这张报纸，更害怕他证实报纸的事，我慌忙抓过报纸折叠着想藏起来，屋门却猛地被推开了，报纸掉在地上……

爸爸走进来，雨衣上滴滴答答流着水，他脱下雨衣，回身挂在门后的衣钩上。

我着急地看着地上的报纸，慌乱地向妹妹打着手势，要她赶快捡起来，妹妹还没有弯下腰去，爸爸却已经转过身来，他像往常一样微笑着向我的床边走来，哦，那每一步都好像踩在我们紧绷的心弦上！我慌乱地躲闪着爸爸的目光，一边紧张地用眼睛瞄着地上的报纸，真希望它能魔术般地变没了。

爸爸似乎觉察出我和妹妹慌乱的神情，他坐到椅子上，脸上浮现一丝忧虑。哎，方丹，小米，你们怎么了？爸爸盯着我和妹妹问。

没……没什么，爸爸……我有点儿结巴地说。我想对爸爸笑一笑，脸颊却像被冻僵了，竟挤不出一丝笑容。

爸爸用疑惑的目光打量我，又问，方丹，你没事吧？爸爸伸出大手摸了摸我的前额。

爸爸，妹妹赶紧抢着说，姐姐有点儿发烧。

爸爸，我吃了药，不要紧。我说。

爸爸释然地又现出微笑，他掏出大烟斗点燃，滋滋啦啦地抽了几口，又用大拇指按了按燃红的烟丝。这一切都做得那样悠闲平静，我不禁怀疑报纸上那满是“打倒”的文章，怀疑那张报纸是不是真的存在，我甚至怀疑自己是不是做了一场可怕的梦。我悄悄斜一下眼睛，啊，那张报纸分明还在那里，就在爸爸的脚边。

爸爸注意到我的视线，也低下头去，我吓得赶忙闭上眼睛，耳朵里响起一片轰鸣……

就在这一瞬间，妹妹猛地扑到爸爸身上，抱住爸爸的胳膊摇晃着，大声叫着，爸爸，讲故事，讲故事，你好多天没给我们讲故事啦!

我发现妹妹用脚把那张报纸踢进床底，顿时感到一阵轻松，眼睛这才敢转向爸爸，刚要长长地呼出一口气，却猛地听见爸爸说，方丹，小米，你们看，今天我给你们带回来一张报纸。

爸爸真的从衣兜里掏出一张报纸!

哦，我们的努力都白费了，这么说，我们极不愿意相信的事是千真万确的事实了。

我失望而难过地看看妹妹，妹妹的眼圈红红的，好像立刻就要哭出来了。

爸爸一边展开报纸，一边语气凝重地说，今天看了这张报纸，我想了很多，我想你们也应该知道这件事。读了这张报纸，你们也许会懂得一个人总会遇到各种意想不到的事。看了这篇文章，我们应该想一想，当我们遇到不幸和痛苦的时候，能不能经受住考验。爸爸停顿了一下，眼睛在报纸上浏览着，好像在决定从哪儿开始念给我们听。

我很想说，爸爸，不要念，我们都已经知道了……可我没有一丝勇气说话，只是紧紧拉住妹妹的手，妹妹也紧紧拉住我的手，我们一起怔怔地看着爸爸。

爸爸看着报纸，清清嗓子，大声地念出了文章的标题：《烈火中的青春——记一位年轻的烧伤英雄》。

啊？我和妹妹全都惊异地瞪大了眼睛。

我心中的压力骤然消失了，隔着泪光感激地望着爸爸。爸爸，你是多好的爸爸，你总是鼓励我勇敢坚强，克服困难，努力学习。你给我讲过多少激动人心的故事，你让我认识了一个又一个平凡而伟大的英雄……可是，报纸上为什么说你是反革命啊？

爸爸读了一段，停下来说，你们看，这位烧伤英雄的故事是不是很感人？他全身都被这么严重地烧伤了，可他想到的不是自己眼前的伤痛，而是将来还要回到舰艇上去继续战斗。我们要学习他顽强的精神，嗯，特别是方丹，更要向这位英雄学习，勇敢地和疾病作斗争。

我和妹妹不住地点头。爸爸的话让我感到无比温暖，爸爸怎么能是坏人呢？我恨透了地上那张报纸，可是严酷的事实告诉我，爸爸被报纸“打倒”了。我和妹妹都哭了，轻轻地啜泣着，爸爸不得不一次次停下读报安慰我们。看到我们伤心的样子，爸爸脸上渐渐露出了诧异和不安，也许我们被感动的程度大大超出了他的预料。

文章在我们的抽泣中读完了，我几乎没有听进多少字句，只陷在自己的悲哀之中。

爸爸放下报纸站起来，用大手抚摩着我和妹妹的头顶。方丹，小米，你们不要难过了，让我们都向这位英雄学习吧。爸爸看了看手表，又说，我现在还要去开会，可能要回来得晚一些，告诉妈妈不要等我了。

爸爸走了，他的脚步很快消失在纷乱的雨声里。

# 17 维娜哭了

维娜心烦意乱地拼命奔跑着，马路上浊水横流，她的头发和衣裳被雨水打湿了。在雷声和雨声里，她不停地呼唤着，校长……校长……她心里就有说不出的慌乱，两条腿就像不听话了，好几次差点儿在雨中摔倒。校长……维娜忍不住又发出一声深深的叹息，她的眼前又浮现出校长那双慈爱的眼睛，她觉得自己再也没有勇气到学校去了。那时，每天早晨，当她背着书包走进学校，总看到校长带着和蔼可亲的微笑站在门口。校长的两鬓已经花白，可她的头上从来没有一丝乱发，她的衣服也总是那样整洁挺括。她不时弯下腰为小同学拽平打褶的衣襟，语气温和地问候每一个走进校门的学生，早上好，孩子。她的问候就像一股温暖的春风吹拂着。

维娜每次走到校长面前，总要深深地鞠一躬，校长就抬起手来温柔地抚摩她黑亮的头发，眼里闪着慈爱的光芒。别人都说校长像妈妈，维娜觉得，校长给她的这种爱是世界上任何人都不能相比的。维娜希望自己长大了也做一个校长这样的人。

可是，她的选择好像错了。

今天下午，维娜照例去上学，她发现同学们很少有像她这样背着沉甸甸的书包的。他们有的自在地悠着双手，有的轻快地一蹦三跳。在学校门口，维娜突然止住了脚步，惊愕地愣住了，只见校长头发凌乱，衣衫不整，胸前还挂着一块沉重的大牌子，那上面白底黑字醒目地写着校长的名字和罪名，还用红漆打着叉。校长拖着疲惫的双腿，一点点清扫着学校门口那些被风雨吹落的大字报的碎纸屑。过路的同学有的往她灰白的头发上吐唾沫，有的朝她手中的扫帚狠踩一脚，也有的远远地绕开了……

维娜眼里涌出了泪水，她多么尊敬和爱戴自己的校长啊！不知不觉，她走到校长跟前，却又不知道说什么，只是呆呆地站着。校长迟疑了。片刻，她抬起头看看维娜，脸上的痛楚变成了往日的慈祥。你好，孩子。她好像是出于习惯才这样说的，可维娜听出，这句话里融进了多少深情。

维娜哭了，她忍不住要哭。如果她勇敢些，也许她会把校长胸前的牌子摘下来，可是她不敢，甚至不敢夺下校长手中的扫帚。她只能哭。校长轻轻为她擦去眼泪，声音沙哑地对她说，去吧，孩子，去吧……

她不愿意踩着校长扫过的地方走进学校，就沿着墙边溜进校门。她跑到燕宁的班里，把这件可怕的事情告诉了她，燕宁却批评她立场不坚定。燕宁说，校长一贯用资产阶级教育路线培养学生，应该批判。

维娜不同意，她说，校长多爱我们呀。

燕宁说，爱是资产阶级的玩意儿。世界上没有无缘无故的爱，也没有无缘无故的恨。她要把学生培养成修正主义的苗子，首先就要我们忘记仇恨，忘记阶级，忘记世界上还有三分之二的受苦人。

唉，燕宁的词汇越来越丰富了。维娜觉得她的话有些别扭，可是自己又不能够解释这一切。

真理在谬误面前也有理屈词穷的时候。

维娜水淋淋地跑回家，她颤抖的手半天才把钥匙插进锁孔，好不容易把门打开，正要去换衣裳，忽然听到维嘉房间里传来一阵异常的响动，推门进去一看，只见维嘉正从天花板上一个方形的洞口下来，他的脸上和身上沾了很多灰土，头发上还顶着一团灰蒙蒙的蜘蛛网。维娜看着他很仔细地把天花板上那个洞口的盖子遮严实，踩着摞在床上的桌子和椅子一层层下来。

哥哥费那么大的劲儿爬到天花板上去干什么呢？维娜心里感到很奇怪，是他的鸽子又钻到上面出不来了吗？有一次，维嘉发现少了一只鸽子，他爬到天花板上面的顶棚里找过，那只鸽子卡在瓦缝间，维嘉把它救了出来。那次，维娜也跟着爬上去了，顶棚又高又大，黑洞洞阴森森的，维娜觉得，她自己无论怎样也不敢爬上去。维娜想着，忍不住问道，哥哥，你在干什么？

嘘——

维嘉发出一声警告，他过来俯在维娜耳边小声地说，刚才我把爸爸的一些笔记本和手稿藏到上面了。维娜你记住，他又特别叮嘱说，这件事谁也不准告诉。

维娜紧张起来，问维嘉，为什么藏起来啊？

维嘉说，你还不知道，今天方丹的爸爸已经被登报批判了！

啊？维娜直盯盯地看着维嘉。

维嘉说，这是真的，所以我担心爸爸有一天也……万一被抄家，那些东西也许会给爸爸带来麻烦……

维娜声音颤颤地问，爸爸是党校的校长，会出什么事呢？

那可说不定。维嘉一边说着，一边把桌子和椅子都从床上搬下来，把床铺好，又拍去了身上的灰尘，然后对维娜说，我有点急事要出去一趟，我藏东西的事你千万要保密，这个藏东西的地方更不能让人知道。还有，你马上去找谭静、和平，把方丹家的事告诉她们，让她们都不要把外面发生的这些事情告诉方丹，你们还要多去陪伴方丹，记住了吗?

维娜忐忑不安地点了点头，她心里更慌乱了，这个风雨飘摇的夏天，处处炸响惊雷，可怕的事情太多了！她不能理解，希望维嘉能给她解释得清楚些，可是他已经跑出去了，维娜心里蒙上了一层浓重的阴影。窗外一声惊雷，吓得她陡地打了个冷战，她感到很冷，赶忙去换衣服。窗外天空黑沉沉的，雷鸣电闪不停地震撼着，仿佛天地在暴雨的肆虐中发出了巨大的呻吟，汹涌的雨帘封住了窗上的玻璃。维娜的心紧缩着，她不知道现在该为方丹做些什么。今天发生了多少可怕的事啊!

尽管维娜逃离了学校，尽管她克制自己不再去想尊敬的校长，可生活里却还有这么多无法逃避的事情。一场大风暴已经从社会席卷到许多家庭，也卷到方丹的家里了。

维娜仿佛看见方丹的爸爸也像校长那样，胸前挂着一块沉重的大牌子，低着头一步步向家里走来。不，太可怕了！维娜猛地闭上眼睛，一阵寒战倏地又掠过全身。唉，假如方丹早点儿去北京就好了。她无可奈何地叹息着。

维娜觉得心里好像有什么就要膨胀开了，她想趴在桌上写作业，可她握着钢笔的手却直发抖，她想背课文，可脑子里却一片混乱，什么也记不住了，她甚至不敢自己待在家里了。她忽然想起维嘉的叮嘱，就匆匆锁上门，跑去找和平。

她轻轻敲门，开门的是和平的妈妈，她手上正拿着一块湿毛巾。她让维娜进屋，关好里屋的门，小声告诉维娜，和平还在发烧。维娜这才想起，和平已经病了好多天，这段时间她几乎没有去学校，一直在家里躺着。和平原来一直盼着到上海去参加复试，她每天都要练舞蹈，可是那天她接到通知，说复试暂时取消，和平难过地哭了，从那天她就病了。维娜想，和平原来抱的希望太大了，一旦希望破灭，她就受不了。维娜和谭静曾劝过和平，她们以为和平很快就会好起来，可是和平却一直病着。维嘉告诉维娜，和平是精神垮了，好起来需要时间……维娜轻手轻脚走到里屋门边，担忧地看了看脸色发白的和平，她还在睡着，维娜从和平家里出来，又飞快地奔下楼去找谭静了。

# 18 黑沉沉的走廊

学校里变得乱哄哄的，学生们有的在忙着开会，有的在写大字报批判老师。谭静只好自己在家弹琴。这几天，她觉得奇怪，过去她一进校门就盼着放学，她多么喜欢坐在琴凳上，去跟那群白色的鸽子和黑色的燕子做伴儿啊！可是现在，她却留恋起那些坐在教室里琅琅读书的日子了，她似乎懂得了方丹向她描述的渴望上学的心情，哦，原来不能去上学是这么没着没落的呀！

可是，谭静又不愿去学校，她看不惯那些兴奋得满脸通红的男孩子，他们呼喊口号的声音就像刚刚学会打鸣的小公鸡，真难听！

她越发依恋自己的钢琴，琴声能盖过一切，能把她带进一个理想的天地。再说，琴声也能给方丹带来快乐。她双手入迷地在琴键上跳跃着，琴声在屋里回荡着，盖过了外面的风雨声。她隐隐约约好像又听到方丹正随着她的琴声哼唱，在这似隐似现的歌声中，她觉得眼前浮起一道轻云架起的阶梯，在这云梯的顶端矗立着一座辉煌的音乐殿堂，她和方丹手拉手一级级走上去，身边飘过的云雾时常遮住她们的视线，但是前边却总有个旋律在为她们引路。

那片树林真像你的琴声那么美吗？方丹的问话融汇到琴曲中，这声音在四周引起了巨大的共鸣，它扩散着，扩散着，整个宇宙都被它盖满了……

维娜突然推门闯了进来，谭静吃惊地一扭头，发现维娜的脸色苍白，眼神十分惶恐。谭静问，维娜，怎么啦？

维娜关好屋门，跑过来低声却又急促地说，谭静，告诉你个坏消息，方丹的爸爸被登报批判了！

真的？谭静惊恐地瞪大了眼睛，双手不觉重重地落在琴键上，钢琴发出一声轰响，她的双手嗖的一下又提起来，在半空中悬住了。

维娜把今天下午发生的一切都告诉了谭静。

谭静木然地坐着，她那双漆黑的眸子骤然失去了光彩，她这才听到窗外的雨声，感到屋里闷得让人喘不过气来。她站起来走到窗前，一把推开紧闭的窗子，急风卷着冷雨猛冲进来，打湿了她额上的那缕黑黑的卷发。

浓云在低空阴沉沉地翻滚，闪电像一道道银色的鞭痕，雷声恰似乌云的怒吼，窗外的小柳树在风雨中弯下了纤弱的腰身。谭静在风声雨声里依稀听到了小柳树的呻吟，她想起那些月明风清的夜晚，小柳树摇晃着月的清影，沙沙的，仿佛在问，那片树林真像你的琴声那么美吗？热泪滚过谭静的面颊，她为方丹感到难过，真想责问阴云背后的天空，为什么，为什么生活突然变得这么可怕呀？

谭静，咱们怎么办呢？身后的维娜怯懦地问。

怎么办？谭静回头愤然地说，不管发生什么事，我们永远要做方丹最好的朋友。

话音未落，外面突然传来一阵乱糟糟的脚步声和叫喊声，谭静一愣，紧紧盯着维娜，维娜惊恐地站起来，跑到谭静身边紧贴着她。她们静静地站立了片刻，你看看我，我看看你，彼此的眼神儿在问，又发生了什么事啊？

杂乱的人声冲上楼去，谭静轻轻走到门边儿，慢慢打开一丝门缝，向外窥探着，维娜也忍不住把脑袋凑过去，两对目光一齐射向黑沉沉的走廊……

# 19　战栗

杂沓的脚步声乱哄哄地冲上楼去，在楼梯口还有人急切地催促着，快快快！在这风雨笼罩的夜晚，杂乱的声响格外怕人，受到震颤的楼梯好像随时都可能在这杂乱的踩踏中断裂坍塌。粗暴的吼叫声在楼道里肆无忌惮地东碰西撞，整座楼房都被震撼得发出战栗。妈妈快步从里屋出来，来到我的床边拉起我的手。我觉得妈妈的手很凉。妈妈，怎么了？我问。妹妹也一脸惊惶地扑过来，紧紧抱住妈妈的胳膊。

别怕。妈妈把我和妹妹搂在胸前，话音未落，一阵可怕的叫嚷声和物品摔砸的碎裂声又从楼上传来，我不由自主地打了个冷战。这究竟是怎么回事啊？

楼上的吵嚷声更响了，在粗暴的呵斥声中，还隐隐夹杂着一个女孩子的哭声。接着，杂乱的脚步声又从楼上冲下来，一阵拖拖拽拽的声音里清楚地传来了那个女孩子惊恐的哭嚎，妈妈——

啊！我和妹妹惊骇地瞪大了眼睛，是和平！

妈妈的呼吸明显地急促起来，眉心里拧成了一个结，她把我们搂得更紧了。

在楼梯上，喊声被一记清脆的巴掌声打断了。一个暴怒的嗓音呵斥着，狗特务，快走！和平的妈妈被推搡着，跌跌撞撞地冲下楼梯，后面跟着和平不顾一切的哭喊，妈妈，你回来……

你们这是干什么？我的孩子还在生病！和平的妈妈大声喊着，和平……和平……她的断断续续的叫喊声被乱纷纷的脚步声裹挟到外面去了。

妈妈挣开我和妹妹紧紧扯住她的手，说，方丹，小米，我去看看和平。小米，千万不要出去啊！妈妈打开屋门，出去了。

楼道里一片寂静,这阵纷扰好像让楼上的每一个人都屏住了呼吸。和平的妈妈为什么被抓走了？和平呢？怎么没了声音？我和妹妹紧紧挨在一起，被这种从来没有经历过的惊恐震撼着，谁也不敢说话。

突然屋门被无声地推开了,维娜轻轻地走了进来。她的神色慌张,身后紧跟着惊魂未定的谭静。

维娜！我急切地抓住她问，你看见了吗？和平的妈妈出了什么事？

我……我真怕……维娜说，我们从门缝里看见来了好多人，他们狠命扯着和平的妈妈，说她是特务，他们把她带……带走了。维娜因为紧张，说话结巴起来。

恐怖的气氛笼罩着我们，我们谁也不说话，只是在沉默中期待着，注意地倾听着……

快半夜了,爸爸还没有回来。妈妈让我们睡觉,她去楼上陪伴和平,妈妈在雨里跑出很远才找到全身淋湿的和平，妈妈担心本来就发烧的和平病情加重，就去照看她，她说，明天一早就送和平去医院。

我怎么也睡不着，耳边总是回响着和平和她妈妈的叫喊。这一天里发生的事太可怕了。生活原来像一座四周布满常青藤的房子，在里面只看到绿叶蓝天，可是现在仿佛有一只无形的手扯掉了常青藤的叶子，将黑暗笼罩在窗口，我只感到全身一阵阵的战栗。整座楼房静极了，好像没有一点声息。越是寂静，我越是觉得害怕。我把头紧紧地蒙在毛巾被里，紧紧闭着眼睛，用两个食指堵住耳朵，但无论如何还是害怕，我禁不住轻声呼唤妹妹，小米，小米……

没有声音。

小米……我的声音提高了一点儿。

干吗？黑暗中传来一声回答，声音发闷，看来妹妹也把自己蜷缩在毛巾被里了。

你睡着了吗？我的声音有些力气了。没有，你呢？

这显然是废话，可妹妹的声音却比刚才清楚多了。

小米，你怕吗？

怕，直想大声喊救命。

咱们睡到一个床上吧。

行！妹妹爬起来，光着脚跑到我的床上，紧紧挨着我躺下了。

姐姐，你说和平的妈妈真的是特务吗？

和平的妈妈又漂亮又和气，不像是坏人。

不知道和平怎么样了……

小米，你说外面有星星吗？

没有吧，刚才的雨多大呀。

爸爸怎么还不回来呢？

不知道……

妹妹的声音变得模糊了，她把头歪在我的肩上睡着了。我为爸爸担心，依然睡不着，只感到心慌意乱。月光把小柳树摇曳的影子投在糊窗纸上，晃来晃去，我忽然觉得那些枝枝叶叶好像变成了一只只正在向我伸来的魔爪，于是赶忙把头蒙在了毛巾被里。

几天过去了。

自从看到那张可怕的报纸，一种忧虑就开始盘桓在我的心头，它就像一个张着灰色翅膀的魔影，时时袭扰着我。当和平的妈妈被抓走之后，那个风雨交加的夜晚发生的事突然让我的那种忧虑变得明确了许多，我没有讲给妹妹听。每天清晨，当阳光照在糊窗纸上，我的心就开始悬起来，耳畔就会不断响起杂乱的脚步声和砸东西的噼里啪啦的碎裂声，还有一种模糊的哭叫声。于是，我开始盼望黑夜的帷幕遮住人们的眼睛，因为只有在夜里，爸爸回到家，我的心才能得到一点安宁。

爸爸似乎更忙，神情也更疲惫了，深夜回到家里总是不停地写东西。他那只大烟斗滋滋啦啦地响着，在故意遮得暗淡的灯光下，爸爸伏案而坐的身影总是笼罩在一片烟雾里。清晨，桌上的烟灰缸里蓄满了烟灰，还在轻袅袅地冒着淡淡的蓝烟。

爸爸在写什么？他为什么要忍受一个又一个不眠之夜的煎熬呢？我又开始猜测，担忧。

一天妹妹扫地时在爸爸桌子底下捡起一个揉皱的纸团，拿来给我看，我把它展开，标题写着四个大字——我的检查！下面竟是爸爸列举的自己反党反社会主义的罪行！我更加惊恐不安，对爸爸的信赖第一次产生了动摇。自从看到那张报纸，我心里有一个声音一直在强烈地反驳着，爸爸不是坏人！爸爸不是……可是现在，白纸黑字出自爸爸的手，这叫我不敢相信，又不能不相信。我的目光又一次盯着手上揉皱的稿纸，我拼命回想着爸爸以往说过的话，做过的事，还把记忆中那些电影里的坏人的形象套在爸爸身上。爸爸给我们讲过，少年时，他怎么在寒冬的飞雪中，历经千难万险寻找革命队伍。当我聆听着那一切的时候，心里总是对爸爸充满敬意，此刻，我不知道应该相信爸爸以前说过的那一切，还是应该相信纸上写的这一切。

那张报纸引起的忧虑又一次袭上我的心头，我不敢再看手里的稿纸，慌忙把它揉成一团，塞进妹妹手里，对她说，快去烧掉！妹妹紧紧抓住纸团飞快地跑进厨房去了。

晚上，爸爸妈妈都回来得很早，妈妈一回来就把妹妹叫到我的床边，妈妈从提兜里掏出一些药膏和纱布，教给妹妹怎样给我的褥疮换药。我感到不安，妈妈为什么要教妹妹做这件事呢？还没有容我多想，妈妈又端来一盆温水，蹲在我的床前，教给妹妹怎样帮我洗脚。妈妈低下头去的时候，我看见两颗泪珠滚过她的面颊，落进水里消失了。我不知道妈妈今天究竟怎么了，只是担忧地紧盯着妈妈的一举一动。屋里很静，只听到妈妈轻轻的撩水声。

这时，爸爸也不像往常那样把自己关在里屋写东西，而是走过来坐在我床边的椅子上，默默地点燃了大烟斗，滋滋啦啦地抽着，他不时地看看我，脸上几次露出欲言又止的神情。这一切像一团不祥的阴云笼罩着家里，我好像听见我的心跳得很响。

夜晚的风吹得窗外的小柳树簌簌作响，妈妈忙完了，坐在我的床边，让妹妹坐在她身边，又抬起眼睛看着爸爸。爸爸似乎令人觉察不出地轻轻叹了口气，对我和妹妹看了一眼，问，方丹，要是我和妈妈离开家，你和小米能照顾好自己的生活吗？

我的心猛往下一沉，一直担忧的事就要发生了！我的眼泪唰地涌满了眼眶，我问，爸爸，你和妈妈要到哪儿去呀？

爸爸抚了抚我的头，停了一会儿，说，方丹，这段时间，我有很多话想对你们说，可总觉得你们还小……现在看来，形势已经越来越紧张，随时都可能发生一些意想不到的事情，我这样问，是希望你和小米能有一个思想准备。我必须告诉你们，我和妈妈，不，不光是我们，还有许多人很可能都会被带走……要是真的那样，你们就要依靠自己的力量生活下去，你们要学会克服困难，要学会料理生活。方丹，要是我和妈妈走了，你一定要带着妹妹好好生活……

爸爸，我们能照顾自己。我说，家里的事我们都会做，我还知道怎样炒菜，先放油，再放……

妹妹也声音发哽地说，我会煮稀饭，洗衣服，还会给姐姐买药……

爸爸不再说话，只用他的大手重重地摸着我的头顶。略停了一会儿，妈妈说，方丹，你是姐姐，懂事了，今后有事多指点小米去做。小米要听姐姐的话，没事千万不要到外面去……妈妈想了想，又说，还有件重要的事必须告诉你们，和平的妈妈前些时曾告诉我，和平得了一种血液病，病情很严重，医生说这种病很不好治，也许最后……你……你们一定要多关心照顾和平，让她在你们身边感到安慰，但是，千万不要把她的病情告诉她……我已经给和平的姑姑发了电报，估计她很快就会来把和平接到上海去。方丹，小米，你们都是懂事的孩子，今后要更加懂事……

妈妈，我们知道，我们……

我觉得有更多的泪水涌出眼眶，我不再掩饰自己的感情，我哭了。

第二天，爸爸妈妈真的被一些人带走了。在他们的脚步声消失的那一刻，我感到有什么东西骤然压在了我心里。家里空荡荡的，一切都好像没了生气，我和妹妹谁都不说话，也不敢相互看一眼，只是盯着那些比我们还要沉默的家具。

# 20　忧伤的乐曲

我把和平的病告诉了维娜和谭静。谭静惊骇地瞪圆了眼睛，维娜却木然地呆坐着。和平，她的美丽，她的梦想，难道都要随着死神的降临成为我们脑海中的一个记忆吗？屋里静悄悄的，我们都在想，现在应该为和平做些什么呢？

门开了，和平双手抱着舞鞋，像一个幻影似的轻轻走进来，苍白的脸上挂着恬静的笑意。我不知道和平为什么这么快就好了，一时不知该说什么。和平见我们僵坐的样子，露出带着疲倦的笑容，她说，你们怎么像一群木偶啊？

谭静猛醒过来似的，扑上去一把抓住和平的胳膊，急切地问，和平，你不是还在发烧吗？为什么不躺着？医生说你得躺着……

和平看到谭静惊恐的样子，微微一愣，随即又说，谭静，你干吗大惊小怪的？我这会儿已经好多了。

维娜说，那你也不能起来呀。

和平说，可我今天一定要起来，一定要来看看方丹，我是来向你们告别的，我姑姑来了，她说一会儿就要带我坐火车去上海了。我想临走之前，再给方丹跳一个舞，这是我躺在床上编出来的……

我连忙说，和平，别跳了，等你的病好了再跳吧。

和平说，我已经好了，方丹，这次去上海我不知道什么时候才能回来呢，原来我以为还去上海参加复试，可……和平的声音低下去。那些天我在梦里都盼着通知书。不过我想，不考舞蹈学校也能跳舞，将来说不定……和平抬头看看我们，擦去泪水，说，你们都别难过……等……等我妈妈回家，我马上就回来，咱们还像从前一样……天天在一起……唱歌，跳……舞……和平说着，弯下腰去，换上舞鞋，眼泪在银白的舞鞋上留下了点点水渍。换好舞鞋，她轻声哼着舞曲，把脚尖立起来。

谭静无言地坐在桌旁，她细长的十指轻轻按着桌边，轮流弹奏着，那么无力，那么悲哀，好像在一架无声的钢琴上弹奏着一支忧伤的曲子。

和平不停地跳着，旋转着，她仰起细长的脖颈，眼里充满了渴望。

我看见她踏着青草，从丁香花中向我走来，扑闪着明亮的眼睛，我看见她穿着洁白的衣裙，手里扬着一本书从远处向我飞跑而来……

# 21　天上布满星

学生食堂门前乱哄哄的，还没到开饭时间，大家就蜂拥着跑去挤在门口，人流在燕宁身边涌动着，一股股汗酸味儿直冲鼻子。燕宁被挤得东倒西歪，鼻梁上的眼镜好几次差点儿被那些饿慌了神儿的男生碰掉了。

快开门吧！有几个红卫兵砰砰地拍着门，急不可耐地喊着。

燕宁看着那一双双贪馋的眼睛，体谅地让到一旁，她知道，在大街上游行走了一上午，加上一路又拼尽全力地呼喊口号，摇红旗，撒传单，这会儿大家都累得筋疲力尽，也早就饿得饥肠辘辘了。

突然，开饭铃在头顶震耳欲聋地响起，饭厅的门猛地打开了，后面的人群立刻欢呼着，潮水般地向前涌动，每一个卖饭的窗口都被蜂拥而至的红卫兵堵得严严实实。

哎，战友们别挤，大家都要排队，排队！一个男红卫兵急得声嘶力竭地叫喊着。

饿急了的红卫兵却仍然像归巢的蜂群一样乱哄哄地往前又挤又拥。红卫兵战友们，毛主席教导我们说，加强纪律性，革命无不胜。要革命的自动排好队！那个男红卫兵跳上一张饭桌，亮开嗓门高声喊着，他一手叉着腰，另一只手用力向后挥着。他的话和他的动作极有号召力，一窝蜂似的红卫兵马上自动地离开窗往后退去，随即队伍像几条弯弯曲曲的长龙延伸开来。

燕宁耐着性子挤在长长的队伍里，她被周围嘈杂的声音吵得脑袋直发昏。后边的人一边缓缓向前移动，一边不耐烦地用小勺叮叮当当地敲着饭盒和饭碗。

哎，让一下！打着饭的人大喊大叫地从前边回来了。

嗨，小心汤洒啦！

后面的别挤，别挤……

喂，快来接接我。

哎哟，你烫着我啦……

青年们大呼小叫地乱嚷着，腾起的声浪几乎要掀翻饭厅的屋顶。饭厅的桌椅板凳在光滑的水泥地上移动着，发出吱吱呀呀刺耳的响声。又一个戴眼镜的男红卫兵打来了饭，他一手端着碗菜汤，一手举着几个黑乎乎的菜团子，在人群中虚张声势地绕来绕去，在一个最惹眼的位置上坐下了。嗨，今天吃忆苦饭，不用交饭票呢。他这话像是自言自语，又像是说给别人听的，说着，他咬了一大口菜团子，开始狼吞虎咽。

哎，刘援朝，有馒头没有？队伍中有个人沉不住气，扭头问他。

你还有点儿阶级觉悟吗？刘援朝扶了扶眼镜，翻着白眼反问说。

怎么啦？问的人有点儿莫名其妙。

到前边看看去，黑板上明明写着连吃三天忆苦饭，你还说吃馒头！说着，刘援朝又抓起一个菜团子塞进张得大大的嘴里去。

红卫兵们都好奇地伸长了脖子去看那张桌子，除了菜团子，只见碗里盛着一些暗绿色的汤，汤面上还漂着几片既不像树叶又不像菜叶的东西，这立刻引起一阵七嘴八舌的议论。

哎，干吗吃这个？

忆苦思甜呗。

旧社会穷人连这个还吃不上呢。

忘记过去就意味着背叛！

所以咱们不能忘本呀。

> 天上布满星，月牙儿亮晶晶
>
> ……

忽然，队伍里有个嗓音很尖细的女红卫兵唱起了忆苦歌，吱吱呀呀怪叫的桌椅很快安静下来。女红卫兵唱得凄凄惨惨，很是动人。她的歌声很快在人群中引起了一片共鸣，先是她自己唱，接着她身边的几个人也唱起来，不一会儿，饭厅里几乎所有的人都放开了歌喉，刚才的喧嚷声现在变成了大合唱：

> 地主狠心，地主狠心逼死我的娘，
>
> 可怜我这孤儿漂流四方
>
> ……

饭厅里一片悲声，凄惨的歌声震颤着每一颗年轻的心，那个女红卫兵唱着唱着竟忍不住抽泣着哭了，她的泪水立刻引得整个饭厅里的人都难过起来。正在吃菜团子喝菜汤的人再也咽不下去了，打饭的队伍也不再挪动，很多人唱不下去，连忙用胳膊捂住了眼睛。人群中一片抽鼻子的声音。

终于，十段忆苦歌唱完了，红卫兵们擦干了眼泪，重新振奋起精神，又呼啦啦地拥向卖饭的窗口。他们领了饭，一边嚼着，吞咽着，品味着，呼呼噜噜地喝着汤，一边又说着叫着嚷着，热烈地争论着……

燕宁为自己有这样的战友而自豪。她想起和这些同学走在大街上游行的情景，他们都佩戴着鲜红的袖章，雄赳赳地甩着胳膊，昂首阔步地向前进。他们高唱着，我们都是来自五湖四海……燕宁相信，他们的热情融汇在一起，将会形成一股巨大的力量，这股力量能够排山倒海，冲垮旧世界，也能创造出一个新天地。在狂热的人流中，高涨的革命热情让燕宁无比兴奋和骄傲，可是，当人流向四周散去的时候，她心里似乎又有一种说不清的怅惘。这时，她就会不由自主地想起那座红色楼房，想起那橘黄色灯光下的红领巾小队会。她忽然想起前几天的一个下午，她刚刚跑出楼门，谭静便冲出来急火火地拽住她，告诉她方丹父母的事，还告诉她方丹病倒了。可那时她正急着到红卫兵连部去开会，她顾不得说什么就匆匆跑了。当时，她好像听见谭静在她背后哼了一声。燕宁不在乎，她觉得现在什么事都不如革命重要。

说实话，这几天燕宁所以没有去看方丹，主要是因为太忙，再就是她的心情近来也有些矛盾，有时她觉得自己还应该像过去那样关心方丹，给方丹一些帮助，有时又觉得，方丹的爸爸成了反革命，现在最重要的是让方丹懂得这场无产阶级文化大革命的重要性。

燕宁又想起那天在大操场撕报纸的事，她真后悔，认为那件事说明了她自己在政治上的不成熟，也说明了自己思想上的幼稚。她认为自己应该帮助方丹从正面认识问题，要劝她从思想上同反党反社会主义的爸爸划清界限，不能袒护他的错误和罪行。更让燕宁后悔的是，撕报纸的事竟是当着黎江的面做的，现在想起来只感到心里很不是滋味儿。其实，自己本来应当警惕黎江，据说，他的父母在政治上也有问题，他的思想能不受影响吗？尽管他一进中学就担任班干部和团支部委员，可谁又能证明他的积极不是伪装的呢？再说，尽管他是维嘉形影不离的好朋友，但维嘉那派红卫兵却仍然没有因此而放宽条件吸收他。这是为了保持革命队伍的纯洁啊！唉，燕宁越想越后悔，自己差点儿丧失阶级立场，这场文化大革命应该是敌我分明的啊！

燕宁警觉地发现，她曾经忽略了很多应当引起重视的事情。前不久，她看见黎江给方丹送去一本《红岩》。她知道，黎江给方丹送书是很经常的，可是，他为什么不送毛主席的书，他应该知道那本书正在受到批判！再说，谁知道黎江那经常鼓鼓囊囊的书包里究竟装了多少毒草呢？一种强烈的责任感又在燕宁心胸里膨胀起来，她觉得自己对方丹一直是满怀真诚的，她想自己应该劝方丹不要受黎江的影响，并且希望自己的努力能够得到方丹的理解。她曾经说过，要把学校里开展的活动带到方丹身边去，今天，为什么不多领点忆苦饭去看看方丹呢？她要结合忆苦教育帮助方丹提高思想认识，相信方丹一定会跟她站在一起。

哎，马燕宁，该你啦！燕宁正在愣神儿，猛地听到后面的人敲着碗提醒她，于是她赶忙张开书包凑近窗口。

要几份儿？窗子里面的人问。

四份儿。燕宁回答。接着，冒着热气的菜团子三三两两地跌进了书包里。

挤出饭厅，燕宁长长地舒了一口气，心里感到一阵轻松，蓝天和阳光让她的精神非常爽快。她整整军帽，扯扯衣襟，左手的大拇指别在宽宽的腰带上，觉得自己很威武。她决定回家召集维娜她们再一次为方丹组织一个更有意义的活动，想到这里，她心里有一种抑制不住的激动，就加快脚步往家里跑去。

# 22 牛奶和面包

燕宁来了。方丹，那天维嘉说你病了，现在好些了吗？燕宁满脸的关切，走过来，坐在我床边的椅子上问。她手里拎着一只鼓鼓囊囊的黄书包。

燕宁，我好多天都没见到你了。我说。

方丹，我一直想来看你，可我太忙了。燕宁抱歉地说着，把她的书包放在桌上。

燕宁，你真神气。妹妹在一旁对燕宁的装束发出了由衷的赞叹。

我这才注意到燕宁的变化，她穿着一身洗得发白的军装，腰间扎着一根宽宽的皮带，左臂上戴着红袖章，短短的头发上扣着一顶旧军帽。这身像男孩子一样的装束，让燕宁显得英姿勃勃。那副白框眼镜却依然保留着她过去的文静。

燕宁，我天天听见外面在呼口号，是你们在游行吗？我问。

是啊，方丹，可惜你不能出去看看，你知道社会上发生了多大的变化呀，现在外面到处都是我们红卫兵的队伍，大街上简直成了一片红色的海洋。燕宁脸上洋溢着兴奋和热情，她显然为自己也是红色海洋里的一朵浪花而感到骄傲和自豪。

这时，维娜和谭静来了。谭静看到燕宁，眼睛倏地一亮。哎，燕宁，你怎么来啦？

燕宁兴奋地说，你们来得正好，今天学校吃忆苦饭，我就多领了些给你们带回来了。说着，她打开黄书包，从里面掏出一个黑团子递到我的眼前，方丹，给。维娜、谭静、小米，你们都来吃呀！

谭静走过来，伸手抓了一个，拿到眼前仔细地打量着。这是什么？菜团子啊。说着，她咬了一点儿，在舌尖上品了品，立刻吐出舌头，真难吃啊。

维娜也拿起菜团子咬了一口，刚嚼了嚼，脸上就露出一副苦相，但她为了对燕宁的心意做出感激的样子，就不停地嚼着，可那个菜团在嘴里转来转去，却怎么也咽不下去。

妹妹只顾瞪大了眼睛盯着菜团子看着，听见燕宁说，小米，吃啊。她才拿起一个。

燕宁看到我们都在迟疑，就马上抓起一个菜团子，毫不犹豫地咬了一大口，嚼了几下，费力地挤着眼睛咽了下去。

我也咬了一口，只觉得又苦又涩，麻沙沙的，还有一股怪味儿，往下一咽，嗓子就噎得火辣辣的疼。燕宁，为什么要吃这个啊？我问。

燕宁一边嚼着，一边说，为了不让无产阶级的后代改变颜色，不忘过去的苦，珍惜今日的甜，所以必须开展忆苦思甜教育。我认为咱们应该像过去一样，把学校的活动开展到咱们红领巾小队里来。忆苦饭不光要吃，还要连吃三天呢。

这多难吃啊。妹妹咬了一口，皱着眉头说。

谭静也嘟着嘴说，咱们是不应该忘记过去的苦，可……可也不一定非吃这么难吃的菜团嘛。她的声音低下去。

可是，旧社会穷人连这个也吃不上呢。燕宁神情严肃地说，我认为，光想吃好的就是修正主义，就是资产阶级思想。

谭静不爱听了，斜着眼睛看看燕宁，不服气地说，噢，照你这么说，吃好的就是资产阶级，吃菜团子才是无产阶级吗？

燕宁涨红了脸，她说，谭静，你这是污蔑无产阶级。

谭静把手里的菜团子往燕宁书包里一扔，气鼓鼓地说，你刚才说的就是这个意思。

谭静，你反动！燕宁嗖的一下站起来，抬手指着谭静的鼻子。

维娜赶忙跑过去挡在她们俩中间劝阻着，你们干吗这样？谭静，燕宁这么远跑回来给咱们送忆苦饭，是关心我们大家，为什么要吵架呢？

我不过是说菜团子不好吃，她就说我污蔑无产阶级，那你说什么是无产阶级？

谭静见维娜参与进来，就争得更认真了。

燕宁说，哼，连这都不知道，无产阶级就是没有钱的阶级，有钱的就是资产阶级。

哎，猴子没钱是什么阶级呀？谭静又顶了一句。

这下燕宁的脸气得发白了，她说，谭静，你要是敢在大街上说这种话，早把你当现行反革命抓起来了！

你才是反革命呢！谭静气急败坏地一把推开维娜，迎着燕宁盛气凌人的脸逼过去，她们的鼻子尖几乎碰在一起了。

我着急地大声喊着，燕宁，谭静，你们都别吵了！可她们却还是相对怒视着，谁也不肯示弱。

正在一旁睡懒觉的猫弟弟被这阵吵闹声惊醒了，看到燕宁，它立刻亲热地扑上去，围在她的腿边兴奋地又转又咬，燕宁却不耐烦地一脚把它踢开了。猫弟弟扫兴地跳到我的床上，紧紧地偎在我的身边，瞪圆了眼睛惊恐地看着这个场面。

维娜站在那里，脸上露出乞求的神情，她看看这个，又看看那个，却不知道应该劝阻谁，显得不知所措。

我说，燕宁，谭静，你们都别吵了，我听我爸爸说过，将来到了共产主义社会就没有阶级了，整个地球上的人都会有饭吃，有衣穿，所有的财富都是大家的，到那时候每个人都能吃好的，还要喝牛奶，吃面包……

不对！不等我说完，燕宁猛地转过脸，向我大声喊叫起来，那不叫共产主义，共产主义就是要彻底消灭所有的剥削阶级，共产主义要靠无产阶级去实现，无产阶级就是穷人，只有剥削阶级才喝牛奶，吃面包呢！

可这是我爸爸说的……

方丹，我正要告诉你，你爸爸是反党反社会主义分子，他的话都是反动的，你应该跟他彻底划清界限！

不，我爸爸不是……我说。

报纸上都登出来了，还能是假的吗？燕宁愤愤地追问着。

马燕宁，不许你胡说！谭静冲到燕宁跟前，大声斥责她。

谁胡说了？这是事实！

燕宁，别吵了……维娜拽着燕宁的胳膊往后拉着。燕宁甩掉了维娜的胳膊，说，维娜，我告诉你，革命不是请客吃饭，不能那样温良恭俭让，你……你小心跟方丹一起滑到反革命大本营里去。

妹妹再也忍不住了，她怒冲冲地跑到我和燕宁中间，愤怒地大声叫起来，燕宁，不许你欺负我姐姐，你出去，出去！

燕宁听到这话，猛地抓起书包，气咻咻地说，哼，我还不愿意跟你们同流合污呢！说完，她转身跑了出去，咣当一声，屋门被摔得很响。屋里顿时静下来了，很久都没有一点声音。

# 23　报纸的碎片

黎江脚步匆匆地去看方丹，午后的太阳炙热地烤着柏油路，踩上去脚下软塌塌的。热风卷着一些肮脏的碎纸屑在行人们脚下翻滚，沿路的高墙糊满了五颜六色的标语和墨迹浓浓的大字报。街上不时走过一队队手举小彩旗的游行队伍，人群里还有一辆辆宣传车，车上的高音喇叭铿锵有力地播放着红卫兵们的战斗宣言和情绪激昂的革命歌曲，车上的人不时地散发着一把把红红绿绿的传单，纷飞在空中的传单引起一阵阵狂热的哄抢。黎江在你推我挤的人流中费力地穿行，忽然他发现旁边有一条僻静的小胡同，他急忙冲出人群，拐了进去。

文化大革命的形势发展得太快了，黎江心里不禁发出一阵感慨。他想起前不久，当燕宁把印着方丹爸爸罪行的报纸递到他面前的时候，他内心受到了多么强烈的震动啊！很多事物一夜之间就发生了仿佛翻天覆地的变化。那天在学校操场，他原以为撕掉那张报纸，就能保住方丹生活中的安宁。报纸的碎片至今还藏在他的书包里。可是短短的几个月，现实却以更加严酷的面目出现在眼前，他觉得自己也许太天真了。小胡同里没有行人，除了远处传来的宣传车的喧嚣，就是他的脚步声和因为炎热而喘息的声音。他躲进胡同一侧的阴影里，加快了脚步。那幢熟悉的红色楼房渐渐出现在他的视野里了。

方丹怎么样了？维嘉告诉他方丹的父母被关押起来时，他不由得担心，方丹怎么办？尽管他没有，也不愿把她看作是一个病孩子，可事实上她只能躺在病床上。黎江想起前不久，方丹给他看她的日记，那一篇篇稚嫩的文字深深地打动了他：

今天，我在窗子里看见，小柳树又吐出了洁白的柳絮，它们像一个个毛茸茸的雪球，随风轻盈地向空中飘去。它们一定会飞得很高吧？小时候，当我在大街上奔跑的时候，我见过满街柳絮纷飞的情景，它们多么自在啊！风把它们送上高高的天空，它们飞啊，飞啊，什么也不用担心，什么也不用牵挂。我的目光跟随着它们在空中飘飞，飞得越来越高，越来越高……

有一篇黎江看了很难过：

记得去年夏天，一场大雨过后，都会有一只小蜗牛顺着墙爬到我的窗台上来，它的身上背着一个半透明的小蜗壳，小脑袋上两根触须很对称地向前翘着。小蜗牛每次都这样，爬到我窗台上太阳照不到的一侧，一动也不动地趴在那里，好像是特意来看我的……可是，今年夏天已经下过好几场大雨了，小蜗牛却没有来，因为我的窗子已经被爸爸糊上了报纸……

那天看到这儿，黎江的眼眶有点儿发热。从那时起，他意识到作为一个朋友，不，作为一个兄长，他应该多为方丹做些什么。做些什么呢？他一次次问自己。方丹很懂事，她和小米把家里收拾得干净整洁，她们在很短的时间里已经学会了安排生活。黎江有几次帮着小米去买煤，买面，可他觉得这远远不够。那一天，他发现方丹用食堂的饭票，跟小米的几个男同学换书看，她用一个馒头票换一本很厚的书，一个窝头票换一本薄薄的书……方丹说看书时就会忘掉外面那些可怕的事。黎江很想多给方丹找些书来，可现在找一本书太难了，图书馆都被查封了，而且最近一些地方已经开始烧书了。黎江只能通过一些秘密渠道给方丹借书。有时走在路上，他总是小心地把书藏在衣服里，躲避着一双双充满警惕性的眼睛，直到走进楼门他才松一口气。

黎江在方丹的门口站住了，他看见屋门敞着一道缝，他轻轻敲了敲门，里边没有声音。他小心地推开门，屋里十分安静，小米不在，方丹在床上睡着了，那只小猫蜷在她的枕边。黎江走过去，轻轻坐在方丹床边的椅子上，默默地注视着她，昏暗的光线在她的脸上投下一层阴影，她的脸色显得更加苍白，黎江心里涌起无限同情。他想起第一次看见方丹的情景，在阳光喷洒的金线中，坐在窗前的方丹是个多么光彩照人的女孩子啊。

黎江总是不由自主地来到方丹的床边，她的笑声感染着他，让他不知不觉地也快乐起来。过去他在学校几乎不太跟女同学说话，他不像维嘉，故意做出一副傲慢的样子不理睬她们，他觉得自己是因为内心有种说不清的东西作怪，让他在女生面前总有些腼腆和局促。可他在方丹面前却是放松的，自然的。她爽朗的欢笑，她的纯净和对一切都感到新奇的目光深深地吸引了他。有时方丹让他检查她的代数作业，要是全做对了，他就用红笔郑重地写一个甲。这时方丹兴高采烈的样子，总是让他忘记了她的病痛，只觉得她像一个低年级的女生一样喜形于色。

黎江打开书包，想把方丹要的书拿出来留下，却摸到一把报纸的碎片，他的手像触电一样缩了回来，他赶紧把报纸的碎屑悄悄地塞进去，轻轻吁了一口气。他想起方丹那天问他，现在小说都成了毒草，不能读了，还能学《代数》吗?《代数》是好书吗? 那会儿，黎江真不知道怎么回答。

黎江感到一阵怅惘，他想起上初中的时候，他就对齐奥尔科夫斯基的宇航理论着迷，那些奇妙的火箭中队，让他充满了参加未来的星际航行的幻想，他曾雄心勃勃地用自己仅有的那点数学知识，对第一、第二、第三宇宙速度的公式进行推演，那些缜密复杂的计算常常让他绞尽脑汁，忘记了白天和黑夜，可他却乐此不疲。在分析、演算和推理中，黎江的性格变得稳重，也让他注重实际，对什么事都认真思考，绝不盲从。他熟读那些他能够找到的科普书籍，思考和推论成了他最大的业余爱好。这点他和维嘉不一样。唉，维嘉，短短几个月的时间里，黎江目睹了维嘉从一个热情奔放，充满浪漫幻想的中学生，到一个狂热的红卫兵的转变，在学校里，在大街上，维嘉是一员冲锋陷阵的骁将，他发表慷慨激昂的演讲，组织大批判，大辩论。在他的身后有大群大群的追随者，在那样的场合，维嘉好像忘记了自己是谁，只知道自己肩负着神圣的使命，要扫荡旧世界，并且为世界的新生呐喊。可当他拖着疲惫的脚步摇摇晃晃地回到家里，回到朋友们中间，关上屋门的时候，却仿佛变了个人。他用嘶哑的嗓子轻声背诵普希金的诗句，那些诗句让他的双眸里重新现出了黎江所熟悉的目光，可那目光已经暗淡了许多，偶尔也流露出一丝迷惘。

面对现实，黎江想得更多的还是未来，可是，眼前发生的一切却让他忧虑。他不愿过多地把事情往坏处想，他在内心深处怀恋着过去那安静的课堂，灯下苦读的日子，因此，他极力避开那些有可能让他的最后一点希望破灭的东西，他在心里默祷着动荡不安的日子尽快过去。他找出那些被扔在屋角的旧的习题集，反复地演算，做题，让自己的内心竭力避开那些喧嚷和躁动，企图用钢笔在纸上飞快划过发出的沙沙声盖过外面惊天动地的噪声。虽然他觉得自己仿佛忽然与整个世界格格不入，一个人形单影只，可他还是在那些精密的思考和推演中得到了乐趣。他深信科学巨大的力量会拨开心头的阴云和迷雾……

黎江的手又一次伸到书包里，摸出一本初中《代数》，轻轻地把它放在方丹的枕边。他看见方丹的鼻子尖沁出细密的汗珠，他感到一阵闷热，这才想起窗子被糊上了。他发出一声叹息，当这场政治风暴袭来的时候，很多人失去了安宁的生活，一些从未承受过痛苦的心灵也经受着痛苦的煎熬。可是，比起方丹，黎江觉得自己还算是幸运的，他的生活里毕竟还有新鲜的空气和充足的阳光啊。过去方丹的生活里比别的孩子少了很多自由和快乐，她只能凭借这个窗口，看着别人奔跑游戏，然而，现在她却连这点快乐都没有了……

喵呜……一声猫叫，打断了黎江的思绪，小猫看了他一眼，又把身体蜷成一个毛茸茸的雪球睡了。它的一只小爪弯弯地搭在眼睛上，爪子下面露出粉红的鼻子尖儿。黎江被小猫憨态可掬的样子逗笑了。幸好方丹的身边还有这个可爱的小伙伴儿，他心里想。

时间一分一秒地过去了，方丹还没有醒。看看桌上的闹钟，黎江踮着脚尖走出去，轻轻带上了屋门……

# 24 二元一次方程

那本《代数》给了我无尽的回忆，它是我少女时代异常珍惜的。后来我想，我之所以珍惜它，并不仅仅因为它包含着那么多未知数，还有更多的东西。那时我很难说清它给了我什么，今天也依然很难说清楚。复杂是少女的本性，而不像艺术作品中塑造的、描绘的。作品中的少女往往是美丽的、单纯的、天真的，或是……绘画、雕塑，只让少女永远保持了一副表情或一种姿势，她们将永远是静止的，我并不信任那样的少女。美丽的复杂，复杂的美丽，这或许是一个少女的真实写照。我已经不能准确地找回记忆中的一切，我只觉得那是我最不诚实的日子，在那之前，我从没想过我会与鬼鬼祟祟偷偷摸摸藏藏掖掖，这些不高尚的词语有什么关系。而实际上，我做了。鬼鬼祟祟偷偷摸摸藏藏掖掖给过我一种无名的激动和快感。那些天黎江告诉我，外面正在大批地查抄书籍，据说，还要把那些被打成毒草的书焚烧掉，那些书有很多曾被称为不朽的名著。人，仿佛具有一种反叛的天性，精神或欲望越是被禁锢，人就越会迸发出更大的反抗力量。那一时期的阅读也一样，越是被查禁的书，人们阅读的愿望就越强烈。很多书都被用巧妙的方法偷偷藏起来，在一双双渴望的手中悄悄传递着。黎江借来的书期限总是很短，他说，那些等待借阅的人已经排成了长长的名单。我经常迫使自己在一个晚上读完一本厚厚的小说，我的眼睛不得不以百米冲刺的速度在字里行间飞快地奔跑着，迅速地囫囵吞下整段的句子。每读完一本书，我都要用双手紧紧地抱住脑袋，即使这样，也不能抑制那种炸裂般的疼痛。当又一本书传到我手上的时候，我还是忍不住要读。能够从从容容读完一本我所喜爱的书，成了我最大的愿望。

那时，我完全忽视了自己本应单纯的年龄，我不知道自己从哪天开始，总是偷偷摸摸地做事，读书、写日记也总是鬼鬼祟祟的，好像偷了别人的东西。读书时，门外有一点声响，我就像最机敏的动物一样，把书藏在一边。开始我很难平静自己，后来，我居然会在陌生人面前脸不改色，可心却在胸腔里跳得通通响。我和人们悄声说话，如同过去地下工作者秘密地进行什么计划，悄声说话制造出一种紧张的气氛，这种紧张让人战栗，说话哆嗦。

屋里越来越闷热，没有一丝风。我在闷热中透不过气，读书是忍耐的一种方式。读着书里的故事，我就忘了周围的一切。从《在人间》这本书里，我看到了主人公怎样历尽坎坷，饱尝了人世间的痛苦。当春天的太阳和煦地照耀着，伏尔加河水涨得满满的，大地显得热闹而宽阔，主人公来到一艘轮船上，结识了正直的厨师斯穆雷，在他的帮助下开始读书……可惜，我还没有读完，书就被拿走了，我只能在记忆中去追寻那些匆匆掠过眼前的人物。在《热爱生命》这本书里，我看到了一种力量。在那个骨瘦如柴、奄奄一息的人的体内，有一种看不见的力量，它是不能用坚韧顽强这样的字眼来形容的，但它却使这个垂死的人挣扎着通过了荒无人烟的冰天雪地。当他被饥饿的狼扑倒在地的时候，用他的牙齿深深地咬进狼的咽喉，把狼咬死。这个力量就是信念和意志。它产生于思维，它是在人的大脑中时刻进行着的一种活动，也是人与外界长期磨炼、交融的结晶体。它闪闪发光，耀人眼目，但却是来自每天的平凡和平凡之后的思索。我多么希望能把这本书保留在身边啊！可黎江来拿这本书的时候，我却不能让另一双等待的手失望。

生活中有太多的问号，我很想知道，为什么那么多书突然间都变成了毒草？过去，我想起维嘉曾给我朗诵过的诗，听，听那云雀……云雀在高空里盘旋，鸣叫，向人们传达着天空的广阔，也带着我的思绪到那无限之中去遨游，让我忘记了这屋子的昏暗和狭小，忘记了自己在病床上的局促和笨拙。我有时沉浸在诗篇里，只觉得耳边回响的，已经不是维嘉抑扬顿挫的朗诵，而是来自遥远的，又仿佛是近在眼前的鸟的鸣唱。它紧紧地环绕着我，我的心灵与这壮丽和激越融为一体……维嘉的朗诵在我耳边渐渐低落下去了，回到现实中，面对眼前严峻的生活，我把自己更深地沉入到书的世界里，让思绪回到那些过去的年代，和那些在黑暗和死亡之中寻求光明和生存的人们在一起，和他们一起愤怒一起激动，一起吟诵写在墙壁上的诗句；或是一起走进崇山峻岭，在森林里，在篝火旁，度过一个又一个夜晚……书里那些宁死不屈，大义凛然的形象，如同一团团模糊的，但却跳动的火焰在我的眼前闪烁。我想起黎江曾经在《红岩》的扉页上写着：任何化学物质产生的火焰，最终都会熄灭，而用生命点燃的火焰将永远燃烧。

绿色的世界仿佛是在一个夏季的夜晚忽然荒芜的，暴雨之后是酷热的阳光，毒草滋生出来，邪恶而疯狂地迅速生长，几乎所有的书都是毒草了。我只能让黎江帮我找来他学过的课本。我枕边的《代数》已经很旧了，书边已经磨毛，书页已经有些卷曲、破损，可是书的封面却还很完整，它以前一定是被书皮包着的。我翻开第一页，上面用钢笔工工整整地写着一行字：在数学的王国里，只有勤奋和智慧才是至高无上的君主。下面是黎江的签名。

黎江给我讲过，在奇妙的数学王国里，各种各样的数字和符号是平等的，谁也不统治谁，因为它们谁也离不开谁。可是，要探索数学王国的奥妙，解开无穷无尽的数字之谜，只有勤奋和智慧。勤奋和智慧造就了一代又一代伟大的数学家，是他们不断地向人类揭示自然界里各种各样的数字奥秘。那些了不起的人！黎江告诉我很多数学家的名字，阿基米德，欧几里得，祖冲之，莱布尼茨，牛顿，高斯……他们对人类科学的发展起了巨大的推动作用，可他们谁也没有宣称自己是数学王国的君主。黎江说他们都是很普通的人。是的，我见过他们的画像，祖冲之有长长的胡须，一副慈祥的样子，他的额头很突出，我觉得数学家的额头都是很突出的，黎江也是，对了，他也有高高的额头。我忽然很想看看黎江。每次他坐在我的床边，都用一种关切的目光看着我，像一个兄长那样，我有时觉得在他身上还有比兄长更多的东西。那是什么呢？我想起黎江，哦，他的目光明亮深沉，还有他淡淡的微笑……我突然有一种激动夹杂着说不清的、隐隐约约的感觉，那是从我的心灵深处的某个地方涌出来的，我有点儿慌乱，心也跳得厉害，好像要从哪里蹦出来。我连忙重新把书翻开，书的第一章是二元一次方程，X+Y=?两个未知数的四则运算产生了一系列奇妙的方程式,世界上的一切原来都是未知数。未知数碰在一起，就产生了一个又一个大大的问号。

# 25　冰冷的石头

院子里又响起了尖锐的哨音，外面很快就热闹起来，有一种缺油的金属相互摩擦发出的吱吱扭扭的怪叫声钻进了我的耳朵里。这是什么声音啊？

这些天，一到早晨，院子里就传来这种尖锐刺耳的声音，我不知道外面的人在做什么，糊在窗上的报纸遮住了我的视线。坐在昏暗的窗前，我越来越留恋过去那些阳光明媚的日子，我很想看看窗外的小柳树，还有那些整天站在柳枝上吵闹不停的小麻雀。我还想看看鸽子鸣响着鸽哨飞翔在蓝天里，它们多么自由自在啊！好几次，我真想把糊在窗上的报纸撕下来，可是想起爸爸糊窗的那种严峻的表情和他再三的叮嘱，我把伸出去的手又缩了回来。

哨音和吱吱扭扭的怪叫声仍不时从窗外传来，外面的人到底在做什么？我顺着窗上的报纸看来看去，很想找到一个缝隙，哪怕只向外看一眼，可是报纸糊得太严了，我终于忍不住用食指在报纸上捅了一个小洞。一缕亮光唰地就透进来了，我把一只眼睛贴近小洞向外观望，外面的强光刺着我，我眨眨眼睛，睫毛擦着纸边发出轻微的声音。当我适应了外面的光线，我吃惊地发现，院子里的一切已经与过去大不一样了。原来很整洁的院子现在变得脏乱不堪，远处的围墙上糊着一些被风雨剥蚀的残缺不全的大字标语，凡是有人名的地方都用红笔打着叉，遍地的碎纸屑在不时掠过的风里一团团胡乱滚动着。我最吃惊的是，窗前的小柳树不知什么时候被拦腰撅断了，只向天空伸着一个苍白的木茬子，我心里一阵难过，几乎不敢相信这就是那个曾经充满阳光和孩子们欢笑的大院子。

嘟嘟——

哨音又响了，循声望去，我看到在院子的一角竖起了一个很大的木头三脚架，架子上挂着一个锈迹斑斑的铁滑轮，一根很粗的绳子顺着滑轮垂到三脚架中间的地底下。三脚架一旁站着几个人，他们一字排开，抓着绳子的另一头，每当哨音一响，他们便起劲儿拽着绳子往后退，铁滑轮立即发出吱吱扭扭的呻吟。不一会儿，一个装满黄土的大抬筐就从地底下冒出来，于是，等在三脚架旁的两个人吃力地抬起大土筐，把它们翻倒在一个越积越高的土堆上，然后，又把空土筐送回到地底下去。

那些人站在酷热的阳光下，蒸腾的热气在他们身边颤抖着上升。他们身上皱巴巴的衬衣挂着一片片的汗渍，打了补丁的裤子上沾满了泥屑。他们的头发乱蓬蓬的，有的人胡子也很长，被阳光暴晒的脸上，肌肉绷得很紧，猛一看，那些脸上的表情都很木然。我觉得他们就像书里描写的那些服苦役的人。

又一筐土被拽上来了，那两个等在旁边的人过去，将大土筐抬起来，刚走了两步，前边一个人猛地被绊倒了，大土筐呼啦倾倒在他身上。另一个人赶忙扒开黄土，将他扶起来。摔倒的人腿受了伤，他一瘸一拐地跑到土堆旁，抓起一把铁锨，把翻到地上的土急急忙忙地铲进筐里。黄土仍不断地被运到土堆上，那个人始终拖着受伤的腿往来奔忙。我紧张地盯着他，生怕他再被那沉重的土筐压倒。

姐姐，你在干吗？

我回过头，看到妹妹手里拎着菜篮子，正站在门口望着我。

小米。我揉揉因为窥视太久而累疼的眼睛问，外面那些人在干什么？

他们在挖防空洞呢。妹妹关好门走过来。

防……防空洞？挖防空洞干什么？

我听维嘉说过，将来要是打仗了，人们就躲在防空洞里。

我又问，那些挖防空洞的是什么人啊？

他们都是受批判的人，就是牛鬼蛇神，你看，还有人专门管着他们呢。

我又把眼睛贴在纸洞上，发现那个像小山似的土堆上站着一个戴袖章的红卫兵。他看上去还是个孩子，在那些干活的人面前，他偶尔威风凛凛地双手叉着腰大声训斥几句，而更多的时间，他却顽皮地在土堆上跑上跑下，有时还趴在土堆上，用一根木棍当机枪，瞄着那些干活的人，嘴里嗒嗒嗒地学着枪响，向他们扫射。鲜明的爱憎让他对那些被叫作牛鬼蛇神的人做出了非常残酷的表情。

另一个红卫兵坐在树荫下一个扣着的土筐上，正低头在本子上写什么，许久才站起来，直直腰，甩了甩齐耳短发——是个女的。她把本子装进口袋里，我忽然觉得她的身影十分熟悉。她身上穿着一套洗得发白的旧军装，黑黑的短发上扎着一根歪辫儿，阳光照着她浑圆的肩膀，照着她束在腰里的闪亮的皮带，她慢慢转过身来，阳光在她圆圆的脸上倏地反射出一道亮光，她戴着眼镜。

啊，原来是燕宁！我不敢相信，揉揉眼睛再仔细一看，真的是她！

燕宁走到三脚架跟前，看看新挖出的黄土，抬手指了指下面的洞口，大声命令那些与她的父辈同龄的人。那些人垂手站在那里，脸上带着漠然的表情，默默无言地听着。燕宁不知道说了些什么，然后又朝他们一挥手，于是有个人站进大土筐里，双手紧紧抓住绳子，随着铁滑轮刺耳的响声，他很快就沉到地下去了。

下午，窗外忽然传来纷乱的叫嚷声，我赶紧趴在窗台上，把眼睛贴在那个小纸洞上。我看到一些人围在三脚架跟前，有的人蹲在那里，有的站在那里俯身向人群里张望。小米，外面好像出了什么事。我说。

我去看看。妹妹的话还没有说完，就飞快地跑出门去。外面的人群中出现了一阵骚动，接着人们向两边闪开，让出一条路，那个摔伤了腿的人被人背着走出来，他脸色蜡黄，头歪向一边，两只手无力地在背他的人胸前悠荡着。燕宁指挥那个男红卫兵跟着他们向大门口跑去。剩下的那些人无言地站在那里，呆呆地目送他们离去，那个和他一起抬土筐的人有点茫然地立在那里，手里默默地绞拧着一块脏毛巾。

妹妹急匆匆地跑回来，脸上带着紧张的神情。姐姐，他们说那个人犯了心脏病，快要死了。妹妹说着猛地打了个冷战，我也更害怕了。

我呆呆地望着窗外，那些干活的人又重新排好队，低垂着头站在那里。燕宁神情十分严肃地站在他们面前，用十足教训的手势对他们讲着什么。燕宁一边讲，一边在他们面前不停地挥着胳膊走来走去。她就这样足足讲了有半个小时，最后她又命令那些人开始干活了。

我对这一切感到惶惑。现在不是战争年代，却好像在进行着一场没有硝烟的战争。究竟谁是这场战争中的敌人呢？难道真是爸爸，是这些挖防空洞的人吗？过去，他们许多人都是在真正的战场上与敌人进行过浴血奋战的革命者，而今天，他们却被新的革命者——红卫兵以百倍的憎恨打倒了。

窗外的世界多么可怕呀！

我突然明白爸爸为什么要把我的窗子糊起来，他是想为我保留一片宁静的天地，可是他却没有力量抗拒他抗拒不了的东西，爸爸，好爸爸……我觉得泪水正顺着我的腮边滚落下来……

天渐渐黑下来了，院子里的三脚架上吊着的一只大灯泡亮起来了，强烈的灯光把周围的一切照得明晃晃的，有人从院子里走过的时候，刺眼的灯光便在他身旁的地上拖起一道长长的影子，好像魔鬼给他施了分身术。当一阵晚风吹过，那盏吊灯就晃动起来，于是院子里的一切也都在灯影里晃动着，大三脚架的黑影如同一个凶恶的，张牙舞爪的魔鬼。那些人还在不停地干活儿，铁滑轮吱吱扭扭怪叫着，我觉得他们不是在挖防空洞，而像在为魔鬼挖掘坟墓。

我不愿再看到那些干活儿的人，更不愿看到盛气凌人的马燕宁，自从吃忆苦饭发生争吵之后，燕宁就再也没有来过。我无论如何也弄不懂，为什么在短短的时间里，燕宁发生了这么大的变化。她完全变成了一个陌生人，她那热情的微笑不见了，她的镜片后面，剩下的只是冷酷的表情。

我不禁想起在一本书里读过的一个民间故事。故事里说，从前有一个人心地非常善良，他总是热心地帮助别人。当他看到人世间有那么多疾苦，他那颗善良的心就会不安地跳动。他对自己说，我一定要去为人们寻找幸福，无论山多高水多远，我也要去！他的话被一个魔鬼听到了，魔鬼的脸上露出了阴险的冷笑，它决定到途中去等待善良的人。善良的人翻过了无数座高山，越过了无数条大河，经历了数不清的艰险，他的心开始动摇了，我究竟能不能找到幸福呢？这时，魔鬼出现了，它问，你真的要去寻找幸福吗？是啊。善良的人回答。魔鬼大笑起来。善良的人奇怪地问，你笑什么？魔鬼说，我笑你太傻。你瞧，其实幸福很容易就能找到，就看你肯要不肯要。说着，魔鬼举起一块黑黑的石头，只要你换上这颗心，你就能找到幸福啦！善良的人听信了魔鬼的话，让魔鬼取走了他那颗善良的心。当那颗黑色的石头落进他的胸腔里，他立刻变得冷酷而残忍，他再也不关心和同情别人，却帮着魔鬼给人们带来苦难，他的心不再感到不安，因为那是一颗坚硬冰冷的石头。燕宁是不是也换了一颗石头一样的心呢？

# 26 黎江逃跑

地下室里黑洞洞的，弥漫着一股刺鼻的霉湿味儿。黎江被拖进来，扔在冷冰冰的水泥地上，脑袋咚的一声撞在墙角，耳朵里一阵轰鸣，立刻失去了知觉。地下室的门咣当一声被摔上了。随着一阵踢踢踏踏的脚步声，通往上边楼梯的门也被关上了，周围陷入一片死一般的沉寂。

不知过了多久，一丝飘飘忽忽的意识把黎江从昏沉沉的深谷里拽了出来。他的思绪被一些模模糊糊的幻觉包围着。渐渐地，那些幻觉清晰起来。他看到自己正在拼命奔逃，两只手紧紧捂着偷藏在衣服里边的书本，但是眼前的每一条路上都是火光和人群，无数个声音在狂暴地吼叫着，抓住他！黎江的心狂跳不已，眼看着大火从四面八方向他蔓延而来，他感到惊慌和恐惧。滚滚浓烟形成了遮天蔽日的黑暗，他扑打着迎面而来的烟雾，焦急地寻找着出路，终于，眼前出现了一条僻静的小巷，四周的追赶声又逼近了，他无可选择地一头冲了进去。

小巷里出奇地安静，两旁耸立着笔直的高墙。黎江松了口气，靠在墙边急促地喘息着，伸手扶着墙壁，但是，他的手触到的不是坚硬的砖石，而是一本本厚厚的书。他惊喜地抽出一本，啊，是《牛虻》，他高兴地一页页翻开了，贪婪地读起来。这时，一件可怕的事情发生了，在被抽去书本的墙洞口，一缕火焰像一条红色的游蛇蹿了出来，它屏着呼吸向黎江逼近了。他焦急万分地想提醒自己，但怎么也发不出声音，看到自己仍然毫无觉察地在看书，他急出了一身冷汗。火蛇燃着了书墙，又不怀好意地在他耳边偷偷喘息着，伸直了鼻子鬼鬼祟祟地嗅着，嗅着，终于忍不住一口咬住了他的耳廓。

黎江疼得猛地一抽搐，顿时清醒过来，睁开眼睛，立刻感到自己被昏暗吞噬了。他的心还在紧张地狂跳着。略一定神，他发现刚才的一切并不完全是幻觉，耳边的确有个家伙正喷着细微的气息窥视着。他心里感到冷森森的，一动也不敢动，耳边却感到一阵火辣辣的疼痛。这时，一个又湿又凉的鼻子又一次小心翼翼地凑过来了，大概不甘心放弃被自己咬出来的血腥，那鼻子在黎江的耳边嗅着，嗅着……他猛一扭头，看到一个受了惊吓的毛茸茸的小黑影拖着一条细细长长的尾巴，仓皇地奔向墙角，溜着墙边飞快地逃走了，原来是只老鼠。

黎江一骨碌爬起来，警觉地观察着四周，他的眼睛在黑暗中搜索着，很快就辨别出自己所在的地方。这是学校后楼的地下室，过去他和维嘉曾来捉过迷藏，从门口进来，再钻过透气窗爬到外面去。现在，透气窗上的玻璃被砸光了，窗框上横七竖八地钉着木板，板缝里透进来的线一般的风丝，一阵比一阵凉。夜，已经深了。校园墙边的白杨树上，聒噪了一天的知了已经安静下来。墙根儿那些挂着夜露的小草底下，蟋蟀们正抖着双翅，瞿瞿地奏出合鸣。

突然，一股蜡烛味儿和一丝摇曳的烛光从门缝里透进来，负责看守黎江的红卫兵耐不住夏夜的困乏，踏着空洞的回声来到门边，把头歪靠在囚室的门上，很快就发出了细微的鼾声。

一阵吱吱的尖叫声从对面墙角传来，黎江看到一串幽幽的寒光沿着墙边散开，迅速向门边溜过来，不由打个寒战。他竭力镇定自己，仔细一看，原来是些黑乎乎、贼溜溜的老鼠。他下意识地抬手摸摸刚才被咬破的耳朵，不禁厌恶地皱紧了眉头。谁知被牵动的额角一阵疼痛，伸手一摸，有些黏稠的、暗黑色的液体沾在手上，他心里一震，那一定是血！

下午，那些人把他打得太狠了！

最近，城市上空整日弥漫着不散的烟雾，街头巷尾随处可见被砸烂的古董碎片和燃烧的火光，学校的操场已经成了大批书籍的焚尸炉，红卫兵们每天都把一车车书籍拉到这里来焚烧。

就在这个下午，黎江负责跟一辆运书的平板车来往于图书馆和操场之间，他觉得自己正在做一件最不愿做的事情。他的双腿越来越沉重，脚步也越来越缓慢了。来到图书馆，面对一排排书架，面对一行行排列整齐的书籍，他木然呆立着，仿佛看到无情的大火正在向这些无声的语言扑来，仿佛看到一排排书架像一堵堵坍塌的墙，稀里哗啦地歪倒在浓烟烈火之中，他不由得闭上了眼睛。

哎，黎江，你怎么啦？快搬呀！在窄窄的过道上，一个同学托着一大包书碰碰黎江，诧异而关切地望着他。他赶忙侧过身子，那位同学挤过去，后面的同学又抱着书本挤过来，他们都用疑惑的目光注意地看一眼发愣的黎江。于是，他垂下眼睑，匆忙地拐进一条横道，沿着书架走向深处。光线越来越暗了，黎江看到有些书架已经被搬空了，他心里也突然感到空荡荡的。他倚着书架又一次陷入沉思。多少年来，书一直是他的好朋友。更深夜半，它们常常伴着他在灯光下畅谈。他觉得书开阔了他的视野，让他的生活丰富而有意义。回味着那些书给他留下的深刻印象，在记忆中与书中的人物携手漫游，他觉得自己好像正在为这些等待被押上刑场的死囚送行。

他想起一个不眠的长夜，他入迷地读着《牛虻》，直到黎明的曙光映到他手中的书页上：院子里的草遭到人们的践踏染成红色了，统统都红了，竟有那么多的血！那血从面颊上滴下来，从被打穿的右手上滴下来，从受伤的胁部像一道又热又红的瀑布那么涌出来。竟连一绺头发也浸在血里了……啊，那是临死时淌出的汗，那是由可怖的痛苦煎逼出来的！

现在，连那被人践踏成红色的草和树下那个漆黑的深坑也要消失了,消失在毒炽的火焰和翻滚的浓烟中。牛虻将永远失去生与死的权利！

抚摩着一排排空寂的书架，回想着过去给过他多少欢乐，牵动他多少情感,现在却荡然无存的书本,黎江不禁问自己,你在干什么？书啊,它们来得多么不容易。书是多少敏感的心灵在悲与喜的交织中碰撞出来的火花，书是多少深思熟虑的头脑对社会、对人生反复思考的结晶，书是多少血与泪浸泡出来的生活教训，书又是多少哲人对后代的期望和启蒙。一把火，燃起来多么容易，灰飞烟灭的时候呢？

黎江觉得眼前混沌而灰暗，他的胸口发闷，像是被什么卡住了脖子，几乎透不过气来，他扯了扯白衬衫的领子，他的领子已被人撕扯得破烂不堪。他仰起脖子,把头靠在墙上,不想却引起一阵更厉害的头痛,他不由用双手抱住脑袋，伏在屈起的膝头上，想止住疼痛。过去他从不知道头痛的滋味儿。黎江强力忍着，忽然想起《牛虻》中的列瓦雷士，他总是忍着剧烈的头痛，他的忍耐精神深深地打动了黎江。他想起不久前，他曾给方丹讲过《牛虻》，给她描述过牛虻坚毅的生和悲壮的死。方丹已经好几次恳求他了,黎江你一定帮我借一本《牛虻》。牛虻,牛虻,一定要为方丹找到一本《牛虻》。

唔，就是那一会儿，黎江的记忆清晰起来，他转向书架，坚定而固执地一排排寻找着，寻找着……终于,《牛虻》映进了他的眼帘，他飞快地把书抽出来，看到封面上那张带着刀疤的脸浮着坚毅的神情，他紧紧把书捂在胸口上，宽慰地松了一口气，心中喃喃地念叨着，我不会让火把你烧掉，不会……他心里那样兴奋，他要去对方丹说，有了，这就是你要的《牛虻》！他好像看见她伸来的双手。

后来呢？后来又发生了什么？

黎江回想着，他听见有人喊他，嗨，黎江，你这家伙在磨蹭什么呀？快出来，车要走啦！门外的叫喊惊醒了黎江，他答应着急忙往外走，蓦地，他像被人打了一记闷棍似的愣住了，怎么能这样出去呢？怎么能在众人的眼皮底下把书拿走呢？这样，不等走出几步就会被捉住。不行，必须把书藏起来！黎江小心地向四周看了看，静静的，没人，他慌忙把书藏在白衬衣里，顺着窄窄的通道往外走。陡然间，又一个熟悉的书名映入他的眼帘——《斯巴达克思》，他不由自主地唰地抽出来藏在衬衣里，又胡乱抱起一摞书托在手上，径直向门外走去。

操场越来越近了，已经能听到红卫兵们乱纷纷的兴奋的叫嚷。黎江屈起胳膊，用双手使劲儿挤压着藏在衬衣里的书，直到走进操场，看见大家的视线都被堆积在地上的五花八门的书吸引过去，他才稍稍松了一口气。

操场中央堆积的书像一座小山，风吹着散乱的纸页，一个个封面簌簌抖动着，战栗着，就像一张张恐惧的脸。

闪开，闪开，点火啦！

黎江看见燕宁神情兴奋地在人群里活跃地挥着胳膊大声叫着，她的脸红红的，从衣兜里掏出一盒火柴，递给书堆旁一个戴眼镜的男红卫兵，对他说，刘援朝，给，点火吧。

嚓！一根火柴在刘援朝的手上擦着了，他抛向书堆，火柴划了一道橘黄色的弧线落下来，在风中闪了闪，熄灭了。又一根火柴燃着了，它躺在一本书的封面上很快燃尽了自己，留下了一条细嫩的白灰。燕宁一弯腰，伸手抓起一本书，哧哧地扯成一束束长条，将纸屑堆在刘援朝面前。纸条燃起来了，一根根纸条燃烧着跃入巨大的书堆，他们就这样点燃了一处、两处、三处……一股股淡淡的蓝烟袅袅升起在书堆上。书页飞快地蜷缩着变成褐色，又变成黑色，变了形的黑色纸页迅速蔓延开来，形成一股浓黑的烟柱。紧接着轰的一声，一条火龙腾空而起，呼呼怪叫着。成千上万本书在烈火中燃得通红，像一块块放射着光和热的红砖。火舌借着风势贪婪地舔舐着书本，火星密集地飞舞着升起来，风声呼呼地在人们耳边喧噪着，火光烤得人脸颊发烫。

黎江的手不由攥成了坚硬的拳头，指甲几乎嵌进肉里，眼前的书山火海中，蒸腾的热气托举着柳絮般轻盈的纸灰不断飞升，飘散在银灰色的天幕下。炽热的气浪随风冲来冲去，大墙周围的白杨树都在热气中颤抖。它们摇摆着枝条，哆嗦着树叶，发出哗哗的、绝望的哀叫。这些可爱的白杨树也要陪着书堆殉葬了！

火光跳动着，映红了黎江的脸，炙痛了黎江的心。面对熊熊燃烧的大火，有的人一边骂着毒草，一边往火里扔书。黑灰和火星被溅起来，疯魔一般地冲天而去。

扔啊！扔啊！周围有很多人在疯狂地叫喊着。

黎江觉得，那就像《斯巴达克思》中的角斗场上，九万多观众对失败的角斗士发出的死亡的信号，又像那个发出执行牛虻死刑命令的中尉用激动而颤抖的声音喊着，预备——瞄准——放！

于是，血光里垂死的角斗士在剧烈的痛苦中痉挛地弯曲着身体，他用那非人的可怕的声音喊道，万恶的罗马人！

于是，牛虻慢慢举起那只打断了的右手，把十字架推开去，十字架上的耶稣就被涂上了满脸鲜血……

不，不！黎江恐怖地闭上了眼睛，垂下的眼睑后面却仍然是一片动荡的血光。大火扑上来了，血光涌上来了。那些英勇的奴隶，那个无畏的牛虻，仿佛一齐对着黎江的耳朵大声喊着，我们又要去死啦！

黎江忽然想把那些不屈的灵魂从浓烟烈火中拯救出来，他不顾一切地伸出了双手……哗啦，藏在衬衣里的书猛地掉了出来，两旁的人顿时都被惊呆了。

马燕宁吃惊地瞪大了眼睛，不敢相信地盯着黎江。

好啊，他偷毒草！刘援朝第一个省悟过来，愤怒地叫道。

黎江耳朵里嗡地一响，只觉得脑袋迅速胀大了，他的心脏仿佛被一只大手紧紧攥住，几乎不再跳动。人群狂怒的呼喊声仿佛离得很远。

真反动！他竟敢明目张胆地偷毒草，快抓住他！有人大声喊叫起来。

一句话点醒了黎江，他猛地低头捡起掉落的书本，推开围拢过来的人群，钻出人圈，发疯似的狂奔起来。

快，追上他，抓住他！更多的人不但高喊着，而且呼隆隆地追了上来。人群轰的一下散开了，像一股黑色的潮水涌向黎江，要把他吞没在愤怒的洪流之中。黎江在人们举止失措时已经跑出了一段距离，再有几米，他就能冲到大街上，借着他所熟悉的游龙般相互穿插的小巷，或许就能侥幸逃脱了。谁知，就在他冲向操场大门的一瞬间，一条运书的车龙恰巧涌进门来，迎面堵住了他的去路。混乱中，拳打脚踢从四面八方一齐攻来，前后左右响起一片狂怒的叫骂，黎江被人们推来搡去，密密麻麻的拳头在他的眼前晃动。黎江脑子里此刻什么念头也没有了，只想着保住他拼着性命抢来的这两本书，保住他的《斯巴达克思》，他的《牛虻》……他双手紧紧抱在胸前，死死护着，十指像弯拢的铁钩那样牢牢地抓住书的边缘。

黎江的举动越发激怒了围攻的人们，他们一边殴打他，一边伸出更多的手恶狠狠地撕扯他手里的书。封面被撕破了，书角被扯碎了，黎江的手背和胳膊上也被抓出一条条血道子，头被打得发蒙了，腿被踢得瘫软了，他眼前那些因愤怒而变得可怕的人脸变得模糊不清了，耳边震响的怒吼声渐渐变成了遥远的轰鸣……

哎，战友们，战友们，大家别打了，别打了……

就在黎江即将歪倒的那一瞬间，他听到了一个熟得不能再熟的声音猛地从人圈外面高喊着挤了进来。战友们，不要让他干扰了我们的大方向。大家去烧毒草，我们把他押到红卫兵司令部去处理，这两本书正好做罪证！

黎江抬起头，他在人群中看到一双熟得不能再熟的眼睛，那双眼睛飞快地向他示意。就在那些手缩回去的时候，黎江也停止了反抗。黎江被两个人半拖半架地拽起来，推搡着往学校走去。他的意识开始昏乱了，眼前的一切都在晃动，但他仍然抱着书，一步步走出操场大门。

黎江在黑暗中轻轻抚摩书的封面，就像抚摩着有生命的东西。他觉得残酷的经历让这两本书变得更加珍贵了，一定要把它们带出去……他这样想着，却不知道前面等待他的将是什么，下午的举动已经把操场上的大火引到他身上来了，那些愤怒的人也许不会放过他的。

可那双熟悉的眼睛给他的暗示说明了什么呢？

不行，不能坐在这里傻等，要想办法出去！他忍着伤痛站起来，摸着黑走到门边，侧耳听了听动静，门外的红卫兵还在熟睡。他又摸到透气窗前，发现被钉死的木条十分牢固，用力一推，立刻发出吱嘎嘎的响声，在深夜空洞洞的楼房里，那响声格外刺耳。黎江赶忙又坐回墙角。外边的人被惊醒了，打开门看了一眼，蛮横地喝了一声，老实点儿！又走出去锁上门，呼呼地打起鼾来。

黎江失望而担忧地坐着，困倦极了。经历了那样紧张的一个下午，他的精力几乎耗尽了。他的头歪靠在肮脏而又潮湿的墙上，眼皮沉重地垂下来，就在那一刻，他似乎看到方丹的眼睛在黑暗中闪了一下，他对着黑暗微微一笑，带着这笑容沉入了梦境……

不知过了多久，走廊里突然出现了一阵骚动，黎江被惊醒了，只听到楼梯口有个人冲这边喊着，嗨，快去报告，辩论的打上门来了！门外的看守睡眼蒙眬地答应着，跌跌撞撞地摸着黑跑了出去。外面的脚步声、喊嚷声乱成一团，盘踞在上层楼房里的红卫兵们一窝蜂似的拥出楼门，听声音，脚步声都奔向了学校前门。

黎江不知出了什么事，竖起耳朵倾听着。过了一会儿，寂静重又回到了空空荡荡的教学楼。窗外的蟋蟀被那阵惊扰吓得停止了鸣叫。周围静悄悄的。

突然，黎江听到一种令人毛骨悚然的摩擦声隔着窗板传来，好像有一条巨大的蟒蛇正贴着地皮爬近窗口……他的头皮一阵发麻，周身的血液像冻住了一般。这会是什么怪物呢？

咔嚓……咔嚓……那怪物好像在啃钉窗子的木板。黎江镇静了一下，弯下腰，在黑暗的地上摸索着能够进行反抗的东西。

嗵！随着一声骤响，一股午夜的清爽的凉风迎面扑来。黎江握着一根木棒一跃而起，借着银晃晃的月光，他看到一个黑影把头探进窗口。

黎江，黎江！一个熟悉的声音压低了嗓门儿急切地呼唤着。

哥哥！黎江扔掉木棒，惊喜地向前迈了一步。

黎江，快出来，快！黎明焦急地催促着，机警地留意着四周的动静。

黎江高兴得几乎喊出来，他抓起那两本书，迅速而轻快地爬出窗口。他贪婪地深深吸进一口自由的清新的空气。隐隐地，他听到前门那边传来维嘉那抑扬顿挫的朗诵般的声音，心头一热，眼眶有点潮湿了。

黎江紧紧跟在哥哥身后，贴着学校围墙的阴影一溜小跑，他的心紧张得咚咚狂跳。倏地，眼前闪出一道黑影，黎江一惊，猛地站住了。他刚要扑上去制止对方发出叫喊，却听到黎明的低语，快去告诉维嘉吧！那黑影飞快地应了一声，敏捷地跑了。黎明告诉黎江，这是个接应他的伙伴。

黎江随着哥哥在黑暗中奔跑，他们尽量放轻了脚步，讨厌的落叶却仍在脚下沙沙作响。获救的喜悦让黎江兴奋得什么也不愿想了，过分的幸运让他怀疑眼前的事情是否真实。他抬起头，看到墨蓝的天空里，星星快乐地闪烁着，像放光的宝石。

糟了！跑在前面的黎明猛地收住了脚步，把身体靠在一棵大树上，并且把黎江一把拽了过去。

怎么啦？黎江轻声地问。

别说话！黎明贴着黎江的耳朵说，刚才进来的时候，花边儿围墙上有个缺口，咱们可能跑过了，怎么绕到楼前来了。看，前边有人！他悄悄一指，黎江立刻看到一伙人正匆忙地向这边跑。借着月光，黎江看见那个看守他的人对他的同伙说着什么。显然，他的逃匿被发觉了。黎江一拍脑门儿，恨自己被喜悦冲昏了头。校园的一切这样熟悉，怎么会闷着头瞎跑呢？尤其是怎么竟忘了哥哥并不熟悉这里的环境呢？他当机立断地说，走，不能待在这里被捉住！黎江拉起黎明的手，附在他耳边悄声说，快，跟我来！他们照原路返回去，再有一百米就是那个缺口，他们可以很顺利地冲出去了。

就在这时，楼房拐角处闪出几束手电光柱，另一拨人群出现在前方，他们照着每一处阴影，乱纷纷地吼叫着。

黎江心里一阵发凉，绝望地站住了。黎明也看清了眼前的处境。进不行，退不行，待在这里束手就擒吗？不！他一低头蹲下去，急促地回头叫着，黎江，快，踩着我的肩翻到墙外去！

不，你先出去！黎江也蹲下了。

黎江，你，你犯什么傻？快出去，他们不认识我，不会怎样的！黎明气呼呼地瞪着黎江。听着越来越近的人声，黎江终于无可奈何地踩着哥哥的肩头翻身上了墙。这下，他从大树的阴影中完全暴露出来了，两边追捕的人几乎同时发现了墙上的黎江。

快，他在墙上！很多声音都叫了起来。

黎江，快跑！

黎明抓起地上黎江掉落的两本书扔给他，用力一推他的脚，黎江翻身跳了出去。

黎江越过马路，隐藏在一个门洞里，担忧地回头注视着。学校的围墙里手电筒的光柱乱闪，人声喧闹，吵吵嚷嚷的声音听得很清楚。他似乎看见哥哥正孤身搏斗着，竭力想冲出人群，黎明所激起的愤怒像一股狂潮很快便把他吞没了。

黎江擦去不知何时滚落在脸颊上的泪水，扭转身，飞快地消失在夜幕掩护下的人行道上。

# 27 四支火把

学校门外的人圈越来越大，夜风在人群中游梭般地往来穿行。维嘉暗暗高兴，心里说，来吧，都来吧，人来得越多越好。

维嘉正在与台下的对手进行一场激烈的辩论。今夜他的辩论台搭得很别致，伙伴们把乒乓球室里的两个长方桌子叠在一起，四个角上各站着一名手持松明火把的人。黑暗中，燃烧的火焰照着他们神情庄重的脸庞，跳动的火光在他们的身后投下了一簇簇黑蒙蒙的影子。

看到这些，维嘉觉得好笑，他不禁想起那些原始部落集会时首领发号施令的情景。

半夜三更搭起高台辩论本来就令人感到惊奇、新鲜，这虚张声势的架势又给这场辩论增添了一种富于浪漫色彩的神秘气氛。辩论开始不一会儿，教学楼的窗口探出几个睡眼惺忪的脑袋，好奇地向这边张望，显然是被这梦幻般的情形吸引住了。他们观望了一会儿，终于经不住好奇心的诱惑，一个个叫喊着冲出楼门，蜂拥而至。

维嘉站在火把照耀的中心。他搜索枯肠，拼命地演讲，一会儿慷慨陈词驳斥对手，一会儿又编些幽默故事引人发笑。他竭力想把台下的听众牢牢粘在他的舌尖上。人群中混进了几个捣乱分子，他们一边捏着嗓子攻击维嘉的观点、理论，一边却偷偷冲他扮鬼脸。维嘉强忍着笑意，给他们以有力的回击。表面看来，一场舌战正在人们的头顶激烈地展开。

热烈的掌声和表示赞同的叫喊在人群中腾起，维嘉顾不得领略胜利者的喜悦，他心里牵挂着他的第二战场，声东击西，他在这里奋战的目的是解救黎江。但是维嘉不明白黎江为什么要冒冒失失惹出这场大祸。下午，他看见那么多人在痛打黎江，真的又急又气，恨不得越过人群，冲过去救出黎江，可是黎江却像惊涛骇浪中的一条小船，被汹涌的人流冲来卷去。在谩骂和殴打中，黎江倔强地坚持着，怎么也不肯放开手中的书。维嘉急得几乎要喊出来，黎江，快放开呀，那两本书还能比你的生命更重要吗？他心里暗暗责怪黎江，为了两本书去惹起众怒实在太不值得了，何况，那些书都是毒草啊！后来，他虽然用冠冕堂皇的借口暂时救了黎江，却不能在众目睽睽之下将他劫下来，只得眼睁睁地看着自己的好朋友被别人押走，关进学校的地下室。

当黎江被推推搡搡拥出操场大门的时候，维嘉突然觉得那不是他一向所熟悉的黎江了——那个温和忠厚而又有点腼腆的黎江。黎江的白衬衣被撕破了，上面沾着灰土，染着鲜血，乌黑的短发直立着，鲜血顺着额角缓缓地流下来。黎江的眼睛忧郁地眯着，目光正直望着前方，他的嘴角抿得很紧，挂着不屈的愤怒。他的手臂上尽是斑斑血痕，却仍然紧紧地抱着两本书。黎江多像电影里那些被捕的革命者啊！维嘉这么想着，眼眶里湿润了，他决心今夜无论如何也要设法救出黎江。

维嘉和黎江是一对很有趣的朋友。在别人眼睛里，黎江似乎是维嘉的卫士，但维嘉心里明白，黎江是他的主心骨。维嘉办事有些浮躁，黎江却非常沉稳。过去经常是维嘉闯了祸，黎江想办法给他解围，这次倒了过来，他要设法救出黎江。

夜色像一张绷紧的网，蟋蟀们发出急促的叫声，时间一分一秒地煎熬着维嘉，他明白，夏天的夜再长，他的精力也有消耗殆尽的时候。他拼命地讲啊，说啊，讲得口干舌燥，说得嗓子眼里冒烟。他的舌头巧妙地带着他的忠实的听众天上地下、山巅海底地飞来游去。看着那些越伸越长的脖子和越看越直的目光，维嘉欣喜地知道，他的演说是成功的，可是他的心却还在焦急地期待着……

终于，有一张嘴凑在他耳边悄声说，维嘉，劫狱成功了！

这句话像从头顶浇下来一盆凉水，维嘉顿时感到神清气爽，痛快极了！

战友们，看吧！他暗示伙伴们，黑暗即将过去，曙光就在前头！这句预定的暗语刚一出口，台角的四支火把呼啦一下全部熄灭了，人们顿时陷入了墨一般浓的黑暗。维嘉趁机纵身跳下高台，混入人群。还没等那些人弄清楚发生了什么事，他便和伙伴们一起躲进路旁的树影，然后，沿着围墙一溜小跑，隐没在黑暗老人布下的夜幕之中。

# 28　牛虻脸上的疤

我看见一个熟悉的身影一闪就进来了。哦，是黎江，他微笑着走过来，把一摞书放在我手上，我问他，你要很快就拿走吗？黎江看着我，愉快地笑了。他说，方丹，从现在起，这些书都是你的了，你愿看多久就看多久吧。我把书摆在眼前，一本本翻看起来。一阵纷乱的脚步传来，好像有个声音高喊，快，那个偷书的就跑到这儿来了，快抓住他！黎江慌乱地按住那摞书，说，方丹，快藏起来！有人来抓我，我先走了。说完他纵身从窗口跳了出去。我慌忙把那些书塞到枕头底下，可那些书却好像生出了手和脚，拼命要从枕头底下钻出来。我用力压着枕头不敢动一动。追赶黎江的人似乎朝这边涌来了，我抱起那些书跑出去，人们的叫喊声从四面八方传来，我拼命地奔跑，也甩不掉追赶的人群。我看到学校的大门就在前面不远的地方，心里猛地感到一阵轻松，我要藏在丁香花里。可是，跑到学校门口，才发现大铁门上着一把锁，怎么推也推不开。我又往前跑，跑到一棵树下，猛地听见一声大喊，方丹，快把书交出来！我一回头，燕宁正横眉立目地瞪着我。我猛地睁开眼睛，哦，一个可怕的梦，摸一摸我的心还在狂跳……

妹妹趴在桌上已经睡着了。窗外有几只蟋蟀还在不停地叫着。我看看桌上的闹钟，已经十二点多了。我坐起来，黎江怎么还没有消息呢？自从晚上维娜告诉我黎江被抓走的事，我的心就一刻也不能安宁。维娜说维嘉已经去设法救黎江了，可我却依然感到不安。要是救不出黎江，那些人会把他怎么样呢？我设想着一些可怕的情景，几乎透不过气来。

我等待着，盼望着，紧紧盯着闹钟的指针，那每一下轻微的走动，都像是沉重的铁锤震击着我的心。闹钟的指针转了一圈又一圈。有几次，我听到隐隐约约的脚步声向这边走来，是黎江，我熟悉他的脚步声，可是那声音从近到远，渐渐消失了。我困极了，就要睡着了。忽然，我听见几下谨慎而急促的敲门声，是梦吗？我连忙叫妹妹，小米，小米……

屋门打开了，维嘉轻手轻脚走进来，他的眼里闪过一缕光，我熟悉维嘉眼里的这种机灵的光。黎江来了，就在我这么想的瞬间，黎江从维嘉身后闪出来。我差点儿大声叫出来，维嘉赶快把食指竖在嘴上，嘘了一声。

妹妹关紧屋门，跑过来，抱住黎江的胳膊，对他说，黎江，你可回来了，我们在等你，都急死了。黎江搂住妹妹的肩头，温和地一笑说，我不是回来了吗？说着他来到我床边，和维嘉各在一把椅子上坐下。我看到黎江的前额和脸上有几处带血迹的伤痕，手里真像我在梦里看到的那样拿着书。黎江把书递给我，说，方丹，这是我给你找来的《牛虻》和《斯巴达克思》。

我看见黎江伸过来的手，发现他的手上和胳膊上也布满了伤痕，在一道道血迹下面，有些伤口又长又深。我担心地说，黎江，我帮你上点儿药吧。

不用。黎江轻描淡写地说，这点儿伤几天就好了。他又说，我说过给你找这本书，你看……

我接过书，我的手有点儿发抖，我看见了书上的血滴，我能猜到发生了什么……我低垂着头，泪珠大颗大颗地落在封面牛虻带着刀痕的脸上，又顺着倾斜的封面颤抖着流下来。

哎，方丹，你怎么哭了？维嘉问。

我……我以后再也不让黎江去找书了……我再也……不读书了……我说着，抽起鼻子。

维嘉忙问，为什么，方丹，这书不是你要的吗？要知道，为了弄到这两本书，黎江……

方丹。黎江打断维嘉的话问,你为什么不读书了？他拿起《牛虻》,擦了擦封面对我说，方丹，你应该看看这本书，这里面描写了一个忠于自己的理想，为意大利的自由不惜牺牲自己一切的坚强战士。我曾不止一次地读过，也早就想给你借来。我相信，通过这本书，你可以看到一个天真脆弱的少年怎么为祖国争取自由独立而战斗，又怎么成为一个坚强不屈的革命者。特别是你应该看看牛虻战胜病痛的那些章节，看看他有多么顽强的毅力。每次读完这本书，我都要被牛虻感动，所以我希望你也能从这本书中汲取一些力量。

这时维嘉说，嗨，黎江，这本书这么吸引人，你怎么从来没有给我讲过呢？既然方丹不要，那我拿去看看吧。说着，他朝黎江挤挤眼睛，伸手就把《牛虻》抢过去。

别，别拿走！我抓住维嘉的胳膊，我不是不喜欢，我只是不愿让黎江去冒险……

黎江说，方丹，只要我能做到的事，就是真的冒点儿风险又算什么呢？

嘘——，黎江，这些书可都是毒草啊！你这么吹嘘，可是很危险的啊！维嘉故意板起脸来说。

黎江笑了，问维嘉，你说说，现在还有几本书不是毒草呢？

维嘉略一思索，转了转眼珠说，这样吧，咱们就批判着看。就算这本书有毒，我们只看它鼓舞人的一面就是了。不过，方丹，你可千万不要让别人看见啊！

我知道。我点点头，小心地把书藏到枕头底下。

方丹。黎江又说，这段时间，我也许不能常来看你，你和小米如果有什么事……

黎江，你要去哪儿？我没等黎江说完就问他。

维嘉说，黎江闯了祸，学校里那帮家伙不会放过他，我想他应该先躲几天。方丹，别担心，等过了这一阵，黎江就会来看你的。

维嘉说着，来到门口，听了听外面的动静，拉起黎江轻轻地出了门。

# 29 天花板

晚上，忙碌了一天的燕宁疲倦地合上日记本，摘掉眼镜，揉了揉酸涩的眼睛，从桌边站起来，伸了伸胳膊，舒展着自己，走到窗前。她迟疑了片刻。要不要关窗子呢？她想。窗外的天空不知什么时候已经浮上了阴云，群星和明月都躲到乌云背后去了。浓黑如墨的空中没有一丝风，空气闷闷的，远远的天边偶尔现出一道微弱的闪电和一阵不很分明的雷声。

今晚或许会下雨。燕宁还是把窗子关上了。

躺在床上，她感到全身有一种说不出的轻松。白天燕宁脑子里的弦总是绷得很紧。自从红卫兵司令部把监督牛鬼蛇神劳动的责任放在她的肩上后，燕宁就没有一刻放松过自己。随着大院子里的防空洞不断加深，她心里的压力越来越大。最近几天工程的进展明显地缓慢了，那些牛鬼蛇神每天下到数米深的黄土坑里不停地挖掘，衣服上泛着一圈圈肮脏的汗渍，打了补丁的双肘和膝盖早就磨破了，在他们那终日汗淋淋的鬓边，白发明显地增多了。但是，让她感到不安的，不是那些人可悲的外表，而是他们眼睛深处流露的那种迷惘、消沉、痛苦，甚至是绝望的神情，这让他们的脸上浮泛着一种青灰的颜色。他们无声地来，无声地去，无声地挖掘流汗。尤其是前些天，当那个头发花白的人因为劳累而突然死去之后，这些人的神情就更加抑郁了。燕宁真怕他们闷头往土坑里一栽，突然就自绝于人民。现在不是经常有人畏罪自杀吗？

转念一想，燕宁又对他们充满了仇恨，谁让他们反党反社会主义呢？她认为，监督这些人劳动是组织上对自己的信任和考验，只有在阶级斗争的风口浪尖上，才能锻炼出最勇敢无畏的战士。这些话她都写在日记本上了。

当前的形势十分复杂，如果没有高度的革命警惕性，敌人就是在眼前也发现不了。那天下午在大操场上发生的事情就是一个很好的说明。吃午饭的时候，红卫兵司令部通知她，让她下午去大操场监督消灭毒草。当一车车书堆积在操场上，看着大火冲天而起，燕宁心里感到很兴奋，仿佛整个旧世界就在熊熊火光里彻底焚毁了。谁知在这种时候，黎江竟敢在众目睽睽之下把该批判的书抢走了。人群愤怒地把黎江包围了，燕宁却愣愣地呆住了。她感到很震惊，没想到黎江竟会这么反动！她不由又想起前段时间黎江给方丹送书的事，他的书包里究竟装过多少坏书呢？燕宁觉得自己对黎江的判断是正确的。她真后悔没有早点揭露黎江。

回想起过去那个友谊的“小圈子”，燕宁突然觉得以往的喜怒哀乐那么平凡，仅仅为帮助一个方丹，她的心灵就能得到满足，太狭隘了！要知道，世界上还有三分之二的受苦人！

燕宁要做一番惊天动地的大事业，要砸碎旧世界，创造新世界。她不知道新世界应该是什么样子，但是，她坚信，新世界能把她变成一个无产阶级先锋战士，让她在革命的暴风雨中茁壮成长。

这就是燕宁的觉悟。这些话，也都写在她的日记本上了。

熄了灯，燕宁脸上挂着满意的微笑睡着了。

忽然燕宁在熟睡中被惊醒了，她似乎听到一阵轻微的脚步声，那声音小心翼翼的，好像很近……就在她的屋子里。

燕宁惊恐地睁开眼睛，屋里黑黑的，什么也看不见。

谁？燕宁哆哆嗦嗦地小声问道。

声音消失了。不，燕宁感到那声音只是停在一个地方，在黑暗中窥视着。她下意识地想拉开电灯，又怕伸出去的手被隐匿在黑暗中的什么人抓住。这念头吓得她好像全身血液冰凉，冷汗唰地冒了出来。恐慌中，燕宁想喊，但她的嗓子被恐惧堵住了，怎么也挤不出一丝声音。她只好拽着毛巾被紧紧蒙在头上，缩在里边发着抖，一边偷偷地喘着气。

咔啦，咔啦啦……声音再度响起来，好像是在窗前。燕宁鼓起勇气一拉灯绳，强烈的灯光立刻把屋里照得雪亮，一切都跟她睡觉时一样，只是在窗外传来沙子打玻璃似的声音。

燕宁定定神，一骨碌爬起来，推开窗子，一股凉爽的夜风带着清凉的雨水冲进来，啊，下雨了！

燕宁松了一口气，笑自己太胆怯，她怀疑自己刚才听错了，于是，又关上窗子，躺下去拉灭了电灯。

当她将要睡着的时候，忽然又听到头顶发出踩裂木头般的咔啦一声响，燕宁心里一跳，她明白了，声音来自天花板上面。她又一次注意地聆听着，可那声音再也没有出现。那是什么声音呢？她一遍遍地想，她想起来，维嘉养的一群鸽子，那群白色的鸽子，她看见鸽子在天空中飞翔，又看见它们落在红色的屋顶上，也许是鸽子钻到天花板上面的棚顶里了？嗯，真有可能是鸽子……渐渐地，她的意识又模糊起来，就像有一只沉重的大手盖住她的眼睛。

这一夜，她做了很多可怕的梦，梦见许多青虫怪兽都从天花板上向她伸出了红红绿绿的舌头。

早晨，燕宁砰地推开隔壁的屋门，大声喊，维娜，维娜！

哎。维娜跑出来，看见燕宁急呼呼的样子，惊异地问，燕宁，这么早，你干吗？怎么啦？

维娜，快，你跟我来。

燕宁把莫名其妙的维娜拉到自己屋里，神秘地说，告诉你一件事，你别害怕……

维娜睁大了眼睛，长长的睫毛急急地扑闪着问，又出什么事了吗？

可以这么说。燕宁说，我发现了一个秘密，昨晚我听见咱们楼上的天花板顶上有人！

维娜全身一震，一把抓住燕宁的手问，谁告诉你的？

你先别问。燕宁继续说，我敢说，上面一定藏着什么人！你说会是什么人呢？

不，不可能！维娜脸色苍白地直摇头。

嗨，看你吓得这样。燕宁说，还不一定呢，我想待会儿吃过饭，我就去学校报告，等来人搜查了再说。

燕宁，你……你别去……报告……维娜更是吓慌了神儿。

燕宁想了想，又说，先不去报告也行，我还不知道是不是真的有人。要不咱们再注意几天。维娜，你在隔壁，昨天晚上就没听到声音吗？

维娜摇摇头，神色稍稍安定了一些，她问，燕宁，你到底听见什么啦？

燕宁把昨夜的事告诉维娜，为了渲染事情的可怕，她把梦里的红舌头绿舌头都讲出来了。

维娜听后松了一口气，说，燕宁，我想你一定是做了一个可怕的梦，有时候我也做过很可怕的梦呢……

是吗？燕宁也犹豫起来。

维娜说，你千万别出去乱说，不然，人家会说你制造混乱的。

燕宁想了想，点点头，维娜这才慢慢恢复了平静。

# 30　维嘉去远方

院子里的防空洞已经挖得很深了，大三脚架上的粗绳子向上拉出好长一段，那些坐在大土筐里的人才能露出头来。他们一个个又黑又瘦，头发乱蓬蓬的，那一张张由于过度用力而扭歪了的脸显得十分可怕，沾满泥屑和汗水的身体也显得疲惫和衰弱。他们终日像奴隶一样地沉默着，我甚至想象不出他们过去是否有过热情和快乐。现在他们每天除了不停地挖洞，还要轮流被押出去游街挨斗。红卫兵给他们的头上戴上了纸糊的高帽子，胸前还要挂一块说明他们罪行的铁牌子，有的人连衣服上也被用墨汁涂上了大字。他们的日子越来越不好过了。

严酷的斗争形势在不断地变化，红卫兵们已经不满足于仅仅在大街小巷游行、呐喊、演讲，或是撒传单了，他们开始了远距离的大串联。

一天晚上，维嘉来了，他推开屋门，我第一眼看到他的时候，竟一时愣在那里，维嘉剃了个光头！我还记得维嘉那一头漂亮蓬松的，有些卷曲的头发，那是许多女孩子们非常羡慕，并希望长在自己头上的。

维嘉背着一个不大不小的军用背包，一手拎着放留声机的箱子站在我和妹妹的面前。维嘉依旧穿着绿军装，扎着皮带，他的背包后面还别着一双黄球鞋。

维嘉放下背包和箱子说，方丹，小米，我要走了！维嘉显得兴致勃勃，眼里闪着兴奋的光。

维嘉，你要到哪儿去？我奇怪地问他，听维嘉的口气像是要出远门了。

维嘉过来坐在我床边的椅子上，抓了抓发茬青青的脑袋说，怎么？你们没有听广播吗？《人民日报》八月二十日发表了《红卫兵不怕远征难》的社论，我们都要去长征了！

维嘉眼里流露出无限的向往，他又说，方丹，小米，告诉你们，我们要去革命圣地延安，尝尝延河水，看看宝塔山，还要去红色摇篮井冈山，看看当年工农红军会师的地方。然后，再到韶山，去寻找革命真理，寻找中国革命的新希望！

维嘉停了一下，他的语气很虔诚，很坚定。他接着说，方丹，小米，你们知道吗？我和很多战友都要像当年红军长征时那样，跋山涉水，不畏艰难，洒下一路汗水，留下一路歌声……嘿，想想那情景吧！维嘉说着，激动地站起来，用诗情画意描绘着他将要经历的风风雨雨。

维嘉哥哥，你们要去多久才能回来呢？妹妹有些担心地问。

不知道。我们总有一天会回来的。即将浪迹天涯的维嘉这样回答。

那你们不再上学了吗？我问。

那是将来的事，当前最重要的是革命，懂吗？维嘉看看我，着重强调了革命两个字。他的神情严肃起来，他说，方丹，我们目前的重要任务就是首先要打倒那些反对我们红色政权的人，就像当年俄国的十月革命，必须先打倒那些资产阶级，不然，他们就会像指使特务卡普兰刺杀列宁一样，谋害我们的伟大领袖。不打倒他们，我们的国家就很危险，就随时会有发生政变的可能……

维嘉或许看见我们紧张的表情，就轻松地吁了一口气，说，当然，你们放心，反革命分子的阴谋是不会得逞的，我们坚决不答应！维嘉眨眨眼睛，充满信心地又说，我相信，等长征回来，我们会以崭新的面貌回到学校去的。

维嘉的话让人听起来很振奋，也很新鲜。我被他慷慨激昂的情绪感染了，可又为他即将远行而感到依依不舍，我说，维嘉，你和黎江都走了……

维嘉连忙说，方丹，别这么愁眉苦脸的，我最不喜欢你们女孩子用忧伤的眼睛看人了，不管我到哪里，我都会想着你们，记着你们……嗨，方丹，你看我把留声机留下，你可以听听我们喜欢的歌。维嘉说着打开箱子，把留声机搬出来，摇摇手柄，唱片转动起来，歌声仿佛从远方飘来：

> 不论天涯海角，
> 远渡重洋，
> 忠实的朋友永远在身旁，
> ……

维嘉一边轻轻唱着，右手一边打着节拍，我和妹妹被维嘉的歌声感动了，我们也和他一起悄声唱起来：

> 不论岁月动荡，
> 时光暗淡，
> 友谊的火把为我们把道路照亮。
> ……

歌声渐渐远去，维嘉把声音放低了说，方丹，我不在家的时候，黎江一定会常来看你们，他一定会来的……

我和妹妹都高兴起来，我们还等维嘉说什么，可他却不说了，他转身拎起背包背好，扯了扯衣襟，戴好了军帽，伸出手来握着我的手说，方丹，你和小米等着，我会凯旋的。多保重吧。

维嘉走了。窗外，尖锐的哨音响了起来，铁滑轮又发出了吱吱扭扭的痛苦的呻吟……

# 31 燕宁改名了

那时候我经常想到死。又过了好多年，我还活着。我那时活着，现在依然活着，而我那时的确是想死了。我的腿不停地抽搐。妹妹给我盖了一床棉被，可我还是很冷。被子有一股霉味，像是很湿，就像被雨淋了一样。我觉得自己躺在一片湿土上，又凉又湿。我想起长满绿苔的院子，我跑着捕蜻蜓，在那样长满绿苔的地上滑了一跤。那一次我扛了一把大扫帚，妈妈在后面追我，她喊你回来你回来……可我不听，扛着扫帚歪歪斜斜地跑，我还使劲儿笑。妈妈越生气，我越笑，后来我摔倒了，我还笑。妈妈追过来，生气地瞪着我，又忽然笑了。我看看自己的裙子上沾满了稀泥，手上，膝盖上都有，我的脸上也一定溅上了有绿苔的泥点儿。我想妈妈就是因为这个笑我，而不顾我摔疼了哪儿。后来妈妈不笑了。她说你为什么总是不听话？越不叫你干什么事儿，你越……妈妈没等说完就猛一转身走了。我没有马上爬起来，我坐在稀泥上，用手胡搅身边的稀泥。我的手滑腻腻的。我忘了多久我才回家。妈妈已经做好了饭，桌上有几盘炒菜，还放着大馒头。我在门口站着，不敢进屋。我身上到处都是稀泥，那会儿我想，要是门前有一条神话里的河就好了，我跑进去，再出来的时候，就成了一个干干净净的女孩子。妈妈气冲冲地来到我身边，扯起我的一只胳膊，拎着我到院里的水管子那儿，拧大水龙头，水哗哗地响，我的脸、胳膊和腿都洗干净了，我的花裙子和布鞋也都湿透了。那一次我就是这么冷，像今天。可那时候我快乐。现在我痛苦得要命。我的尿布换了好几次，我的被子里又湿又冷，我在发烧，我快死了……

我爬起来，我不知道我想做什么，我这会儿不知道我是什么。我是什么？我是一团痛苦，我是一团疼痛的火，红红的，耳旁烘烘地烧着，就像冬天火炉里熊熊的火焰，可火焰是美丽的……我很固执地想着，我为什么这样？我所做的一切都是为什么？比如我睁着眼睛长时间凝视一个地方。这种凝视就是让时间从眼前飞走，它是窗外的风，是在眼前摆动的树的影子。一阵阵无法控制的颤抖让我疲惫不堪。我不停地喘息，就像一个被魔鬼驱赶着向前狂奔的人，一刻也不能停下来。沉重感让我昏沉沉睁不开眼睛，我觉得黑夜降临了，墨蓝色的天空缀着一群璀璨耀眼的星星，陡然间，群星像急雨纷纷坠落，我也随着那些星星急骤地坠落着。在不停的坠落中，我感到一种奇异的轻松，身体变得像羽毛那样轻飘飘的……

姐姐……

妹妹焦急而又惊慌的呼唤声在耳边响起，她轻轻摇晃着我，把我从昏睡中叫醒。我睁开眼睛，看到妹妹脸上挂着泪水。小米……我想安慰妹妹，可是，我的声音却轻得像一缕微弱的风。不要紧，小米，给我水……我爬起来，喘息着，我一会儿就……就能好了……我说。可我觉得这样下去是危险的，我伸手从枕头套里摸出妈妈给我们的钱，我的手轻飘飘、软绵绵的，把钱递给妹妹。我说，小米，去请个医生来吧，快去……

妹妹接过钱就往外走，在门边，她猛地站住了，又跑回来，倒了一杯水放在我床边的椅子上，又把猫弟弟抱过来放在我枕边说，姐姐，你等着，我一会儿就回来。说着，她匆忙地跑出去了。

四周好像从来没有这么安静过，我觉得就像躺在一个无人的世界里等待什么。所有的一切都不存在了，或许这就是死，我已经死了吗？死是寂静的，空荡荡的，是比寂寞还可怕的寂静。我睁大眼睛，我怕这样死……

当外面的脚步声重新响起的时候，我清醒过来，微微睁开眼睛，疑惑地倾听着，是妹妹回来了……是妹妹带着医生来了……我不知道妹妹请来了多少医生，因为我觉得那纷乱的脚步听起来是一群人。

猛然间，嗵的一声，屋门被一只脚狠狠地踢开了，一阵故意跺得很响的脚步拥进屋里来。我惊恐地欠起身，眼前是一片模糊的身影。他们是谁？他们要干什么？为什么这样突然地闯进别人的家里？

方丹！一个声音非常严厉地对我吼着。

我睁大眼睛，那片身影清晰起来，原来是一群红卫兵。他们几乎都穿着军装，扎着皮带，左臂上都戴着红袖章。有个女红卫兵还把白衬衣的领子翻在军装外面，显得很有精神。她那张秀丽的脸上却显出一副很不协调的气势汹汹的表情。还没等我爬起来，她就双手叉着腰，神气十足地质问着我，喂，你怎么还不起来？

我不知道他们要做什么，只是茫然地看着这个气势汹汹的女孩子。

方丹，你怎么不说话呀？

一个十分熟悉的声音猛然从人群中响起，她是谁？我立刻向发出声音的方向看去，我看见一个镜片的闪光躲到人群背后去了，哦，是燕宁！我垂下眼睛不想再看到那张我所熟悉的面孔。尽管我没有力气，但我还是硬撑着爬起来，倚在墙边坐着。

方丹，不要以为你躲在家里就能逃避文化大革命，你跟你父亲划清界限了吗？那个女红卫兵又厉声问道。在她质问我的时候，同来的人随便地打量着屋里的一切，就像一群入侵者用冷酷的目光打量着被自己践踏的别国领土，寻找着为显示自己而要摧毁的目标。

我很恐慌，紧张得说不出话来，仿佛有一只手紧紧攥住了我的心，要把它挤破。这时，猫弟弟也惊恐地钻到我的胳膊弯里。我把它紧贴在胸前，它弱小的身体发出的一阵阵颤抖传到我身上，我也忍不住颤抖起来。

好啊！一个男红卫兵用打雷一样的声音吼着，你为什么还不跟你父亲断绝关系？他抬手指着我身后的墙壁，原来那里挂着一幅我和爸爸合影的照片。

快说！还没等我回答，那个男红卫兵又怒吼着，抬起脚来，一下踢倒了一把椅子。他的神情好像在警告我，如果我不跟爸爸断绝关系，也会遭到同样的下场。我全身又颤抖起来，这会儿不是因为惧怕，而是又一次高烧正在向我袭来。我不知道当我再一次被烈火吞没的时候，他们会做些什么。

站在后面的燕宁这时好像下了很大的决心，甩甩短发，也毅然走到我的面前。我不愿意看见她，但听见她的语气比那几个人温和多了，方丹，快跟你父亲划清界限吧，难道你想和他一起做反革命吗？

我抬起眼睛，看见其他的红卫兵都用赞许的目光望着燕宁。

燕宁……你们……你们要我干什么？

方丹，从今以后你不准再叫我燕宁了，我现在改了名字，叫马宁，马克思的马，列宁的宁。她说着，傲慢地一仰头。方丹，我还要告诉你，今后你不要再跟你父亲说话了，要叫他反革命，不能叫爸爸！说完，她愤愤地一扭头，不看我了。

不能叫爸爸了？我被她的话震惊了。

哦，我每天都在思念爸爸，我盼望爸爸能像过去一样坐在我的床前，抽着大烟斗给我和妹妹讲故事。我愿意在我的眸子里映出他的微笑。我仿佛又看见在那个雨天里为我们读报的爸爸，他给我们讲述一位被烈火烧伤的英雄，眼里闪着泪光。爸爸走了以后，我在心里已经一百次一千次地呼唤过他，爸爸，爸爸……泪水涌出了我的眼眶。不，我……我爱我爸爸……我情不自禁地说。

好啊，你父亲是反革命，你敢说你爱反革命吗？

他们故意这样曲解我的话，并且像炸了锅似的一齐吼叫起来。

猫弟弟被这场意外的风暴吓坏了，它惊恐地翘起胡子，瞪着黄莹莹的眼睛，弓起身来，呜呜叫着，对那些人愤怒地抗议着，但是看到这么多陌生的人都在吼叫，它也许感到事情有些不妙，又赶忙把头缩回到我的胳膊弯儿里。

我无言地呆坐着，只是紧紧抱着像我一样全身发抖的猫弟弟。我的沉默更加激怒了那些人，他们一双双眼睛四处打量着，寻找着能够发泄愤怒的目标。

突然，一个有一对美丽大眼睛的女红卫兵尖叫起来，你们看，她让猫睡在床上，资产阶级的小姐才养猫呢！

顿时，屋里所有的目光都狠狠地盯在了猫弟弟的身上。打死它！不能让她像小姐似的抱着资产阶级的懒猫！

他们群情激奋地喊着，几只手一齐伸向了猫弟弟，猫弟弟惊恐地发出哀叫。放了它，放了它吧，别打死我的猫弟弟！我不顾一切，大声喊着……

这时，一个男红卫兵从人群后面走过来，他的脸白白的，高高的鼻梁上架着一副眼镜。他目光和蔼地歪头看看我说。嗨，你别这么大声叫行吗？

大眼睛的女红卫兵叫起来，刘援朝，你干什么？谁让你管闲事了？

刘援朝？刘援朝……我想起来，维娜对我说过，就是他给维娜写过信，他是班里的文体委员……哦，还有谭静、和平也对我说过刘援朝。和平还说让我和他坐一个桌……说他会吹笛子……谭静说，他学习好，还爱帮助人……也许……也许他能帮我，他能救下猫弟弟……刘援朝，你们别抓我的猫弟弟……

刘援朝回头看看冲他叫喊的女孩子，没有理会。他接着对我说，这样吧，咱们先商量一下。说着，他从那伙儿人手中抓过了尖叫的猫弟弟，抱在胸前轻轻地抚摩着，用指尖细细地梳着它的毛。我擦擦泪水，十分感激地看着刘援朝。我不知道他要说什么，但是，有一点我放心了，猫弟弟暂时得救了。

刘援朝拎起猫弟弟的脖子，掂了掂，打量着，好像要估出它的价值，他又把目光转向了我，用比较温和的商量的口吻说，喂，我给你出个主意吧，怎么样？他伸手指了指墙上的照片又说，你要是能亲手把这张照片剪开，就说明你跟你父亲划清了界限，这只猫嘛，兴许还能还给你。

我只觉得全身的血液立刻涌到了头上，几分钟之前对他产生的好感一瞬间全都消失了，哦，刘援朝，你……你比别人更残酷啊！我永远也不会和你坐一个桌，我……我永远也不当你的同学，我恨自己把你想得那么好，你……你……刘援朝，我恨你！

嗨，我说的你听见了吗？快把这张照片剪开吧。刘援朝又说。

我抬起眼睛，望着墙上镜框里的照片。在照片上，我正依偎在爸爸胸前，幸福地微笑着，爸爸也微笑着。过去，每当我难过了，只要抬头看看爸爸的微笑，就会高兴起来。在电闪雷鸣的黑夜，只要看到爸爸的微笑，外面那些怕人的事就仿佛离我远一些。每次看到爸爸的笑容，就好像听见他的嘱咐，方丹，你要相信爸爸，要相信……我就会增添新的勇气和信念。我不能剪开这张照片，不能……

你还要不要你的猫了，啊？我劝你还是把照片剪了吧，别犹豫了！刘援朝说着把猫弟弟扔给我，又顺手摘下了墙上的镜框，站在那里仔细地端详起来。

我把脸贴在猫弟弟身上，泪水打湿了它洁白的毛。不，我不能让他们打死猫弟弟，自从猫弟弟来到我身边，它一直忠实地陪伴着我，它给了我多少快乐和安慰啊。它是我生活中的小伙伴儿，每当我难过了，只要唤一声咪咪，猫弟弟就会立刻跳到我的肩头，用它那带刺儿的舌头舔去我的泪水，还用它的小爪轻轻挠着我的辫子。每当我学会写一个字，总要先写给猫弟弟看，每当我得到一本有趣的书，总要先读给猫弟弟听，我们之间存在着深厚的友谊，我决不能看着他们打死它……我紧紧抱着猫弟弟，它绝不是一般动物能够与之相比的。

这时刘援朝从镜框里取出照片，连同一把剪刀一起递到了我的面前。我觉得我坐不住了，就要倒下去了，再也爬不起来了……

快，把照片剪开吧！刘援朝的声音变得有些严厉，好像对我的沉默不耐烦了，见我不动，他又说，你这么顽固，看来是不值得人同情了。

我必须作出选择。一团火又燃烧起来，我喘不过气，眼前的一切也开始晃动起来。我就要，就要倒下了。我像隔着雾一样望着刘援朝，望着他们这一伙人。我知道，他们说要打死猫弟弟，就一定会做得出来，可猫弟弟是一条生命，我怎么能看着它被他们打死呢？我抚摩着猫弟弟，它喵呜喵呜地轻声叫着抬起头，惊恐不安地望着我。哦，猫弟弟，别怕，别怕，我不会让他们打死你……

好啊，你不剪，把猫打死！

打死它！

在一片震撼人心的怒吼声中，刘援朝的脸涨红了，他一把抓起了猫弟弟，掐着它的脖子。猫弟弟叫不出声，眼睛哀求地看着我。还给我，还给我的猫弟弟……我喊着，用颤抖的手拿起照片，照片上的爸爸依然微笑地看着我，爸爸，如果你知道我把你从照片上剪掉，该会多么伤心啊！可是，我不能让他们打死猫弟弟……爸爸，爸爸，原谅我……

快剪！快剪！

我猛地抓起剪刀，眼睛一闭，耳边听到咔嚓一声。

屋里出现了一时的沉默。刘援朝把剪开的照片仔细地装进镜框，重新挂在了墙上。然后又拿起那一半剪下的照片要撕掉，我猛地夺过爸爸的照片，捂在胸前。

我要我爸爸，我要……

他们一个个惊讶地睁大眼睛望着我，被我突然的举动震惊了。

燕宁胆怯地小声嘀咕了一句什么，退到人群后面去了。

这时候，刘援朝闯到我面前，拧起眉头，两眼在镜片后面怒视着我，好啊，你就是这样跟你父亲划清界限的吗？说着，他猛地捉住猫弟弟的一条后腿，大叫着，把猫带走，资产阶级的玩意儿！

猫弟弟惊骇地挣扎着，发疯般地又抓又咬。

哎哟，你还敢咬人！刘援朝疼得大叫起来。

打死它！

摔死它！

砸死它！

在一片乱叫声中，刘援朝拧着猫弟弟的脖子，把它拎出门去，其他的人也跟在他身后，喊着嚷着拥出去了。猫弟弟在门外发出一声声惨叫，那声音就像一个尖声啼哭的婴儿。我喊着，还给我，还给我的猫弟弟！刘援朝你说谎，我恨你……

# 32 红月亮

是谁在轻轻呼唤着我的名字？是谁的热泪洒落在我的脸上？我觉得我从空中慢慢地落下来，落下来。方丹……一个高高的身影出现在我的眼前，那张俯视着我的脸上，微微蹙起的浓眉下闪着一双黑亮的眼睛，他的表情显出一丝忧虑。我仔细看看，啊，是黎江！我问，黎江，你怎么回来了？你不怕他们抓你吗？

黎江说，我不放心，就来看看你，现在都深夜了，我悄悄来的……黎江又问，方丹，告诉我，今天发生了什么事？

我回想着，目光在屋里扫过，看到了墙上的那个镜框，它依然像从前一样挂在那里，只是有点歪，镜框里的照片上只剩下我一个，还在那里歪着头微笑，我的周围是一片惨白。爸爸，爸爸呢……

突然，我清醒过来，我猛地支起身，睁大眼睛，在屋里寻找那个小小的身影，哦，它没有了……他们打死了猫弟弟……

啊！是谁？方丹，快告诉我是谁？黎江眼里就像喷出了火。

于是，我对黎江诉说了那一切。我没有说出马燕宁的名字，可是我却永远也不能原谅她。

猫弟弟……我伤心地抽泣着，妹妹也哭起来。

黎江嗓音发颤地说，方丹，别哭了……

我再也没有猫弟弟了……我一遍一遍地嘟哝着。

黎江没有再说什么，他走到一边长久地沉默着，脸色渐渐发白了。他眯起眼睛，两道浓黑的眉毛紧紧地拧在一起，两只手用力绞着，骨节发出咯咯的声音。猛地，他向我转过身来，我看到他的脸涨红了，额上的青筋也暴起来，眼里射出了灼人的光芒。

方丹，别哭了，我去找他们算账！黎江满腔愤怒，他说，我要给他们讲讲道理，他们连一点起码的人性都没有了。生活对你已经很不公平了，他们怎么还能再来欺侮你呢？我不能容忍他们这样折磨你……黎江说着，几乎控制不住地大声喊起来。

黎江，你小声点，你别去！看到他怒不可遏的样子，我赶忙擦去眼泪，黎江，你不能去。他们人很多……

不行，我一定要去！黎江执拗地吼着。

黎江，你别去，别去……我坐起来，紧紧抓住黎江的胳膊。

放开我！黎江不顾一切地甩开我的手，气冲冲地说，我就不相信这个世界上没有真理了！

我急得喊起来，黎江，你别去，你会闯祸的……

黎江怔住了，他从狂怒的义愤中清醒过来，见我紧张的样子，连忙把语气缓和下来，说，好吧，我……我……不去……不去……

黎江，你真的别去啊！我说。

黎江重重叹了一口气，坐在了我床边的椅子上。妹妹给黎江倒来一杯水，他涨红的脸色渐渐退了下去。

我趴在枕头上，泪水又一次涌出来，我在心里默默地呼唤着，咪咪……咪咪……

方丹，别难过了。黎江轻轻地说，你要快些把病治好。你知道，生活中毕竟还有关心你的人呢！我今天来正想告诉你，维嘉来信了。快躺好，我把维嘉的信念给你听听。

黎江从胸前的衣兜里掏出一只小纸燕儿，仔细展开，紧锁的眉头也慢慢舒展开了，他轻轻地读起来：

黎江，我的好朋友：

再有几分钟，火车就要开了，我即将踏上漫长的征途。当你看到这封信的时候，也许我们已经远隔百里千里了。离别的时刻，我有多少话想对你说啊！

黎江，这一次革命大串联任重道远，我将经历一次严峻的考验。我多么希望你也能跟我一起去长征！虽然你不能同我一起跋涉万水千山，不能同我一起去经历征途上的艰难险阻，但是，无论走到哪里，我都会感到你在我的身边……

黎江，我们一直是亲密无间的朋友，从小学到中学，我们友爱地相处了十几年。过去，我总认为，我是最了解你的，其实这次营救你“出狱”之后，我好像才真正地认识了你。不知为什么，那天你被押出大操场的形象始终鲜明地保留在我的脑海里，你的勇敢坚毅让我的心灵受到了强烈的震动，也让我更加信任你了。

黎江，当我就要远行的时候，我必须跟你谈谈方丹。过去我并不知道，我是多么牵挂她，现在我走了，前面路远山高，谁能代我经常去看看她呢？只有你，只有你啊，黎江。

我一直在想，方丹应该是快乐的，可是她的生活中却充满了风霜雨雪，厄运给她的眉心牵来一缕缕忧愁，不幸在她的眼前布下了一重重阴影。我多想给她一些关怀和帮助……

黎江，你一定要设法常去代我看看方丹，让我们做她生活里的一线阳光，为她驱散忧愁的雾霭。让我们做她患难中的朋友，给她带来愉快和欢笑。

黎江，再见了，火车已经鸣响了汽笛，晚风也在耳畔为我唱起了送行的歌。等着我吧，我将带着新的希望回到你的身边，也将带着革命成功的喜悦同你一起迈向大学的校门！

黎江，相信吧，我们的未来一定是光明的！

……

信读完了，黎江把信折好，又放进衣兜里，然后对我说，方丹，你一定要坚强些，我们一起等维嘉回来吧。他又小声说，我现在必须得走了，只要有可能，我还会来看你。

黎江，这些天你都在哪里？你一定要小心啊！妹妹说。

黎江没有说他去了哪里，只是把手放在妹妹肩上，说，放心吧，小米，也许再过些天他们就把我的事忘了，现在的形势变化很快。你们别为我担心。我走了……

妹妹小心地把门打开一条缝，黎江侧身出去，然后悄无声息地离开了。

我坐起来，靠在窗边，回想着维嘉的信，也回想着燕宁、刘援朝，还有那个大眼睛的漂亮的女红卫兵……我不知道他们为什么会这样无情，这样残忍。即使很多年过去，每当回想起那个下午的事，我依然很困惑。我一直在想，究竟是什么让燕宁他们在短短的几个月就变成了另一种人呢？

屋里很闷，让人透不过气，我很想到外面去，我再也不能忍受昏暗的遮挡，忍受不了就像在监牢里的日子，不见太阳，也不见星星和月亮。只能在糊窗纸的小洞里往外看看……不，我不再忍受。这样想着，我就让妹妹把糊窗纸撕下来。妹妹站在椅子上，唰唰几下，把报纸全都撕下来了。接着，她一下推开了窗子，一股清新的气息顿时扑了进来。深蓝色的夜空，有一轮又大又圆的月亮，它向四周散发着淡淡的橘红色的光。它颤颤地移动着，仿佛就要扑进窗里，多美的红月亮啊！

# 33　孤独的小站

一列满载着红卫兵串联大军的火车喷着浓浓的烟雾驶过安源，向着湘赣边界疾驰而去。

来自全国各地的红卫兵把每节车厢都塞得水泄不通。过道上的人挤得简直像罐装沙丁鱼，座上座下更是拥挤不堪，就连小茶桌上都坐满了人。行李架上也不轻松，红卫兵们一个个紧挨着蜷坐在上面，看上去好像一排排大龙虾。他们垂下来的双腿稍一活动，就会碰到下面的人，于是，就会引起一阵乱嚷嚷的叫骂。

天气酷热，南方的风没有北方的风那种透人心肺的清凉，空气闷热而潮湿，吸进去的热气在体内蒸腾着，令人感到憋闷。汗水浸湿的衣服紧贴在身上，糊得人越发喘不过气来。人们胸中呼出的热气和身上蒸发的汗水，凝成了一层细小的水珠，悬挂在眼睫毛上，好像在眼前挂起了迷蒙的薄雾，眼前变得模模糊糊。

热气真要把人蒸熟了！

维嘉幸运地挤坐在窗口，恨不得把半截身子探出窗外去。可是，太阳的炙热更是无情，几乎要把人体中的水分烤干了。

维嘉身旁坐着个胖胖的小家伙。每过一会儿，他就要晃晃脑袋，甩落满头满脸的汗珠。维嘉对面那个大个子，索性脱去军上衣，用湿淋淋的军帽扇着水洗般的背心。

车厢里没有人供水，即便有人供水也无法越过人群挤进来。大家水壶里的水，从咕咚咚地猛灌到一小口一小口地细抿，现在已经是滴水不剩了。有人不住地伸出舌头舔着发干的嘴唇，却是越舔越渴。

有个女红卫兵把壶底朝天举着，耐心地张大了嘴巴在下面等。一个透明晶亮的水珠慢慢在壶嘴边出现了，却颤颤地不肯落下来。周围所有的眼睛都被那颗水珠吸引着，羡慕而贪婪地紧盯着它。终于，它带着最后的一闪，落进了那张期待已久的、焦渴而干裂的嘴里去。于是，人们纷纷摇晃着自己的水壶，并放在耳边听听，壶底儿朝天地控控，然后又都失望地把水壶丢在一边。

窗外的水田里漾着清波，车厢里的青年男女们却只能“望洋兴叹”。

嘿，这真不错。维嘉自我解嘲地说，这会儿咱们可尝到上甘岭坑道里的滋味儿了。

算了吧！他身边那个小胖子舔着嘴唇说，咱们还不如上甘岭呢，人家还有一壶水能传着喝，可咱们的水壶早都干得叮当响啦！

车厢里的人开始七嘴八舌地嚷嚷起来。

嗨，宋小北，我敢说，现在让我下车，我准能喝干一方稻田里的水。大个子对小胖子说。

你那算什么本事，到了湘江边，我喝它一气，没准儿让江里的船都搁了浅。

宋小北，吹牛吧，你有那本事，我还能喝干大海呢！大个子说完就干咳起来。

车厢里哄起一片笑声。

那个喝了一颗水珠的女红卫兵突然叫起来，哎，大家听我说，咱们唱支歌吧，唱起来就能忘了渴！

赞成！维嘉热心地嚷着，唱一个《我们都是来自五湖四海》……

哎哎哎，庄志辉，你最好唱个跟水无关的！宋小北舔着干裂的嘴唇表示抗议。

好吧，那就唱，下定决心，不怕牺牲……庄志辉说着，亮开有点沙哑的嗓音主动起了个头：

下定决心，
一——二！
下定决心，
不怕牺牲，
……

歌声雄壮地在车厢里轰响起来。声音冲上车顶，又返下来钻进人们湿热的耳朵，在发胀的脑壳里震荡着。不一会儿，歌声渐渐弱下去，慢慢消失了。

唉，越唱嗓子里越冒烟！

宋小北抱怨着向后一靠，倚在坐靠背的人腿上闭上了眼睛，嘴里嘟囔着说，还是保存有生力量吧。

坐在行李架上的红卫兵纷纷用双手捧着脑袋喊头疼。

庄志辉的精神转移法，转眼就被放弃了。

车厢里的热气仍在不断升腾，一股股气流涌向窗口，又被窗外的热气顶回来。正午的太阳照着稻田，在水面上发出刺眼的白光。

维嘉热得有些发昏，恨不得跳下疾驰的列车，扎进水塘，像那些水牛，全身都泡在水里，只露出一个带角的头。就要离开江西了。望着车窗外那片红色的土壤，维嘉真有些恋恋不舍。他为自己感到遗憾，他想，如果早生四十年，罗维嘉一定也是个头戴八角帽，脚穿黄草鞋的红小鬼！在冥想中，他仿佛看到自己穿一身肥大的灰布军装，扛一支小马枪，英姿勃发地走在秋收起义的队伍里，向着井冈山进发。毛主席骑着马走过他身边，慈祥地微笑着说，哦，小鬼，来，跟我一同骑马喽。坐在毛主席的马背上，看到周围那么多眼睛都在羡慕地望着他，维嘉幸福地笑了……

猛地，维嘉发现对面的大个子饶有兴致地紧盯着他，这才知道自己有些走神儿了，他不好意思地挠着发茬很短的脑袋，甚至觉得对方一定看出了自己在想什么，便涨红着脸，把眼睛转向窗外，又继续着自己的思路，啊，这片红色的土地！在南昌八一起义纪念馆，维嘉看到了那么多革命烈士的名字，光是有名有姓的就有二十五万。二十五万啊！

维嘉睡着了，不知过了多久，列车的播音室里播放起湖南民歌《浏阳河》，很多人都发出了惊喜的叫喊，哎——到湖南啦，湖南到啦——

维嘉猛地睁开眼睛。

战友们，离咱们日夜向往的韶山不远了！大个子高喊着。

很多人都伸长了脖子往外看，这块孕育出伟大领袖的土地在人们心目中是神圣的，具有传奇般的色彩。

列车慢慢减速了，不一会儿，停在了一个不知名的小站上。

车厢里的人顿时兴奋起来，噢，喝水去喽！

他们欢呼着，有人迫不及待地把水壶拎了起来。

就在这时，喇叭里传出一个铿锵有力的声音，战友们，毛主席教导我们说，加强纪律性，革命无不胜。列车在这里暂停几分钟，请大家不要随便离开车厢，以免掉队。

原以为能在这里取水的红卫兵们，听到这个广播就像当头挨了一棒，一下子愣在那里，顿时觉得更渴了。

哎，战友们。一个貌似精明的家伙大声说，咱们应该派个人下车去弄点水，不然大家就渴死了！

对，我赞成！宋小北首先喊了起来。

不过，有人问，火车万一开了怎么办?

快去快回嘛，总比我们这样渴着强，再说，谁知道停多久呢?

一阵吵嚷声在车厢里炸开了：

对呀，喝水去！

不行啊，车门不开。

还是让窗子边的战友下去吧。

大家都别挤了，我去找水！维嘉自告奋勇地大喊一声，伸出胳膊去抓那些水壶。嗨，大家都把水壶递过来，给我。

转眼之间，十几个水壶就挂在了维嘉的脖子上。

在宋小北、大个子和其他几位战友的帮助下，维嘉毫不犹豫地翻出窗口，把身前身后的水壶碰得丁零当啷乱响一气。

站在地上，维嘉发现这里只是个十分偏远的小站，除了一个简陋的小票房，周围没有其他建筑，只有两排涂着白漆的栅栏。站牌早已被一层层的标语糊住了，谁也无法知道小站的名字。维嘉拎着水壶寻找能够灌水的地方，小票房的门锁着，周围也没有水龙头。维嘉很失望，他刚要回身上车，猛然听到一阵轻微的流水声，循声望去，只见一条小渠在不远处缓缓地流着，清清的水流不断地注入路旁的稻田。

啊，水！维嘉真想扑过去趴在水面上畅饮一气，可是，回头望望车上那一双双渴盼的眼睛，他忍住了。他飞快地冲到小渠旁，急速地拧开那些水壶的盖子，一股脑儿把它们按进水中，他一边听着那咕咚咕咚的水声，一边使劲儿舔舔干裂的嘴唇。灌满了的水壶一个个挂在脖子上，那重量几乎坠断了他的脖子。维嘉来不及扣上壶盖，拎着那些没处再挂的水壶回来了。好不容易跑到车窗前，窗里边的手早已争先恐后地伸了出来。维嘉急忙摘下水壶分批递进去，洒出来的水打湿了衣服，一阵沁人心脾的凉爽。

其他车厢里的人看到有水喝，也忍不住大叫起来，喂，那位战友发扬一下风格，也帮我们灌点水吧！

向战友学习，向战友致敬！

我们都是来自五湖四海！

叫喊声和水壶的叮当声响成一片，维嘉来回奔忙着，他记不清来回跑了多少趟，也不知道已经越过了多少窗口。他很自豪，觉得自己就像上甘岭上那些冒着敌人的枪林弹雨，奋不顾身把水送给前线的英雄战士。他想起自己曾给英雄的妹妹写信表示过的决心，决定回去再写一封，告诉她，自己怎样在英雄精神鼓舞下，不顾劳累和炎热，为战友们往返送水，而自己却还强忍着焦渴。他高高挺起胸膛，觉得自己浑身充满了英雄气概，同时也觉得罗维嘉的精神太感人了！

维嘉忙得忘记了一切，当火车发出一声长鸣徐徐开动时，他竟一下子不能明白是怎么回事。列车的一个个窗口在他眼前闪过去，他才知道火车已经开了。

罗维嘉，快跑啊！宋小北在窗口着急地大声喊着，大个子也从后面的窗口探出大半截身子高声叫着，罗维嘉，快，快把手伸给我！

维嘉扔掉手中剩下的水壶，跟着移动的列车撒腿跑起来。火车开始加速了，宋小北的脸很快闪过跟前，维嘉一把抓住了大个子向他伸来的手，可惜，他无法再翻进那个拥挤的车厢。他徒劳地跟着列车跑着，渐渐地跟不上了。维嘉绝望地松开手，眼看着那个窗口在视野里消失，后面的车厢飞快地掠过，不一会儿，呼啸而去的列车就在他眼前晃晃悠悠地远去了，最后车尾变成一个小小的黑点儿，一闪就不见了。

几分钟前还一片喧嚣的车站出奇般地静了下来。维嘉沮丧地垂着头站在空空的站台上，猛然感到一阵孤独。一股热风从他身边掠过，飞快地扑进了不远处的稻田。维嘉从狂热的峰巅摔下来，一时竟无所适从。热汗流进他的眼里，涩涩的极不舒服。维嘉看看远方，根本就没有火车的影子，他泄气了。他感到很渴，嗓子里像灌了烟那样火辣辣地疼。他拾起刚才扔到地上的水壶，里边的水早漏光了。维嘉折回到小渠边，索性趴在水面上喝了个畅快。清凉的水流进体内，他感到一阵凉爽，啊，真痛快！

维嘉相信还会有火车经过这里，只要能按照同一条路线追下去，一定会赶上战友们，说不定还能来个韶山大会师呢！想到这里，他心里感到踏实了很多，在渠水中冲去头上脸上的汗水，又脱掉军上衣按在水中冲洗了，挂在站前的栅栏上晒着。倦意袭上来，懒懒的，维嘉再一次跑到铁道旁，趴在地上，把耳朵贴在铁轨上听了一会儿，没有一点声音，周围仍然被寂静笼罩着。他放心地跑回小票房的阴影处躺下来，把军帽盖在脸上，决定打个盹儿。

忽然，大地发出了强烈的震动，维嘉猛地睁开眼睛惊醒了，他听到一声汽笛长鸣，欣喜地一骨碌爬起来，看到一列火车正向小站驶来。维嘉激动地一把抓起晾晒的上衣，抡起胳膊向火车摇着。那飞奔的列车好像有意不理会他似的，拖着长长的汽笛声，喷着浓浓的白雾，风驰电掣般地从他身边飞掠而过。维嘉茫然地垂下双手站在那里，天上的红霞渐渐暗淡下来，夜幕从四面八方向上聚合，离去的希望就这样消失了。

望望四周，空旷而寂静，他感到肚子饿了，不由沮丧地叹着气，他在想，这一夜，可怎么办呢……

# 34 叛徒

燕宁拉着维娜的手走进来。燕宁神情严肃地站在我面前。我不知道她又来做什么。我不想再看到她的脸，就把目光移到维娜身上去，只见维娜脸色苍白，站在那里低头不语，神色显得有些仓皇。她沮丧的样子与身边盛气凌人的马燕宁形成了鲜明的对比。

维娜，你怎么了？为什么很长时间没有来？我关切地问，出什么事了吗？

维娜木然地站在那里，像一尊有呼吸的雕像。她似乎失去了视觉和听觉，很久，很久，她的嘴唇才微微张了一下，却没有说出话来。

维娜，你为什么不说话？你有什么不愿对我说的话吗？我这样想着，心里感到沉甸甸的。我向维娜伸出热切的双手，想通过它们给维娜说话的勇气。

别碰维娜！

就在我的手要拉起维娜无力向我伸来的双手时，燕宁一声突然的叫喊，我愣住了，我回过头，望着这个用命令口吻对我说话的女孩子，我不知道她为什么要这样说话。

燕宁好像看出我要求解释的目光，于是郑重地说，方丹，告诉你，罗维娜今后不再是你的朋友了，她今天是来跟你划清界限的。

啊？我用不敢相信的目光盯着维娜。

燕宁见我震惊的样子，又补充说，维娜决定和你划清界限。根据她近来的表现，我们已经批准她加入红卫兵了，这是她政治生活中最最值得高兴的事。燕宁很快说了一大套，她显然在为自己能够控制维娜而自豪。

哦，我只顾想着安慰维娜，却没有注意她的胳膊，她的左臂戴上了红袖章！

维娜，这是真的吗？你能加入红卫兵，我从心里为你高兴，可你为什么要背弃我们的友谊？我们真的永远也不能像过去那样友爱了吗？

我看着维娜，希望她能立刻回答我，维娜却不说话。维娜，你为什么不说话？你说话呀，维娜，哪怕你说一句，这是真的……如果是那样，我一定会……一定会……

可维娜却还是不看我一眼，也不说话，就像一个被人牵住绳子不能动一动的木偶。

我心里泛起一种说不出的滋味，泪水涌出了我的眼眶，我默默地在心里问维娜，维娜，你一句话都不肯对我说了吗？我们过去的友谊就这样结束了吗？既然是这样，你为什么还要跟燕宁一起来折磨我呢？

燕宁还在无休止地说着，方丹，你不相信维娜吗？你看，维娜就是来做这件事的，你快把维娜送给你的东西还给她吧。她说完，转过头，又用和缓的语气对维娜说，维娜，你为什么还犹豫？我们对你说的话，你都忘了吗？

维娜淡然地看了燕宁一眼，却还是什么也不说。

方丹，快还给维娜吧。燕宁又命令说。

还什么？我疑惑不解地问。

燕宁好像有点不耐烦了，语气蛮横地说，把那条红领巾还给维娜，就是维娜送给你的那一条！

哦，我又一次被震惊了。红领巾，我是多么珍爱它呀！它是我们真诚友谊的象征，我从不把它看作是维娜个人送给我的，而是大家，是我们那个曾经充满友情和温暖的小集体……不，我不……

方丹，快把红领巾交出来！燕宁更加严厉地催促着。

我呆呆地坐在那里。我心里恨极了，我恨燕宁，也恨维娜。对燕宁的离去我并不难过，我觉得不能饶恕的是维娜，她竟然不肯再对我说一句话，她的举动比燕宁的反目还要让我难过，因为她在无言地宣告，我以真诚来维护的友谊在她看来是毫无意义的。我的心像被划上了深深的伤痕，滴下鲜红的血……

燕宁见我呆呆地无所表示，就向前走了几步，目光更加严厉地对我说，方丹，我劝你不要再对维娜抱什么幻想。我全都告诉你吧，你也许知道了，咱们楼上抓走了一个暗藏的现行反革命分子，他躲在天花板上面，还以为进了保险箱，哼，他低估了形势！我们根据维娜的揭发，一下子就把他抓获了。我认为在这件事上，维娜站在了革命的一边，她立了功，所以我们发展她加入了红卫兵。

燕宁脸上显出自豪的神情，紧接着又严肃起来，她问我，方丹，你知道那个被抓走的反革命分子是谁吗？

我困惑地摇摇头。

想不到吧？他就是经常来给你送坏书的黎江！

啊？我的耳边骤然响起一声炸雷，眼前的景物也猛然一晃，我真想大声喊，黎江，黎江，你为什么不躲得远一些？你不知道自己的处境有多么危险吗？

维娜，你……

我盯着维娜，心里发疯般地喊着，维娜，怪不得你战战兢兢，怪不得你不敢说话，原来你做了亏心事，你出卖了我们的好朋友，不，你出卖的不是黎江，而是你自己！就算你当上了红卫兵，你的心里能没有愧疚吗？过去，我们在一起读书，曾经痛骂过《红岩》里的叛徒甫志高，今天，今天你怎么也变成了这样的人！

泪水流下来，我看不清维娜脸上的表情，我指着她模糊的身影，说，叛徒——

妹妹这时也憋不住了，她跑过来哗啦一声拉开了我的抽屉，气愤地从里面翻出维娜送给我的红领巾，冲过去狠狠地摔在维娜的手里，赶快拿走！

燕宁一把拉起维娜，疾步跑出门去。

啊，维娜，你为什么出卖黎江？你为什么这样背弃我们的友谊……不，你的泪水告诉我，你是迫不得已的……你是迫不得已才这样做的，可这一切又是为什么？我们为什么变成了这样，燕宁为什么把黎江当成敌人？还有，你为什么要回了红领巾……我多么珍惜它啊！每当我为自己不能走进学校而难过的时候，就拿出红领巾，将它戴在胸前……于是，我就不再孤独，耳畔就会回荡起燕宁那充满热情的话语，今天我们帮助方丹加入少先队，明天，我们还要一起加入共青团……我常常听见少年鼓乐队的鼓号声，看见那浩浩荡荡的红领巾的队伍……

维娜，我不相信，还是不相信你会背弃，背弃我们的友谊。所有的一切我都记得那么清楚，就像在昨天，我们围坐在一起，我们讲故事，我们一起听留声机，我们一起唱歌……过去我总是自己唱歌。就像在昨天，我们，我们大家在一起唱歌，你和谭静教我唱二重唱，教我唱和声……《远处的篝火闪着光》《有一棵枫树在森林旁》，那些赞美友谊的歌，我们有时一边唱歌，一边流下热泪，那支《忠实的朋友》让我们多少次地感动啊！哦，让那支歌再次回响在我的耳边吧：

不论海角天涯，
远渡重洋，
忠实的朋友永远在我身旁。

不论岁月动荡，
时光暗淡，
友谊的火把为我们把道路照亮，
……

在这静静的夜里，妹妹已经睡着了，唯有星星还在夜空中不知疲倦地眨着眼睛。月亮钻出云层，弥散着朦胧的清光。

忽然，门口传来一阵唰唰的声响，好像有人在悄悄扒门，我急忙小声唤醒妹妹，我们在黑暗中屏住呼吸，警觉地听着外面的动静。

唰唰唰……

是有人！

我拉开灯，用眼睛瞄着门口，心惊胆战地问道，谁？

没有回答。仍然是断续的扒门声，唰唰唰……

我和妹妹的目光不觉碰在一起了,我们都在微微发抖。是谁在扒门？

我的心紧缩着，我原本是很轻信的，相信世界上一切美丽的故事都是真实的，也相信一切可怕的传说都是真正发生过的。在我经历了很多事情之后，我开始怀疑那些过去很乐意接受的美丽的故事，而把可怕的传说加上自己恐怖的想象，让它变得比听的时候还要吓人。

唰唰唰……扒门声更加急切，似乎再不开门就要破门而入了。

妹妹瞪大眼睛惊骇地望着我，用微小的气声问道，姐姐，怎么办？

我把被子的一角揉成一团，抱在胸前，壮壮胆子小声问，谁啊？

仍然是扒门声。

看来我们必须设法对付了。我和妹妹商量，决定去开门，要是真有人进门，妹妹就站在门口，一旦发现是坏人，就立刻跑出去呼救。

妹妹光着脚警惕地悄悄走到门口，紧张地拉开插销。

我紧紧盯着门。

谁？

妹妹又问了一声。

喵呜——

一声猫叫，多么熟悉啊！

我不敢相信自己的耳朵。

妹妹惊奇地迟疑了片刻，猛地拉开了门。

一只灰猫钻进屋里，它的眼睛在灯光下忽悠一闪，我看到了熟悉的黄莹莹的光亮。哦，是猫弟弟回来了吗？不……猫弟弟已经被打死了，那天我听见了它的惨叫……再说，这是一只灰色的猫……也许，它是一只无家可归的野猫……

灰猫在妹妹的裤脚上蹭着，嗓子里发出呼噜呼噜的声音，它还不时抬起头，喵呜喵呜地轻轻叫着。妹妹弯下腰，伸手抓了抓灰猫的脖子，它向后仰起头，让妹妹给它抓痒。这样子多么像我的猫弟弟啊！

妹妹连忙把它抱起来，送到我面前。灰猫低头舔着我的手，又把头钻进我的胳膊弯里……我……我觉出来了，我觉出来了……这是猫弟弟，是猫弟弟回来了！

我看着这个既熟悉又陌生的小东西，几乎不能从它身上认出我过去的伙伴了。哦，我的猫弟弟。

喵呜——

猫弟弟抬起头，望着我叫了一声，我发现猫弟弟那对好看的圆眼睛，有一只成了一个烂乎乎的黑洞！只有另一只眼睛还在为自己的不幸眨动着。我紧紧抱着它，痛惜地抚摩着。猫弟弟瞎了一只眼睛……我的猫弟弟……我的泪水打湿了它的毛。

猫弟弟不停地叫着，好像在向我诉说自己的悲惨遭遇。

可怜的猫弟弟，是谁弄瞎了你的眼睛？你还疼吗？告诉我，你是怎么回来的啊？

妹妹打来一盆水，我们为猫弟弟洗去身上的灰尘。它用舌头仔细舔干了身上的水渍，又变成了那个洁白的小雪球。猫弟弟累了，它趴在过去熟悉的枕头边，疲惫不堪地沉沉睡去了。当它闭上那只黑洞似的眼睛，我又看到了猫弟弟昔日的模样。哦，这正是它，正是那个曾与我朝夕相伴的忠实的朋友。哦，猫弟弟，当我为失去维娜的友谊而难过的时候，你却带着创伤回到了我的身边。维娜和燕宁虽然不再是我的朋友，可你还是我的朋友……

# 35　采灵芝

维嘉拎着一根翠绿的竹竿，沿着一条窄窄的，像飘带一样环绕青山的赭红色小路环山而上。他在这山里已经转了很多天了。

自从被抛在那个陌生的小站上，这些天的经历让维嘉感到，自己仿佛远离尘嚣，漫游在一个神话故事的王国。

在那个夕阳西照的黄昏，当最后一列火车呼啸着驶过站台，维嘉便被寂静的暮色包围了。他的行装都丢在火车上。身边既没有吃的，又没有钱，简直像个落魄的王子。想到自己可能要在这露天的站台上度过一个漫长的黑夜，维嘉心中不免有些惶然。抬眼向四周寻找，没有发现一处能暂借栖身的地方，他只好倚着票房的墙角坐下去，眼睛在附近的青山上飞掠着。忽然，维嘉猛地跳了起来，他看见不远的青山腰上，一缕炊烟正袅袅升起，炊烟下依稀有座金色尖顶的小屋，正以它温暖的色调诱惑着维嘉。霎时，雪白的稻米饭闪着银亮的油光在他眼前晃动着，引得他空空的肚子发出一串咕噜噜的叫声。维嘉决定到那里的人家去借宿。

沿着一片稻田的田埂走到山脚，找到一条几乎不能被称为路的小径，他往上走着，看到山坡上长满了茂盛的杜鹃花丛。此时虽不是开花的季节，却也吸引着一些粉绿的蝴蝶，在这野生的灌木中翩翩起舞。山风拂过，碧绿的枝叶轻轻摇摆，维嘉心里产生了一种神奇的惊骇。他恍惚觉得绿叶丛中也许会猛然站起一位百花百草的仙子。这一刻，他脑海中浮现出来的，都是些浪漫的奇遇和传说。

啊，这里真是个仙境般美丽的地方啊！

一阵嗡嗡的声音越来越响地出现在他的头顶，他猛一抬头，吃惊地发现一群纤小的飞虫正紧密地向他的头顶聚集，如同一张灰丝结成的活动的网，紧紧罩在他的头顶上方，并随着他的行走向山上移动。定睛一看，哎呀，原来是一群麻脚杆的大蚊子。

维嘉有些心慌，如果天黑前找不到人家，恐怕会遭到成千上万的蚊虫的攻击。抬头看看山上，近处反而看不到那个金色的屋顶了。维嘉有点儿迟疑，万一刚才看到的只是一个幻觉，等待他的就将是一个危险的夜晚。不，还是回到站台上去吧。他犹豫着转回身，决定下山去。刚抬起一只脚，猛地打了个冷战。在他前面不远处，一条黑灰色的长蛇正昂着扁而带花的头，吐着火红的信子游过小径。它离得太近了，近得能让他听见蛇身擦过地面的沙沙的爬行声，能看清那条蛇阴冷而不怀好意的黑漆漆的小眼睛。维嘉吓得屏住呼吸，紧紧闭上了眼睛，全身就像冰冻了似的僵立着，不敢有半点举动。他相信那条蛇一定看见他了，正在一点点向他逼近……冷汗浸湿了衣裳，贴在身上凉森森的。山风簌簌吹过树丛，夜的凉意从四面八方向他袭来。维嘉提心吊胆地睁开眼睛，小径上早已不见了蛇的踪影，他那颗悬起来的心忽悠一下落回原处。

一股稻米饭的香气随风扑来，山上的人家想必不会太远了，维嘉受不住饭香的诱惑，撒开双腿向山上奔去。山路旁出现了几片被开垦的土地，种着辣椒和几畦瓜菜。有片田垄上立着一些墨森森的架子，上面吊着好几个大冬瓜。维嘉惊奇地停住脚看着，那些冬瓜嫩些的绿油油发光，成熟的则挂满细细的白霜，两个冬瓜摞在一起，恐怕比他还高。再往上走，小径好像到了尽头，眼前出现了一片开阔的平地，维嘉怔怔地站住了。

在初升的夜色里，翠竹四合的绿色篱笆围成一个小小的院落，稻草盖顶的茅舍坐落在院子中央。橘黄色的灯光透过竹门的缝隙倾泻出来，照着房檐下悬挂的一串串火红的辣椒，给茅舍增添了一种热烈的气氛。一阵水击山石的清脆的绝响在宁静的山谷中跌宕，茅舍后的山坡上，一条山泉汇成的小溪正绕着青石向山下奔流。溪水撞在山岩上，溅起白色的水花，散落成无数细小的水滴蒸发开来，山谷中的空气是这样湿润清爽。

月亮缓缓升起，向山间万物洒下清淡的光辉。夜雾悠悠浮荡，将竹篱茅舍环绕成一个神话般奇妙的虚幻境界。维嘉被这纯净的山间景致迷住了，他抬手拍着篱笆门，心里怀疑这里面或许住着一位神仙。

茅舍的竹门吱吱呀呀一阵乱响，被一只青筋毕露的大手推开了。竹门里探出一张古铜色的脸，一个生着白花花连鬓胡须的老人迈着稳健的脚步走了出来。一看到维嘉，他立刻露出了惊奇的神情。

天色麻黑的，你这个伢子满山乱跑做什么？他亮开嗓门儿问，一边把维嘉上上下下打量着。

老爷爷，维嘉指着胳膊上的红袖章解释说，你看，我是参加大串联的红卫兵……

红卫兵？老人疑惑地问，红卫兵进山来做什么？

维嘉鼓了鼓勇气说，老爷爷，我掉队了，今晚没有火车了，我想在您这里住一晚，行吗？

老人没说话，迈着打夯一样的步子向篱笆门走来。他穿一件缀着盘扣的中式褂子，下边是一条脚口肥大的长裤，腰里盘着一条很粗的布带子，脚上穿一双自编的稻草鞋，手里还托着一根二尺多长、拳头粗细的竹烟管，一边走一边吞云吐雾。

篱笆门被那双大手吱呀一声推开了，老人用手里的竹烟管朝屋里点点，待维嘉进来，又在他身后拴好了竹门。

维嘉踏进屋门，见中央的竹桌上燃着一盏小油灯。在摇曳的灯光下，他一眼就看到桌上有个劈开的竹筒，里面正露出热腾腾雪白的米饭，茅屋里散发着诱人的香气。桌上还有一个竹盘，盛着苦瓜豆豉炒辣椒,红绿相间十分好看,让人馋涎欲滴。维嘉肚子里一阵咕噜噜地呐喊,他使劲儿咽了咽口水，筋疲力尽地坐在桌旁的竹椅上。

从门外进来的老人看了看饥肠辘辘的维嘉，脸上现出一丝笑意。他回身从墙上的一个小竹筒里抽出一双竹筷递到维嘉手里，爽朗地说，伢子，饿了就吃吧，莫要客气。

接过竹筷，维嘉感激而又不好意思地笑笑。

老人又说，吃吧，吃吧。

维嘉点点头，白米饭的香气早就钻进他的胃里去了，他挥动着竹筷，顾不得辣椒把嘴里辣得像火烧，顾不得苦瓜把舌头苦得又涩又麻，狼吞虎咽一顿猛餐，真像是风卷残云。

老人吧嗒着手里的竹烟管，一直默默注视着维嘉，见他吃得香甜，就露出满意的笑容。一明一暗的红光，映照着他那满是皱纹和花白胡须的脸。轻淡的烟雾缭绕着，那古铜色的面容看上去很慈祥。

那盘苦瓜豆豉炒辣椒让维嘉精神了许多。放下筷子，他嘴里咝咝地吸着凉气，好奇地打量起这间窄小的茅屋。这屋里除了桌椅，还有一张陈旧的竹床安置在墙边，因为年深日久的磨蹭，竹床已经变成了赭黄色，颜色虽不新鲜，却给人一种古朴的美感。茅舍的四壁上挂满了一束束枝干叶黄的植物，还有一蓬蓬深褐色的根须一样的东西。维嘉忍不住好奇地问，老爷爷，这是什么？

这都是草药。老人说，山里毒蛇多，常有人被它咬伤，这些草药就是专门治蛇伤的。

橘色的灯光跳荡地晃着维嘉的眼睛，倦意渐渐向他袭来，他忍不住打了个哈欠。

伢子，若是困了，就早些睡吧。老人指指竹床，要维嘉睡在上面，自己起身从门后拖出一个竹躺椅，坐在上面吹熄了油灯。

茅屋被黑暗吞没了，老人的竹烟管像暗夜里的一颗星星，不断地发出一明一暗的红光。

屋外，夜风在山谷里肆意呼号，漫山的灌木和竹林发出一呼百应的啸声。维嘉瘫软地躺在竹床上，困乏地闭上眼睛，心里还在盘算着，天一亮就下山，争取赶上第一趟火车……长沙……韶山……

维嘉睡着了。

清晨，一阵喧闹的鸟啼声把维嘉从无梦的酣睡中唤醒，他坐起来揉揉眼睛，发现竹躺椅收在门后，老人早就出去了。维嘉跳下竹床，匆忙地洗了脸，又吃了老人给他留在桌上的早饭，然后跑到昨晚来时的山口向下俯瞰。在一方水田的前面，车站的小房子孤零零地立在那里，铁轨像两条黑色的长蛇，静静地横卧着，远近看不到一点火车的影子。他失望地返回篱笆院。在阳光下，这小小的院落和背后的青山显得更加诗意盎然。

这里的景色多美啊！高大挺拔的毛竹耸立成一片密林，相连的枝叶遮没了蓝天白云。阳光在微风摇动的枝叶间闪闪烁烁，山坡上洒满了星星点点的光斑。竹林下聚集的落叶看上去就像铺满山坡的、缀着叶纹图案的棕黄色地毯，竹林深处的杜鹃鸟不时发出阵阵悦耳的啼声，它们的歌在远近的竹林中汇成一片热闹的合鸣。

维嘉聆听着，完全被吸引住了，他忘了火车，忘了串联，甚至忘了自己。他只想融进青山的怀抱，变成一株青翠的毛竹。他两手握在嘴边，放开嗓门儿大叫起来，老——爷——爷——

山谷里泛起回声，周围的鸟儿被惊得从竹林中直飞起来。

伢子，我在这里。

老人拎着一把小锄头从屋后的山坡上走下来，脚上沾着被露水打湿的落叶和泥苔，他关切地问，你这个伢子，是不是要下山？

不，我先不下山。维嘉兴奋地说，老爷爷，我想先跟您到山里看看，行吗？

他被内心突发的热情燃烧着，眺望青山的眼睛灼灼发光。

唔……老人应着，叫维嘉进屋，让他换上一双草鞋，自己又驮起一只背篓，拴好竹门，引着维嘉向山上走去。山路很陡，阳光从山顶照下来，将毛竹的影子投在陡坡上。走出不远，维嘉已经辨不出方向，身前身后尽是竹子，好一片密集的竹林。老人不怎么说话，一路走着，只顾仔细地观察着。他有时在一棵毛竹面前站定，抬手抚摩着竹干，就像抚摩着一个亲手带大的孩子，眼里一片深情。在一棵叶梢发黄的竹笋跟前，老人蹲下去，用粗糙的大手轻轻剥开叶片，心疼地自语着，又伤了一个竹娃子……

维嘉凑过去，见细嫩的笋心里爬着几个乳白色的虫子，诧异地问，老爷爷，这是什么虫子啊？

这叫竹象，它专啃竹娃娃的心。老人十分不忍地把竹笋挖出来，一边扔进背后的背篓，一边说，有竹象的笋不能留在山上，它会越生越多，危害竹林。

维嘉跟在老人身后往前走着，一双脚被草鞋硌得很疼，可他越来越感到老人可敬。老人这双穿着草鞋的脚，不知多少次踏遍了青山，巡遍了竹林。不知不觉走上山顶，维嘉看到眼前是一片连绵的群山，苍翠的山谷云烟氤氲，漫山的毛竹郁郁葱葱。维嘉出神地观望着，深深地呼吸着，突然，他觉得自己的胸膛里又激荡起万千感情，就像有一个不平静的大海浪花汹涌。他觉得一串串熟悉的诗句正排着长队争先恐后地挤出他的喉咙，他忍不住吟诵出来：

我的头上雄鹰在鸣叫，
松林在细语，
群峰在升腾的薄雾之中银光熠熠。
……

他又停住了，这一刻，他觉得所有的诗都不能描绘眼前这壮美的情景。

伢子，来，坐下歇歇脚吧。老人打断了维嘉出神入化的遐想。老人坐在一块石头上，从背篓里取出竹烟管。装上烟末点燃了，呼噜呼噜地吸起来。

维嘉走过来坐在老人身旁，这会儿，他的视线又被老人手中那根拳头粗的竹烟管吸引住了。烟管上刻着一个奇怪的花纹，上端像半个被彩云环抱的月亮，泛着又红又紫的亮光，下端是一根又细又长的圆柄，像一个蘑菇的杆儿。他觉得这东西眼熟，却想不起在哪儿见过。

这是灵芝。老人见维嘉盯着烟管直愣愣地出神儿，便慢悠悠地告诉他，人都传说灵芝是一宝，能医百病，百医百灵，灵芝生在背阴的山坡上，是靠天地日月的灵气结成的……

维嘉想起故事里说，灵芝是仙草，有起死回生的神通，可那毕竟是神话，灵芝真的能治百病吗？维嘉用食指抚摩着烟管上的花纹问，老爷爷，您见过真的灵芝吗？

见过啊。老人喷一口青烟回答。

在哪儿？维嘉好奇地问。

老人深深吸了一口烟，长长地吐出来，眯起眼睛望着远山，好一会儿才叹息般地说，唉，说来话可就长啦……

维嘉期待地望着老人，他希望在这声叹息里引出一个神话般的故事。

老人沉吟了一会儿，然后清了清嗓子，说，那是多少年前的事了……

维嘉激动地往前凑凑，支起耳朵，热切地盯着老人布满风霜的脸。

老人喃喃地念叨着，说起来总有四十年了，那一年四乡八村闹起了农会，我做了农会主席。我们打土豪分田地，还押着地主老财游乡。可没过多少天，土豪勾结团防局开始大清乡，他们杀了好些农会干部。我和几个农会的人一直躲在山里。有一天，天色麻黑，我们想回村看看。来到村前的山坡上就听见一片哭喊，只见村口被火把烧得通红，农会秘书被绑在村前的大树上，土豪和乡丁们正在打他，他身上全叫血水染红了，他们又把洋油浇在他身上，点着了火……后来他们又把我的女人和她怀里抱着的小毛头也赶进了火里……老人停住了，狠狠地吸着烟管，两股泪水顺着他的脸颊流下来。久久地，没再作声。

老爷爷，后来呢？维嘉忍不住了，轻轻地问。

我们又躲进山里，乡丁放火烧山。四周浓烟滚滚，天地一片昏暗。我被烟呛昏了，滚到一个山坳里，等我醒来，发现我们的人死的死，散的散，山坡上的竹林都烧光了。我又饥又渴，在一块青石边，我找到了一棵灵芝……老人又说，春天几场小雨，被火烧光的山坡上又钻出了笋尖儿。看着它们，我就想，等我们夺了天下，这山还是我们的。伢子，从那我就一直在山上栽竹护林。四十年喽，我亲眼看着一根根竹笋长成材，亲眼看着山一点点变绿了……老人吧嗒着竹烟管停住了述说。维嘉看着他，心中的敬意油然而生，周围的群山在他的眼里显得更加高峻苍翠，脚下的土地变得更加庄严神圣。

这个夜晚，维嘉躺在竹床上辗转反侧，怎么也睡不着。山上茅舍以幽静恬淡的情趣在他的眼前展开了一幅清新古朴的画面，四面青翠的山林更让他心中萌发了从未有过的情感，而老人给他讲述的故事和他几十年在这里默默护林的经历，让他第一次从一个新的角度思考生活。

维嘉眨着眼睛回想着，文化大革命以来自己一直奔忙在轰轰烈烈之中，耳边整日是鞭炮锣鼓，喇叭汽笛，车在轰鸣，人在喧嚷，他觉得头脑中仿佛装着一支气势磅礴的交响乐队,不断把激昂的乐章推向高潮。维嘉不禁问自己，自己到底在追求什么呢？革命，造反，铲除那些妄图使党和国家改变颜色的人。为了坚定信念，进行大串联，踏着老一辈革命者的足迹去追溯中国革命的起源。可是，随着那些狂热的向往一一实现，他觉得心中却越来越茫然，有时甚至有一种无法解释的失落感，那就像一个孩子固执地追逐着彩色的肥皂泡，一旦抓到手里，便破灭消失了。维嘉仿佛又看见满天飘落的红红绿绿的传单，人们狂呼着冲过去抢夺，他仿佛又站在学校门口的高台上感情浓烈地慷慨演讲，那万头攒动的人流汇成了一片汹涌澎湃的大潮，他仿佛看到了满地砸烂的古董碎片，看到了学校大操场那浓烟烈火中成千上万本书在熊熊地燃烧……维嘉觉得脑子快要被所有这一切挤得炸开了。他翻了个身，不由轻轻发出一声叹息。他在想，在成千上万人的叫喊奔走中，安宁没有了，平静没有了，只有斗争，斗争……他的血沸腾过，他的心狂跳过，他为自己追求着轰轰烈烈的生存。可自己却从没有想过，当这一代人两鬓如雪的时候，会留下什么呢？

维嘉为自己的思考感到震惊，感到战栗！

灼热的脑浆翻滚着，搅得维嘉一刻也不得安宁。此刻，他忽然十分想念黎江。以往他心里有了难题，总是跑到黎江的家里和他挤在一张小床上，说啊，讲啊，把他的心事像倒水一样倾个一干二净，黎江会帮他分析，排解……唉，黎江，这家伙……

不知什么时候，维嘉的呼吸变得均匀，他终于睡着了。

梦的纱翅将维嘉带向那片燃烧后的焦土，在那里，维嘉发现一株紫红色的灵芝正在向他微笑，他采下灵芝，擎着它高高地飞起来，飞越青山，飞过大河，飞向那座红色的楼房，恍然间，他看见方丹穿着漂亮的衣裙，像一片轻盈的云朵迎面跑来……维嘉忽地坐起来，他揉揉眼睛，努力回想着梦中的情景，一个念头进到脑海里，他兴奋地跳下床，看到老人正在门外收拾一个小竹篓，便叫起来，老爷爷——

伢子。老人应着。

维嘉一步跑过去，急切地问，老爷爷，您能告诉我在哪里能采到灵芝吗？

老人一愣，抬头看看维嘉，说，伢子，你采灵芝做什么？还是早些下山去搭火车嘛。

不。维嘉说，老爷爷，我一定要去采灵芝！

山里蛇多，咬了可不好办。喏，你来看。老人拍拍小竹篓。维嘉探过头去，透过竹篓的缝隙向里张望着，见很多黑色的花蛇盘绞在一起，正晃动着扁脑袋，吐着骇人的红信子。

伢子，你看，这都是在山上抓到的。我劝你莫要上山，还是早些去搭火车，要不家里人会记挂你。走，我送你一程，顺便把这些蛇送到山下药材站去。

不，老爷爷，我一定要去采灵芝！维嘉又一次十分坚决地摇摇头。他说，我有一个朋友腿不能走路，老爷爷，我总想给她一些帮助，可又不知道该做什么。您说灵芝能治百病，百医百灵。昨天夜里我就做了一个梦，我把灵芝送给我朋友，我看见她会走路了。老爷爷，我一定要去找灵芝！

这漫山遍野的，可不好找……

维嘉说，老爷爷，不管多么难找，我也要去，找不到灵芝我就不回家！身后静悄悄的没有声音，维嘉回过头，发现老人正在以深沉的目光凝视着他。

伢子，是这话。老人点燃了竹烟管，喷出一口烟雾，眯起眼睛说，你讲的那个朋友若是吃了灵芝，说不准病还真能治好。唔……伢子，那你就去吧，要是找到灵芝就早回家！

维嘉点点头，心里热辣辣的，眼圈也不知不觉地红了。

老人给他一个背篓，装上水葫芦，一兜饭团儿，还给他一包蛇药，教给他怎么用。他又给维嘉砍了一截绿竹竿儿，叮嘱他说，拿着吧，走路多长眼，蛇一般是不会先伤人的，就怕你看不见踩到它。我们山里人行路都是带根竹竿儿，打草惊蛇嘛。

维嘉依依不舍地辞别了老人，踏上了进山的小路。他在山里转了几天几夜，按照老人说的办法，在背阴的山坡上寻找灵芝。他的眼睛仔细地掠过每一片山坡……后来，他的水喝光了，饭团儿也吃完了，身上还被蚊虫叮咬得又痛又痒。有时他几乎灰心了，可是又觉得仿佛再走一步就能找到，于是又咬着牙走下去。

又一个黄昏来临了，天色渐渐暗淡下来，西斜的阳光变得十分柔和，山脚下的水田仿佛漾满了金色的液体，稻穗也轻轻晃着金色的光波。维嘉失望地看着夕阳，觉得这一天又白过了，他泄气地跌坐在山坡上，脚无意中踢歪了一棵矮小的灌木。突然，他的眼睛一亮，在那片小小的空地旁，在那株小树的根基部分，出现了一片紫色的云……

维嘉简直不敢相信，他揉揉眼睛仔细看着，忍不住大叫起来：灵芝！

是的，是一棵灵芝。在维嘉的眼里，它闪烁着祥云瑞气般的紫褐色的光芒，就像半个被彩云环抱的月亮……

深邃的夜空里镶嵌着满天星斗，淡淡的清辉照着历尽艰辛的维嘉。他实在太累了，真想躺在这松软的落叶中睡上几天几夜。仰望着遥远的星海，他的心飞向了那座红色的楼房，他决定天一亮就下山去乘火车。他躺在山坡上，沉沉地睡着了……

# 36　矿石收音机

猫弟弟不再那样活泼顽皮了，无论白天夜晚，总是沉沉地睡着。也许，在那些流浪的日子里，它从来没有找到过一个安静的角落，也许，在无遮无拦的风风雨雨中，它从来没敢安心地合过眼睛。可是，无论它睡得再沉，只要楼道里有人说话，或是有脚步声，哪怕是轻轻的脚步声，它也会立刻噌地站起来，箭一般疾速地钻进床底下，一边惊恐地哀叫着，一边簌簌发抖。猫弟弟刚刚回家的那个晚上，妹妹用温水泡了一点馒头放到猫弟弟嘴边。它把两只前爪搭在碗边儿上，伸进头去发疯般地吞咽着，一阵战栗电一般传遍了它的全身，它那只眼睛里竟涌出了黄豆大的一颗泪珠。我说不出心里有多难过，看着伤残的猫弟弟，我仿佛看到了一颗弱小而伤痛的心。

自从维娜背弃了我们的友谊，我忽然觉得自己不再是从前的自己了，我有时长久地不说一句话，只是呆呆地坐在窗前。我不知道维娜为什么会变成这样，她为什么要出卖我们的秘密，为什么要出卖黎江。

动荡波及越来越多的家庭。大院子里又有好多人被抄了家，又有一些人被抓走了。有一天夜里，维娜的爸爸也被抓走了，我紧张的心还没有松弛下来，谭静的爸爸妈妈也被带走接受审查了。现在只有燕宁的爸爸妈妈是好人了。他们穿绿军装，戴军帽，每天坐着绿色的吉普车出出进进，燕宁也因此更显得趾高气扬，神气活现。

谭静偶尔还弹琴，但那慢悠悠的琴声简直就像无可奈何的呻吟和叹息。

由于维娜告密，黎江被抓走了，又被关进了学校的地下室。可是没过几天他却意外地被放了出来。据说，另一派势力扩大的红卫兵打败了关押黎江的那派红卫兵，他们把败兵撵出司令部，占据了那幢楼，并且把败兵关在地下室里的人全都放了。

黎江来了，他衣衫不整，面色也有些憔悴，脸上和手上还有一道道渗血的伤痕，就像刚刚跟谁打了一架。我怕极了，不安地望着黎江，发现他眼里似乎潜藏着一丝不易察觉的痛苦。黎江紧闭嘴唇，没待多久便匆匆走了。黎江怎么了？他好像有什么沉重的心事。迷惘和担忧扰乱了我的心。后来，黎江又来过几次。他依然很少说话，依然是匆匆地来，又匆匆地去。我不敢问什么，只是隐约地觉得有一个阴郁的影子跟着黎江。

夜晚，我和妹妹常常默默无言地呆坐着，听着外面大喇叭的喧嚷和震天响的歌声。回想着过去安宁的日子，我甚至愿意回到过去寂寞的日子里去，因为那时候我还不懂得恐惧是什么。我们常常看着闹钟的指针咔嗒咔嗒地走，很慢很无聊地走着，不知道什么时候才能走出这一年。我和妹妹盯着表看累了，就躺在床上，拉灭灯，只向黑暗眨着空虚的眼睛。

我忽然很想见到黎江，他已经多少天没有来了呢？我心里数着，十五天，十六天，不，已经二十多天了。真的那么久了吗？我已经熟悉了他的脚步声，我的耳朵那么灵敏，即使外面有杂乱的人群，我也能分辨出他快捷的脚步，我还能听出他的敲门声，每次都是连续的四下……我总是情不自禁地说出黎江的名字。妹妹似乎感到了什么，那天晚上我们躺在床上，拉灭了电灯。开始我们谁也没有说话，我那会儿在想黎江，我不知道妹妹在想什么。后来还是我忍不住了，我说，他好几天没来了……妹妹问我，你说谁？我说你知道我说谁。妹妹笑了，她说你真怪，你忽然这样说，我怎么知道他是谁呀。

我想，幸好是在黑暗中，不然妹妹一定会看见我的脸红了。

妹妹见我没说话，就在黑暗中坐起来，月光里，我看见她将下巴颏搁在弓起的膝盖上。她说，那天半夜黎江帮我去买煤，在煤店门口，他非要把自己的外衣脱下来硬要给我穿上，我怎么也拗不过他，只好穿上了。可那天夜里多冷啊！他只穿了一件很旧的蓝毛衣。你记得吧，我们从十一点排队，一直到早晨五点才排上号。我觉得他就像个英雄似的……

我说，黎江多好啊。

妹妹说，我也这样想。

过了一会儿，我说，他是一个最好的人。

妹妹问，他，他是谁呀？

他就是他……我说。

妹妹忍不住笑起来。

哦，黎江，我们在说你呢。我觉得心突突跳得很响，我甚至怕妹妹听见我的心跳。我为什么总是想起黎江呢？我想象着他的模样，可他的影子却变得很模糊，我越想就越想不起来。真奇怪，人都是这样吗？可我能清楚地听见他对我说过的话，他说，无论怎样你都要好好活着，你听见了吗？那天我病了，腿上的褥疮感染了，我发高烧，黎江来看我。我对他说起死的事，我说我要是死了就好了。黎江就很严厉地说，你永远不要说死，你才十几岁，为什么就说死呢？

我说我总是很固执地想这件事。那天我从枕头底下拿出一些我画的关于死的画，递给黎江，图画本的封面有一只飞鸟。黎江一页页地翻着，神情越来越暗淡。我在本子里画的都是树。有一棵绿色的大树，棕色的树干很挺拔，树冠茂密葱茏。有一棵枯萎的树，空中飘散着发黄的落叶，我不知道那是一棵什么树，我只知道它死了，或是正在死去。在最后一页纸上，我画满了树叶，在空中飘飞的叶子。我对黎江说，很多书里的人都把死画成人飞离了地面，飞上了天……

黎江说，宗教认为死就是人升入天堂。

我问他，为什么人们总是想象自己死了以后飞上天呢?

黎江说，也许是因为人们的思想太轻了……

又一天，阳光很好，阳光洒在黎江的身上，他坐在我的床边，问我怎么样，他说，方丹，我一直挂念着你。我在他面前总想流泪，我知道我对他说话时已经流泪了。他摸摸我的额头，样子像个医生，我觉得他已经是个医生了。黎江握住我的右手，我希望他就这样握着我的手，紧紧地握着——永远不放开。我为自己的这种想法而羞愧。我问自己为什么这么想，永远是什么？我不知道我什么时候才能长大，我只知道还要过好几个春节。

我有点儿心慌意乱，我觉得我这样胡思乱想，黎江或许一点儿也不知道，也许他心里知道却装作不知道。他的眼睛躲开我的眼睛，从衣兜里掏出一副耳机递给我，说这是他自己安装的矿石收音机，他又掏出一根电线接上，我戴好耳机，听见里面一个声音在唱：把酒酹滔滔，心潮逐浪高……

在这黑暗中，我很想见到黎江，给他说些什么，可我知道，有些话我现在不能说。

# 37 野葡萄

隔着玻璃窗，一只洁白的蝴蝶从远处飞来，随着无声的旋律扇动着美丽的翅膀。它轻轻落在我的窗台上，阳光为它罩上了一件金色的披风。它的两根触须像一对闪闪发光的游丝，轻柔地伸展，又轻柔地卷曲。它的细小的腿脚活泼地踢蹬着，仿佛在编一个快乐的舞蹈。

我悄悄地注视着它，一动也不敢动，生怕惊飞了这可爱的小小舞蹈家。这也许是今年秋天看到的最后一只蝴蝶了。我这样想。

微风吹过窗前，小蝴蝶的翅膀簌簌地抖动起来。也许它感到冷了，于是飞了起来，很快在蓝天里变成了一个白色的斑点儿。这也许是今年秋天看到的最后一只蝴蝶了。我又一次这样想。

谭静和妹妹跑进门。谭静手里拎着一只旅行包，和平缓缓地跟在她们身后走进来，就像一个影子，轻飘飘的。

和平……我向和平伸出双手。

和平来到我的床前，紧紧地抓住我的手，哽咽起来，方丹，我多想你……和平比走的时候瘦弱了许多，脸色也更加苍白，只有那对睫毛长长的大眼睛依然美丽。

和平，你的病好些了吗？你能在家里多住些天吗？和平，你知道吗，你走了以后，这段时间发生了多少事啊！我一连串地向和平询问，也向她诉说。

和平坐在我的床边，说，方丹，我常常想你，真的，做梦都想跑回来看看你……我这次回来就不走了，因为……因为他们把我姑姑也抓走了……还封了门……我没有家了……和平说着，轻轻地抽泣起来。谭静搂着和平的肩头，也掉起了眼泪。尽管我很难过，可我不能让眼泪流出来。我赶忙说，和平，我还忘了告诉你，我要送给你一本画报呢……

谭静也说，和平，别哭了。

和平收住了眼泪。

我拉开抽屉，从底层翻找出一本画报，递给和平。和平一见封面，脸上立刻露出一丝惊喜。多漂亮啊！她眨着湿漉漉的睫毛小声说。

这一本是苏联国立芭蕾舞团的画报。单单是封面就够吸引人的，幽蓝的湖水，湖畔伫立着洁白的天鹅，柔和的月光照耀着远处寂静的森林，一个美丽动人的故事就从这里悄悄地传开了……

我从没看过这么漂亮的画报呢！和平激动地说，她的脸色也变得绯红。

我说，这是黎江送来的，他为了给我找书还被关到学校的地下室了，你可千万不要让别人看见啊！

那……黎江现在怎么样了？和平问。

不知道，他有很多天没来了……来，我们看画报吧。我说着，心里却忽然有些担忧，黎江为什么没有消息了？

和平翻开画报的扉页，谭静和妹妹也围过来，我们一起翻看着。书里有很多精彩的剧照，还有芭蕾舞明星的大照片。我指着一幅照片对和平说，看，这就是芭蕾舞大师乌兰诺娃，她有多漂亮啊！和平，你还记得有一次你让我穿了你的舞鞋吗？后来，我对妈妈说，将来我的病好了，一定要去学跳舞。我妈妈说，到那个时候，她要送我去舞蹈学校，还要送我到苏联去找乌兰诺娃，请她收下我这个中国女孩子……那一回，我真的相信了妈妈的话，真以为自己……其实，我的腿……和平赶忙放下画报，说，方丹，别难过，你的腿还会好的，一定会好的……她轻轻扳着我的肩头，看着我说，方丹，我想好了，从现在起，我要更用功地学舞蹈，将来，我替你去找乌兰诺娃，用我的腿来实现你的愿望。到那个时候，我一定要学会所有的芭蕾舞，而且要跳得像乌兰诺娃那么好……

和平重新打开画报。看哪，她跳得多美啊！和平入了迷似的盯着新翻开的一页，梦呓般地发出由衷的赞叹。

我从画页灰暗的色调上看出那是《天鹅之死》，暗蓝的天幕下，在地上泛着的一片水光里，倒映着一只白天鹅的身影。静穆中，那只天鹅正向着天空伸着它无力的双翅，眼里流露出对蓝天的无限向往和依恋。它要死了，没有人知道它曾经多么美丽，没有人知道它的美丽将永远消失。它正用尽最后的力气向天空告别。它多么留恋天空给予它的快乐的吟唱和自由的飞翔啊！

这只天鹅真可怜……和平把画报放在桌子上，比着剧照上的天鹅做了一个相同的动作。她伫立在那里，手臂越来越无力，脸色越来越苍白。

我说不出是担心还是难过。恍惚中，我觉得和平的身影在眼前旋转起来，旋转着，旋转着，渐渐地我的视线模糊起来……

和平回来的第二天就病倒了，她的脸色很苍白，眼里也没了精神。谭静天天把我背到楼上陪伴和平。每当见到我，和平的眼睛立刻就亮起来。方丹，来，就坐在我身边。她轻轻地拉起我的手，又紧紧握住，我觉得她的手软绵绵地散着潮热。我为和平的病情担忧，又感到惶恐不安，我甚至觉得见到和平的时候我也许再也做不出笑的表情。可是，每当见到她，我还是微笑着，尽量显出高高兴兴的样子，因为我想起自己躺在病床上的时候，最怕看见别人愁眉苦脸的样子。

方丹，我妈妈到现在也没有消息……和平吃力地说，也不知道我妈妈现在怎么样了……你说，她还能回来吗？

我不知道该怎样安慰她。

和平又说，方丹，你知道，我很小的时候，爸爸就去世了，妈妈非常疼爱我。可是，她总是那么忙，星期天都在忙工作。那时候，一放暑假和寒假，我就去上海的姑姑家学跳舞，可是妈妈却没有时间看看我跳得好不好……她总是那么忙，不过，我还是爱我妈妈，我不相信她是坏人……

和平说到这里停下了，两行泪流到了她耳边。

我说，和平，别说话了，你在发烧呢……

和平摇摇头，又问，方丹你说，我妈妈还能回来吗？

能，很快就会回来……而别的话我就不敢往下说了。

和平轻轻说，方丹，我知道这不是真的……

我赶忙说，和平，别想那些事了，我给你唱支歌好吗？

和平点点头，把我的手握得更紧了。她慢慢垂下睫毛，安静下来。

我轻声哼起了那支给我带来过无限遐想的钢琴曲：

秋天的树林，
跑来一个快乐的女孩儿，
风把她的长发向后飘起，
女孩儿一边跑一边笑。

她欢笑着跑进一条小河，
温暖的河水淙淙流淌，
女孩儿快乐地奔跑，
她的脚下溅起白色的水花。

……

有一天和平又能下楼了。尽管她来到我的床边很费力，她还是每天晚上都来听我讲故事。和平坐在我的身边，我能感到她的发热的体温，她的手也很烫，还有她的呼吸像一阵阵温热的风吹在我的脸上。我怕极了，我真怕和平会突然倒在我身旁。我想起自己发烧的情景，人在高烧时总有一种要离别一切的感觉……

方丹，再讲一个故事吧。和平又在请求我，她微弱的声音越来越有气无力。

我从不推辞和平的要求，自从我发现这样做能为她减轻痛苦，我就不停地搜索着记忆中所有的故事，一个个讲给她听。

方丹，今天再讲什么呢?

我想起我在一本书里读过的一个故事：很久以前，在一条宽阔的河边，有一个美丽的小村庄。河边经常走来一个美丽的女孩儿，她的身后总是跟着一群快乐的白鹅。那群鹅又高又大，它们头顶的帽子就像金色的皇冠，身上的羽毛闪着丰润的光泽。女孩儿从小就失去了父母，只得跟婶母一同生活。婶母是一个十分歹毒的女人，她总是想尽办法来折磨这个女孩儿。白天让她去放鹅，夜晚让她睡在柳树下。女孩儿常常坐在河边想念亲人。中秋节到了，女孩儿更加难过和孤独。她想吃一串葡萄。可是婶母嫉妒她那双像葡萄似的黑眼珠，就把沙子狠狠地揉进她的眼睛。当她醒来的时候，什么也看不见了，只能听到大河的奔流和鸟儿的歌唱……后来女孩儿听说，深山里有一种神奇的野葡萄，盲人吃了就能重见阳光，于是，她就骑着大白鹅到深山里去了，她想无论经历什么样的艰难，也要找到野葡萄……

# 38　未完成的雕像

维娜在窗外发出一声深深的叹息。月光如水，照着大院子里的一切，也把维娜孤单单的身影投在墙上。

每天晚上，月亮升起，维娜就忍不住来到方丹的窗边，窗内荡漾着友爱的气氛。方丹一定正在讲一个吸引人的故事，和平、谭静她们听得多么入神啊。维娜多么羡慕她们。有几次，她真想进去，对方丹说一声，原谅我……可是她无论如何也鼓不起勇气，她怕方丹伤心怨恨的目光，怕谭静疾恶如仇的怒气，更怕和平耻笑她背弃友谊。

维娜心中十分清楚，过去，无论什么也隔不开她和方丹的心，是她自己扯断了联结她们友谊的纽带。她从来也没有想到过要伤害方丹，可是她的选择却伤透了方丹的心，不过，她还能有别的选择吗？

维娜抚摩着左臂上的红卫兵袖章，心里不知道是什么滋味。她要求加入红卫兵，燕宁说，这是关系到她一生前途的大事，关系到她走什么道路，做什么人的问题。当然，要加入组织，首先就要同一切资产阶级分子和反革命分子划清界限，还要同与他们有关系的一切划清界限。同方丹断绝友谊是对她彻底革命的决心的考验。

为此，维娜心中曾经充满矛盾和痛苦，甚至是犹豫不决。燕宁对她的态度很不满意。在革命的紧要关头，怎么能动摇不定呢？燕宁说，不革命就是自取灭亡。

维娜知道“革命不是请客吃饭”，可是，她却弄不懂目前的革命为什么把安宁的生活变得一片混乱，把好朋友变成敌人。她多么留恋过去那些时光啊！她甚至希望能够重新回到认识方丹最初的日子里去。那时候，她们是多么快乐，又是多么团结一心啊。

维娜晚上站在窗外，心里总是涌动着懊悔和愤恨，可她却不知道应该去恨谁。她知道屋里的朋友谁也不会想到她，更不会想到，当她们沉浸在方丹讲述的故事中时，她却在窗外流着伤心的泪水。她觉得方丹一定再也不愿想起她了，就像她们从来也不认识一样。

维娜轻轻抽泣着，心里第一次对燕宁产生了一种怨恨，正是燕宁让她陷进了这种有口难辩的困境之中。

自从维嘉走后，黎江就一直躲在天花板上面。维嘉曾反复叮嘱她，这事儿对任何人也不能说，哪怕是最最要好的朋友。有一天夜里，黎江硬要下楼去看方丹，维娜先在楼梯上观察好了才放他下去，并且始终在外面给他放哨。这事她对黎江连方丹都没有告诉。

那天早晨，燕宁神情紧张地跑来告诉她，半夜里听见楼顶上面有声音，还因此做了一个可怕的梦。维娜很紧张，慌忙找各种借口想打消燕宁的疑心，后来她说也许是维嘉的鸽子在上面跑动，燕宁这才相信了。可是，又一天早晨，燕宁突然跑来推开她的屋门，脸上挂着一种既神秘又得意的表情，小声说，维娜，这回我可听准了，天花板上确实有人！我想这一定是个隐藏的坏人！

那一会儿维娜心里是多么惊慌啊！

她想再一次消除燕宁的疑心，可燕宁不但不听，反而更加严厉地警告说，维娜，你的脑子里怎么没有一根阶级斗争的弦呢？我认为，这样下去很危险。要知道，阶级敌人时时刻刻都在暗中活动，可你还闭着眼睛睡大觉，不行，我这就去报告，找人来搜查。维娜，你现在的任务是，注意听着楼顶上的动静。哼，今天不抓个坏蛋下来，我就不叫马宁！说着，燕宁转身就要走，维娜惶恐地一把拉住了她的胳膊，嗫嚅地恳求说，燕宁，你……你千万别……别去报告啊……

为什么？燕宁警觉而疑惑地站住了。

我……我……维娜只觉得全身冷得发抖，她的心紧缩着，嘴唇哆嗦得几乎说不出话。

燕宁镜片后面锐利的目光探询地盯着维娜，这么说，你知道上面有人了？

维娜点点头，又恳求地说，燕宁，我告诉你实话，你可千万要保密啊！

燕宁歪头想了想，说，好吧。

藏在上面的是……

谁？燕宁的眼睛一下睁得圆圆的。

是……是黎……黎江。

黎江？燕宁一愣，随即恍然大悟地看着维娜，像是自言自语地说，怪不得，原来是他……

燕宁，你可千万不要告诉别人，啊？维娜再三地恳求着，她相信燕宁会同她一起保守这个秘密。

燕宁果然没有再说什么，她只是说学校还在等她开会，就匆匆忙忙跑下楼去。

维娜在三楼的窗口看着燕宁急火火地跑出大门的身影，她的心突然悬了起来，燕宁会保密吗？她又安慰自己说，会的。可又想起燕宁那锐利的目光，不行，燕宁绝不会放过对革命不利的事情，说不定这会儿她就是去报告的，也许她还会亲自带着人来呢。维娜越想越不安，越想心里越慌乱，她极力让自己沉静下来，尽量不把事情往坏处想。她想做点什么让自己安静下来，她拿起一本书，却读不下去。她无法克制自己的胡思乱想，终于忍不住爬上天花板，慌忙地把这一切告诉了黎江，并劝他赶快下来，再找个地方藏起来。黎江听说燕宁知道了他藏在这里的秘密，果断地说，不行，我得赶快离开这儿！

维娜怎么也没有想到，就在这时候，四周好几个屋顶的天花板盖子几乎同时被人顶开了，一些人爬上来，叫嚷着，十几支手电雪亮刺眼的光柱一齐射在她和黎江的身上。维娜被这意外的变故吓蒙了，呆呆地僵立着，像一个木偶。

抓住他……四周的人喊着拥上来，狠狠地扭住了黎江的胳膊，在一阵挣扎和叫喊声中，有人喊着，看，还有个女的，一起抓起来！

别抓她！维娜猛地听见一个熟悉的声音制止说，这是罗维娜，是我让她在这儿监视他的。

啊，燕宁！维娜全身不禁一冷。

黎江一震，不再挣扎，只扭过头，责问的目光闪电般地向维娜脸上扫过来。维娜慌乱极了，她想对黎江解释，可她的嘴唇颤抖着，说不出一句话。

黎江被押走了，所有的人都下去了，维娜孤零零地站在那里，黑暗和懊悔把她淹没了……

维娜悔恨自己轻信了燕宁，那天她恨不得跟黎江一起被抓走，可是一切都无法挽回了。

更可怕的是那些人还发现了爸爸的日记本和手稿，维嘉藏在上面时曾嘱咐她千万不能让人知道，可他们却把那摞东西全都拿走了。几天后，爸爸便被带走去交代新的问题，而他的罪证却是他的女儿——维娜提供的！

维娜知道，由于自己的怯懦，在朋友们的心中，她或许是个“叛徒”。她还担心，维嘉回来知道这两件事，她该怎么说，她能向谁去解释这一切？现在谁又能相信她呢？

维娜几乎没有朋友了，她不愿见到燕宁，尽管燕宁有空就来找她，拉她去参加各种活动，可她心里充满了厌恶。她也不能去找黎明了，她想黎明也会因为她“出卖”了黎江而恨她。她想念黎明，她已经很长时间没有见到他了，她听维嘉说，那天晚上黎明救出黎江后就没了消息。维嘉远行之前曾托朋友打听黎明的情况，并要他们设法把他救出来。可现在维娜还没有黎明的一点儿消息。她多想再跟黎明去雕塑室看看啊，那里立着一尊黎明还没完成的作品——一座少女的塑像。维娜曾长久地站在那座只塑了一半的作品前，想象着她被塑好的样子。那是一个迎风站立的少女，恬静的脸庞微微向上仰起，眼里露出一种让人说不清的神往。维娜忽然想，也许自己再也见不到那尊雕塑了，所有的一切都远离了她……

维娜整天把自己关在屋子里，她谁也不愿见，只是呆呆地坐在桌前。后来，她抓起一把彩色画笔在纸上拼命涂抹。涂着，抹着，她渐渐地忘记了心里的懊丧和烦恼。无意中，她的画面上出现了一只只白色的鸽子，于是，在后来的日子里，她画了数不清的鸽子，有的在蓝天上飞翔，有的落在红色的屋顶上。所有的鸽子都是白色的，都有一对美丽的红眼睛。和它们在一起，维娜的酒窝又开始闪动了。维娜不愿搁下笔，每一搁笔，她就感到孤独。她多么渴望再属于那个温馨的小集体啊！

# 39　半个月亮

大白鹅驮着女孩儿游过了大河，又驮着她走进了一座深山。突然，她脚下一滑，跌进了一个深深的峡谷。她以为自己一定要摔死了，可她却落在了一个荡悠悠的地方，它晃动着就像一个秋千。女孩儿奇怪极了，她一伸手，立刻碰到一些圆溜溜的果实，她赶忙揪了一颗果子放进嘴里，啊，天底下一定再也没有比这更好吃的东西了。这时，女孩儿觉得眼前忽然一亮，她看到了美丽的景色！

几下敲门声打断了我的故事。这么晚了会是谁呢？

谁啊？我问。

门外没有回答。笃笃笃，又是三下。

妹妹和谭静一起去开门。

妹妹打开一条缝，先是一愣，随即惊喜地欢呼起来，维嘉！维嘉回来啦！

小姑娘们，你们好啊！

维嘉风尘仆仆地冲进屋里，一脸的激动和快乐。他挨个握住我们的手，很用力地摇晃着，直到我们痛得叫起来他才松开。

维嘉渴极了，接过妹妹递来的水，仰起脖子猛灌了一阵，他又接过谭静递来的毛巾狠狠地擦了一把脸，显出很痛快的样子，接着，他坐在我床前的椅子上，关切地看着我，我也新奇地打量着他。维嘉变了。阳光把他的皮肤晒得黝黑，他那曾经剃光了的脑袋又长出了浓密的头发，毛蓬蓬地卷曲着，我又看到了过去的那个英俊少年。他身上穿的还是那套军装，只是已经磨得千疮百孔，一只口袋用粗针大线牵连着挂在衣襟上，腰上那根威风凛凛的皮带不见了，脚上的球鞋也磨出了窟窿。唯一没有变的就是他的眼睛，依然洋溢着万丈热情。维嘉问我，方丹，你们都怎么样？黎江常来看你吗？又说，刚才我上楼回家，家里锁着门，我没看见维娜，哎，燕宁也好吗？

屋里谁也不说话了，谭静、和平，还有妹妹都有点紧张。我真怕维嘉再问下去，就说，我们都……都很好，黎江经常来看我们，他还给我做了一副矿石收音机……我不知道怎么给维嘉说燕宁的事，他们还把猫弟弟……我更不敢说维娜出卖了黎江……不能说，什么也不能说。我这样想着，就问，维嘉，你怎么走了这么长时间啊？

维嘉，快说说，你都去了哪儿？你都看见了什么？谭静也赶忙争着问。

维嘉反问我们，刚才你们在干什么？

我们在听方丹讲故事。和平说。

维嘉，都是你，把那么好听的故事打断了。谭静故意抱怨。

什么故事让你们这么着迷呀？维嘉又问。

野葡萄的故事。

维嘉做出一副歉然的样子，夸张地叹了一口气说，那怎么办呢？

维嘉，你得赔我们一个故事，谭静叫起来。

妹妹说，维嘉，你再给我们讲讲巴斯克维尔猎犬的故事吧。

维嘉抓抓头发，眨着眼睛想了想说，好吧，那就讲个故事，不讲那条猎犬，我给你们讲一个《王子历险记》怎么样？

我们欢呼着，又立刻安静下来。

维嘉望着窗外，开始讲了，很久以前，有一座红色的城堡，里面住着一位英俊的王子，长得嘛……就跟我一样。

我们都笑了。维嘉又讲下去，那个王子从小过着无忧无虑的生活，从没有经历过人世间的雨雪风霜。他喜欢到大自然里去领略美丽的风光，也喜欢到书的海洋里去遨游。后来一场战争突然爆发了，战火铺天盖地，扑向每一个角落。王子参加了很多次战斗，打败了很多敌人。再后来，他就告别了红色城堡，告别了朋友，还有他的鸽子，参加了大串联的队伍……

维嘉，你等等。我们说，不对吧，王子怎么能参加大串联，现在的红卫兵才串联呢。

别着急，你们应该耐心听下去。维嘉笑笑，又接着讲，那个王子一路上扒火车、睡地铺，饥一顿饱一顿，历尽了艰辛。他爬山越岭，脚上很快就磨起了血泡，可他还是咬着牙，一瘸一拐地往前走。他尝过了甘甜的延河水，又登上了雄伟的井冈山，可就在去韶山的路上，王子却因为掉队迷失了方向。

那怎么办呢？维嘉略一停顿，我们就赶紧追问。

王子在深山里迷了路，正在他万分焦急的时候，眼前忽然出现了一位老神仙，他问王子，你要到哪儿去啊？王子告诉老神仙，他有一个好朋友病了，他要为她去找药。他问老神仙，什么药才能治好朋友的病？老神仙说，这儿深山里的灵芝能治百病。他还说，只要你不畏艰难，勇敢向前，就一定能够找到灵芝。老神仙说完，就化作一阵轻风不见了。于是，那个王子踏上了进山的小路，白天，小鸟用歌声为他引路；夜晚，群星和明月伴他同行。后来，他历尽艰难终于找到了灵芝，这时，天边飞来一朵白云，载着他飞回了家……

维嘉带着狡黠的微笑停住了。

维嘉，王子真的采到灵芝了吗？妹妹问。

当然是真的！维嘉拍拍自己的胸脯，脸上露出自豪的神情。

屋里顿时轰动起来，维嘉用自己的经历编了这个故事。我们嚷着，维嘉，快把灵芝给我们看看啊！

维嘉解开破军装的纽扣，从里面的衬衣口袋里掏出一个小布包，小心翼翼地打开，捧在我们面前。几个脑袋凑过来，啊，真是一棵灵芝啊！

这灵芝萦绕着紫色的祥光，就像是被彩云环抱的半个月亮。

维嘉郑重地将灵芝放在我手上，他说，方丹，给你！

我几乎不能相信自己的眼睛。这是真的吗？

维嘉，你真的是世界上最好最好最好的人……妹妹本来就觉得维嘉了不起，这会儿维嘉在她眼里就成了真正的英雄。

夜静下来了，楼上楼下都不再有声音，唯有秋虫在窗外轻轻地唱着。月光洒进屋里，妹妹睡熟了，我还坐在窗前。月光洒在我身上，我把灵芝举到眼前，一缕淡淡的清香若隐若现。我在想，明天早晨，妹妹睁开眼睛也许告诉我，姐姐，我又梦见你会跑了，真的，你跑得那么快，就像闪电……我一定装作惊奇地问，是吗？我要慢慢地站起来，轻轻地走到她身边……我要把灵芝吃下去，现在就吃……灵芝轻轻碰到我的唇边，可心底有个声音却在说，不，再等等……我要留着灵芝，就像把希望牢牢抓在手里，保存得更长久些。我宁愿在希望中幻想。维嘉仿佛在向我眨着眼睛，嗨，方丹，你怎么还犹豫呢？

站起来……假如我真能站起来，当春天再度飞回来的时候，我要跟和平一起去找乌兰诺娃，把她优美的舞姿带回我们绿草坪。和平，和平，你听见了吗？那将是我们的春天！忽然我想起几天前和平对我说，方丹，我心里明白，我的病好不了了，我真想让你坐在我面前，如果你不来，我就害怕。我不想死，我要等到长大的那一天……方丹，你记得吗？我说过，我要替你去找乌兰诺娃……

泪水流下来，我想说，和平，你一定会看到我们的春天！

这一天，谭静背我来到和平的床前。和平还在沉沉地昏睡着。阳光洒在淡绿色的窗帘上，映得屋里十分宁静。我真想给你跳舞，看，这是我新编的舞蹈。和平翻翻身，忽然掀起被子，扬起一只手臂，伸到半空中，片刻，手臂又无力地垂下来。

哦，这还是那个和平吗？

在绿色铁栏的丁香花丛中，走来一个女孩子，她踩着沙沙的落叶，手上捧着一本彩色封面的书，当她抬起头来，我看见了一双美丽的大眼睛。可是现在……

方丹，你为什么叹气啊？

和平睁开了眼睛，我赶忙说，和平，你最好多睡会儿。

和平说，方丹，其实我没有睡着，我不想睡着……

你看，我给你带来了什么？我把一个手绢包放到和平手里。

和平把它打开，灵芝！

我要把它送给你。我说。

方丹，我不要，我多想看你站起来啊……和平，你不是说要替我去找乌兰诺娃吗？我把灵芝放在了和平的枕边……

# 40　和平快回来

深秋的天空是瓦灰色的，没有湖水一样澄澈的湛蓝和云朵化成的白帆。大雁南飞了，每天都能听到惜别的雁群在空中发出凄凄哀哀的长鸣。

和平住进医院已经好多天了，谭静几乎每天都去看和平，我让谭静告诉和平，我时刻牵挂着她，时刻都在盼望她的病快点好起来。维嘉也常去看和平，维嘉终于知道了这段时间发生的所有的事，他没想到和平得了这么重的病。他没想到维娜会暴露父亲的秘密，那些发现笔记和手稿的人，把父亲关起来，正让他写交代材料。维嘉更没想到维娜、燕宁带人抓走了他的好朋友黎江。维嘉刚回的那几天，神情显得有些颓丧，他来到我床前很少再说起维娜。他去医院看和平回来，我总是向他询问和平的病情，维嘉每次都说和平的病有了好转。时间一天天过去，我隐隐觉出维嘉好像有意回避我问和平的事，他回避我，如同他开始参加大辩论时一样，在我面前就像一阵风似的来去匆匆。谭静脸上始终没有露出欣慰的笑容，每天从医院回来，来到我床边时，脚步都显得沉甸甸的。

我很想知道和平是不是把灵芝吃了。在想象中，我看见和平对我说，方丹，我已经吃了灵芝，我好多了。我看见她笑了，我总是看见和平的微笑，和平笑起来，清纯的目光看着我。我忽然觉得过去没有注意和平的微笑，那时我每天都能看见她微笑，就像看见太阳每天升起又落下，当她跟我说明天见的时候，我从没想过她会离开很久。哦，和平，快回来，回到我们的身边来，快把灵芝吃下去……黄昏拽着沉沉的夜幕降临，我就盼望黎明牵着曙光快快来到我的窗前。一天晚上，我又看见了和平，她静静地躺在洁白的病床上，红润的脸上挂着安详的微笑熟睡着，身边那棵灵芝像一朵紫色的云，为她遮挡着死神的翅膀。忽然，和平睁开眼睛，对我说，方丹，别担心，我已经好了……说着，她起身跑出医院的大门，她依然穿着白色的衣裙，身影像一朵白云那么轻盈。我说不清这是哪儿，地上落满金黄的树叶，和平跑来了，大片的落叶和她一起飘舞着……一缕晨曦照进我的窗口，我醒了，猛地睁开眼睛，我相信第一个推门进来的一定是和平……我真的听见了脚步声，进屋的是谭静。她双手拎着一个花书包，两眼有些红肿，她缓缓走到我面前。我惊愕地瞪大了眼睛，直盯着她，一阵寒战飞快掠过了我的全身，谭静，和……和平好些吗？

谭静久久不说话。我能看出来，她在忍耐，我不想问，也不敢问了，就这样木木地看着她，一切都仿佛不存在了。终于，谭静抽泣起来，她把头低下去，双肩耸动着……

我不想放弃最后一线希望，和平……我没有勇气再问下去，妹妹也过来，紧紧地拉住我冰冷的手，脸色变得惨白。

谭静把花书包递到我手上，方丹，这……这是和平留给你的……

我不敢打开书包，我不愿听见谭静说这是和平留下的。留下的，留下的东西就意味着一个人的远去……可这却真是和平留下的，她留下了什么？她给我留下了什么？我轻轻打开书包，啊，是那双银白色的舞鞋，还有那棵我日夜盼望它能出现奇迹的灵芝！

世界突然变得出奇的安静，阳光使这两种鲜明的色彩交织起来，刺着我的眼睛，和平，和平……我把舞鞋和灵芝紧紧地捂在胸前，轻轻地呼唤着，我听见自己的抽泣，我真切地感到了一个生命的远离，仿佛一片树叶随风飘走了……和平，你为什么不肯等待我们的春天？你为什么不替我去兑现那美好的诺言？和平和平……

窗外，几只鸽子飞起来，在空中盘旋着。透过泪光我恍然看见，在蓝天白云之间，洁白的鸽子飞向空中，太阳把金光洒在它们身上，它们自由自在地张开翅膀，鸽哨呜呜地鸣响着，飞向很远很远的地方，渐渐地化作了一片白云……

# 41　远飞的大雁

人们在记忆中会忽略很多事，这如同计算机的一种操作方式，一个程序被忽略后，就能进入另一个程序。忽略并不等于那一切储存的信息被删除了，往事是删除不掉的……我不再回忆和平，只让她在我的记忆中保存。在这里，我要忽略她死后的很长一段时间，与此同时，我想起了另一件事。那天，维嘉又带着妹妹去找爸爸妈妈了。那个时候已经是冬天，那个冬天在我的记忆中是灰暗的，天空，四周，还有我的内心深处。我不知道我们还能盼来什么，可又不得不盼望。我们没有父母的消息。我常常感到无名的恐惧，我害怕听见有人“自绝于人民”，一听见这句话，我的头脑就会一片空白，一连几天都在可怕的想象中度过，直到证实“自绝于人民”的人是陌生人。可我并不因为他或她是陌生人就会消除恐惧感，无论是谁都会让我害怕……我尽量不把事情往坏处想，可所有的一切却都没有往好处发展。维嘉和妹妹临走时，要谭静陪伴我，他们也许很晚才能赶回来。

我在窗口看着他们远去了。忽然，我听见一个十几岁的男孩子欢呼起来，噢噢，打中喽，打中喽！我看见那个男孩儿和他的几个伙伴儿仰脸望着天空欢呼着。我向那片幽蓝望去，啊，一只白色的鸽子，它被弹弓打中了，发出凄厉的尖叫，正头朝下坠落着，它的翅膀松弛无力地扑闪了几下，一头栽到地上，两腿抽搐了几下，就再也不动了。那些男孩子把它拎走了。我知道那是维嘉的鸽子，洁白可爱的鸽子……它常在我的窗外咕咕叫，他们为什么不让它飞翔了？我为鸽子感到悲哀，趴在窗口发呆……

我听见谭静叫喊着跑来了，她高喊着我的名字，方丹，方丹！她像一股热烈的风从门外刮进来，方丹，告诉你一个天下最好的好消息！她扑过来用冻得冰冷的手紧紧抓住我的手。方丹，你知道我多高兴啊！说着，她在屋里转了个圈儿，脸颊红红的，眼睛亮亮的，一副神采飞扬的表情。我不知道谭静是从哪儿跑回来的，只看到她说话时上气不接下气地喘息着，额上渗出亮晶晶的汗珠，就连那绺卷发也被汗水浸得湿漉漉的。方丹，你说这事儿多让人激动啊！谭静拍着手在屋里转了一圈儿，不知怎样表达她的喜悦。

我还在为那只鸽子的死难过，我想告诉谭静，维嘉的一只鸽子被人打死了。可谭静却依然兴致勃勃，全然没有在意我难过的样子。她说，方丹，我在路上就猜，要是你知道这个好消息也会高兴的。我被谭静的情绪感染了。我问，谭静，什么好消息啊？

嗨，解放军文艺宣传队来招文艺兵了！谭静说，方丹，你不知道，考试的地点就设在我们学校，很多人都去报名了。方丹，我也想考，你说行吗？啊……这可是一次最最难得的机会呀……

看到谭静眉飞色舞的快乐样子，我也为她感到高兴。现在参军是一件最光荣的事。如果能穿上绿色的军装，戴上鲜红的帽徽和领章，就能够昂首挺胸地面对生活。谭静，那你为什么还不快点去报名啊？我问她。

谭静说，我就是来找你商量呀。方丹，你说我是考弹钢琴呢，还是考唱歌呢？

我想，你还是考弹钢琴吧，很多人都会唱歌，弹钢琴可不行。

对。谭静快乐地拍着手表示赞同，又说，方丹，我有很长时间没有练过琴了，走，我背你去我家，听我练支曲子，看我弹得行不行。

一束冬天的阳光透过窗子射进屋里，把端坐在钢琴前的谭静照得很有光彩，掀开的琴盖上映出她充满幻想的脸庞。她沉思片刻，展开细长灵活的十指，在白色和黑色的琴键上飞快地滑过，琴声宛如一条欢快奔腾的山间小溪，歌唱着，跳跃着，汇成了汹涌壮阔的江河。

谭静的表情随着迅速弹奏的十指而变化着。我相信，无论谁看到她弹琴，都会被她白皙灵巧的十指所吸引。它们在黑白相间的琴键上活泼地蹦跳着，就像一群会跳舞的小精灵。在一串流水般明快的琶音之后，一个熟悉而优美的旋律又回响在我的耳边：

……

落满树叶的一条路，
跑来一个快乐的女孩儿，
风把她的长发向后飘起，
女孩儿一边跑一边笑。

她欢笑着跑进一条小河，
温暖的河水淙淙流淌，
女孩儿快乐地奔跑，
她的脚下溅起白色的水花。
……

谭静有多久没弹奏这支琴曲了呢？当生活中失去了往日的宁静后，我就很少听到琴曲了。现在，我又一次听见自己在问，那片树林真的那么美吗？没有回答，只听到一声沉重的叹息。这叹息是从我的胸腔里情不自禁地发出来的。

谭静的手略一停顿，立即换了一支旋律舒缓而辽阔的曲子。音乐的变化是无穷的，它也能把人带到一个无穷变化的世界中去。谭静的手在琴键上尽情地跳跃，她激情澎湃地弹奏着，她的脸因为高兴而涨红了。恍惚间，我看见她已经穿上了绿色的军装，戴上了军帽，帽子正中闪烁着一颗耀眼的红五星。啊，穿上军装的谭静多漂亮啊！我觉得眼前变得明丽起来，她手指下那串抒情的音符在我心中汇成了一支熟悉的歌，它让我产生了一种强烈的渴望。我很想唱一支歌，我要唱，唱一支心里的歌……

谭静抬头深情地凝望着我，眼里闪着晶莹的光，仿佛在轻声对我说，方丹，唱吧……

谭静反复弹着前奏曲，琴曲飞向窗外，飞向天空。我向窗外望去，明净的蓝天里仿佛有一行披着金光的大雁正在振翅飞向远方，歌声飞出了我的喉咙：

远飞的大雁，
请你快快飞，
捎个信儿到北京，
翻身的人儿想念恩人毛主席
……

当我唱完停下来，发现谭静正用一种欣喜的目光打量着我。方丹，你唱得多好啊！你的音色美极了。你怎么脸红了？我说的是真话。她说着，忽地从琴凳上站起来，扑到我身边，两只眼睛激动地注视着我，方丹，你为什么不去考呢？谭静，你怎么想出这个主意呢？我可不行……你看，我和你不一样，我……谭静，我不行，你去考吧，你一定能考上……

不。谭静一下跳起来，方丹，你真傻，这又不是让你考舞蹈，而是考唱歌。我想，你坐在那里唱也一样啊。谭静说着，搂住我的肩膀又说，方丹，别这么难过，你想想，要是咱们俩一起参加了解放军文艺宣传队该多好啊！演出的时候，明亮的灯光照耀我们，你为大家唱歌，我为你弹琴伴奏……她为自己想象出的情景高兴得拍起手来。

我被谭静的话感染了，我的眼前是徐徐拉开的红色帷幕，舞台上五彩缤纷的灯光把台下照得一片光明。谭静身穿军装，正坐在一架钢琴前，钢琴旁坐着身穿军装的我，灯光下，那红色的领章和帽徽格外耀眼。我的歌声回荡在剧场的每一个角落……方丹，你怎么不说话呢？谭静摇着我的肩头。

可是我怎么去考呢？我问。谭静也好像醒悟到这一点，她想了想又说，方丹，这样吧，我现在就去找宣传队的首长，跟他们好好说说，让他们来看你。我要告诉他们，你有多么好的歌喉，还要告诉他们，你多么想到舞台上去唱歌。方丹，我相信，他们会来，一定会来的……

可是……

谭静又想了想，眼睛倏地一亮，说，方丹，你不是想让他们听见你唱歌吗？我是说，我带着解放军来，你就在这里大声唱歌，让他们在很远的地方就能听见，我敢说，他们听见你唱歌，一定会收下你。

可是，我怎么知道他们什么时候来呢？再说，我唱什么歌呢？

方丹，你怎么啦？到了关键时刻问题这么多。唱歌当然要唱你喜欢的啦，只要你能唱，从现在开始一直唱到他们来，声音一定要响亮。

那好吧，我就唱《远飞的大雁》。方丹，我走了，待会儿你可一定要大声唱啊。谭静把我背回家，临出门又再三叮嘱我。说完，她就像一只燕子似的轻盈地飞走了，我被谭静的想象搅得一分钟也不能平静，好像一团火在我的心里升腾着。

窗外，天空一片晴朗，太阳也金灿灿的。我觉得很长时间没有看到这么晴朗的天了。我趴在窗边，这样，就能看到大院子里来往的人。要是看见解放军文艺宣传队的首长，我就大声唱。我的手使劲儿扒住窗框，注意地看着每一个走进大院子里的人。我的心里反反复复默念着歌词，尽管我早就熟悉了这支歌，却还是担心到时候唱错了。我觉得这支歌就堵在我的喉咙里，随时都要飞出来。

我等待着，想象着，我听见谭静高声叫喊着，看见她高高地扬着手，满脸欣喜地向我跑来，方丹——来了，来了，唱啊，快唱吧！在她的身后跟着几位穿绿军装的人，他们军帽上的红星亮闪闪的……

我从没有这么紧张过，万一他们来了怎么办？万一他们不来呢？我的头脑也从没有这么混乱过，一会儿觉得自己信心十足，一会儿又觉得自己什么都不行。我多么希望自己变成一只大雁，飞上高高的蓝天，我多想飞到解放军文艺宣传队去啊。

过了很久，谭静还没有回来。我扒在窗框上的双手早就硌得麻木了，手指尖也没有了血色，我的身体开始慢慢地向一边倒下去，我没有力气支撑自己了。我想再爬起来，可两只胳膊已经麻木了一样。我躺下了……就这样倒下了吗？要是这时候解放军来了怎么办？去唱歌的愿望就这样破灭了吗？我真恨，恨这麻木的身躯，恨这没有知觉的腿……

不，我听见一声叫喊，我的心怦怦直跳。不，不能放弃，我要去唱歌，要唱，要唱……可我只是一动不动地躺着，木然地看着窗外的天空，云朵变幻着在天上悠悠地飘过。有多久啊？白云渐渐变成了浅浅的橘红，忽然，歌声从我的记忆里缓缓飘来，越来越响……那时，我曾一遍又一遍地唱歌，维娜、谭静她们就这样来到了我的床边……

我还要唱，躺着也要唱，一刻不停地唱……

# 42 谭静的钢琴

谭静站在考场外面的走廊上，心情紧张地等待着。她没有料到会有这么多人来报考解放军文艺宣传队，望着前边黑压压的人群，谭静后悔来得太晚了，但她不住地安慰着自己，只要能让我弹一支琴曲，只要弹一支……她相信，自己一定有成功的希望。

前来报考的男女青年都在兴奋地叽叽喳喳谈论着，紧张而好奇地紧盯着考场的门口，聆听着从里面传出来的唱歌、乐器演奏或朗诵，注视着从里面出来的每一个人，并从他们掩饰不住的懊丧或是喜形于色的脸上探寻着成败，暗自将自己的条件同他们作着对比。谭静看见班里的几个男同学在排队,他们有的拿着二胡,有的拎着小提琴。刘援朝也来了,他手里握了根笛子。不一会儿，他进了考场，里面很快传出他吹的一段笛子独奏。从考场出来时，刘援朝似乎一脸兴奋。看见人群里的谭静，他说，谭静，往前挤啊，要不什么时候才轮到你呀？谭静摇摇头，脸上露出为难的表情。刘援朝挤过来说，哎，告诉你，他们考你的时候啊，关键是别紧张，千万别紧张，你保证没问题。说完一蹦三跳地跑了，谭静有点感激地望着他，直到他的身影消失在走廊尽头。

时间在不易觉察地溜走，太阳的影子已经斜了，排队的人谁都没有想到去吃午饭。已经是下午了,来考试的青年们进去出来,一个又一个,再有十几个人就能轮到谭静了。就在这时，有个眉清目秀的女兵走出来朝人群一挥手,简单干脆地宣布,大家注意啦,现在名额满了,后边的解散!

这个突如其来的宣言就像晴空里一声炸雷响过，刚才还热闹非常的人群猛然寂静了，但随即又发出一阵乱哄哄的质问，为什么，为什么啊？可是他们得到的一概是否定的回答，不行，就是不行！后边的解散！大家要遵守纪律，下次会有机会……

谭静心慌了，急得几乎要哭出来，她扑上去紧紧抓住那个女兵的胳膊，不停摇晃着。说，请你让我进去吧，我……我跟别人不一样，我是弹钢琴的！

不行，现在说什么都晚了，你为什么不早来？

那也得让我进去，非得让我进去，我有很重要的事情要跟首长说。

我们队长忙着呢。你还是下次再等机会吧。说着，女兵转身就要进去，却被谭静拽住衣袖死不撒手，她有点想发火了，语气带着责备，哎，你这是干吗？

让我进去吧。谭静乞求般地央告着。

不行，不行，部队有纪律，哪能这么随便呀。那女兵真发火了。

谭静也急了，忽然瞪圆了眼睛怒冲冲地说，不管你怎么说，今天我一定要进去！说着伸手就要推门，急得那个女兵大声喊起来，郝队长，郝队长……

怎么了？吵吵嚷嚷的。一个男性浑厚的嗓音随着打开的屋门传出来，谭静一抬头，看到了一对浓黑的剑眉和一双黑亮的眼睛。她鼓起勇气说，郝队长，您让我进去吧。你有什么事啊？身材高大魁梧的郝队长看着谭静，很宽厚地笑着。他的笑容让谭静有了信心，她有点儿激动，又说，郝队长，我只提一个要求，让我弹一支钢琴曲，我是说，不管你们要不要我，我只要你们听我弹一支曲子。

哦？郝队长惊异地打量着谭静，看到她的十指正不停地活动着，眼睛里流露出那样坚定的神情。他无法断定这个女孩子哪一点打动了他的内心，于是，他打开了屋门说，来试试吧！

嗨，谭静内心发出一声欢叫，她好像踩着云雾似的走向屋角的钢琴，觉得屋里所有的眼睛都注视着自己，心里不禁一阵狂跳。可一坐到琴凳上，她立刻沉静下来，深深地呼出一口气，把所有的不安和紧张都消除了。一双手缓缓地抬起来，又轻轻地落下去。她先弹了一组和弦，然后，手指就像夏日傍晚的飞燕，展开矫健的翅膀，在闪亮的琴键上盘旋，飞翔。她的身体像风中的杨柳，轻悠悠地摇着，晃着。忽然一串琶音弹奏从她的指间飞出，准确而灵活，那娴熟的指法立刻惹得那几位穿军装的主考们面面相觑。谭静注意到郝队长那张英俊的脸上情不自禁地流露出惊讶和赞赏，她初试的紧张顿时烟消云散了。她索性彻底放松十指，让它们自由活泼地在琴键上发挥着才能。她的弹奏从没有像今天这样生气勃勃，热烈欢腾，如同一排排巨浪扑打在礁石上，飞溅起无数晶莹的水花，谭静感到了从未有过的舒畅和自豪。

琴曲结束了，主考们情不自禁地鼓起掌来。

谭静脸儿红红的，只觉得自己的心激动得快要跳出喉咙了，她双手按住欣喜狂跳的心，期待地望着郝队长。他同主考们小声商量了一会儿，微笑着递给她一张表格，亲切地对她说，你先把这张表填一下。

哎。谭静高兴得几乎跳起来，闪亮的眸子里迸射出欢乐的火花，她坐在一张课桌后面，握笔的手怎么也止不住地发抖，她想，方丹如果知道这一切该会多么高兴啊！对，填完这张表，她还要请郝队长他们去看方丹，这会儿她一定等得着急了……可是她将给方丹带去多么让人激动的好消息啊！

表格很快填完了，谭静双手交给了郝队长。他接过去仔仔细细地看着，忽然抬起头来问，哎，你怎么没有填父母的情况呢？

谭静的脸唰地红了。我……她不知道该怎么回答。

你父亲在什么单位？他现在做什么？这个总会填写吧？郝队长和蔼地问。

谭静点点头。

郝队长又说，还有，你还要填写你母亲的情况，她在什么单位，现在做什么。懂了吗？说着把那张表格还给了谭静。当谭静再一次把表格交给郝队长时，他低头飞快地在表格上扫了几眼，温和的表情严肃起来，他声音很低地嘟哝了一句，你父母都在接受政治审查，那你……

谭静急得就要哭出来了，她赶快说，郝队长，我父母有问题，可我没有问题，我没有……

屋里的气氛变冷淡了，谭静发现主考们脸上露出了失望的神情，郝队长好像不愿放弃她，于是，又同主考们小声商量和争论起来。

你先到门外等一会儿吧。刚才把她拦在门外的那个女兵对谭静说。谭静点点头退出门外，她仰脸靠在墙上，心里感到忐忑不安，她知道自己弹奏得很美，可是……

仿佛过了很久，谭静的目光几乎快要把那扇门盯穿了，终于，郝队长踟蹰着走出来，看到她焦急的神色，他犹豫了一下，对她说，谭静，你的个人条件是很优越的，可我们是部队文艺宣传队，所以……

不行了吗？谭静忍住眼泪，声音发颤地问。

我想你可以再到其他文艺宣传队去试试，凭你的天赋，你会找到希望的……郝队长避开正面的回答，亲切而委婉地劝说着谭静。

不，你们收下我吧，我就是要参军，就是要参加你们的宣传队……收下我吧，郝队长，我会弹琴也会唱歌……谭静几乎忍不住地大声喊出了这些话。

可是你知道，部队是有非常严格的规定的……唔，你看天都快黑了，快回家去吧……

不，我不走，就不走……谭静执拗地说。

郝队长看看她，无可奈何地叹了口气，回身进屋去了。

谭静来到走廊的窗前，不知道自己该怎么办，她呆呆地看着窗外发愣，她想起方丹，她坐在窗前一定早就等急了，等失望了……可是，谭静觉得自己再也没有勇气去安慰方丹了，她只能在心里默默请求方丹原谅，方丹，你怪我吧，恨我吧，骂我吧，可是，这能怪我吗？可我又该怪谁，恨谁呢？

天黑尽了，月亮已经升起来，谭静才拖着疲惫的双腿离开考场，她的脚步在空荡荡的走廊上泛起了回声，嚓嚓嚓……

她回到家里，径直走到钢琴旁，一下坐在琴凳上，月光透过窗口照进来，在琴盖上泛起了银色的水光。她把琴盖打开，那些熟悉的琴键冷冷地沉默着，白的莹白，黑的青森。鸽子，你飞吧，燕子，你飞吧，飞得远远的，再也别回来……她仰起头，泪水从眼眶里倒流回去，又仿佛顺着指尖涌出来……猛地，谭静像发疯一样站起来，双手抓住琴凳，高高地举起，狠狠地向琴键砸去，钢琴随着巨大的轰鸣迸裂开来，无数黑白的琴键发出嗡嗡的震响飞溅出去，又哗啦啦地散落在地上，然后，一切恢复了平静，钢琴再也发不出一丝声息。墙上油画里的小狗还瞪着顽皮的眼睛天真地看着她。她又抓起琴凳的碎块狠狠地扔过去，将往日所有的一切都砸了个粉碎。谭静失神地站着，她站了很久，泪珠缓缓地涌出来，在她像面具一样没有了表情的脸上流淌……

# 43　燕宁的军礼

一阵清脆的汽车喇叭声在楼下响起。

来啦！燕宁扑到窗口，她的脸庞因为激动，涨得红红的。她向楼下探头望去，看到一辆绿色的吉普车正停在楼门跟前。

啊，就要出发了！

燕宁一早就穿上了崭新的棉军装，草绿色上衣的领子上端端正正缀着一对火红的领章，头顶的棉军帽上缀着一颗闪闪发光的红五星。她在镜子里欣赏着自己英姿勃勃的身影，圆圆的脸上始终挂着抑制不住的笑容。她没有想到，自己这么快就成了解放军光荣的一员！这是她的梦想。她欣喜地在镜子前边转了个圈儿，看，齐耳的短发让她显得充满了朝气，白框眼镜不能戴了，她有些不习惯地眯着眼睛，身上唯一的文雅终于被摒弃掉，她是彻底地不爱红装爱武装了。

燕宁飞快地转身，把床头的几本书塞进书包，她特别装上了那本她已读了好多遍,并在上面画满红杠蓝杠的《联共（布）党史简明教程》。她又拎起一个网兜就急忙往外跑，胳膊却被妈妈一把拽住了。等等！妈妈拉过燕宁，让她很近地站在自己面前，燕宁觉得妈妈从来没有这样打量过自己，她看见妈妈的眼里盛满了骄傲，其实她所做的努力都想让妈妈感到骄傲啊。妈妈很早就参加革命队伍了，过去，她曾在行军途中生下一个孩子，因为条件艰苦，她只好忍痛把孩子送给了老乡，后来就再也没找着。燕宁的出生弥补了妈妈心头的伤痛，妈妈把所有的疼爱都给了她，也把美好的希望寄托在她身上。燕宁聪明热情，责任心很强，事事都要争第一。从上小学的那天起，燕宁一直是个好学生，她得过那么多奖状，小学，她是班里第一批戴上红领巾的，中学又是第一批加入共青团的,而现在她是大院子里第一个参军的女孩子。她怎么不感到自豪呢?妈妈细心地给她整理头发，把几根齐眉穗儿轻轻扯均匀，又为她正了正棉军帽。

到……到了北京就来信啊……妈妈说。

燕宁听出妈妈就要流泪了，这毕竟是她第一次离开家，她觉得自己的眼泪也想往外涌，可她忍住了。这时候不能流泪，因为她觉得这正是考验自己的时候——一个革命者怎么能轻易流泪呢?

妈妈，一到北京我马上就给你们写信来。她说。

妈妈点点头，泪水流了下来。她满意地看了看燕宁，说，走吧……

爸爸妈妈一起送她下楼，在她身后追着你一句我一句地嘱咐着，燕宁不住地点头，耳朵却什么也没有听进去，她的青春的心房早就被幸福的喜悦充塞满了。

她脚步顺着楼梯往下跑，心却在自己头脑中架起的通往未来的天梯上往上攀。她觉得，自己一直盼望当一名女英雄的起点，也许就从穿上绿军装的这个早晨开始了。多么光荣啊！从今天起，自己将成为担负解放全人类重大使命的革命战士，用自己燃烧的青春，把革命的火种播向世界的每一个角落。

说实话，征兵一开始，燕宁向爸爸提出要参军的时候，她并没有想到这个愿望能够在这么短的时间里顺利实现。参军可不是一件容易的事，争着报名当兵的女孩子太多了，谁不想到解放军这个革命大熔炉里去经受锻炼呢?

当爸爸告诉她参军的事已经办妥，特别是当爸爸告诉她，让她到北京、到毛主席身边去当兵的时候，她那份狂喜简直是任何笔墨都无法形容的。她双手抱着崭新的军装，激动得全身发颤，眼里涌出止不住的泪水。她心里千遍万遍地高呼着，万岁！万岁！

没有令人心焦的期待，没有让人不安的惶惑，命运总是让幸运的人更加幸运。

走出楼门，燕宁不由得站住了。她回过头，目光留恋地向这座红色的楼房告别。这里有她少年时代的回忆，这里记载着她的成长。三楼那个高高的窗口曾经彻夜闪烁着灯光，在灯下，她抄录过多少烈士的豪言壮语，并且在自己的日记中庄严地宣誓，一定要接过烈士手中的旗帜，做一个刘胡兰、江姐那样的人。那些个夜晚，她曾一遍遍地学习毛主席著作，背诵理解马克思恩格斯列宁的一些文章的段落，无产阶级只有解放全人类，才能最后解放自己。她写下了一本又一本的学习心得。在那灯光下，她还一次次奋笔疾书，写出一篇篇批判文章，刻出一份份印制传单的蜡纸。

现在，那些平凡而又不平凡的夜晚都过去了，一条宽阔的道路从眼前铺向了北京！

燕宁的目光移下来，她看到了一楼那扇曾经封闭了很久的窗子，她发现，那两扇窗子不知什么时候打开了。她不知道方丹是不是正坐在窗子里，她很想让方丹看到她穿上军装的模样。

她想起，几天前的一个傍晚，她跑进楼门，在楼梯口，突然听到一阵低微的歌声，远飞的大雁，请你快快飞……她聆听着，仿佛十分遥远的回忆袭上心头，她不知不觉地走到了方丹的门口，她好像听见维娜在问，谁先进去？我！是她自己的声音在回答。一瞬间，那个春天的下午在她的眼前复活了，她真想推门进去，看看屋里坐着一个什么样的女孩子……忽然，一阵抽泣堵住了歌声，燕宁猛地醒悟过来，过去的一切唰地在眼前消失了，现在方丹是个不愿跟父亲划清界限的人，她多么固执，多么不可救药啊！燕宁逃跑似的飞奔上楼，在笔记本上检查了自己的温情主义，对反党反社会主义分子的女儿怎么能心软呢？

道路是自己选择的，谁也不可能代替别人走完人生的旅程。

燕宁沉思着走向吉普车，那些回想让她发烫的脸颊温和下来，也让她激荡的心平静了许多。

天空有些发灰，像要下雪了，寒冷的风吹过空旷的大院子，显得十分萧索。在过去了的那个夏天和秋天，她曾在这里监督那些牛鬼蛇神挖成了防空洞。现在，那个巍然耸立的大三脚架早已经拆掉了，望着楼前那排残叶落尽的小柳树，她觉得自己长高了。

她要走了，她是第一个幸运地走出这幢红色楼房的女孩子，也是第一个光荣地走出这幢楼房的女孩子。想到这些，她心里不由涌起一股感情的激浪，腾起一种神圣的感觉，自己现在是个真正的革命战士了！

她拽拽军装，正正军帽，然后庄严地将右手举起，向这幢红色的楼房行了一个很不规范的，告别的军礼。

# 44　黎明之死

大雪把窗外变成了白色的世界，屋顶和地面都被盖上一层厚厚的白绒毯，一切纯净得让人感到心里一片空漠。我坐在窗前，木然凝望着外面的情景，一只灰褐色的麻雀飞落在白茫茫的雪地上，它瞪着眼睛，徒劳而固执地寻觅着，终于在一无所获的失望中飞起来。它的翅膀扇动着，我忽然想起了那只被弹弓打中的鸽子，想起它最后挣扎的情景，白色的鸽子，它像一支箭疾速地从空中坠落下来……我什么也不愿想，什么也不愿说，什么也不愿听，我觉得从此生活中任何事情都不能再唤起我的热情了……

雪在空中缓缓飘洒，洁白的雪花像细碎的银星，不时随风飞进窗口，洒落在我的身上。我一动不动，只希望雪片能够落进我的心田，重重叠叠，厚厚堆积，形成森严的屏障，从此我再也看不见一切。

屋门响了。有人轻轻走到我的床边，我却依然一动不动，眼睛对着窗外的雪白，空漠。

方丹,这么冷的天,你怎么开着窗子？是黎江。他走过来关上窗子,回身看看我，见我不说话，忙问，方丹，怎么了，出什么事了吗？你为什么不说话？黎江有些着急了。

泪水涌进我的眼眶，窗口模糊了。黎江靠近床边，眼睛盯着我，语气更加急切地问，方丹，出了什么事？你到底怎么了，啊？黎江双手轻轻扳住我的肩头，让我回过脸，他说，方丹，是谁又欺侮你了吗？

我只是流泪，不说话，我不知道我该说什么，我不知道怎么对黎江说我的失望。

黎江又说，方丹，我一直觉得你很坚强，你不怕病痛，不怕困难……你怎么这样呢？

我就这样，就这样！

黎江的话让我突然像一个爆竹似的炸响了。我猛地抬起头，对黎江不顾一切地叫起来，你骂我吧，笑我吧！我就这样，我什么都不行，你们伤心了，难过了，可以随便跑到什么地方去，可我难过了，却只能坐在这里，我活着干什么？方丹，你不要这样想……别这么说……黎江打断我的话，你才十四岁……

那又怎么样？我很小就想死了，我早就活够了……就像谁猛然打开了我心灵的闸门，我的话就像决了堤的洪水奔泻不止。别再理我，别再来看我，也别给我说什么。说什么都没有用，我什么都不相信，什么都不相信，不相信！就像我知道我的病再也好不了……

方丹，你……你这样，让我对你说什么好呢？黎江松开搭在我肩头的手，两眼紧紧盯着我，就像看着一个不认识的人。

我还在大声叫，说什么？什么也不用说，也许你早就对我不耐烦了。

方丹，你应该知道我为什么来看你！黎江的声音变得严厉了。

我看着黎江，那一会儿我不怕，我什么也不怕，想说什么就说什么。我说，我知道，我是一个病孩子，你可怜我才来看我，我不要！我不要你可怜我，你们安慰我，只能让我更难过！要是把我的病放在你们身上，我也许能想出更好听的话来安慰你们。

方丹，你……你不为自己的话感到脸红吗？

黎江一声愤怒的呵斥把我震惊了，我只顾冷酷暴躁地喊叫，却没有发现黎江的脸色已经变得惨白。我从没见他这样，我惊骇地看着他，他那对浓黑的眉毛紧紧拧在一起，眼里好像就要喷发出火焰。方丹，你怎么能说出这种话来？你是要把被人曲解的痛苦强加到别人身上吗？你的心胸为什么变得这么狭隘？你真以为我来看你仅仅是可怜你吗？你真以为你有病就是最大的不幸了吗？如果你要让我说真心话，我会说，你就应该像现在这样，病在床上！

黎江的话把我惊呆了，我像冻僵了一样看着他，不知他还要说什么。

黎江低下头，不看我，也不再说话了，只是久久地站在窗边，一时间，屋里只剩下他的有点急促的呼吸声。

我害怕了，轻轻地叫他，黎江……

黎江没有说话，也不看我。沉默了一会儿，他才慢慢过来，坐到了我床边的椅子上。他把脸深深埋进支在膝上的双手中，他的浓密漆黑的头发像他的身体一样微微发抖。很久，黎江好像平静了一些，他抬起头望着我，语气低沉地说，方丹，你别生我的气，我并不是有意伤害你，不是，唔……假如你知道我今天是怀着什么样的心情来看你，你也许会反过来安慰我……

我问黎江为什么这样说。

黎江没有回答我，却问我，方丹，你以为你是这个世界上最不幸的人吗？其实，你并不知道这个世界有多大，更不知道这个世界上还有多少人比你更不幸……说实话，我本来并不想把我最近的事告诉你，我希望你的生活多一些安宁，可是，现在我懂了，这不可能……

黎江停下来，声音放得更低了，我觉得自己好像被沉闷的空气压迫着，喘不过气来。

方丹，你知道吗？这段时间，我每天都要奔走在外面，听到的是狂呼乱叫，看到的是东砸西抢，我看见了多少悲剧，看到了多少血和泪在痛苦中流淌。走在大街上，人们甚至不敢对彼此相识的人露出微笑，生怕不是我连累了你，就是你连累了我，就像有一堵透明的墙把人们彼此隔开了。你能想象那种冷漠是多么可怕吗？有时候，我简直不敢相信自己是生存在阳光下的人。

黎江的眼神迷蒙了，仿佛陷入了一种回忆，他的十指用力绞在一起，骨节发出断裂般的脆响。

我见他许久不说话，又怯怯地叫了他一声……

黎江猛醒般地抬起头，看了我一眼，问，方丹，你还记得我哥哥吗？

我点点头，回想起以前。那时维娜几乎每天都要说起黎明，还有他的雕塑……一天晚上，维娜悄悄告诉我，她觉得黎明比黎江更好看，她说黎明的样子就像《海魂》那部电影里的一个明星，她说她要带黎明来看我……后来，维娜真的把黎明带来了……

方丹，不知道你注意了没有，我已经很长时间没有对你提起我哥哥了……

黎江的话打断了我的回想。

这段时间我很怕提起他，我本不想把他的事告诉你，可现在只有把我心里的伤疤在你面前揭开，你才能真正懂得我刚才那些话的意义。黎江声音颤抖着，脸上露出艰难的挣扎。

我紧紧注视着他问，黎江，你哥哥怎么了……

你还记得我被关进地下室的事吗？那天晚上，我哥哥跑去救我出来，我跳墙跑了，可他却被抓住了，那些人没抓到我，就把所有的愤怒全都发泄在他身上，他们打他，踢他，我哥哥拼力反抗，招来的却是更粗暴的殴打……因为他不低头，因为他不认罪，那伙人就把他关进了一个厕所，还……还钉死了所有的门窗……一连几天，我哥哥都在拼命地拍门，不停地呼喊……可是，没有人理睬他，那伙人已经把他忘了……后来，他的声音嘶哑了，他的体力衰竭了。又过了几天，有人砸开那扇门，从里面爬出来的是一个蓬头乱发的人……我哥哥……他没能经受住精神的搏斗，他疯了……

我觉得全身发抖，黎明，黎明……我分明看见你就站在我眼前，高高的个子，浓密的头发，镜片后面黑亮的眼睛，你对我微笑，你比黎江爱笑，你的微笑让我想起温和的风……我不敢想下去，也不敢再听黎江说下去。

黎江垂下头，十指埋在浓浓的黑发中。他又说，方丹，你想象不出我哥哥的样子，他曾是那么优秀的一个学生……可他已经被弄成一副人不人、鬼不鬼的样子，生活中的一切对于他都没有意义了。他每天只知道冲到街上，喊一些谁也听不懂的话。我跑去劝他回家，他就瞪起血红的眼睛疯狂地扑上来，像一头发怒的狮子扯住我的衣领……方丹，你能想象出我那种狼狈的样子吗？

黎江说着站起来，脱去身上那件很旧的蓝布短大衣，捋起衣袖，把胳膊伸到我眼前，啊，他的胳膊上满是青一块紫一块的伤痕，还有一些深深浅浅的牙印，有的地方被抓破了皮，结着一层褐色的血痂！

我觉得自己缩成一团，几乎透不过气了……

方丹，你看，这就是我每天跟着发了疯的哥哥四处奔走的结果！

黎江停了停，说，你知道，在大街上，我多希望能在人们的眼里看到他们对一个疯子的怜悯，我想，那种怜悯之情也许还能让哥哥麻木的心灵苏醒……可是，没有……一些人只是冷冰冰地看他一眼，就带着厌恶的表情匆匆躲开了。我为哥哥不懂得被蔑视的痛苦而忍受着双重的痛苦……那天，我在街上找到他，要带他回家的时候，他不顾一切地挣脱了我，拼命奔跑着，号叫着，一头冲向了一辆疾驰过来的宣传车……他死了，我唯一的哥哥……他躺在血泊里，睁大眼睛，静静地凝望着蓝蓝的天空，就像过去他带我去野外，我们躺在草地上畅想，那时候我们无忧无虑，想得很多，也想得很远。他给我讲过，他希望成为罗丹那样的雕塑家，我跟他说，我期待有一天能见到第一个飞上太空的宇航员加加林……那一天去送他，我没有流泪，我觉得他只是睡着了，他很快就会醒来，如同往常一样背起书包，拍拍我的肩膀，离开家……安葬他回来的路上，我忽然觉得那么孤单，我才知道哥哥永远也回不来了……可我还是没有流泪，因为我觉得哥哥那样活着还不如死去，他的灵魂早已经历了一场死亡……方丹，你知道外面有多少人被逼疯了，有多少人被打残了，又有多少人宁愿到死的世界里去寻求安宁……方丹，这就是我宁愿看着你病在床上，而不是被伤残的心情！

黎江再也压抑不住沉痛的感情，他的嘴唇战栗着，语声发哑，成串的眼泪淌过他的脸颊，一颗接一颗急急地滴落在他的胸前，滴落在他用力绞在一起的手上。

我早已被泪水淹没了……

屋里静默了多久，我记不清了。

我只记得黎江抬起头，擦去泪水，真诚地望着我，他的语调已经平稳下来，他说，方丹，你以往总是很坚强，尽管有病，你还在顽强地学习。你知道，每当我踏进这个房门，每当看到你，我就会觉得有一股清泉从心间淌过，洗去落在那里的尘埃。每当我给你讲一本书，或是讲生活的道理，我自己也仿佛看见了真理和希望的光芒，于是，我就能充满信心地走向外面的世界，去经受生活新的考验……方丹，我从没有把你看作是一个病孩子，你的勇气也常常给我一些力量……

我觉得脸上热烘烘的，想想自己刚才说的话，我不敢再看黎江。

黎江，你生我的气吗？我问。

我怎么会生你的气呢？黎江说。

一股热流在我的胸中奔涌着，融化了凝结在心头的寒冰。黎江，你是多好的朋友啊！我这样想。

黎江看看桌子上的闹钟，站起来。方丹，我得走了。他说着，穿好短大衣，却没有走，而是默默地站在我的床边，用一种异样的目光久久地看着我，他几次张了张嘴，想说什么，却又迟疑地咽了回去。

黎江，你走吧，我……我不会再那样了……我小声说。

方丹……黎江叹息般地轻轻叫了一声，问我，要是今后我不再来看你了，你……

为什么？为什么你不再来看我了，黎江？我急忙打断了他的话，觉得一团黑沉沉的阴影突然向眼前袭来。

黎江沉默着，终于说，方丹，我……我今天是来向你告别的……

啊？告别？我的心猛地沉下去，黎江……你……你要到哪儿去？

黎江神情暗淡，目光茫然地望着窗外飘落的雪花，他说，我要到黄河军马场去……

那儿远吗？

唔，很远，那是个孤岛，恐怕是地图上找不到的地方。

黎江，你还回来吗？你什么时候回来？

不知道……黎江说，不管怎样我都会给你写信……方丹，我只希望今后不管发生什么事，你都要挺住，都要好好活着……

我哭了，忍不住眼泪，忍不住抽泣，一刹那多少回忆，多少话语一齐涌上我的心头，黎江，我的好朋友，你给我送来多少书，你帮我和妹妹买煤买面，你心里有那么大的悲痛却还来安慰我，可……可我却这样对待你……

黎江，黎江……我心里呼唤着，泪水在眼前遮起一片迷雾，我已经看不清黎江的面容了。

方丹，别这样，我不是还能给你写信吗？黎江又说，你不要哭，要是我坐上火车，想到你还在这里流眼泪，你想我能安心吗？

我擦着脸上的泪水，黎江，我也要给你写信，我会记住你的话……

黎江眼里骤然闪出了泪光，他握住我的手，我的手被握得很疼，可我愿意这样疼痛，也不愿黎江离开，我听见自己哽咽着，一遍遍地说，黎江黎江，你一定写信来……

黎江慢慢松开我的手，我也松开他的手，可我们的指尖却还贴在一起。

方丹……

黎江……

我们都只叫出对方的名字，别的什么也说不出来了。

我们的指尖终于分开了。

黎江离开了我的床边，向屋门走去。

黎江——

我忍不住叫着，黎江猛地回过身，过来张开双臂紧紧地拥抱住我，把我的脸颊紧紧贴在他的胸前，他不停地抚摩着我的头发，全身颤抖着，说不出一句话，他的泪水打湿了我的头发，我也紧紧，紧紧地拥抱着黎江，黎江，你别走，别走……我说，我知道我这样说是没有用的，可我还是不停地说着。

方丹。黎江最后说，这一次是我要走了，可维嘉还在这里，维嘉一定会常常来看你，只是……只是无论怎样，你也要保重自己，懂吗？

黎江走了，门在他身后发出最后的碰响。

# 45 很远的地方

那一年，我的父母终于要回家了。妈妈在给我的信里说，很多孩子的父母都要回来了。

那天晚上，我和妹妹挤在一张小床上，我们做着各种设想和计划。我说，我们要布置一个新的家，新的，墙壁雪白，窗子明亮，桌椅整齐……妹妹说，她要把床单被子都洗干净。我们说了很多话，直到困得再也睁不开眼睛，就在我闭上眼睛的一瞬间，我好像看见窗外一片淡淡的红光。第二天，妹妹叫来了维嘉，我请维嘉帮妹妹把房子粉刷一遍。维嘉自告奋勇，带妹妹去买来了石膏、火碱，还有几把刷子。他叫来了自己的一帮同学，他们调好涂料，踩着桌子椅子，有的刷屋顶，有的刷四壁，一个个累得汗流浃背，头上身上都沾满了石膏水。一阵热闹过后，屋里的墙壁就白得耀眼了。维嘉他们又七手八脚地帮着妹妹擦干净桌椅，擦亮了玻璃。哦，我们有一个多么洁净的家啊！

不记得天怎么就黑了，我们拉开电灯，屋里好像从来没有这么明亮过。我想起那时，冬天的夜晚，妈妈总是把炉子烧得很旺，屋里很温暖，妈妈就在灯下给我们织毛衣，那时，我不知道什么是恐惧，可后来……不过，也许今后再也不会有可怕的日子了。我找出一张新的照片，照片上，我重新依偎在爸爸的胸前。我把它装在镜框里，挂在墙上。望着相框，我在想，一切都重新开始了。

父母回来了，可是又要走了，而且要带着我和妹妹离开这个城市，到农村去，从此一个偏远的小村子就是我们新的家了。知道这个消息的那一刻，我有说不出的失望。看着粉刷一新的房子，看着洁净的家，我和妹妹忍不住哭了。在这里，有过我们的快乐，也有过可怕的日子，可这毕竟是我们的家啊……

搬家是在一个早晨，一辆卡车装满了我们全部的家当。爸爸说，我们要去的地方很远，要坐火车，还要坐马车。我靠在车帮上，最后一次看着这个大院子，窗前受伤的小柳树又长起来了，它轻轻摇着刚透出朦胧绿色的枝条，仿佛在跟我告别。哦，小柳树，在我沮丧失望的时候，是你为我引来了吱喳歌唱的小鸟；在漫长寒冷的日子里，是你枝头的绿色给我带来了春天的消息……离别的时刻，我抬头望着楼上一扇扇窗口，我长久地凝望着，仿佛看见那个挂着淡绿色窗帘的窗子打开了，露出和平的笑脸。和平，我的朋友……在我隔壁的窗口，蓝色的窗帘静静低垂着，自从那架钢琴发出绝望的轰响后，我就再也没有听到谭静的消息，谭静谭静，此刻，你在哪里啊？

咪咪，咪咪——

屋里的东西都搬上了汽车，妹妹却还在楼道里一声声急切地呼唤，她还不肯放弃最后的希望。猫弟弟，我的共度患难的猫弟弟，谁能想到它小小的心灵里还隐藏着这么巨大的创伤啊！当人们要把它抱上汽车的时候，看到那一双双向它伸去的手，它还残存着一只眼球的眼睛里突然现出了极度的恐惧，它猛地惊叫了一声，跃上窗台，跳出窗口，箭一样疾速地逃走了。猫弟弟，我的猫弟弟，等你再回来的时候，这里早已是人去屋空了……

我没有看见维嘉，我知道维嘉不会来跟我们告别了。这些天，维嘉一直跑前跑后为我们搬家做准备，帮着收拾各种东西。当他坐在我的床边时，我发现维嘉脸上的微笑越来越暗淡了。他没有说伤感的话，可他的声音听起来很伤感。离别前的晚上，维嘉最后一次搬来了他的留声机。他说，方丹，我不送你了，因为我不愿看到离别……只是，你记住，我是你永远的朋友……维嘉给留声机上紧了发条，唱片缓缓地转动起来，我觉得那个赞颂友谊的旋律一点点缠绕在我的心里。

汽车发动起来，隆隆的马达声宣告了最后时刻的到来，红色楼房在我的眼里颤动着向后退去。不知什么时候，大院子里那些被黄土覆盖的小草才能重新萌发出绿色；不知什么时候，那洁白的鸽子才能重新鸣着哨音飞落在红色的楼顶……

我知道，知道维嘉不会来了，可我还是怀着渺茫的期待紧紧盯着楼门。

忽然，楼门口冲出了一个熟悉的身影，她飞奔着向卡车跑来，手里扬着一条红领巾，哦，维娜，维娜……

我呼唤着。我伸出双手，我想紧紧地握住她的手。

维娜追着汽车，她的嘴唇抖动着，涌出的泪水像两条清亮的溪流淌过她的面颊，滴落在她急促起伏的胸脯上，她仿佛在说，方丹，原谅我，原谅我……

维娜，维娜……我呼唤着她。维娜更快地奔跑着，手里的红领巾在风中飘动，在汽车的疾驶中，维娜扬起双手，我看见红领巾随风飘舞着，飘远了……

维娜，我不会忘记你给我的友谊，我会把它珍藏在心底。你留在我记忆里的有善良，也有软弱，希望我留在你记忆里的只有欢乐。今后，无论到哪里，我都会想念你，不，是想念你们……我仿佛看见维娜双手捧着红领巾站在我面前，耳旁仿佛又响起了燕宁激昂甜润的声音：今天，我们帮助方丹加入少先队，明天，我们还要一起加入共青团……

哦，那些美好的夜晚，那些快乐的时光。

# 46　三梆子和小金来

一场春雨在一个夜晚悄悄降临。

麦苗睡了一个冬天，终于醒来了，向天空使劲儿伸着懒腰。原野绿了。春风捉迷藏似的钻过田垄，撩拨着麦苗的小胳膊。露珠从青青的麦叶上闪着亮光滚下来。太阳如同一只耀眼的聚光灯，照亮了春天的舞台。蝴蝶、蜜蜂和各种各样的小虫子都从它们的壳里钻出来，蹦出来，又唱又跳，把春天搅得十分热闹。燕子像一只只黑色的梭子，在绿色的原野上穿来穿去，一边还不停地呢喃着，仿佛在召唤着人们，快来看看我们织的春天。蓝天听见了，也撩开轻纱一样的白云，羡慕地张望着春光明媚的大地。

这一切就像一幅美丽的图画镶嵌在我的小窗口。

后墙上一扇小小的玻璃窗是爸爸为我安上的，透过它，陶庄在我的眼里展开了一个全新的世界。城市的政治硝烟飘到这里已经很淡了，这里贫穷而偏远，这里的生活宁静而单纯，没有了城市的喧嚣嘈杂。忧虑，恐惧，郁闷，所有的沉重全都不翼而飞，一切都重新开始了。

这就是我们新的家——陶庄。

那天，我们下了火车，又坐着马车走了很远的路。原野上泛着一层银灰色的碱霜，一蓬蓬红褐色的干枝在早春的风中轻轻厮磨着，一丛丛枯败的野草零乱地倒伏着，以顽强的生命遮盖着荒凉的碱地。路两旁光秃秃的毛白杨一棵棵向后退去，一条疙疙瘩瘩的土路仿佛永无尽头地向前延伸。陶庄的大队长陶成派了好几个结实的小伙子来接我们。赶车的是民兵排长刘锁，他是个粗眉大眼、热情爽快的小伙子。一路上，他不停跟我们叨叨，他说，听说你们要来，俺陶成大叔老早就领着咱大伙儿结结实实地垫宽了一条路，那路垫得多气派啵，都能并排跑开三挂大车。他滔滔不绝地说着，咱大伙老早就在村头上盼着哩，房子早就腾好了，还有……村里的娘儿们前一个集就蒸下花卷子等着你们来啦。

天黑时，马车进了村，在两间矮小的平顶土屋门口停住了。哦，这就是我们的家吗？我坐在刚安置好的小床上，借着挂在墙上的煤油灯那黄豆般大小的微光，打量着我们的新家。这两间屋子全部是用泥打起来的土墙，屋顶盖着用高粱秸编的席箔。门框上敞着两扇破门板，屋里连个窗子都没有。雨水漏进来，在土墙上冲出了一道道深深浅浅的沟痕。从墙上、席箔间透进来的风，把小油灯吹得忽悠悠地摇晃着，小土屋显得摇摇欲倒。

妹妹默默地坐在我身边，看着这简陋的小土屋，她的神情比我还沮丧。几颗泪珠滚过我的面颊，落在我的手背上，耳边也响起了妹妹轻轻的抽泣声。外面的人呼啦一下拥进门来，我和妹妹赶忙擦去眼泪。人们立刻就把我围住了。陶庄的孩子不知道认生，他们从人缝里钻过来，站在我的眼前，把热烘烘的，带着土腥味和大葱味儿的气息喷到我脸上，我的脸都被吹得发烫了。一群姑娘羞答答地挤过来，紧靠着站在一起。她们脸儿红红的，不好意思地你推我一把，我推你一把，发出哧哧的笑声。她们都穿着花袄花裤，好像把一年四季的花都挂在身上那些深蓝的、枣红的“洋布”上了。当她们的身影晃动的时候，我觉得眼前就像有一片花丛在随风摇摆。姑娘们羞涩的目光总是在我脸上一溜就闪开了，好像一缕缕柔软的丝线在我眼前悠过去了。小伙子们憨直的眼睛直勾勾地盯着我，当我的目光落在他们脸上的时候，他们便不知所措地抓着立得很直的头发茬子，不好意思地你踢我一脚，我踢你一脚，周围的人们发出一阵响亮的笑声……我也笑了，陶庄的一切都是新鲜的。

我正出神地回想着来陶庄的情景，忽然，我的小窗外冒出一个小脑袋，我吓了一跳，定睛一看，是一个十一二岁的男孩儿。

他羞怯地对我笑了笑，好奇地看着我。

喂，你进来玩儿吧。我微笑地招呼他。

他看着我，长长的睫毛忽闪了几下，好像不明白我在说什么。

我又对他说，你进来呀。

你进来呀。这时，窗外有个声音鹦鹉学舌似的，捏着嗓子，把我的话重复了一遍。我正纳闷儿，看到这个小男孩被挤到一边去了，窗口又冒出了另一个脑袋。哎呀，这是怎样一副“尊容”啊，在一蓬乱草般的头发的覆盖下，有一张看不出本来颜色的脸，黑一块，灰一块的，脸上带着打架留下的几块青肿和血痕，还挂着干了的汗渍。三梆子长了一双黑黢黢的三角眼，他的脸上就总带着一副嬉皮笑脸的样子，再加上扁鼻子下边生着一张瓢似的大嘴，那张脸就像一个笑罗汉。哦，我认出来了，他是村里有名的淘气包三梆子。从我来到村里，他几乎每天都来捣乱。这会儿，他趴在我的窗口对我挤眉弄眼，那副滑稽的样子把我逗笑了，他自己也忍不住叽叽嘎嘎笑个不停。笑着笑着，他突然晃了一下，不见了，只听到窗外传来咕咚一声，他踩歪了垫脚的土坷垃，摔倒了。

哈哈……外面那个漂亮的男孩子拍着巴掌开心地笑了，还围着三梆子直跳。

灰头土脸的三梆子猛地从地上爬起来，拍了拍脏乎乎的手，气哼哼地对那个孩子吼着，小金来，你喜的啥？再笑，看我揍你不？

小金来吓得赶忙捂住了嘴，胆怯地看着三梆子。

三梆子带着几分得意，又趴到我的窗口，脸上浮现出几分诡谲，还有几分掩饰不住想笑的表情。他吸了吸鼻子，瓮声瓮气地问，姐姐，你想要个小猫不？

小猫？我瞪圆了眼睛，问他，在哪儿？

在俺的小筐里哩。

快进来，我看看。我说。

好呗。三梆子痛快地答应着。

随着一阵咕咚咚的脚步声，他和小金来从窗后跑过来。我这才发现，大冷天他只穿了件粗布小褂，还敞着衣襟儿，露着光光的肚皮。他的肚皮也像他的脸一样花里胡哨的。三梆子来到我的桌边，把他的小筐举到我的眼前，又吸了吸鼻子说，姐姐，你瞧瞧。

我看着这只奇怪的“小猫”，它的身体缩在一团乱草中，只露出脑袋，头上那稀稀落落的毛缝中沾满了草屑。它生着一张灰色的像猪一样的小脸儿，两只黑豆般的小眼睛不安地瞪着，胆怯地打量着周围的一切。它的鼻子尖尖地伸出来，鼻头扭动着嗅来嗅去，看上去很脏。

这是猫吗？我摇摇头，说，三梆子，你骗我，这不是猫。

咦，不是猫是啥？三梆子梗着脖子直嚷嚷，姐姐，你不认得，俺这乡里的猫跟你城里的猫不一样，你别瞅它的样儿孬，好玩儿着哩。你摸摸，跟抓小兔一样，痒抓抓的。

看着三梆子一本正经的样子，我伸手就要去抓，站在一旁的小金来却着急地叫起来，啊——

三梆子一脚踩在小金来的脚背上，小金来疼得抱着一只脚在屋里蹦着转圈圈儿。

三梆子又嬉皮笑脸地问我，姐姐，你要不？不要俺可拿回家烧烧吃去哩。

别——，我赶忙说，我要。

给你，俺还等着腾出小筐剜菜去哩。他把小筐递到我眼前，我伸手就抓“小猫”，我的手刚碰到它，掌心就像触到了一群蝎子的尾针，被蜇得火烧火燎，我疼得吸着气，忍不住尖声大叫起来。我把那小怪物扔在桌子上，再看看我的手，手心里渗出了鲜红的血滴。

三梆子，你……你该死啊！我抱着疼得发颤的手，恼火地瞪着三梆子骂道。

嘻嘻……三梆子却捂着嘴，偷偷地笑起来。

尽管疼痛钻心，我很想大声叫喊，尽管眼泪直想往眼眶里钻，我还是使劲儿忍着。我知道，我不能在这个淘气鬼面前显出软弱，甚至不能皱一皱眉头，不然，这家伙今后还不知道再对我搞些什么恶作剧呢。我板着脸，故意不理他，默默地打开抽屉，找出红药水和纱布，往手上涂着包着。

小金来站在一旁，关切地注视着，神色显得有些不安。三梆子也心虚地敛起了笑容，那张脏兮兮的土脸儿涨得通红，一对八字眉难看地拧在一起，三角眼慌乱地眨动着。那张嬉笑起来像瓢一样的大嘴这会儿却向下撇着，变成了一副哭咧咧的样子。

三梆子——三梆子——

这时，一个姑娘清脆柔和的嗓音高叫着，从外面传来，三梆子一听，立刻就慌了神儿，脸上也唰地变了颜色。他飞快地溜到门口，向外一探头，就像老鼠碰见猫似的慌得在屋里转了个圈儿，眼睛四下一瞅，嗖地闪到门板后面躲了起来。

三梆子，你不用藏，我早就瞧见你了，还不快出来！那好听的声音带着几分严厉，嗔怪地叫着走近了。

小金来往我身边靠靠，指指三梆子，又指指门外，无声地笑了。

门口的阳光一闪，照进了一个纤长秀丽的身影，一个二十岁左右的姑娘甩着两条乌黑的大辫子走了进来。一进门，她又有点儿迟疑地站住了，腼腆而羞怯地绯红了双颊，笑吟吟地问，方丹，俺家的三梆子又跟你捣乱了不？俺兄弟不懂事，你可多担待……

我望着这个眉清目秀的姑娘，愣住了，真没想到那么丑的三梆子竟有一个这样俊秀的姐姐。我不敢相信地问，你真是三梆子的姐姐吗？

她咯咯地笑起来了，一弯腰，长辫子都快垂到地上了，咿呀，方丹，你真笑人！谁不知道我是三梆子的姐姐素英呀！

我不好意思地笑了，连忙对她说，素英姐，你进来坐会儿吧。

不，不坐。素英赶忙摆摆手，往后退了一步，说，今儿地里活当紧，我来叫三梆子给猪剜菜去哩。他不在，我再上旁处找找去。说着，她冲我挤挤眼睛，故意跺着脚往外走。

躲在门后的三梆子一听，得意起来，忘乎所以地扑哧一笑。

素英猛地返回身，抢到门后，伸手就把三梆子拽住了，藏啥？早知道你在门后猫着哩，快跟我回去！

俺……俺……三梆子狼狈地缩着肩膀，想把手从素英的把握中抽出来，素英一瞪杏核眼，吓得三梆子赶紧低下头。

我觉得奇怪，看上去性情那么温和的素英，倒把调皮捣蛋的三梆子吓得像掉了魂儿。

你还不赶紧走？素英又扯了一把三梆子。

俺……俺的那……三梆子的眼角溜着趴在桌上的小怪物，往后缩着胳膊。

呀，这是哪儿弄来的刺猬啊？三梆子，你咋把这脏东西弄到人家方丹桌上啦。素英火煎煎地叫着，呵斥三梆子，快把它弄出去！

噢，小刺猬。我看着这家伙，觉得手心更疼了，我不觉把手抱在胸前。

素英看到我手上的绷带，走过来关切地问，咦，方丹，你这手是咋的啦？

我刚想说什么，就看见三梆子冲着我可怜巴巴地笑着，一副乞求的表情。

小金来扯扯素英的胳膊，生气地指了指三梆子，又指了指小刺猬。素英明白了，立刻叫起来，好哇，三梆子，我就知道没是没非的你不会躲着我！素英气得涨红了脸，回身就要打三梆子，三梆子一低头，从她的腋下闪过去，出溜一下，钻进了我的床底下，气得素英怒冲冲地叫着，三梆子，你出来！你敢到处乱钻，看我咋收拾你！说着，她跑到门边抓起一把铁锨，弯腰就想往床底下捅。

我急忙抓住她的胳膊劝阻着，素英姐，你别生气，三梆子是跟我闹着玩儿的。

方丹，你不用护着他，我知道他这根歪萝卜出不了好菜。

她抓紧了锨把，气呼呼地又要去捅三梆子，三梆子却蜷到最里边，吓得不要命地乱叫起来。

素英火气更大了，她跺了跺脚说，三梆子，今天我要不把你治出来，我就……她扔了铁锨，卷了卷袖子，就要去拽三梆子。她弯下腰的时候却哎哟地叫了一声，接着赶忙费力地站起来，用左手捂住了后腰，脸都涨红了。

素英姐，怎么了？我一下扶住她。

不碍事，我这腰疼了好几年了。她说着还要去捅三梆子。

我赶忙拦住说，素英姐，别怪三梆子，他拿小刺猬是让我看看的……

我的话还没说完，素英倒扑哧一声笑了，方丹，三梆子哪有你说的恁懂事？自家的兄弟，俺还不知道他是块啥材料？瞎包！她拾起铁锨杵到门边，回过头来的时候，脸上的表情有些黯然，她叹了口气说，方丹，都怨我命不好，爹娘死得早，撇下俺姐弟俩，我又舍不得狠管他，才把个三梆子惯得不成样。你没听咱村儿里人都叫他啥？人家都说他是南天门的石臼子——神捣！说着她又气笑了。说真格的，方丹，你是第一个称赞他的人，这回看在你的面子上，我饶他这一回。她歪头冲着床底下喝唬着，三梆子，还不快出来给人家方丹赔个不是啊？

三梆子四肢着地爬了出来，浑身上下蹭满了土，半边脸上也沾着土屑。素英轻轻给他掸着身上的土，又拽着他说，走，快跟我上井台子上洗脸去！

俺不。三梆子一下子抽回手，抓抓乱蓬蓬的头发，嘟嘟囔囔地说，洗那做啥？又不赶集走亲戚。

我看着他那张花脸儿，忍不住大笑起来。素英指着三梆子，笑得泪花都出来了，三梆子，三梆子，你说你可咋治好哩！

好不容易止住了笑，素英直起腰来看了看窗外，哟，时候不早了，俺得下地哩。方丹，我走了，往后三梆子要是再给你惹乱子，你就说给我，我一准儿饶不了他。三梆子，你听见了不？见三梆子点头，她又嘱咐着，一会儿就去剜菜吧，别紧在这里耽搁人家方丹念书。

唔，知道知道。三梆子低着头，闷声闷气地应着。

素英对我挤了挤眼睛，捂着嘴不出声地笑着，甩着大辫子，姗姗地走了。

我对三梆子说，三梆子，把你的“小猫”领走吧，我要看书了。

三梆子不出声，木头似的立在那里，耷拉着脑袋。

哎，三梆子，你怎么了？我奇怪地问。

三梆子使劲儿吸了吸鼻子，慢慢抬起头，看着我，一脸羞愧的样子，他支吾着说，姐姐，俺伤了你的手，你还护着我，往后……俺要是再跟你捣蛋，俺，俺就是个……

就是个什么啊？我故意逗他。

就是……他不知该把自己比作什么，憋得脸都红了。

我又忍不住笑起来。

小金来偷偷看着三梆子的表情，也忍不住笑了。

我对他们说，往后咱们都做好朋友吧，来，你们都过来。

三梆子和小金来都围拢到我的桌边，我看着小金来黑亮亮的眼睛，问他，小金来，你多大了？

小金来一怔，微微张了张嘴，立刻又闭上了，歪着头看着我，一脸的困惑。

你怎么不说话呀？我奇怪地问。

他的脸红到脖子根儿，眼睛紧紧盯着我的嘴唇，见我期待地望着他，他的脸上现出窘迫和焦急，那浓密的睫毛间忽然涌出两颗泪珠。他猛一转身飞快地跑出门去。

我莫名其妙地问，三梆子，小金来怎么了？

姐姐，小金来不会说话，他是咱村儿的小哑巴。

啊？我觉得胸口仿佛被人猛推了一把，心里立刻感到一阵说不出的难过。我后悔不该问他，更后悔无意中刺伤了一个不幸的孩子的自尊心。我这才明白为什么他会有那样一双表情丰富的大眼睛……

# 47 桩桩大伯

小窗外，田野里的春意处处加深。麦苗长高了，有风的时候，麦田里就滚动起一片绿色的波浪。越来越多的燕子在田间鸣啭着，上下翻飞。白茸茸的柳絮漫天飞扬着。

我在小窗口看着妹妹沿着田间的小路一步三回头地走了。妹妹到县城去上中学了，这个地方四邻八村没有中学。村里很少有孩子上过中学，特别是没有过女孩子上中学，所以有女孩儿上中学人们觉得很稀罕，素英她们更是羡慕。她们叫在县城里上学的孩子是“洋学生”。

夜晚，妹妹跑来挤到我的小床上，她说，县城离家很远，我要过好多天才回来一次，你自己在这里怎么办呢？

我说，我会有新的朋友，有知识青年，有村里的姐妹，还有三梆子、小金来……

她又说，你还能给黎江维嘉他们写信呢。我听出妹妹的声音有点伤感，我们离那些朋友已经那么遥远了。我轻轻地说，在这儿寄信收信都很慢，邮递员好几天才能来一趟……可我会写信的，给你，给维嘉和黎江……

妹妹走了，看着她的身影在原野尽头消失了，我还长久地趴在窗口，呆呆地望着绿色的麦田。一种全新的生活，不同于以往的生活开始了，这里会发生什么？我会在这里待多久？也许一辈子，一直到老……一切都是陌生的，这里的土地，这里的人们，有一种我从没有闻到过的气息。特别是晚上，屋里挤满了人，孩子们围在我身边，那是一种热烘烘的土腥和大葱混合的味儿，那种热烘烘的气息让人觉得很亲切，我想起村里的人们都说我们来到这儿就是他们的亲戚了。走亲戚，对我来说多么新鲜啊。

一阵咕咚咚的脚步声把我从小窗口的冥想中拽回来。我听见几个孩子叽叽喳喳地嚷着跑近了，接着屋门呼隆一响，从门缝里探进来一个月牙儿头，是陶成大叔的儿子五星。他向屋里张望着，目光落在我脸上，着急地问，姐姐，你这会儿得闲不？

我连忙点点头，五星，进来吧。

门一下敞开了，五星跑进来，他身后跟着三梆子和小金来，一只身材高大的白毛大狗紧跟在小金来的腿边。

五星来到我桌前，他的双手小心翼翼地托在胸前，手心里躺着一只小燕子，它的羽毛是灰色的，是一只刚出壳不久的小燕子。

五星，怎么了？我见他着急的样子，忙问。

五星说，姐姐，俺家屋梁上的小燕子不知咋的从窝里掉下来，摔伤了。三梆子说你有药水，你给小燕子抹抹行不？五星说着，把小燕子捧到我面前。

我轻轻接过小燕子，发现它的一只翅膀摔断了，无力地耷拉下来，殷红的血渗出来,染红了浅灰色的羽毛。不知是因为疼痛,还是因为惧怕,小燕子闭着眼睛，弱小的身体微微有些发抖。

哦，小燕子，可怜的小燕子，你的未来应该属于天空，属于白云，属于欢畅的鸣叫，属于勇敢的冲击，像一个快乐的使者穿梭在春天的阳光下，夏日的柳荫里，给人们带来美好的希望和活跃的生机。可你还没有尝试过飞翔的快乐就摔断了翅膀，小燕子，我要帮你治好翅膀，让你展开双翅飞向蓝天，在广阔的天地间寻找快乐！

姐姐，咋办哩？五星期待地注视着我，又着急地问。

小金来靠在我的桌旁，看着小燕子，会说话的眼睛里露出无限同情。

三梆子瞅着小燕子，大咧咧地说，咳，这有啥？咱说抹点香灰儿，五星就是不听。

我摇摇头，小燕子伤得这么重，得给它好好治治。

我拉开抽屉，找出药棉和红药水，细心地为小燕子涂抹着，然后，从抽屉里取出一盒跳棋打开，在盒盖里铺上药棉，把小燕子放在里面。小燕子在这个舒适的窝里微微睁了睁眼睛，发出两声细弱而满意的叫声，安心地闭上了眼睛。

好了，我说，让它好好待着吧，过几天就会好的。

五星一直认真地看着我为小燕子治伤，这会儿见小燕子安静下来，禁不住高兴地拍着手跳起来，嘴里还叫着，好喽，小燕子不疼喽！

小金来也用充满敬意的目光望着我，仿佛我刚刚做了一件十分神圣的事。他的大白狗一直坐在我的桌前，它的身体坐得很直，鼻子高过了我的桌面。它肃穆地望着躺在纸盒里的小燕子，显示出几分庄严。要不是它那两只下垂到脖子上的长耳朵和那条不时要伸出来的长舌头，显出一副很可笑的样子，这只大狗可真有些吓人。

三梆子早已经转移了兴趣，他站在那里，目不转睛地盯着桌上那盒红、绿、黄、蓝颜色鲜艳的跳棋，他满脸疑惑地问我，姐姐，你这药丸子咋这么多颜色儿哩？

药丸子？我看看跳棋问他，什么药丸子啊？

你不告诉，俺也知道。三梆子说，这是治肚里疼的药丸子。

我又好笑又惊奇地看着他，三梆子，你说什么呀？

三梆子拍了拍光光的肚皮说，俺知道，这玩意儿叫宝塔糖，稀甜的，那回俺闹肚里疼，俺姐姐说俺肚子里有虫，就叫刘锁哥进城买这玩意儿叫俺吃了，还真管用哩，那天俺拉了一大堆虫哩……三梆子说得认认真真。

呸，三梆子，你娘的，你咋给人家方丹姐姐说这啊，恶心人……五星说着就要对三梆子动手。

俺说的是真事儿，不信……三梆子还要说。

我已经明白了，忍不住大笑起来，我告诉他，这可不是药虫子的宝塔糖，这是跳棋，是跳棋，玩儿的东西。

跳棋？跳棋是啥家伙啊？三梆子不信，拿起一枚棋子舔了舔，嗯，真的，是没甜味儿哩。

哈哈哈……这下，连五星也跟着大笑起来，只有小金来瞪着眼睛，莫名其妙地看着这一切。

坐在桌前的大白狗被我们的笑声惊得直立起来，机灵的眼睛霎时便充满了怒气，那对软软下垂的耳朵也呼扇着，颈部和胸前的长毛向前竖起，就像一头凶相毕露的雄狮，在它宽大的胸膛里发出了可怕的怒吼，呜——汪汪汪！

我被大白狗的吼叫吓了一跳，不由自主地往后一缩。

啊呗，啊呗！又聋又哑的小金来突然出声地叫起来，叫声里满是呵斥的意味，他扑过去一把搂住大白狗的脖子，一只手温和地拍拍它的头顶。

大白狗先是狺狺地叫着，不太情愿退缩，小金来伸手往地下一指，目光很威严，大白狗立刻驯服地趴下了，眼睛里还露出温顺的神情，就像一只性情残暴的雄狮眨眼之间变成了一只温柔和顺的小绵羊。

啊呗，啊呗。小金来笑眯眯地指指大狗，又指指我，摇摇头，好像告诉我不用害怕。他头上顶着一个不知从哪儿弄来的破草帽，一摇头，那帽子就在头上转圈圈儿。

我仍然不能克制对大白狗的恐惧，紧张地注视着它的举动。小金来又对我拍拍胸脯，紧了紧扎在黑粗布大棉袄外的麻草绳，雄赳赳地站在大白狗面前。他抬手一指大白狗的脑袋，大白狗呼的一下站了起来，小金来双手拍拍自己的肩膀，啊呗，啊呗地叫着。大白狗直立起前身，抬起两只前爪搭在小金来肩上，把小金来压得两腿一弯，但他马上又站直了，回脸对我一笑，那眼睛仿佛在说，你瞧，没事儿吧？大白狗也转过头来，两只细长的眼睛和善地望着我。

我愣愣地看着这一切，惊讶得说不出话来，没想到这个聋哑孩子竟然能把一只直立起来比他还高出一截的大狗调理得如此驯服。

小金来的“驯狗表演”还在继续。他伸出食指在半空中画了个圆圈，大白狗真不含糊，趴下身去就地打了个滚儿，打完了又立刻坐直身体，像一个等待检阅的士兵。小金来笑了，满意地拍拍大白狗的脑袋，向它伸出展开的右手，大白狗抬起前爪给他握着，并十分谦恭地点了点头。小金来从衣兜里掏出一块干粮送进它嘴里，大白狗摇头摆尾表示感谢，并且带着一脸得意的神情，趴到门口的阳光里，细细地咀嚼起来。

姐姐，小金来喜欢你哩！五星告诉我，小金来只对最好的人演这把戏，他觉得你好，才演给你看的！

小金来盯着五星蠕动的嘴，大概也看懂了五星在说什么，他对我点点头，嘴里不住地说，啊呗，啊呗……

我被小金来纯真的友情感动了，我找了另一个小纸盒，把小燕子放进去，把跳棋盖好，轻轻拉起小金来的手，把彩色跳棋放在他手里，我一字一顿地说，送、给、你、吧！

三梆子羡慕得把脖子伸得老长，小金来看看他，打开盒子，像三梆子那样拿起一枚棋子舔了舔，又滑稽地摇了摇头，把三梆子刚才的神情模仿得惟妙惟肖。

几天过去了。

小燕子的伤慢慢好起来，逐渐能并拢双翅站在小盒子里，两只圆溜溜的黑眼睛显得很有精神。它身上的羽毛一天比一天丰满，嫩黄的嘴巴也开始变成褐色。

小金来每天一清早就跑来看小燕子。他为小燕子捉来一些青青的小虫子，很有耐心地一条条塞进它的嘴里去。每逢这时，大白狗总是静静地坐在桌旁，贪馋地歪头注视着。

看到小燕子伤势好转，小金来高兴得眼睛发亮，他整天围在我的桌旁，总想为我做些什么。他有事出去的时候，总把那只大狗领过来，让它趴在我的腿边。大白狗听话地伏下去，像一个忠诚的卫士，寸步不离地守护着我。有时我想找小金来，就拍拍它的脑袋，它立刻就像箭一般地跑出去，过不了多久，小金来就会气喘吁吁地跟着它跑回来。

小金来是个聪明可爱的孩子，一次他用一只盛草的筐子把他所有的土造玩具都装来，摆到我的桌子上。那里面有一只用羊角做成的小洋号，吹起来好像刮大风，还有一只用两个泥筒粘成的望远镜，再就是一只用高粱莛子插的蝈蝈笼子，尖尖的顶儿，菱形的花纹，扎得十分精巧。最有趣的是他在一块木板上建起的泥巴城，歪歪扭扭的城墙，紧闭的城门，门口还有两个扛着秫秸枪的泥巴兵。城里有小泥屋、小泥人儿、小泥车。有个小泥人儿刚巧走在一座干裂成两半的小泥桥上，向天空伸着两只手臂，仿佛在呼救。啊，生活在寂静之中的小金来还拥有这样一个热闹的小世界呢！

我和小金来成了好朋友。他不再拘谨地站在我的桌前，而是喜欢趴在桌上，把那些色彩鲜艳的跳棋子摆成各种图案，每回都让三梆子看直了眼睛，小金来却快活地笑了。这时，我就会忘记他是一个聋哑孩子，可是，每当看到他在注意别人说话时的那种茫然迷惑的表情，我就会感到难过和不安。于是，我就尽力用自己编的手势跟他“说话”，小金来也用双手比画着，嘴里啊呗、啊呗地跟我讲外面的事。有一天他兴冲冲地跑进门来，双手比画着告诉我，姐姐，咱队牲口棚里又添了一头小牛犊，滑溜溜的毛，大大的眼睛，可俊哩。走，快去瞧瞧吧！他拉起我的手，急急地就要往外走。

我连忙摇摇头，指指我的腿。小金来猛一愣，眼里的神采顿时消失了。

我指指正站在小窗口向外探望的小燕子比画着对他说，我要是能像小燕子那样有一双翅膀该多好啊！望着窗外的天空，我情不自禁地发出一声叹息。当我从窗口回过头，发现小金来正呆呆地看着我。

这天晚上，小金来拽着一个五十岁左右的农民来到我屋里，他的小脸儿上挂着一种兴奋而又带着几分神秘的笑容。

那农民有一副高大强壮的身板和一张酱紫色的脸膛，缩在皱纹里的眼睛眯着，露出朴实憨厚的微笑。从他魁梧的身躯和端正的五官能看出，他年轻时一定是个相貌堂堂、结结实实的庄稼汉。可他最惹人眼的还是那双大手，宽大厚实的手背上暴起的又粗又密的青筋，就像盘根错节互相缠绕的老树根，布满了岁月的风霜和劳作的刻痕。

小金来比比画画地告诉我，这是他的隔壁邻居桩桩大伯。

桩桩大伯进了屋，就靠着门板蹲下了。他叼着细细的烟袋杆儿，目光隔着淡淡的烟雾，在我身上转来转去，一声不吭地掂量着什么，还用粗大的手指头在眼前的地上划拉什么。

我奇怪地看着桩桩大伯，不知道他在做什么。我又看看小金来，他倚在桩桩大伯身上，脸上仍然挂着那副兴奋而又神秘的笑容。

看着他们，我想起村子里的很多传说。

小小的陶庄没有秘密，每一家、每个人几乎都在女人们的舌头尖儿上滚过，唯有桩桩大伯的生活里埋藏着许多不可解的谜。人们都说，桩桩大伯从不多言多语，灵巧都用在心上手上，他为人忠厚老成，干活从不惜力气。村里人无论有什么事求他，他从没有不帮忙的。提起桩桩大伯，谁都夸他是个厚道人，但是他从来不许别人为他提亲，始终孤身一人过日子。说他不愿意有个家吧，逢年过节，看着别人热热闹闹地走亲串门，他就一个人蹲在村头的土沿子上抽闷烟。说他不喜欢孩子吧，他又非常疼爱小金来，他用那双灵巧的手给小金来做小木船，刻小木人儿，还用高粱莛子给小金来做了一个尖顶的蝈蝈笼子，惹得村里的小子们都很羡慕。不知道的人都把小金来看成桩桩大伯的儿子。据说，小金来长到八九岁还常常骑在他的脖子上呢。村里的女人们猜着，说他相中了小金来的娘——寡妇秦秀娥大婶，可是多少年过去，谁也没见他们说过一句话。村里的女人们说，没有一个人能猜透桩桩大伯的心思。

这会儿，他磕磕烟袋锅，站起来，牵着小金来的手转身走了。小金来在门口回过头，又向我露出了神秘的笑容。

在那以后的几天里，小金来依然每天早晨跑来给小燕子送小虫。我发现他喂完小虫总是倚着我的桌边站一会儿，眨着眼睛看看我，又望望小窗外。我拉起小金来的手，可他却微笑着把手抽回去，仿佛手心里攥着打开神秘宝箱的钥匙。我很想知道，他的心里究竟藏着一个什么样的秘密……

# 48　杜翰明的小提琴

清晨，原野上一片宁静，只有晨风轻轻拂过远处的小树林，树梢微微摇晃着，沙沙地响。忽然，悠扬的小提琴声在原野上响起，随着它的第一个音符，轻盈优美的旋律像一股潺潺的清流，在四月里初升的阳光下，欢畅地淌过麦苗青青的田野。

琴声把我从睡梦中唤醒，我打开小窗向外望去，又是一个晴朗新鲜的早晨。阳光初洒的平原，浮升着一片夜晨交替的动荡气息，田埂上像被朝阳涂上一层金粉，掺杂在黄土中的细小沙砾反射着太阳熠熠的光辉。

在小窗前不远的一棵枣树下，杜翰明正沐浴着晨光，全神贯注地拉着小提琴。那把琴很旧了，琴上褐红色的漆经过岁月的剥蚀和手的无数次触摸，已经变得斑斑驳驳，有些地方清晰地现出了原有的木纹。琴身虽然旧了，但并不显得晦暗，反而像涂过清漆那么光亮。几根新换的琴弦银光闪闪，纤若游丝。这把琴旧了，可音色却依然很美。

杜翰明是来陶庄插队的知识青年，他穿着一身蓝色学生装，显得清秀挺拔，像一棵年轻的白杨树。他歪头俯在琴托上，微合着眼睛，左手细长而灵活的手指娴熟地在琴弦上滑动着。他右手轻柔地牵着琴弓，整个身体随着右臂的牵引微微晃动。清流般的旋律卷着心中荡漾的波纹从指间飞出，他沉醉在美妙的音乐之中，只是偶尔睁开眼睛，眺望一下太阳升起的地平线。

自从来到村里，杜翰明每天清晨都到这棵树下来练琴。我第一次见到杜翰明时，不知为什么有一种似曾见过的感觉。我回想了很久，想起一个遥远的冬天。那一次妈妈带我坐火车回家，我很想哭，我的病没治好。我使劲儿忍着，不让泪水流下来，那一会儿我很怕自己忍不住流泪……忽然，一阵悠扬悦耳的琴声在近旁响起。仿佛有一只手牵来了一片明净而辽阔的蓝天，接着，花儿开了，鸟儿也飞来了，各种各样的小动物都蹦蹦跳跳地跑来了，啼声、叫声、欢唱声汇成了一片活泼喧闹的合鸣……我抬头看看，一个男孩子正晃悠悠地站在窄窄的过道上拉小提琴，人们赞赏的目光落在他身上。他戴着一顶毛茸茸的大皮帽子，蓬松的茸毛一直遮到眼上，就像眼前多加了一层长长的睫毛。我出神地望着他，被他的模样，还有他灵活的手指奏出的美妙琴声吸引了。后来，他在我的不远处坐下，见我看着他，他笑了。我看他的时候，发现他也在那一刻看着我，我赶忙转过头，他也是。好几次我又想看他，我想管住自己，不看他，可我没管住自己，隔一会儿我们就互相看看，就互相微笑……我常想起他，不知道他去了哪里，他是不是也想起过我……

我好几次偷偷打量过杜翰明，他的眼睛，他的微笑，他拉小提琴的身影……不，我摇摇头，不可能……我不能把眼前这个高个青年和那个一脸稚气的男孩子联系起来。我很想问问杜翰明，是不是在一个冬天坐过火车，我犹豫着，我不愿听他说没有，我宁愿保留这个疑问。也许有一天我会问他，也许永远不问……

杜翰明的琴声在响，我被他热情洋溢的演奏风格吸引着，被那些感情浓烈的乐曲打动着。我趴在小窗口一动不动地听着，忘记了一切。杜翰明的琴声给春天增添了明朗的节奏，我仿佛听见音乐家们与大自然的亲切交谈。我没想到，离开城市，离开那座红色的楼房，我会在陶庄——这个贫穷偏远的地方进入另一个音乐世界。

他今天又在演奏什么呢？我看见琴弓在琴弦上轻快又有力地滑动，而且时时从琴弦上跃起，弹跳，震颤，欢快明朗的节奏从琴弦上流出，像春天的田野，大地葱茏，阳光和煦，鲜活的生命在奔跑，跳跃，飞舞，歌唱，仿佛是生命的童年，无拘无束，无忧无虑。天是这么蓝，草是这么绿，大地是这么宽阔，生命尽情展现着它的蓬勃茁壮、美丽和自由……多美啊！我不禁在心里赞叹着，觉得这乐曲像清亮温暖的小溪跳荡着流过我的心间，让我的心像干涸的泥土吮吸清水一样舒畅。

忽然，琴声出现了一个很不协调的跌宕，明丽的色彩暗淡下去，仿佛使人陡然间从光明中跌进了冷森森的黑谷。一阵如泣如诉、忧伤哀婉的主旋律震颤着，在纤细的琴弦上呜咽着划过，杜翰明的手停住了，琴弓并没有拿下来。片刻，他又重复起这段旋律，可又一次次停下来。他的手好像怎样也找不准把位，他蹙起眉头，好像忘了下面的乐谱。我不由地想象着乐谱，轻轻哼唱着，我发现，我没有这个才能，我哼出的旋律甚至比杜翰明的更沉闷，更伤感。对，我想这是伤感，正因为伤感……可是，杜翰明是个多么明朗的人啊。他不同于维嘉，也不同于黎江。维嘉像风中的云，不停地变幻，黎江像一泓沉静的湖水，偶尔才泛起一丝涟漪。此前，我觉得杜翰明像一缕阳光，他总是明亮的，包括他在他的小提琴上振响的音符。可这支琴曲和以往的不同，仿佛弥散着一团伤感的雾霭……人与人也许能共同欣赏同一首乐曲，却不可能理解同一种内在的情感，就像我知道杜翰明的琴曲是伤感的，却不懂得它为什么伤感。

# 49　万花筒

春天是所有自然之声组成的交响乐中最优美动听的乐章，它把大地解冻，生命复苏的躁动，春雨滋润，绿色回归的期待组合成旋律，叩响人们的心扉，让心灵之门向着一望无际的绿色敞开。春天是温暖的，风儿轻轻吹过田野，新芽在柳枝上萌出，小草拱出了泥土，它让绿色一天比一天更鲜艳，更浓烈，它让被严寒封冻在意识深处的记忆之河冰消雪融，潺潺的流水声汇入春天的旋律。童年是穿越绿色田野小河的欢唱，此刻，杜翰明正用他的心弦为这欢唱伴奏……

五十年代初期，美国，一个阳光灿烂的日子，刚学会蹒跚走路的杜翰明正在院子里的绿色草坪上玩耍，父母来到他身边，牵起他的小手，告别了掩映在绿荫里的白色小楼房，那里曾是他们的家。他隐约记得父母带他下了汽车又乘上飞机，经过漫长的旅程，辗转来到了一个陌生的地方，妈妈抱着他走下飞机的舷梯，第一眼看到晴朗明丽的蓝天，泪水从妈妈的腮边流下来。孩子，这就是我们的祖国，我们的……妈妈指着一面在旗杆上飘扬的五星红旗说。他长大了一点，妈妈告诉他，这儿才是他们真正的家……

杜翰明一遍遍地重复着在他心弦上奏出的这组旋律，每一个音符都是那样的亲切、遥远……

那时他的父母都是机械工程师，回国后他们放弃了大都市的生活，带着杜翰明来到黑龙江的国营农场，在那里和苏联专家一起研制新型的农业机械。每当看到一辆辆崭新的联合收割机奔向无边的田野，杜翰明和他的小伙伴都要尽情地欢呼雀跃。他们为自己的父母骄傲自豪。国营农场的大草甸子成了哺育杜翰明成长的摇篮，他常常想起那一望无际的绿色，躺在又厚又软的草地上，仰望着蓝天上被朝阳染红的白云，听着妈妈用这把小提琴奏出一支支乐曲。妈妈用蓝天白云在琴弦上汇成一支支无字的歌，那琴声震颤着杜翰明幼小的心灵。妈妈曾牵着他的小手在大草甸子上满怀期望地对他说，孩子，长大当个音乐家吧。

从那时起，杜翰明就开始学习小提琴了，他的理想就萌生在那一片绿色的世界里。他向往长大后能用妈妈的小提琴奏出自己谱写的乐曲，去赞颂他所热爱的一切，也让琴声常常把他带回美好的往昔。他曾天真地希望，地球从此不再旋转，日月星辰都静止在那一瞬间……可那只是他的愿望，生活中的一切在不断地发生着翻天覆地的变化。

葱绿的大草甸子变成了白雪皑皑的莽原，被打成右派分子的爸爸背着一个小背包，踏着雪原上的小路走向劳改农场。不久，妈妈带着杜翰明在一个白雪茫茫的日子，乘着火车回到了祖籍山东。从此，生活仿佛蒙上了一层浓重的阴影。妈妈脸上失去了笑容，家里再也听不到她的琴声了。小提琴更多的时间都在陪伴勤学苦练的杜翰明。小提琴成了他的伙伴儿，是他倾诉心曲的知音。每当乐曲如流水般从心田里往外奔涌，他眼前就仿佛又看见了晴朗的天空，淡淡的白云……

当又一个春天来到的时候，他和千千万万知识青年一起，汇成一股浩浩荡荡的洪流，涌向了农村的广阔天地。到农村来，并不是他选择的道路，而是非走不可。在历史的进程中，哪一个人能够牢牢地把握自己的命运呢？在这场轰轰烈烈的上山下乡运动中，不管你过去有多么远大的抱负，现在都要扎根泥土了。父辈中曾有多少人，为了追寻新的生活，背着包袱，打着纸伞，踏着泥泞的小路，从封闭和愚昧的乡间走向外面的世界，甚至漂洋过海，到国外求学。而今，自己却要放弃前辈们的追求，踏着他们走出去的道路又走回来。杜翰明的琴声仿佛在苦苦地追问着，为什么？为什么？他感到烦闷，琴曲低沉得无法再继续下去。

他停下来，舒展着双臂。就在这时，他似乎感觉到了，在不远处那个小小的窗口，闪动着一双眼睛。他转过脸，发现方丹正出神地望着他。他觉得，这双眼睛里有一种很熟悉的神情，在记忆深处好像看见过。在哪里呢？他实在想不起来了。每当看到这双眼睛，杜翰明就希望自己能有一种改变天地万物的力量，如果真能那样，他将把这个小窗口变成一只万花筒，让方丹看到一个五彩缤纷的世界。

他收起小提琴，迈着长腿，向那个小窗口走去。

# 50　辽阔的和声

方丹，想什么呢？

杜翰明在我的窗外微笑着问我。他什么时候站在这儿的？我觉得脸上热了一下，我的脸一定红了。我很怕别人看出我脸红，可我却总是脸红。我想我是怕别人看出我在想什么，我不愿让别人看出来，我只想自己知道。不过这很难，我常在杜翰明面前脸红，其实，我心里明白，我怕他觉得我是一个无所事事的女孩子，还有什么能比这件事更让我难堪的呢？

我沉默了一会儿，直到觉得自己的脸不热了，才对杜翰明说，我在看那片麦地。我指指远处，我说，前些天那些麦苗还无精打采的，现在好像一下就长这么高了……

是啊，杜翰明说着也扭头去看，方丹，你只看见它们长高了，你听见过它们成长的声音吗？

声音，什么声音？我奇怪地问。

杜翰明回过脸，看着我，一本正经地说，就是麦苗的歌声啊！

麦苗唱歌？我一定露出了更惊异的表情，杜翰明，你是说麦苗也会唱歌吗？

杜翰明说，当然啦，昨天，我在地里锄草，休息的时候躺在麦田里，忽然，我听见一阵低低的细语声，仔细一听，啊，原来是麦苗在唱歌。我又听了听，它们正沙沙沙地唱着成长的快乐。当风从它们头顶掠过的时候，那此起彼伏的歌唱就汇成了一片辽阔的和声，那旋律真是美极了！

就像你刚才那支曲子的开头吗？

什么？杜翰明有点吃惊地瞪大了眼睛，问我，嗨，方丹，你听出了什么？

我是说……我觉得你那支曲子前半部分很欢快，让人感到很舒展，就像自己也是田野里的一棵绿色的小苗在成长……

好啊，方丹。我还没说完，杜翰明的眼里就闪出欣喜的光芒。他说，以后我可真得当心，不要在琴曲中泄露出什么，想不到你小小年纪就能体会复杂的音乐内涵。不过，音乐本身就是一种奇妙的语言，它能表达人们无穷无尽的感情，能回忆过去，也能寻找未来……杜翰明问我，方丹，你知道吗？这支曲子是我自己写的，你觉得怎么样？

我说，我觉得很美，也很流畅，就是后半部分好像有些低沉，低沉得有点儿……

你真这么想吗？杜翰明笑了，又说，我正想告诉你，乐曲的演奏有高潮，也有低潮，就像我们的生活一样。其实，音乐的跌宕起伏，激越和舒缓，爆发和沉闷正是从生活中来的，是从一个人，或者很多人的生活经历和情感的变迁中汲取的，作品充满曲折和跌宕才有生命力……

我问，杜翰明，你什么时候才能把它写完呢？

杜翰明说，不知道，我还没有给这支曲子的结尾找到归宿，创作一首乐曲其实很难，有很多时候，写了开头，却因为各种困惑而找不到好的结尾，这也像生活一样，一切都不如想象的那么好。

我也这么想。我说。

你为什么这样想？杜翰明问。

我说，来陶庄之前，我以为离开城市，离开那间小屋子，我会在一个新的天地里找到新的希望，我总是把一切想得那么好。可到了这儿，我才知道，事情并不像我想的那么简单。这些天，我真……真觉得烦恼……

杜翰明看着我，烦恼？方丹，你说的烦恼是什么？

我不想回答杜翰明。烦恼，我的烦恼多着呢。我不由想起了黎江，我想，黎江会懂得我想什么，可黎江却在那么远的地方。看着杜翰明吃惊的样子，我才对他说，我也说不清楚。刚来的那些天，我觉得这里一切都很新鲜，人们都围在我身边，可后来，你们都到地里去干活了，我就觉得自己又孤独又没用。下地的钟声一响，我就情不自禁地想站起来，跟你们一起去干活，哪怕再苦再累，哪怕滚一身泥巴，出一身汗呢。可我只能坐在这里。你知道吗，我想去干活，去干活，无论干什么都行，可是，我给陶成大叔说了好多回，他也不给我找活儿干……我说着，忍不住抽起鼻子，心里真想让这一切快点结束……

哎，方丹方丹，你干吗哭鼻子啊？杜翰明慌忙说，你先别着急，有空我再去找陶成大叔，让他想个办法。嗯……让我也想想，你做点什么好，当会计怎么样，你会打算盘吗？要不就去记工分……

我刚要说什么，一群姑娘无拘无束的笑闹声向我的小窗口拥来，那笑声一阵比一阵响。杜翰明回头看看她们，对我说，方丹，快把你的眼泪擦了，要不叫咱们队的姑娘们看见，还以为我欺侮你了呢。

我不好意思地笑了，赶忙擦去泪水。

姑娘们走到屋后，猛地都站住了，她们可能发现了杜翰明，我听见她们发出一片哧哧的笑声，还听见她们推推搡搡，好像谁也不肯第一个从杜翰明身边绕过去。杜翰明的脸被几双眼睛看得腾的一下涨红了，他探进头匆匆地对我说，方丹，我走了，收了工我再来找你。说完就拎着小提琴，迈开长腿朝麦地里跑了。他身后又响起一阵热闹的欢笑声。

# 51 木轮椅

杜翰明刚走，姑娘们就拥到我的小窗外，她们叽叽喳喳地说笑着，互相推搡着，七嘴八舌很热闹。

我听见改妹的姐姐改青说，咿呀，咱一来他咋就走啦？你们瞧见了不，他见了咱脸就红，他还怪那个哩……

叫风存的姑娘就笑她说，嘻，改青动不动就他呀他的，就像人家杜翰明是她家的人儿似的。

接着是一阵更热闹的笑声。

又一个姑娘说，改青，你是相中了人家洋学生了吧？

小窗外传来一声尖叫，改青嚷着，呸，死妮子，今儿里我非拧你，我叫你……

素英说话了，你这伙子别闹啦，人家改青相中了啥要紧的，现在不都兴自由吗？

风存就说，还是人家素英，自己自由上一个刘锁。

素英说，那你也自由一个啊，谁也没拦着你挡着你……

改青说，就是，自己相中了人家就跟人家挑明了呗，省得整天他呀他的……

风存像一挂小鞭炮似的炸响了，她一连串说，你才相中人家了，你才相中人家了……

我忍不住笑起来。

杜翰明一来陶庄就成了姑娘们最感兴趣的人。她们晚上来找我闲扯，一见杜翰明进屋，她们就会不由自主地放下手里正纳着的鞋底，或是停下正掐着的麦秸辫，目光都集中到他身上。而杜翰明一见满屋的姑娘总是扭头就跑。姑娘们看他跑了就有点失望。改青对我说，她很佩服杜翰明，她说他能写会算，黑板报写得唰唰的，那字写得龙飞凤舞，还有开会发言他不用比着纸就能突突地讲半天，连个锛儿都不打。风存说，人家杜翰明穿件旧褂子，也比咱这儿的男人穿件新衣裳受看哩。她们特别羡慕我敢大大方方跟杜翰明说话，改青说，方丹，你跟杜翰明说话，咋敢直瞅着他那眼啊？改青说，咱可不敢这样跟他那么说话，要不人家准得笑话咱哩……我很想把这些有意思的事写信告诉黎江、维嘉和维娜。

方丹，你忙活啥哩？素英把头探进我的窗口，脸上笑盈盈的。

我问她，素英姐，你们这是干吗去啊？

素英说，俺这伙子去家北地里踩麦子哩。

我觉得奇怪，问她，踩麦子干什么？

素英说，今天是清明呢，咱这儿每年逢到清明，大伙儿都去踩麦子。你看那麦地里多风光，老辈子的人都说，麦苗越踩越旺相，踩踩麦子，人也心明眼亮哩。

风存、改青在一边性急地喊着，哎，素英，快走啊！

来啦，来啦。素英答应着，离开了窗口，和姐妹们手牵手地往麦田里走去。我发现她们都换上了鲜艳的花裤花夹袄，脚上还穿着插了花的青布鞋。她们的背影扭啊扭的，走得那么好看。有的姑娘手里还甩着一根青青的柳条，挥洒着春天的喜悦和轻松。

扑棱棱——

桌上发出扑打翅膀的声音，我一回头，发现小燕子从纸盒里跳出来了，它站在那里瞪着黑溜溜的圆眼睛望着我，不停地扇动着翅膀，嘴里还呢呢喃喃地叫着，仿佛在说，我也要出去……

我刚要伸手去抚摩它乌黑光亮的羽毛，小燕子忽地一下飞起来了。我惊喜地望着它。小燕子欢叫着，在屋里盘旋了几圈，又轻盈地飞落在我的手上。我捧着它，轻轻理着它的羽毛，小声对它说，小燕子，你会飞了，你会飞了，你又要属于外面那广阔的蓝天了，可我呢？我只能坐在这间小小的屋子里，一天天无尽无休地盼望着……

这时，卧在门边的大白狗突然警觉地站起来，呼扇着耳朵，绷直了四条腿，一副随时准备冲出去的样子。它好像听见了什么异常的声音，但是聆听片刻，它嗓子里却发出了喜悦的哼鸣。它冲着门外摇头摆尾，阳光照着它扭动的身影，显得十分滑稽。

大白狗怎么了？我正纳闷，只见小金来满脸喜色地冲进屋里，飞快地跑到我身边，两只手激动地比画着，嘴里还啊呗、啊呗地直嚷嚷。他兴高采烈地指指我，再指指外面，兴奋地拍拍自己的小胸脯，不住地点着头。

我不知道他要告诉我什么，看到他一再向屋外指着，便侧起耳朵倾听，啊，我听见了，门外传来一阵咕咕噜噜的响声。我还没有猜出这是什么声响，五星和三梆子已经推着一个装有四个小木轮的椅子闯了进来，他们身后紧跟着桩桩大伯。

姐姐，快，快上车，俺们推你出去风光风光！一进门，三梆子就急不可待地嚷了起来。

五星也喜滋滋地叫着，姐姐，走，咱们上麦地里瞧瞧去！

我惊奇地看着这辆奇特的“椅子车”问，这是哪儿来的？这是怎么回事啊？

五星拍着木轮椅的扶手说，姐姐，这是小金来叫桩桩大伯给你打的“洋车子”。

哦，我又惊又喜，原来这就是小金来心里的秘密啊！我万分感激地看看小金来，又看看桩桩大伯。

桩桩大伯还是倚着门框蹲着，一口接一口地咂着旱烟杆儿，脸上挂着憨厚的微笑，一句话也不说。

小金来拉起我的手放在木轮椅上，急切地比画着，让我摸一摸。

这辆木轮椅做得非常精细，每一根木条、每一块木板都刨得那么光洁平滑，每一个横竖交叉的地方都对得严丝合缝。我双手撑着木轮椅的扶手坐上去，发现它的宽窄高低和扶手的位置都那么合适。

桩桩大伯，你怎么做得这么好啊！这句话刚说出来，我就笑了，我笑自己笨，满心的感激，竟变成了这么平淡的话。

桩桩大伯依然憨厚地笑笑，扬了扬烟袋锅说，方丹，你看看啥地方不中意，只管言语，咱再修整……

五星已经等不及了，他跺着脚说，姐姐，咱快出去遛遛呗！

小金来解下扎在腰里的草绳拴在木轮椅的搁脚板上，用大力气拽着，快乐地叫着。

三梆子呸地往手心里吐了口唾沫，搓了搓巴掌，推起木轮椅就要往外冲。

屋里的喧闹声惊动了趴在纸盒里的小燕子，它又扑棱棱地拍着翅膀飞起来，在屋里转了个圈儿，落在木轮椅的扶手上。

哎呀，小燕子会飞啦！姐姐，咱带它一起去吧。

对。我捧起小燕子对他们说，让小燕子跟我们一起去看看春天吧。

桩桩大伯站起来，满意地挥了挥烟袋杆儿说，去吧，去吧。

噢——开车喽——！五星和三梆子高兴地叫嚷着，小金来啊呗、啊呗地欢呼着，猛推着木轮椅冲出了屋门。

大白狗也欢蹦乱跳地蹿到木轮椅前边跑开了。

大地在我的脚下旋转起来，颠簸起来，在这愉快的旋转颠簸中，我第一次来到了春天的原野上。

晴空，白云，和风，细柳，还有那一望无边的绿色平原，这一切组成了多么美丽的风景啊。远处传来了一阵阵此起彼伏的欢笑声，我看到村里的姑娘们在地头的大树下轻悠悠地荡着秋千。村里的孩子们看见我,都呼啦啦地跟上来了。小金来却不管不顾地推我猛跑,五星追过来,让小金来把木轮椅停在路旁的一棵柳树下，五星扯下一根低垂的柳枝，跟小金来比画着，小金来点点头，就和五星一起忙活。他们把柳枝截成好几段，又把树皮拧下来。五星递给我一个，他说这是柳哨，吹起来呜呜响。我试着吹吹，呜呜——！我还是第一次听见柳哨声，清脆响亮。五星和小金来又给跟在后面的孩子做了一支支柳哨。我身后响起了一片啁啾声，好像飞来了一大群报春的鸟儿。更多的孩子被这热闹的声音吸引着跑来了，满屯儿、大秤、谷雨……就在这时，三梆子忽然停住了，他嗷嗷地叫着，弓腰捡起一块土坷垃就往一边扔，别的孩子也跟着起哄，有的打呼哨，有的也捡起土坷垃乱扔起来。

他们怎么了？

我看见不远处有个十二三岁的女孩儿，她挎着一个柳条筐，正仓皇地躲避着小小子们的围攻。她穿着一身破破烂烂的夹袄，头和脸都严严实实地包在一块破旧的围巾里，只露出一对可怜巴巴的眼睛。她抬胳膊遮挡着那些投向她的土坷垃的时候,我发现她的两只手也包着破布条。你们住手！我连忙喊住领头作怪的三梆子，我说，三梆子，你不许欺侮人！

三梆子却梗着脖子叫嚷，谁叫这长癞疮妮子在这里剜菜呀，她那疮谁沾了就传给谁……

那个女孩儿孤单单地溜着路边跑了。

我问五星这女孩儿是谁，五星告诉我，她叫小飘，她家是外来户，小飘没有娘，她爹带她从别处逃荒来的，住在村南头的一座破屋子里。五星说，外姓人本来就受气，可她还长烂疮……

我心里涌起一股很热的东西，鼻子酸酸的。我要三梆子他们答应再也不骂小飘，再也不拿土坷垃扔她了。孩子们答应了。五星、三梆子他们欢叫着推我继续狂奔，一直跑出很远才停下来。他们就像一群撒欢儿的小羊，在麦地里翻跟头、竖蜻蜓、摔跤、打滚儿。有几个小小子牵着长长的线绳放起了风筝，他们发疯般地奔跑着，争相比试着风筝的高低。三梆子追过去，扯扯这个的风筝线，摇摇那个的线拐子，惹得放风筝的孩子们跳着脚直骂他。

我抬头仰望着，灿烂的阳光把高远的天空照得明净幽蓝，那些风筝在天空中不停地画着横卧的“8”字，长长的尾巴在空中抖着，发出哗啦啦的脆响。

一阵细长的燕鸣在我耳边响起，啊，小燕子从我的指缝间探出头来，瞪圆了眼睛新奇地张望着。我把它举在眼前，轻轻对它说，小燕子，你看，我们到田野里来了，我说过，你应该属于天空，你飞吧，高高地飞吧……

我把手举过头顶，小燕子犹豫地站在我手上，圆圆的眼睛仿佛流露出无限深情。它留恋地轻轻拍拍翅膀，终于一跃轻盈地飞起来，围在我们头顶盘旋着，盘旋着。

五星欢欣地跳跃着喊起来，小燕子飞喽——

三梆子和孩子们欢叫着，小金来拍着手也跳起来。

我紧紧盯着小燕子，你飞吧，飞到天上去追白云，飞到原野去寻找芳香，飞到伙伴儿们中间去寻找快乐吧……

小燕子越飞越高，眼看就要消失在云里了，忽然，它又猛地转身俯冲下来，紧贴着地面在我们面前掠过。小燕子欢叫着，汇入了飞翔在田野上的燕群里……

# 52　翻领红毛衣

一连几天的南风刮得人口眼发干，整个平原黄天昏地，仿佛要翻过个儿来。黄风在所有能够逞威的地方号叫着，搅得人心烦意乱。小窗外面好像拉起了一道道迷迷蒙蒙的黄色纱帐，到处都被细细的黄土盖了一层，树叶和麦苗新鲜的绿叶上也泛着一层土黄。干燥的风夹着黄土从墙缝里和屋顶席箔的缝隙间灌进来，小土屋里到处落满了灰土。桌子刚刚擦过就又落上一层。三梆子他们顶着风进来的时候，我发现他们一个个都被风吹得成了黄土猴。三梆子呸呸地吐着嘴里的沙子，五星不耐烦地掏着耳朵，小金来不住地揉眼睛，跟在他腿边的大白狗也变成了大黄狗。

打春以来，地里的旱情十分严重。为了给小麦浇返青水，地里的井已经抽干了几回。对平原上的农民来说，春天浇不上透地水，就难保夏粮的收成。村里口粮不够还能吃野菜，可是交不上公粮，这责任谁担当得起呢？往年遇上旱情，陶庄人都是到金线河挖渠引水，可是今年河床刚刚解冻，上游的银洼村就拦腰把水闸住了。陶庄的男人气不过，结帮合伙地扛着铁锨去银洼村要水，可银洼村看水闸的，任陶庄的人说破了嘴皮儿，就是不肯开闸。争来吵去，两下里便打起来，还动了家伙，伤了好几个人。惹得两个村的女人们跑到河堤上，跳着脚对骂了好几天。

季节不等人，眼看着麦子一天天蔫下去了，陶庄人个个心急火燎。一连几个晚上，陶庄的男人都挤在爸爸的小土屋里，向他讨主意。他们喷出的浓浓的烟雾，罩着一张张愁眉紧锁的面容，说来说去，陶成大叔决定和爸爸一起去银洼村讲和。

一大早，爸爸和陶成大叔就拎着几瓶瓜干酒，扛着一扇子猪肉到银洼村去了。爱凑热闹的三梆子他们一伙孩子也跟在爸爸和陶成大叔身后闹嚷嚷地去了。

我有些担心，银洼的人正在气头上，爸爸和陶成大叔这一去会不会有危险呢?

当——当——当——，上工的钟声又响起来。妈妈和出工的人们顶着风去锄麦子了。我趴在小窗口,看着人们走向田间,心里又烦闷起来。自从有了木轮椅，五星、小金来他们常常推我到外面去转转，无边无际的麦田，滚动着青绿色的波浪，一片片油菜花金灿灿的，远远地就能听到成群的蜜蜂嗡嗡的声音。各色各样的小野花在田垄、地边、沟渠旁、小路上尽情地绽放着光彩。人们星星点点地散布在远近的麦田里忙碌着,有时阵阵说笑从地里传来。当我路过锄草的人们身边，刘锁、杜翰明、素英他们都热情地扬起手跟我打招呼，看着他们被阳光晒红的、流着汗水的脸，看着他们锄过的一垄垄整齐的麦田，我渐渐感到不安，人们都在干活儿，我却在一旁看风景，快乐立刻就被新的烦恼冲走了。我不愿让五星、小金来和三梆子他们推我出去了，我宁愿每天待在家里。我真希望有那么一天，人们呼唤着我的名字，要我为他们做些事情，那该多好啊!

没到中午，一阵热闹的喧笑声从村东由远而近地传来，我听见陶成大叔亮开了嗓门儿不住地叫骂着，上人家银洼村儿，有你们这帮秃小子的啥事儿? 成天价就知道跟着瞎哄哄，要不是人家答应放水，看我咋着收拾你们……哼，今儿里非找个人好好调教调教这帮野小子!

陶成大叔骂得越凶，人们越是笑得开心，他们就像带来了笑的传染病。

我正奇怪外面为什么这样热闹，陶成大叔已经两只大手各揪着三梆子和五星的耳朵进屋来了，小金来捂着鼻子跟在后面。三梆子歪着脖子，两只手抱着陶成大叔的胳膊，咧着瓢嘴一个劲儿地央告着，哎哟，哎哟，二大爷，松松手，看揪掉了耳朵不！

揪掉耳朵？我还想揪掉你小子的脑袋哩。咋啦，知道疼啦？哼，看你下回还跟人家惹事儿揍架不？陶成大叔两手一松，三梆子和五星赶紧捂着耳朵缩到一边去了。

我看着三梆子狼狈的样子，顿时明白了人们哄笑的原因。只见他那身粗布夹袄里里外外湿了个透，光光的肚皮上又是水，又是泥，豆包子棉鞋上的黄土粘成了两个大泥坨子。他站在那里，就像一根细细的秤杆儿上吊了两个大秤砣。挤在门外的一些调皮的孩子探头探脑地冲着屋里喊，嗨，三梆子，穿着夹袄就下河凉快去呀？惹得三梆子一阵好骂。

方丹，你看能给这几个浑小子上点儿药不？陶成大叔问。

我这才发现三个淘气包身上都带了伤。三梆子让人家打破了牙，五星额头上鼓了个青包，小金来鼻子里塞着两撮荠荠菜，脸上还抹着横一道竖一道的血痕。

你们这是怎么弄的啊？我问他们，赶忙拉开抽屉找药水。

呸，呸。三梆子扭头吐着发红的口水，齉声齉气地说，咋弄的？还不是银洼村儿那些王八龟孙儿……

咳，咋又骂人哩？陶成大叔双眉一横，吓得三梆子一缩脖子不吭声了。

方丹，你不知道这帮野小子有多浑，我和你爸刚跟人家银洼村的大人说和了，一回头，这帮野种又打起来了。陶成大叔愤愤地卷着喇叭烟，蹲在我桌边的长凳上嘟哝着。

五星气鼓鼓地说，那能怪俺们不？谁叫他村儿里闸着白汪汪的河水卡巴咱陶庄哩！俺们骂了几句，他村儿的野小子就和俺揍架，还把三梆子扔到河里……

小金来也啊呗、啊呗地跟我比画着，他们村儿大人孬、小孩儿也孬，都把俺的鼻子打冒血了。

三梆子又梗起脖子，不肯罢休地说，呸，哪天碰见，俺还得揍他们，看谁能揍过谁！

还说，还说……陶成大叔喝住三梆子，又对我说，方丹，你瞧瞧，咱这乡里的孩子没人管咋行？啊，你瞧瞧，见天打架闯祸的。

陶成大叔看着我给三梆子他们一个个地抹完了药，眯起眼睛想了一会儿，又说，方丹，自打你一来陶庄，就让俺给你派个活儿，你爹妈和翰明也给我说道了多少回，我寻思，你有病就够难为的了，咋能再让你干活儿哩？再说，咱得找个合适的事儿不是？今儿可让这帮野小子给我提了个醒儿……

陶成大叔说着，看了一眼涂了一脸红药水的三梆子和五星，又看看鼻子里堵着药棉的小金来，忍不住咧开嘴笑了，一副无可奈何的样子。他说，方丹，你是个有志气的，咱村的小孩子也都愿偎着你，叫我说啊，干脆，你就去咱陶庄的学屋当先生吧，教这些没事儿瞎颠的小小子念念书，认认字儿，省得他们满世界里跑着闯祸去。

叫我当老师？陶成大叔，你是说让我去当老师吗？

我一连串地问，又高兴，又不敢相信地紧盯着陶成大叔。

陶成大叔或许看见我的脸涨红了，就说，方丹，这事儿你甭作难，大叔也不是让你立马就点头，还得容你想想不是？

我的脸一定是红了，我觉得脸上热烘烘的，心里只在想，我能当老师吗？

陶成大叔摇摇头接着说，咱那学屋的事儿，你兴许也听说了不老少，唉，让人愁啊……他蹙起眉头，两眼紧瞅着喇叭烟，一口接一口地嘬着。

陶成大叔说的学屋，就是陶庄的小学。村里的人提起孩子们上学的事，没有不叹气的。多少年来，这一带没有正规学校，县城里的“官学”又读不起。大多数孩子因为家里穷，缺劳力，过早地挑起了劳动的担子。村里也不是没有来过老师，可教不了多久，老师就卷着铺盖走了，因为陶庄的孩子太没纪律，发给他们的书，没几天就变成了满天乱飞的纸飞机，或是在地上摔着玩儿的三角、四角。在这些乡村孩子看来，读书、认字实在是太费劲儿了，他们宁愿去割一筐草，剜一篮子野菜，累了，在湿润润的青草地上打个滚儿，饿了，跑到树下摘几个枣子，撸一把槐花，甜丝丝、香喷喷吃上几口，那有多痛快！有的孩子只在农闲的时候才能去上学，农忙了就得辍学回家去干活。有的男孩子下巴上长出了茸毛，却还在反复地上着一年级。学生们长进不大，老师却换了不老少。谁愿意在这种今天人满、明天屋空的学校教学呢？再说陶庄这几年一年比一年穷，老师们就更没有勇气到这里来了，孩子们读不读书再也没有人操心了。老辈子没念过书，还不是一样种庄稼？这话成了人们自我安慰的宽心丸。就这样，陶庄一拨儿又一拨儿的孩子瞪着不识字的眼睛长大了，又一拨儿新的孩子像群小野马似的在村子里横冲直撞……

陶庄的孩子应该有个好老师啊。

我说，陶成大叔，我愿意教孩子们念书，就怕教不好……

方丹，先甭说别的，有你这句话就中哩！

陶成大叔一展双眉，高兴地说，我不是说了，你甭作难，教得了就教，教不了你就给那伙秃小子天南地北地讲讲道理，也让咱陶庄的孩子开开窍……

陶成大叔从长凳上下来，卡着五星和三梆子的脖子，把他们拢到我桌前，对我说，方丹，明儿清早就让五星他们来推你上学屋，往后就让他那伙子当你的腿。咱这就算说定了，啊？

我赶忙点点头，只觉得说不出的快乐。我说，陶成大叔，我会尽力的……

陶成大叔又对五星他们嘱咐着，你这伙子可得听先生说呀！他的嗓门儿就像在赶大车。

三梆子先咋呼起来，二大爷，放心吧。

嗨，姐姐当咱的先生喽——

五星好像忘了疼痛，也拍着手蹦着跳着叫起来。小金来虽然不十分明白有什么高兴的事儿，却也跟着拍巴掌。

陶成大叔又揪揪三梆子的耳朵，野小子，还不赶紧回家换换衣裳去？小心我告诉你姐，让她狠狠拧你个小舅子！

三梆子咧着瓢嘴一个劲儿地说，哎哟哎哟，二大爷，俺这就去换……这就去换……那憨头憨脑的样子引得屋里的人都笑了。三梆子却又故意板着脸，夸张地甩着两个大泥坨子，一歪一斜地向外走去。

人们都走了，陶成大叔的脚后跟刚刚迈出门槛儿，我立刻就抓起身边所有能抓到的东西往空中扔起来，一时间，屋里飞的什么都有。我尽情地大声叫着，噢——噢——！吓得大白狗也汪汪大叫起来。这一会儿，我觉得自己就像在一个黑暗的树林里走了很久的人，突然看见了一片光明，我感到一种从没有过的喜悦，我的心简直要飞起来了。

夜已经很深了，风在春天的原野上无拘无束地奔跑着，向大地抖落着复苏的气息。我躺在床上，向黑暗眨着眼睛，心底有个声音一遍遍地说，明天，明天，我就是陶庄小学的老师了，我就要当老师了……穿过夜的帷幕，我看见一排整齐的绿色铁栏，还有一簇簇枝叶繁茂的淡紫色的丁香花，我听见当当的钟声，一群孩子随着钟声欢呼着冲进教室……我看见一位美丽的女老师，她的长长的发辫儿一直拖到腰际。那时妈妈背我路过学校门口，我总要妈妈把我放在铁栏外的石阶上坐一会儿。隔着铁栏我看见女老师走出教室，她的身边围满了孩子，他们像小鸟一样叽叽喳喳说着什么，七嘴八舌的，老师笑盈盈地倾听着孩子们的话……那时我很想跑过去，紧紧跟在她身旁，让她那阳光一样的微笑也洒在我身上……我猛地坐起来，透过小窗，我看看外面，黑漆漆的天幕上缀满了闪亮的星星，夜空在星光的映衬下越发显得深邃而明净。我久久地趴在窗口，望着遥远的星群，多少年啊，我总是梦想坐在明亮的教室里，看看老师智慧的眼睛，听听老师亲切和蔼的声音……明天，明天我自己就要当老师了。我要教孩子们学语文，学算术，还要教他们唱歌……我紧盯着天边闪烁的星星，渐渐地，星星在我的眼前模糊了，我耳畔好像有一片清脆的声音在热切地呼唤着，老师，老师……

我眨眨眼睛，清醒了。

嚓——，我划着一根火柴，点燃了小油灯，在橘黄色的灯光里翻拣着我的衣服。哦，明天，我要穿白衬衣，外面套上我的翻领的红毛衣。我还要梳好看的辫子，把长长的发辫儿盘在脑后，就像书里的女老师。我又一次急切地扑向窗口，向东方的天际寻找着晨曦。我多想让我的微笑像清晨的第一缕阳光那样倾洒在孩子们身上啊。

当雄鸡终于唤醒了黎明，当小鸟终于欢唱着迎来了满天霞光，我在镜子里看见了一个漂亮的女老师……

# 53 第一课

早晨，妈妈刚刚打开屋门，五星、三梆子和小金来就急忙冲进来，欢天喜地地把我推出去。早就等在街筒子里的孩子们像一群刚出窝的小麻雀，又跑又跳，叽叽喳喳地簇拥着我的木轮椅向前飞奔。大白狗摇头摆尾地跑在前边开道。

瞧着我们这热闹的一群，正要出工的乡亲们扛着锄头赶紧让在路旁，方丹要去咱学屋里当先生哩！这个消息在他们耳边刮风似的传开了，就连路两旁的院门里，老人们也探出头来。

学校在村子尽东头。还没到那里，我就听到有些孩子在前边拼命地大声喊叫，新老师来咧——

教室的门被一些灰头土脸的小小子们挤了个严严实实，他们的腿脚边大都跟着一只狗，孩子们一叫，狗也跟着汪汪，这下显得更乱哄了。

嗨，让开！让开！又不是瞧新媳妇，挤啥哩？

五星嚷着，引得小小子们嘻嘻哈哈一阵乱笑。我的脸一下子热烘烘的。三梆子在孩子堆里推推搡搡挤出一条路来，小金来也啊呗、啊呗地叫着，左挡右冲。他们费了很大的劲儿才把我推进屋里。接着，五星和五六个小小子把我的木轮椅抬起来，哄叫着，噢，抬花轿喽，抬花轿喽——！在一阵喧闹声中，孩子们把我搬上了讲台。

我定神打量着陶庄的学校。这是多么简陋的教室啊！三间破土房，四面黑土墙，因为窗子太小，窗棂子上没有糊纸。屋里的光线也很暗。昏暗中，我看到课桌和凳子都是用泥坯垒的，土桌土凳的四角被孩子们磨得又秃又亮。我不禁想起村里人对学校的形容：土凳子，土台子，里面坐着土孩子。

教室的讲台也是用泥坯砌起来的，上面摆着一张没有上过漆的条桌，一碰就摇晃。墙上那块不大的破黑板不知用了多少年，歪歪斜斜地挂在土墙上的一个木头楔子上。木楔子的另一头穿过土墙，做了隔壁磨房里拴驴的桩子。那边的毛驴一摆头，这边的黑板就跟着一晃悠。磨房里不断传来石磨碾压的轰响。我不知道过去的老师讲课时，学生们能不能听清楚。

教室的门是用木板拼起来的，下半截有一个大窟窿，平时锁不锁门都一样，孩子们可以从那里自由出入。门外不远处有一个很大的池塘，几乎就要干涸了。水塘边还有一个弃置不用的碌碡，村里的女人们常在那上边用木棒捶衣裳，捶新织的布，她们噼噼啪啪的捶打声和喋喋不休的闲聊声一阵阵传来。池塘前边的田野里，偶尔也传来老黄牛拖着长腔的哞叫和男人们驾驾的吆牛声。我真有些担心，外面这热闹的农家交响乐会不会分散孩子们的注意力，这些平时在村子里跑惯了的小野马能从纷乱的喧闹声中收回心来吗？

再看看挤在土凳上的孩子们，我惊奇地发现，他们竟是清一色的小小子！门口有几个小闺女，但不是来上学的，她们瘦小的脊梁上都背着自己的小弟妹。她们怯生生地倚着门框站在那里，用羡慕的眼神儿望着等待上课的小小子们。这里分不出年级，最小的孩子七八岁，最大的十三四岁。这里面有兄弟好几个都来上学的，五星的弟弟五月跟来了，他还拖着两筒鼻涕。满屯儿来了，他的两个弟弟满缸和满罐儿也闹着挤进学屋里，还有大秤的弟弟二秋忙。哦，来的孩子真不少呢。

教室里秩序乱极了。这些在田野里长大的孩子很难一下子安定下来，他们有的瞪着憨乎乎的眼睛东张西望，有的无拘无束地大声嚷嚷，甚至还旁若无人地哈哈大笑。满屯儿还把一只黑乌鸦带进教室。他坐在土凳上，抬起胳膊，让乌鸦站在他的一根手指头上，他把眼睛弄成斗鸡眼盯着乌鸦，嘴里发出呱呱的怪叫，乌鸦也扇着翅膀，张开嘴巴啊啊地乱叫，惹得周围的小小子们笑得前仰后合。还有几个淘气的小小子硬要挤坐在一条土凳上，他们你拥我挤，推来搡去，不是这头漏下去，就是那头坐空了，引得周围的孩子拍着脏乎乎的小手叫着，笑着，简直要把教室里吵翻了天。

我一言不发地坐在讲台上，静静地看着一张张嬉笑的面孔。不一会儿，有的孩子注意到了我的严肃的目光，便讪讪地垂下脑袋，一声不吭地坐好了。正在笑闹的孩子你碰碰我，我碰碰你，眼睛都偷偷觑着讲台。看到别人都不笑了，满屯儿没趣地抓起黑乌鸦，给它理了理毛，把它揣在了怀里。那几个抢座位的淘气包也不好意思地从地上爬起来，坐到各自的位子上去了。屋里终于静下来了。

我用想象中的老师的语调说，同学们，现在我们开始上课了。

咳咳咳咳……

紧接着我的话音儿，三梆子的座位那里猛地响起一阵剧烈的干咳，刚刚坐稳的孩子立刻又哄堂大笑起来，更可气的是那些为孩子们当保镖的狗，它们纷纷一跃而起，汪汪地狂吠着冲向三梆子。只见三梆子嗖的一下跳上桌子，手里高高地擎起一只小草筐，草筐里是他那只灰不溜秋的小刺猬，正蜷着身子咳咳咳起劲儿地咳嗽着，引得狗群直往桌上扑。

三梆子，你干什么呢？我大声问，教室里顿时静了下来。

姐姐，三梆子捣蛋，他给小刺猬吃了盐粒儿哩。和三梆子同桌的五星说。

嘻嘻……有的孩子忍不住偷偷笑着。

好吧，三梆子，你不想上学，就带着你的刺猬出去想想吧！我严厉地命令他。

孩子们看看我，纷纷喝住了自己的狗。三梆子自觉有愧地从桌子上蹦下来，红着脸低头走出去，门口的小闺女嬉笑着用手指刮着脸蛋儿直羞他。三梆子翻起白眼儿冲她们一吐舌头，把小草筐挂在门外一棵大树的树杈上，无精打采地站在那里。

屋里又安静下来。孩子们一双双眼睛都期待地凝望着我，好像一颗颗星星在面前闪烁。第一课……第一课，我该给孩子们讲什么呢？望着他们新奇的眼睛，一种神圣的情感油然升起，现在我是老师，陶庄学屋里的老师了，我必须先让孩子们喜欢学屋。我说，大家都坐好，咱们上第一课，第一课我们要学唱歌，大家说好吗？

噢——噢，孩子们欢呼起来。有的孩子问，姐姐，咱学个啥歌哩？

大家安静。我说，现在我教你们唱大刀向鬼子们的头上砍去。

噢——好啊——，孩子们又叫起来。

这时五星猛一下站起来，他说，姐姐，俺奶奶说，那时候咱村儿里还真来过日本鬼子哩，他们扛着小旗儿，端着刺刀，见人就捅，可厉害啦……

去你娘的吧，五星，你咋光说鬼子厉害呀？满屯儿还没等五星说完，就忽地站起来抢着说，俺爷爷说，咱村的爷们儿也宰了老些小日本儿呢！

大秤说，听说咱这一带还出过一个打鬼子的好汉哩，他那腰里别着两把盒子枪，一见鬼子就俩手一块儿开火，啪——啪——，他边说边比画起来。

孩子们顿时乱成一团，屋里嗡嗡响成一片。他们叽叽呱呱地吵着，谁也不甘示弱。就像看打鬼子的电影那么热闹。我费了很大劲儿让他们静下来。看看孩子们都坐得很整齐了，我又说，你们唱歌也要像你们坐的一样，要唱整齐，记住了吗？

记——住——哩。孩子们拖着长腔回答，那声音就像一群纪律严明的战士。

我开始教唱歌。

大刀向鬼子们的头上砍去，唱。

孩子们跟着我唱起来，

> 大刀向鬼子们的头上砍去。

全国爱国的同胞们，唱。

> 全国爱国的同胞们。

抗战的一天来到了，唱。

> 抗战的一天来到了，
> ……

我发现孩子们唱起歌来七高八低，还跑调，怎么纠正也不管用，我还是一遍遍耐心教下去。

前面是英勇的八路军，

……

后面有全国的老百姓。

……

七高八低的歌声飞出破烂的学屋，引来一群看热闹的人。我发现三梆子不知什么时候蹭到了门边，倚着门框羞愧地低着头。我说，三梆子，进来坐好吧。三梆子一听赶忙蹿到自己的座位上，用高八度的声调跟着唱起来，大刀向鬼子们的头上砍去……说他唱，其实是在喊，他的脸憋得通红，门外看热闹的人就嘻嘻哈哈地笑他，说三梆子一顿吃仨窝窝，有劲儿没处使，三梆子却更卖力地叫唤起来……

开学以后，陶庄学屋周围的环境很快就有了改观。杜翰明把县里批给他盖宿舍用的玻璃送给了学屋，陶成大叔派桩桩大伯给教室装上了几扇大窗子，还安上了一扇镶玻璃的门。教室里的光线顿时亮了许多。三梆子自告奋勇把墙上那块褪了色的破黑板扛回家，用素英染衣裳的朱黑涂得黑漆漆的。那些土桌土凳也被刘锁带着一帮小伙子重新抹得有棱有角，显得十分整齐。这一来，陶庄的学屋才开始有了学校的样子。

陶庄的孩子们不再像刚来上学时那样莽撞无知了，他们也不再把狗带进教室。只要一上课，他们就会立刻跑到各自的位子上，规规矩矩地坐好，安静地瞪大眼睛直视着讲台。在这里，孩子们依然习惯地叫我姐姐，而不叫老师，五星他们说，咋看我也像个姐姐。他们说老师很厉害，姐姐总是笑嘻嘻的。

我发现，孩子们的学习兴趣是有所偏颇的。上语文课的时候，他们都能很认真地听讲，眼睛亮亮的，显得很有精神。可是，一上算术课，他们就像缺了水的秧苗——蔫了。

姐姐，俺一见那些洋码子，脑壳子里就像灌了稀糊糊，迷糊着哩。有一天，被叫上黑板做算术的三梆子为难地抓着后脑勺嘀咕开了。

满屯儿也站起来说，咱陶庄用不着算大账，村里每回分麦子，俺娘用个做饭的水裙子一兜，就兜回来咧。那斤两还用算？

别的孩子也跟着小声地嘟哝，学那做啥？还是讲故事听吧。

就是，俺爹说啦，学洋码子没啥用，庄户人家，长大会看秤，会点大票子就中哩。

陶庄人的生活太贫苦，苦得失去了长远的希望，苦得孩子们心里的未来总带着清贫的影子。看看一张张纯朴的笑脸，我说，咱们陶庄不会永远这么穷，等你们长大了，陶庄的粮食会多得囤里盛不下。要真是那样，你们不会算术怎么能行呢？也许你们觉得算术不像语文那么有意思，也许你们觉得算术很难，不过，我们大家可以一起想办法呀。

五星忽地站起来说，对啦，姐姐，俺想起来了，小时候俺娘教俺识数，她就教俺数豆粒儿，往后咱上算术课，抓把粮食来数数不就行啦？

满屯儿不赞成，他说，五星，你爹在村儿里当官儿，你家有粮食，人家没粮食的咋办哩。

三梆子瞪着满屯儿说，瞧你憨的，没粮食怕啥，你不会去捡俩羊屎蛋子数数啊！

三梆子出的主意惹得小小子们笑得东倒西歪。我也忍不住哈哈大笑起来。

我发现有一个孩子没笑。在孩子们你一句我一句议论纷纷的时候，他的眼睛却紧紧地盯着黑板。小金来是个用功的学生，无论上什么课，他的作业本上的字迹都写得工工整整。尽管他听不见我讲课的声音，但通过他的表情，我看出他能理解我讲的一些内容。小金来个性很强，在哪个方面都不愿落在别人后面。有时候，他显得很古怪，令人捉摸不透。他会突然无缘无故地发一通脾气，或是蹲在地上无声地哭泣。渐渐地，我发现这是由于他的敏感和脆弱造成的。每逢大家念课文，或是有问题需要解答的时候，他就会觉得自己与别人不一样。

下课了，孩子们把我推到教室外面。五月的阳光暖融融的，有些刺眼，我把手遮在额上观望乡村的风光。学屋门前的槐树上挂满了一串串洁白的槐花，和风携着花香从高处扑来，甜丝丝的有些醉人。小小子们争先恐后爬上大槐树，摘一嘟噜槐花扔下来，等在树下的孩子们吱哇乱叫着你争我夺，他们抢啊叫啊，笑啊闹啊，直吵得半个村子不得安宁。

孩子们那么快乐，我无意中回过头，却发现教室里有一个孤单的小小身影。仔细一看，是小金来，他正悄悄站在黑板下面，用手指着，很想念出黑板上的生字。念了一会儿，他仍然只发出啊呗、啊呗的声音。小金来茫然地歪着头听听，脸上挂着一副迷惑的表情，于是，他低下了头……

小金来，我很想叫他一声，可又怕伤了他的自尊心。忽然，他蹲到地上把头埋在两腿间。哦，小金来，此刻，我多么希望世界上能有一双神奇的手，能让你听见美妙的声音啊！

# 54　香胰子

过了一段时间，孩子们开始懂得主动维持课堂纪律了，他们的父母也不再随便走进教室大声吩咐正在上课的孩子出去做事了。小金来的大白狗获准横卧在教室门口，它像个忠诚的卫士，以它高大怕人的身躯阻挡那些想走近教室看热闹的人。不过,大白狗偶尔也有“徇私情”的时候。

一天下午，正在上课，在阳光里晒得懒洋洋的大白狗忽然一跃而起，冲着门外摇头摆尾地发出呜呜讨好的叫声，看样子，外面来了它的熟人。

一个湿漉漉的脑袋探进门来，哦，原来是刘锁。

嗬，今儿学生咋恁听话哩？刘锁大咧咧地说着，竟不管不顾地走进来。

五星,好小子,这才像个样儿,几天没见有长进啦。刘锁挨桌走着,点名数落着小小子们。大秤,你爹供你上学可不易,好生着学吧。三梆子,别尽想着捣蛋，要是不听话我可不饶你！他边说边回头冲着我笑笑，那神情分明是说，方丹，瞧，我帮你教他们听话哩。

我可不感激刘锁，要知道我让孩子们安静下来多不容易啊。

咦，小金来也在这里，还有个新本本儿呀……刘锁说着还想再往前走，五星他们可不愿意了，他们嚷着，刘锁哥，你还不走？俺上课都让你给搅和哩。

哎，这真是晴天下雨，出人意料哇！刘锁抓了抓头皮说，刚刚我见坑里来水了，想叫你们出来瞧瞧，谁寻思，还真觉悟了哩……见孩子们认真的样子，刘锁自言自语地搭讪着，赶紧跑了。

大白狗自知有错似的卧在门口，把长长的嘴巴埋到两只前爪中间，羞愧地闭上了眼睛。

下课了。一出学屋门，果真就看见干涸的池塘里亮汪汪一片，来水了！池塘前有一条涌满激流的水沟，一直向东，没进了葱绿的麦田。

小小子们绕着池塘开心地又叫又闹，有的蹲在水边叽叽嘎嘎地撵水玩儿，有的满地寻找小瓦片打水漂。

刘锁正和几个小伙子在池塘边涮铁锨，这会儿，他扬起闪亮的锨头向这边喊，三梆子，过来，我看看能在你脸上铲下二两泥来不？

三梆子抹着花脸捡起土坷垃扔过去，嘭地溅起了一片水花，小伙子们发出一片粗犷的笑声，扛起铁锨往东巡水去了。

看着这群兴奋的泥猴子，我发现他们的小脸儿实在太脏了，头发也又脏又长，像一堆堆乱蓬蓬的蒿草，特别是三梆子，脑袋上就像顶着一个草鸡窝。

三梆子。我大声命令他，快，快去找把剪子来！

姐姐，找剪子做啥？三梆子傻愣愣地问。

我说，找来你就知道了。

好呗。三梆子颠颠地跑回家，不一会儿就拿来一把大剪子。他把剪子递给我，又问，姐姐，你要这干啥？

大家都过来，谁愿好看，我就给谁剪头发？我大声喊着。

俺愿意。

俺也愿意。

姐姐，先给俺剪。

俺先来的!

孩子们你争我抢地嚷嚷着。

我挨着个儿给他们修剪着。有的孩子的头发平时不洗不梳，粘在一起扯也扯不开。好不容易剪完了，那些孩子又被头发茬儿扎得叽叽哇哇地乱叫起来，有的胡拉着脖子，有的让伙伴儿给他挠痒痒。

我看看剪了头发的孩子，忽然大笑起来，我怎么也忍不住笑，我没命地大笑，我笑自己这个理发师，我不知道我给孩子们剪的这叫什么发型。五星的头发几乎剪秃了，露出青青的头皮，可我剪得太不整齐，看着他的脑袋，我想起叫羊啃过的草地。满屯儿脑袋两边和后脑勺剪秃了，头顶没剪，猛一看就像戴了一顶小黑帽。三梆子剪头发的时候，总是乱动，结果发茬子就显得七长八短。从学屋门口经过的大人都说，三梆子，你这脑瓜子是叫狗啃了不？他就追着人家一顿好骂。

我从没有这么快乐地大笑，我笑得前仰后合，笑得满眼是泪花，直笑得自己笑不出来。我想起有一次五星的奶奶说我，方丹笑得多欢喜，在村西头一笑，村东头都听得真亮亮的。我又笑起来。

三梆子说，呀，姐姐今儿里你这么高兴啊，咋像拾了个狗喜欢哩。五星他们就说，三梆子好啊，你敢骂人家方丹姐姐拾了个狗喜欢……他们嚷嚷着，就和三梆子打闹成一团，这一来脸上身上就滚得更脏了。我赶忙喊着，让他们别再打闹。我指着那一大池塘清亮亮的水，郑重地宣布说，今天放了学，每个人都要洗洗脸，洗洗脖子和耳朵根儿，明天上课以前，我要检查，看看谁洗得最干净，听见了吗?

听见了——

孩子们哄的一声向池塘跑去了。

第二天早上一进教室，我有好一会儿不敢相信自己的眼睛，只见孩子们整整齐齐地排坐在土凳上，那些昨天还像泥猴子一样的捣蛋鬼，今天都露出了红扑扑的小脸蛋儿。他们还故意神气十足地挺着洗得光溜溜的脖子，扬着脑袋，几个没剪头发的小小子乌黑发亮的头发全都齐刷刷地盖在眉头上。教室里还散发着一丝淡淡的清香。啊，这是些多么漂亮的孩子啊！

我还没从惊讶中回过神来，门外风风火火闯进一个人，直冲到三梆子面前急煎煎地叫着，三梆子，你说，你说，俺的香胰子哩？啊？

我一愣，是素英。

三梆子的脸一下子涨得红通通的，吞吞吐吐地说，啥……啥香胰子呀，俺不……不……不知道……

不知道？素英气得啪一拍土桌子，三梆子脸前立刻腾起一团淡淡的黄雾，素英说，我想去赶集，洗脸哩，打开柜，找不着香胰子了，我一猜就是你拿了，快还给我！

俺……俺没拿……

不是你是谁呀，家里又没旁人，老鼠还偷香胰子啊？就是你，快拿来！素英一连串地嚷嚷着，孩子们笑得七倒八歪，她也不在乎，我也忍不住笑了，心里想，素英还真生气了呢。

拿来！素英又命令三梆子。

俺不……三梆子红着脸，双手护住右边的口袋。

拿来！俺掐十桄儿麦秸辫儿才换这一块香胰子，你不给就中了？素英愤愤地说着，伸手就要抢，三梆子只好掏出来，塞到她手里。

咦——呀——，素英抓过香胰子一看，又叫起来，你这是咋使的？都透亮啦！俺一年才舍得买这一块，你咋一下子就给使光了？说着，她抬手就要打三梆子，却被五星一下拦住了。

素英姐。五星甜甜地叫着，你那香胰子是俺学屋里伙着使的，人家方丹姐姐叫俺们洗脸洗脖子地拾掇，不使胰子咋能洗掉灰儿哩？等俺们攒了钱，叫刘锁哥上城里再给你买一块大的，还你还不中啊？

素英脸唰地一红，弯起嘴巴笑了，骂五星，贫嘴，谁要你们还……她转身又用食指一戳三梆子的脑门儿说，哼，小小子家还爱俊哩。

姐，这不是爱俊。三梆子摇摇头，很认真地一字一顿地说，这、叫、讲、卫、生！

呸，你还耩花生哩……素英抢白了一句。

五星又说，真的，素英姐，到时候，俺叫刘锁哥给你买块大的，跟白面馍那么大的……

素英没好气地瞥了五星一眼说，五星，你家造的香胰子那么大呀！

学屋里的孩子们嘻嘻哈哈笑得更响了，素英也撑不住，双手把嘴一捂，赶忙一转身，甩着两条大辫子跑了出去，把银铃般的笑声洒了一路。

素英跑远了，那笑声却还在响，原来是挤在门口看热闹的小闺女们在笑。她们背着自己幼小的弟弟妹妹，一边轻轻地颠着他们，一边羡慕地望着坐在教室里的小小子们。

我指着后排空着的土凳对她们说，你们也进来坐下吧。

有个女孩子脸一红，羞怯地说，俺不，俺娘知道了准得骂俺哩……

为什么？我惊奇地问。

姐姐，咱们陶庄不兴小闺女儿进学屋。五星抢着回答。

为什么？我又问。

俺娘说，小闺女儿不用认字儿。

俺奶奶说，小闺女儿认了字就不学好……

她们低声而又委屈地嘟哝着。

这是什么道理呀？我说，这样说是不对的。我又问她们，你们愿意读书识字吗？

愿。咋不愿哩？她们争先恐后地抢着说。

那好，那你们就进来坐下吧。我相信你们的爹娘会让你们来念书的。

女孩子们高兴地喊喊喳喳叫着，一下拥进屋里来，挤在土凳上坐下了。

这时，我看见门口的阳光下还有一个身影，就问，那是谁？为什么不进来？

是小飘。有个小闺女向外看看说。

三梆子一听，就嗷嗷地叫开了，快滚！快滚！

别的孩子也跟着起哄，哇哇乱叫。

我说，三梆子，你们干什么？

三梆子急火火地说，姐姐，上回不是跟你说了，她脏着哩，长了一身癞疮，沾着谁就传谁……

你咋还不走？满屯儿站起来，冲外头叫着，快走！快走！

孩子们全都乱哄哄地嚷着。

大家都不要吵了！我大声止住他们，你们不能欺侮小飘。她也愿意上学，咱们应该让她进来。五星，你是班长，你说呢？

五星点点头，站起来，看看大家，周围没有人再说什么了。他跑到门口，对小飘说，你进来吧。

小飘一点点移进来，她依然把头脸包得只露出一对眼睛。她走进来，却不知该坐在哪里，可怜巴巴地站着，迟疑地望着我。我指指后排的土凳子。她一走过去，坐在那里的小闺女们就都躲到旁边的土凳上去了。她孤零零地一个人坐着，远远地望着我，两汪泪水涌出来，落在她眼前的围巾上。

教室里又恢复了安静，我给孩子们讲起了新的一课。小闺女们听得很认真，我为她们高兴。在陶庄，女孩子们第一次能和小小子们一起读书了。

每天一放学，孩子们总要推着我出去转转。自从池塘蓄满了水，塘边就变得热闹起来，羊儿时常跑来喝水，鹅鸭也扑进水中梳洗着羽毛，尖嗓子的鸟儿在水边的柳树上嘀哩哩高唱，大嗓门儿的青蛙瞪着圆鼓鼓的眼睛整天咕咕呱呱吵个不停。这里简直变成了小动物的天堂，自然也成了孩子们最爱玩耍的地方。

五星他们把我推到池塘边，三梆子跑去牵来一只长着长犄角的大绵羊，炫耀地说，姐姐，你瞧着，我跟这家伙抵抵，看看谁劲儿大。说着，他放开绳子，双手扳住大绵羊弯弯的长角，双腿使劲儿蹲在地上，嘴里还嘟哝着，你抵，你抵！

大绵羊瞪着眼睛，翻着眼白睃着憋红了脸的三梆子，四蹄有力地挺直了，纹丝不动地站着，好像在嘲笑三梆子不是对手。三梆子使出全身的力气，脸都涨红了。他往前挪着，想让大绵羊后退。谁知大绵羊猛地一摆头，三梆子收不住脚，咕咚咚往前闯了几步，一下子趴在地上，闹了个嘴啃泥。

哈哈……我们都憋不住大笑起来。

三梆子从地上爬起来，拍拍手，不服气地说，喜的啥？它要是不摆头，那角准让俺扳掉了哩！

三梆子，看把你家的屋顶吹漏了不？五星故意笑话他。

五星，你别瞧不起人，我会吹漏了屋顶，那你会啥？三梆子梗着脖子，不服气地跟五星抬杠。

你瞧着。五星在地上拣了个瓦片，哈腰向水面上一抛，噗噗噗，瓦片像扔在一面平镜上，弹跳着飞出去很远，水面上泛起一个个动荡的小圆圈，很快就荡成一片涟漪。

咳，这有啥？三梆子不以为然地撇着瓢嘴，抓起一块土坷垃跑到水边，不甘示弱地弯腰一扔，嘭的一声，塘里泛起一个大大的水花，溅了三梆子一头一脸。他撩起夹袄擦着，不解地望着水面，咦，咋回事儿？

我笑三梆子做什么事都透着憨气。

小金来从不参与他们的争闹，他抱来一只雪白的红顶子大鹅，拉起我的手让我抚摩它光润的鹅毛，大白鹅的羽毛像缎子一样又凉又滑。

哦，多美的五月，多美的黄昏，柔柔的风穿过低垂的柳条，吹皱了平静的水面。夕阳在我们的笑声里变成一个圆圆的火球，把天地间洒满迷蒙的金光。白羊在绿草中漫步，鹅鸭在池水中流连，暮归的鸟儿飞快地掠过树梢，收工的人们说笑着离开田间，黄牛迈着晃悠悠的步子踏上归途。

小金来向远处望着，脸上突然现出喜色，他双手对我比画着，姐姐，咱到场院去看小牛去啵，它又长高哩。我点点头。小金来立刻又迫不及待地对五星和三梆子比画着，走哩，走哩。

五星、小金来和三梆子推我出了村子，在一条土路上拼命狂奔，大白狗撒开四蹄飞快地跑着，远看就像一匹雪白的小马驹。五星一边跑一边高喊，冲啊——！三梆子怪叫着：撵兔子去喽——！小金来也啊呗啊呗地跟着起哄，平原上回荡着我们的笑声……

田里的麦子已经长高了，绿色铺满了无边无际的原野，顽皮的风在麦浪中打着滚儿，吹来一阵阵麦花的清香。在田垄和路边，盛开着一些细碎的小野花，星星散散点缀在绿色之中。一只绿色的蚂蚱从远处飞来，一头撞在三梆子光光的肚皮上。三梆子哎哟一声吓了一跳，停下车，五星扑上去捉，蚂蚱却一蹦一跳逃开了。五星不甘心地追过去，三梆子也跑去帮忙。

小金来弯腰在路边摘了一朵小花儿送给我，我喜爱地看着手中颤动的花儿，我掏出钢笔，在手心里写了个“花”给小金来看。小金来困惑地看着，不解地摇摇头。我举了举手里的小花，又指了指手心里的字，小金来恍然大悟地笑了，他第一次懂得了字所代表的意义。

我又指着路边的树木、小草、麦田，把这些字写给他看。小金来高兴地拍着胸脯点点头，好像在说，姐姐，我今天才真的认识字了。

我们正在高兴，五星和三梆子满脸惊慌地跑回来，三梆子说，姐姐，鬼风来了，咱快跑吧！

我一回头，看到一股夹着黄土的旋风像一个高高的浑黄的大柱子向这边旋转而来，就像是一个巨人正在奔跑着追赶我们。三梆子和五星故意夸张地大呼大叫，推着我飞跑，小金来啊呗、啊呗地猛追在后边。我耳畔仿佛听见那呼啸的风声越来越近，心里不由得一阵紧张。我觉得大地似乎倾斜了，慌忙拍着木轮椅的扶手大声喊着，五星，三梆子，停住，快停住！

话音没落，车轮猛地撞在一个土坎上，我被剧烈地颠了一下，忽地摔了出去，跌在地上。木轮椅歪倒在路边，轮子还在轱辘辘地转着。

旋风从我们身边席卷而过，携着树叶、草屑和黄土去壮大它的声威。五星和三梆子呆若木鸡似的站着，愣了一会儿，他们才仿佛醒悟过来，立刻互相埋怨着吵起来。

都怪你，咋跑得恁快呀？五星责怪地瞪着三梆子，月牙儿头上的每根发丝都竖了起来，好像一只斗架的小公鸡。

三梆子毫不示弱，鼻子顶着鼻子地迎上去问，你蹿得像个野驴子，你还叫啥？

啊呗，啊呗，小金来愤愤地瞪着眼睛，跺着脚比画着，你们咋不使劲儿拉住哩？他一喘粗气，把腰里扎的那根草绳都鼓断了。

拉住，拉住，三梆子气急败坏地分辩说，你试试，拉得住不？

我又好气，又好笑，揉揉摔疼的胳膊对他们喊着，别吵了，别吵了……

可我越喊，他们吵得越凶。

五星指着三梆子的鼻子吼着，都怪你，都怪你……

小金来挥着胳膊挤在他们中间，一会儿责怪五星，一会儿责怪三梆子，激动的红红的脸上淌着汗水。

三梆子气不过，冲过去一把扯住了五星的衣领，五星一抬手，卡住了三梆子的脖颈，三梆子的脸憋红了，还咳咳地直咳嗽。小金来扑上去想把他们分开，却别着了五星的腿，三个人呼隆一下摔倒了，他们在路边的草地上翻滚着扭打起来，泥巴草屑沾了一身。五星好不容易挣脱出来，他喘着粗气，胸脯一鼓一鼓的，呸呸地吐着粘进嘴里的泥巴。

大白狗见这边闹成一团，飞快地跑来，见三梆子和小金来扭打在一起，呜的一声扑上去，张开大嘴咬住三梆子的裤腿，呜呜地吼着往后拽。三梆子飞快地爬起来，躲到五星身后去，大白狗狺狺地叫着还要扑上去，被小金来搂住了脖梗子。他们看见我，都愣了一下，也许他们这才想起我还一直坐在地上，三个人脸上都露出了羞愧的神情。

姐姐，你摔疼了不？五星走过来小声试探地问。

我心里好笑，摇摇头，故意板着脸不吭声。

姐姐，你咋不言语哩？三梆子胆怯地问，是生俺的气了？

我还是摇摇头。

小金来慌了，担心地比画着，姐姐摔迷糊啦！

哈哈哈……看着他们憨乎乎的滑稽模样，我终于忍不住大笑起来，我听见我的笑声一串串的，像谁推倒了一排玻璃瓶子，发出哗啦啦很清脆的响声，我的很清脆的笑声散播着，一定传得很远……

看到我没命地大笑，五星他们都愣住了。

我赶忙告诉他们，五星，三梆子，小金来，我可不爱生气，我早就想在麦地上坐坐，摸摸泥土，摸摸麦苗，来，咱们在这儿坐一会儿吧……

三个孩子顿时松了口气，笑容又浮现在他们可爱的脸上。

金色的夕阳里，浓绿的麦苗也在欢笑，无边的麦浪随风起伏，涌动不息。

在这原野上，我想起了昔日的朋友，思念的潮水涌出我的眼眶。我轻轻哼起一首旋律：

天上飞过一群欢唱的小鸟，
女孩儿大笑着追它们，
和它们赛跑。
女孩儿不停地跑，
追着小鸟，追着小鸟的欢唱，
女孩儿的笑声穿透了阳光的迷蒙，
她不顾一切地跑，
河水喧哗着，
世界开满了花，
女孩儿永远不停地奔跑，奔跑
……

# 55 黎江在荒原上

强劲的南风挟着春天的气息，浩浩荡荡地吹过苍茫的原野。风头强按着铁锈色的沙蒿，它们矮小的枯枝几乎歪倒在地上。嫩绿的苦菜惊惶地贴着地皮发抖，成群的候鸟急急地扇动着黑色的翅膀掠过天空。浓重的盐碱迫使土地常年沉睡着，大风在空中舞弄着呛人的尘雾。

一群红棕色的顿河马像一片流动的火焰，疯狂地奔驰在空阔的莽原。马蹄纵踏过黄土地，飞扬起遮天蔽日的尘土，形成了一片迷蒙的高墙。风势渐渐减弱了，太阳暖烘烘地照耀着大地，尘土消散，露出湛蓝的天空。沙蒿直立起来，在微风里倏倏地唱着，轻轻舒展着被狂风吹乱的枝条，还不时发出咔吧咔吧的响声。那群顿河马悠闲地散开了，有的低着头，遛着四蹄在枯黄的地上寻找着绿色，有的趴在地上，懒散地闭着美丽的榆叶形的大眼睛。这是一群体型高大、骨骼强健的骏马，全身暗红色的毛皮光滑闪亮。它们宽阔的胸膛像两道倾斜的山峰，高耸着挤出中间低凹的峡谷。结实的肌肉在又高又圆的臀部隆起，坚硬的四蹄能把石头踏出火星。它们来自遥远的俄罗斯草原，在这贫瘠荒芜的土地上顽强地繁衍着。

一条人工修筑的长渠贴着荒原上的公路向东西方向延伸，干枯的杂草铺满在渠堤上，稀稀落落的芦苇晃动着被干风吹折的身躯，飞花落尽的蒲棒光秃秃挺着细细的芯子，长渠的水面上漂浮着一层白霜一样的东西，分不清究竟是芦花还是蒲绒。

一匹体态玲珑的小红马驹踏着细碎轻巧的步子到渠边饮水，它柔顺的尾巴在后腿边悠然自得地甩来甩去，尖尖的耳朵没有定向地随意摆动，细长的眼睛里闪动着几分顽皮的光芒。渠水在它生着绒毛的嘴下静静地淌着，一蓬芦花顺水漂来，直冲到它的面前，它厌恶地抬起头，仰起脖子清脆地打了个响鼻儿。

这群骏马的放牧者是黎江。此刻，他正伏在水渠的斜坡上写信，小红马突如其来的恶作剧把他吓了一跳。他停下笔，坐起来，摘下头上的旧军帽遮挡着刺眼的阳光，向西边寂静的原野眺望。他记不清自己来这里已经有多久了，这种与世隔绝的生活日日重复，黎江对时间的概念变得十分模糊了。

他是在一个冷风萧萧的黄昏踏上这片荒原的。当一辆载货马车从一个偏远的小镇车站把他和他的行李送到这里，赶车的把式在暮色里打着马回去了。黎江怔怔地站着，不知该走向哪里。

军马场，在黎江的想象中充满了威武的生机。一根根整齐的木桩拦起的大牧场，一片片繁茂的绿草连成一眼望不到边的大草原。一排排军营式的住房，还有穿着军装的、生龙活虎的年轻战士。黎江记得过去参观军营时见过的那种紧张严肃而令人羡慕的生活，他希望自己能在磨炼中变成一个有钢铁般意志的人。

但是，眼前的情景多么令人失望啊！白茫茫的盐碱像扼杀生命的蛛网，无边无际伸向四方，只在那星星点点的空隙里，依稀露出几点绿色。荒凉和沉寂让飞鸟都远远地躲开了，只有夕阳还滞留在天边，把黎江的身影拖得老长。

黎江脑海中倏地闪过一个画面，那是他在书中看到过的西伯利亚的荒原，是俄国沙皇时代的囚犯流放地，确切地说，是重刑犯被罚苦役的地方。在所有的描写中，西伯利亚都笼罩着一片愁惨的阴云，它的空旷荒凉和寒冷使所有被奴役的心灵感受到沉重和悲哀。在那一瞬间，黎江感到，这就是他的西伯利亚。黎江弯腰拎起他的背包，迈着沉重的脚步，走向车把式指给他的，矗立在荒原深处的一根木杆。他仍然看不到房子，只看到木杆上挂着一截红布条，在晚风里抖抖地飘着，显示着还有人的存在。

喂，你是新来的吧？木杆附近一个突如其来的声音把黎江吓得站住了，他吃惊地看看周围，除了风吹着几根枯草在地上打滚，什么也没有。

真见鬼！黎江小声咕哝着，头皮发麻，两只脚像钉在地上了。

下来吧，还在上面站着干吗？说话声又传来了。这回听清了，声音来自脚下。黎江一低头，发现不远处有一道地沟，朝阳的沟坡上排列着几个挂草帘子的洞门，由于草帘子与土色相近，不留神很难发现它们。对他喊话的人此刻正掀起帘子看着他。很长一个时期过去，黎江都不能忘记他第一眼看到宿营地时那种惊讶、失望和难过的心情。

荒原上的生活条件称得上艰苦恶劣。这里的碱土烧不成砖，盖不成房子，人们只好在地上挖个洞，修一个地窝子住在里边。这种地窝子既没有窗子，也没有门板。据说有一年刮大风，狂风卷来的碱土挤住了地窝子的木门，很多人被活活闷死在里边。从那以后，人们就只在地窝子口上挂一个草帘子来遮挡风尘和寒冷。从此，每天一大早，黎江就钻出他的地窝子去放牧马群，中午常常就着野外的凉风啃几口冷干粮。只有在黄昏，当地窝子旁边的木杆子上挂起红布条，他才策马而归——那是开饭的信号。

地窝子里住的都是因为政治原因被遣送来的人，由于遭遇和处境的不幸，他们从不互相交谈，吃饭也是打回各自的地洞里。在孤独中，黎江一遍遍地想着眼前的生活，不知怎么才能消除这种困惑，怎么才能改变自己苦闷的心境。

荒原的白天是痛苦的，夜晚更充满了紧张和恐怖，尤其是轮到夜间值更的日子。黎江还记得第一个夜晚，当黑暗从四面八方向身边涌来，荒原上便响起一声声凄厉的狼嚎，被用木桩绳栏围在简易棚里的马群骚动不安地嘶叫着，把弱小的马匹围在中间。黎江发现一对对绿森森的鬼火似的眼睛出现在马群周围，那是恶狼正贪婪地围着马群打转。在黎江看来，荒原上的狼眼睛比天上的星星还要多，于是，他在绳栏外燃起一簇簇篝火，又拧亮挂在绳栏上的盏盏马灯。他不停地把火燃旺，不停地为马灯添油，只有灯火才能使他惊悸的内心感到一丝镇定。那一夜，在忙忙碌碌中，天空不知怎么就腾起了曙光，彻夜未眠的黎江靠着一根木杆坐下来，捶着酸胀的双腿，他这才发现，内衣早被冷汗湿透了几回。从此，黎江知道，荒原上的白天固然寂寞，却也比夜晚可爱得多。

初来军马场，黎江几乎与过去的生活彻底分离了。他不再有同学、朋友，甚至同维嘉的联系也中断了。他孤独，却不愿寻求任何解脱，因为他本应做生活激流中一条逆水而上的船，却偏偏被无情的风浪抛上岸来，在这空旷的原野上搁浅了。一拿起笔他就感到自卑，一个无所作为的人能够对别人说些什么呢？

每次放马来到这片原野，他胸中就充满怨愤和委屈，空旷而凄清的大地上，除了他，周围看不到一个人影。偶尔有只野兔钻出蒿蓬，一看到他，便会箭一般急速地逃进草丛，消失得无影无踪。鹰在空中无声地盘旋了几圈，然后远去，只有风轻轻地摇动着蒿草的叶尖，发出沙沙的响声。大草原，空旷，寂寥。躺在地上，望着天空，黎江的思绪云游着，他想起屈原满怀报国之志，却在荒原上拂剑嗟号，指问苍穹，“角宿未旦，曜灵安藏？”他似乎有点懂得了屈原，当人的理想和现实环境发生了尖锐的冲突，不能实现自己宏伟抱负的时候，人的表现会是各种各样的。有的人消沉沦落，有的人孤注一掷……可是屈原，把满腔的忧愤倾注在笔端，写出那样雄伟驰骋的诗篇，就像这荒原上奔驰的骏马。也有人像车尔尼雪夫斯基，荒凉和寒冷凝练了他的理论思想，使它更精湛，更深邃，像阳光下的冰晶一样闪耀着光芒。还有陀思妥耶夫斯基，流放和苦役让他静心回味生活，对道德和理性有了那样深刻的领悟，在他创作的沃土中埋下了饱满的种子……黎江的内心有什么东西在涌动，一种热烈的，火辣辣的，也有点疼痛的东西在往上涌，但他说不出那是什么……

火红的顿河马耐不住火辣辣的性格，它们奇怪主人为什么时常垂头丧气地发呆。领头的骏马撒开四蹄向前狂奔，整个马群也骚动不安地看着黎江。黎江忽然一翻身起来，跨到一匹红马的背上，闭上眼睛猛一抖缰绳，跑吧，跑吧，任你们跑到天涯海角……

在马群的狂奔中，黎江着迷了。风声呼呼地在耳畔嘶鸣，疾驰使他感到兴奋，也感到自豪。在这广漠的原野上，唯有他才是天地万物的主人，那群矫健的骏马载过他多少奔驰的梦啊。

然而，夜晚躺在地窝子里，遥望天空闪烁的星星，他又感到空虚和苦闷。他认定自己是一颗远离银河的孤星，永远也不会再汇入星群。为什么不是呢？生活逼着他不得不鼓起勇气正视现实。在这野草丛生的原野上，他学会了忍饥挨饿，学会了在潮湿的渠堤上寻找半苦半甜的苇根充饥，甚至习惯了睡老鼠洞一样黑暗憋气的地窝子，靠星月和阳光区分昼夜。他还想过，将来老死时就埋在原野宽阔的胸怀里，好时常听到嘹亮的马嘶。

这一切能对谁说呢？来到军马场，唯一还跟他通信的只有方丹，因为她单纯，她热情，她坦率，更重要的是她对黎江始终怀着无限信赖的感情。给方丹写信，黎江能完全沉浸在对往事的回忆里，获得一时忘我的轻松。读方丹的回信，黎江仿佛能亲眼看到她陌生而新鲜的生活，这让他心中感到振奋。她的信在他的生活里闪进一束灿烂的阳光，吹进一缕清新的风……

方丹最近这封信来到的时候，正是他感到最孤独苦闷的时刻。

黎江握着方丹的信，两手有点儿发抖，在这里，一封信能让他消磨多少寂寞的日子啊！他一看见信封，看到那熟悉的女孩子的字体，他的心就咚咚跳起来。他坐在渠堤上，飞快地把信展开，那热情的话语映入他的眼帘，他觉得自己不是在读信，而是在听着方丹娓娓诉说。

黎江，我想念的朋友：

在这遥远的、风和日丽的乡间，我像这里的人们在冬天荒芜的土地上盼望第一缕春风一样，盼望你的来信。我总是要等好多天才能收到你的信。这里的邮递员差不多一个星期才能到村里来一次。你知道，每次邮递员的自行车在街筒子里刚一停下，人们就会把他团团围住，争着看看有没有自己家人的来信。围住邮递员的大多是军属。其实我也想看看有没有我的信。有几次，我觉得会有你的来信，一定会有……我这样默想着，真的就发现了你的信，我多么高兴啊！五星他们奇怪地问我，姐姐，是谁给你写的信呀，你这么欢喜？有一回，我读着你的信笑起来，三梆子就缠着我问，姐姐，你那信里有个啥笑话呀，念念俺也听听行不？于是我就忍不住大笑起来。黎江，你说，我们这里的孩子多可爱啊！

黎江，你在这封信中能看出我是多么快乐，真的，我过去从来都没有这么快乐。你也许还记得，在这之前，我总是在信里给你倾诉我的烦恼，我想你是理解我的，我觉得自己已经长大了，我很想为这里的人们做点什么，可我能做什么呢？那些日子真不好过，看见人们在地里干活儿，我就会不安，就有说不出的难过。那一天，我把这些事告诉了我的新朋友——这里的下乡知青杜翰明，他对我说，方丹，别想那么多，你有病……我知道他是想安慰我，可我却气哭了，不停地擦眼泪。那一会儿，我在想，你不会这么说，你总是说，从不把我看成一个病人……黎江，想到这些，我是多么感激你啊！

说实话，那些天我自己偷偷地哭过，烦恼过，可我知道，我不能垂头丧气，心灰意冷，我要想办法去开辟道路，并且坚信自己会是一个胜利者。黎江，我终于开辟了一条路，就在前几天，我当了陶庄小学的老师，我的学生就是那些淳朴可爱的乡村弟弟。他们还不了解陶庄以外的世界，还不懂得知识就是力量这个真理。所以，我正在努力教他们热爱学习。

黎江，当我给孩子们讲课的时候，以往生活中的很多回忆就会浮现在我的眼前。还记得你为我偷书被关进地下室的事吗？我把它作为一个故事讲给孩子们听了，那天下课后，他们一个个围在我的轮椅旁，争着追问那个“英雄”的今天。我知道，他们希望了解那一切，也正是在追求自己的明天。

黎江，过去我曾经多么渴望能去上学啊！每次妈妈背我去医院，经过学校门口时，我总是忍不住流泪，我多么羡慕那些在教室里读书的孩子啊。那时我怎么也没有想到，今天我在陶庄成了孩子们的老师。我能用自己学到的知识教孩子们读书，能够看见孩子们学习有长进，这就是最大的幸福啊！黎江，当我为能给陶庄人做点事情而感到快乐的时候，我也发现了自己生命的更深的意义，陶庄让我成为一个有用的人……

看到这里，黎江就像被人猛击了一掌，他从心底里感到震动，多么可怕呀！自己今天距离那个因为抢书而被关进地下室的少年是那样遥远了，许久以来，仅仅满足于做一群没有头脑的动物的骑士，让青春的岁月在马蹄的疾驰中，在渠水的奔流中飞一般逝去。为什么，为什么在这么长久的时间里，自己竟没有意识到，什么都可能重新出现，人的青春却是一去不回的……

在陶庄，方丹正用他的故事教育孩子们，而他却在这一望无涯的荒原上叹息，黎江觉得自己的头脑也成了一片空漠的荒原，既没有大树，也没有鲜花，更没有果实，只有蔓生的野草张牙舞爪地向四面延伸，整个脑海快要被野草覆盖了，然后，将会是一片黑暗，一片空白……黎江打了个冷战，不，那不是我……不是……

黎江在烦乱和不安中度过了好几天。

此时此刻，在这长堤上，黎江却似乎轻松了许多。他收回远眺的目光，继续伏下去写信，他的笔尖流畅地在不断被细风掀动的纸页上划过，他激动的思绪也像湍急的江河抑制不住地从笔尖上流淌出来。

方丹：

……

读了你的信，知道你当了陶庄学屋的老师，我真羡慕你，我也真羡慕你身边那些孩子，能在你的教诲中学到知识和做人的道理。方丹，我真想再变成一个少年，哪怕是一个憨直的、带一身土腥味儿的乡村少年，那样，你的学屋里的土桌子后面，就会又多一双渴求知识的眼睛。

方丹，告诉你，从明天起，我的马背上将会多一只书包，我不再就着风吃干粮了，而是就着书本、就着知识。我庆幸来军马场时，把我喜爱的书带来了，可它们一直被我扔在角落里，我要把它们找出来。想想那时候，为了得到一本书，我曾付出了多么大的代价！现在，大草原上的风已经让我心中的创伤渐渐愈合，我已经有了足够的勇气重新拿起书本，我想，即使只有昏暗的马灯，也不会再让一个夜晚白白度过了。

……

此刻，天色已近黄昏，艳丽的夕阳燃烧着赤红的笑脸。方丹，那是你吗？我要骑上顿河马去追赶夕阳。我看见了，夕阳里有一个木轮椅，还有一群簇拥着木轮椅的乡村孩子……

黎江站起身来，看到晚霞正在染红白云，夕阳正在一片浓浓的寂静中缓缓下沉。他希望自己变作一匹自由的奔马，在金光灿灿的晚霞里跑向遥远的大平原。

一阵嘹亮的马嘶震荡着空漠的原野，黎江兴奋地扑向一匹膘肥体壮的顿河马，纵身跨上它宽宽的脊背，紧抖着缰绳向着西边奔去。他眼前起起伏伏的并不是马蹄飞溅的大地，而是陶庄的田野。他心里喊着，夕阳，你不要落下去，我来了，我来了……

黎江和剽悍的顿河马冲进了夕阳圆圆的红圈，变成了一个黑色的剪影，跳荡着，奔腾着，一直向着远方冲去……

# 56　过草

夏天，陶庄的生活是热烈而恬静的。

村东的池塘蓄满了雨水，清澈见底，轻柔的热风吹拂着水面，泛起层层涟漪，每道波纹都映着强烈的阳光。池塘边随风轻轻摇摆的柳树倒映在水中，看上去就像一幅晃动的水彩画。柳树上躲着不知疲倦的知了，从早到晚拼命地聒噪，逗得池塘边草丛里的蛤蟆也呱呱叫个不停。

清晨，当太阳升起来的时候，神气十足的鸭妈妈拽着屁股，带着一群姜黄色的毛茸茸的小鸭子跳进池塘，在绿水中欢畅地游来游去。

黄昏，家家的院子里升起袅袅炊烟，一缕缕淡青色的烟雾轻纱一般飘散在橘红色的雾霭中。归巢的燕子像一支支黑箭从远处射来，一头扎进屋梁上的小泥窝里。这时候，准备掀锅的女人们就会站在自家门口的土坎子上，扯起又尖又高的嗓门儿，向村前喊着自己的孩子，她们的叫喊声中总是忘不了夹杂着几句亲昵的叫骂：

满屯儿哎，喝汤哩——！

大秤，回家来——！

二小儿，咋去啦，你这狗……

在那片混杂的叫喊中，孩子们分辨不清是谁家的声音，便索性一窝蜂似的冲回村里。

天光暗淡了，忙碌了一天的男人们端出小盆似的粗瓷大碗，蹲在门前稀里呼噜地喝着好像永远也不会变样的稀糊糊。

麦收时节，学屋里的孩子们放假了。他们跑进大人们镰刀飞舞的麦田，跟着拾麦穗儿。几天紧张的抢收过后，一片片金黄色的麦田像是被人施了魔术似的，只剩下了毛糙糙的麦茬子。场院里，土路上，人们的衣服头发上，到处都落着星星点点的麦屑，沾着针尖一样的麦芒。田野村庄也弥漫在熟麦香甜的气息里。

割完麦子，陶成大叔给我派了新活计，要我每天下午到场院里给那些为队里割草的孩子称草记分。现在雨水多了，青草开始在田间坡垄和庄稼争水肥，远远望去，草旺的地方已经连成了一片墨绿。温暖的气候，充足的雨水，北方平原上生命力极强的小草眼看着就茂盛起来。

陶成大叔指派孩子们去割草，这样既能为队里的牛马备下过冬的草料，又能让孩子们帮家里挣点工分。整个夏天，一直到深秋，村里的孩子们除了上学，就一头扎在草堆里。

妈妈每天下午歇工的时候，就把我送到场院里来。场院在村北边，土墙围起来的院内有一大片光滑平坦的空地。夏收在这里扬场打麦子，秋收在这里轧高粱、打谷子、晒棉花。平时，场上堆着一垛垛秫秸和干草，准备铡碎了喂牲口。场院尽北头有一间饲养员住的小土屋，旁边是一溜牲口棚子，里面喂着两匹马、三头牛、一头小牛犊，还有一头小毛驴，它不时发出呵呵的叫唤声。

进了场院门，有一棵枝叶茂密的老槐树，在它一根很粗壮的树杈上吊着一杆大秤，是专门称草过粮的。我每天就坐在这棵大树下，等着割草的孩子们归来。

西晒的阳光还在炙烤着我的皮肤，大白狗匍匐在我的木轮椅旁边，热得伸出红红的舌头哈哈直喘。它的两只耳朵总是机灵地呼扇着，每当饲养员牵着牲口从我面前走过，它就会四爪挺立，嗓子里发出狺狺的示威般的吠声。它的乌溜溜的眼睛紧盯着我，仿佛随时准备出击。我只得搂住它的脖子，要它放和气些。大白狗听话地趴下去，但紧张的神情却并不放松。

场院西边有一堵土墙倒塌了，形成了一个大豁口，从那里可以看到广阔的平原一直延伸到夕阳落下的地平线，还能看到割草的孩子们从那里走来。有几个顽皮的小小子图省事，总是翻过土墙的大豁口跳进场院里来。

黄昏时分的天空是迷人的。美丽的晚霞横贯天际，赤橙黄绿青蓝紫，七种色调柔和的彩带汇在一起，形成一幅壮美的图景。晚霞不断移动着，变幻出新的图案，燃烧出新的意义。我很想知道，这一时刻是不是所有的人都能够看到这么迷人的景象。

我从口袋里掏出黎江前不久的来信，反复读着，思念的潮水又涌上来淹没了我。哦，黎江，我真盼望你在这黄昏、在这夕阳的暮色中骑着火红的顿河马到陶庄来，来看看我们绿浪如海的田野，看看我们这里淳朴可爱的孩子们。

黎江曾在一封信里写道，方丹，你的信里从没有写到艰苦两个字，可在地图上看，你们那里很偏远，比别的地方更贫穷，你没觉得吗？我想告诉黎江，我们这里其实很艰苦，没有电灯，我做了一盏小油灯，小油灯的光很微弱。有一次，我在昏黄的灯光里读书，因为离油灯太近，我的齐眉穗儿呼的一下被烧着了，脸前顿时一股焦煳味儿。我不是没有觉得艰苦，我只是把它忘了，因为还有别的东西吸引着我的注意力，它比我体味艰苦更重要。我想告诉黎江，再有几天就要开学了，现在陶庄的学屋里已经有了很大的变化，孩子们开始懂得学习的意义。五星说，他们割草歇息的时候都拿着草棒在地上写生字、演算习题，就连最爱捣蛋的三梆子也拍着光胸脯向我保证，要和班长五星比个高低呢。

天空中的橘红色渐渐暗淡下去，地上的阴影开始变得浓重起来，空气中仿佛荡漾着一片淡淡的雾气。在这薄雾中传来了吆喝声和呼哨声，噢——嗬——，割草的孩子们回来了。

我连忙收起信，从土墙的豁口上，我看到孩子们背着草筐排成一字，踏着田垄走来。他们背上的草远远超出了他们所能承受的负荷。在夕阳的逆光里，他们黑黑的剪影移动着，就好像是一个个会走路的小草垛。在这里记了十几天工分，我已经能从那些剪影当中认出他们每一个人，小金来总是牵着他的小羊走在最后边。

不一会儿，孩子们背着草筐来到大树下。他们脸上都挂着亮晶晶的汗珠，小小子们身上的粗布小褂早就被汗水湿透了，可是他们刚刚卸下沉重的草筐就躺在晒了一天的干草堆里，你捅我，我捅你，嗷嗷叫着打闹起来。看他们那叽叽喳喳开心的样子，好像一点也不觉得累。

小闺女们晒得发黄的头发浸着汗水，一绺绺贴在前额和鬓边。她们从各自的草筐里取出一束束色彩缤纷的小野花，红的、黄的、白的、蓝的、淡紫的、粉绿的。她们珍爱地捏着小花，一边走，一边凑到鼻子底下闻闻，鼓起小嘴吹吹，让那些细碎的小花摇啊摇的。她们走过来争着把小花伸到我面前：

姐姐，你瞅多好看！

闻闻，香着哩。

一束束小野花在我面前汇成了一个美丽的花团，清郁的香气带着田野的芬芳。

姐姐，俺们给你别上吧，俊着哩。几只小手轻轻把一朵朵小花插在我的发辫上。小闺女们每天割草回来都要这样精心地把我打扮一番。

姐姐，你这头发乌油油的，真光亮。一个叫改妹的说，其他几个也七嘴八舌地喳喳开了：

姐姐，你那脸、那手咋这么白呀？

是抹粉儿了吧？

别瞎说，人家城里的小闺女都挺俊，不像咱，脸蛋儿晒得像块山芋皮儿……

五星他们那群小小子见小闺女们围着我，便拖着草筐挤过来。你这伙小闺女整天就知道戴花抹粉儿的，啧啧。三梆子撇着瓢嘴说着，从后腰上解下来一串用草棒穿着脖子的蚂蚱递给我，姐姐，给，这烧着吃可香哩。他把那串蚂蚱拴到我木轮椅的扶手上。小金来送给我一个用青草编的小马驹。

过草啦！过草啦！五星嚷着，和几个小小子把草筐挂到秤钩上。

开始过草记分了。我翻开账本，顺着名字往下叫：

可香，八十一斤。

三梆子，六十七斤。

改妹，七十三斤。

五星……哎，你今天才割了五十多斤呀？我看看秤码，有点不相信地问五星。

这我还是紧着割哩。五星说着，懒洋洋地歪倒在草堆里。

五星，你真不害羞，还不如小闺女呢。我故意瞥了五星一眼，嗔怪他说，你看人家改妹都割了七十多斤。

五星突然一个骨碌爬起来大叫起来，咦呀，俺说着玩哩，今儿的草真没少割。五星说着跑到一边，拖出了一个捆着的青草垛子，姐姐，不信你看，还有这些哩……他的脸急得通红。

那你干吗藏起来呀？我奇怪地问他。

你不是说……五星刚想大声说什么，又突然收住了话头，他跳过来，趴在我的耳边悄声说，这些是给秋云的。你不是说要帮她吗？这是从俺们的草里匀出来的，足有四十斤哩。五星指了指草堆里的小小子们。

哦，太好了！我感激地看看那些小小子，不再说什么。五星把那个小草垛挂上了秤钩。

四十七斤……

五星称完草，一声呼哨，跳着蹿进了牲口棚，在草堆里打闹的小小子们也尾随而去，他们的骚扰惹得牛马驴一阵乱叫。

我继续记分。

谷雨，七十斤。

彩芳，五十九斤。

秋云……

这是最后一个名字了。

来啦。回答像是一声沉重的叹息。一个瘦小的人儿拖着一个大草筐来到我跟前。

秋云，今天你的草有一百多斤呢。这样你明天就可以少割一点儿了……我一边记着分，一边小声对她说，是五星他们帮你的……

不，俺咋能要小兄弟的草哩……

我说，五星他们都愿意帮助你。

不……她还想说什么。

秋云，你快坐下歇一会儿吧。我指了指一旁松软的干草堆对她说。

不了，方丹，今儿俺得早回去，家里还等着磨面哩。秋云说着，吃力地把筐里的草倒在脚前，抬起眼睛感激地望望我，背上大草筐，拖着很重的脚步走了。望着她疲惫不堪的身影，想起她过早蹙起双眉的面庞，我深深地为她的命运叹息，最初认识她的情景又浮现在眼前。

那是我来给孩子们过草的第一个下午。

一片响亮的噢——嗬——的叫喊声从很近的地方响起，从西边土墙的豁口上探出了五星他们的头。方丹姐姐，俺们回来咧——！割草的孩子们喊着，弓腰塌背地驮着一个个小草垛走进场院。我按着账本的顺序给他们过草记分，称过的草倒在地上，散发着青青的湿气。一长串名字念过去了，我的面前立起了一座小草山。

秋云。我叫着最后一个。

哎，一个柔弱的声音答应着。我循声望去，只见在离割草的孩子们很远的地方，怯生生站着一个瘦弱孤独的女孩子。听见我叫她，她拖着一个大草筐走过来。她看上去有十四五岁的样子，个子不高，面色苍白，一对水汪汪的大眼睛露出一种自卑、怯懦的神情。她那根垂在脖子后面的乌黑细软的辫子已经浸透了汗水。她身上穿了一件不合体的紫花绿叶的大襟褂子，袖子又肥又短，两只胳膊显得又细又长，沉重地垂在身旁。

我惊奇地发现，她的肚子不知为什么高高地隆起来，这跟她那个瘦弱细小的身体很不相称。她怎么了？是不是生了瘤子？我十分同情地这样想着。称过草，她拖着大草筐，低着头很快地走了，好像前面有个声音在召唤她。我觉得她的样子非常可怜。

小嫂子，吃枣子，来年生个胖小子。

三梆子、五星和几个小小子见那个女孩儿走过去，便追在她身后又蹦又跳地喊起来，于是她就加快了脚步，那只大草筐半拖半拽，磕磕碰碰地跟着她拐出了场院门。

五星，你们瞎喊什么？我生气地说。

五星跑过来悄声对我说，姐姐，她快养小崽子哩。

你胡说！我大声叫着。

真的,不是胡说。五星急了,诓你是小狗子还不中？不信你问他们。他伸手向周围的孩子们一划拉。

姐姐，不是瞎编的，她是换来的小媳妇。

是和婆家的妹妹换的亲。

俺们都叫她小嫂子哩。

小小子小闺女七嘴八舌一起为五星做证。

小嫂子？我不敢相信，也不愿相信，她看起来还是个孩子呢。

小闺女们告诉我，小嫂子十五啦。

她男人可四十多啦，小嫂子净挨打。改妹怕我不信，又赶忙说，俺跟小嫂子是隔墙邻居，她家的事听得清亮着哩。

……

我被这件事震动了，直感到愤怒不平，不知不觉把手中的账本拧成了一根麻花。

那天晚上，我在小油灯下想把当天青草的总数统计起来，可是算了半天，也算不清。那一个个数字在我的脑海里转来转去，一会儿变成了秋云那根被汗水浸湿了的辫子，一会儿又变成了她那对充满哀伤的大眼睛，她那鼓起的肚子，那只沉重的大草筐……我想象着她怎样艰难地从老远的地方走回来，又仿佛看到她怎样拖着空空的大草筐匆匆离去。哦，十五岁的小嫂子，我的同龄的小姐妹。十五岁是多么美好的年龄啊，十五岁该是一朵纯洁的小花，十五岁该是一只快乐的小鸟……可她却做了小嫂子，还将成为小母亲。她要吃苦、受累、挨打，还要屈从于一个四十多岁的大男人……

后来，村里的女人们又陆陆续续地给我讲了很多秋云的事。

# 57　小嫂子

秋云嫁到陶庄以前，在家跟着守寡多年的母亲和三个哥哥一起生活，日子很艰难。秋云家穷得要过饭，她都长到这么大了，还不知道糖是啥滋味。哥哥们在母亲的汗水和泪水里熬大了，到了娶亲的年龄，家里却出不起彩礼。大哥一跺脚离开了这穷乡僻壤,下了关东。不到一年,二哥也打起小铺盖卷悄悄走了。秋云的娘急得求亲告友，借了点钱为三哥提亲。相亲的人家看着怎么也遮不住穷相的破土房，说什么也不愿把自己的闺女嫁过来。还是媒人出了个主意，劝秋云的娘找个差不多的人家换亲，这样两家不用送彩礼，还是亲上加亲。秋云的娘看着十四岁的女儿，心里一阵阵难过，可是想想出走的两个儿子，又怕这家人家从此断了根，左思右想，又加上媒人那张能把死人说活的嘴，只好硬着心肠答应了这门亲事。

娶亲的那天是个阳光明媚的日子，秋云哭红了眼睛，看着自己的家，看着扯住衣襟捂在脸上的娘，眼泪一阵阵往外涌，这窝再穷也是自己的家呀！她抽抽搭搭地告别了平时在一起割草挖菜、一起玩耍的小姐妹，坐上来接她的小驴车。一路上，她不敢叫，不敢闹，只能悄悄地把眼泪洒在从娘家通往婆家的土路上。

婆家比娘家还要穷。洞房花烛夜，秋云惊恐地蜷缩在炕角上，她不明白那个四十多岁的男人为什么瞪着一双血红的眼睛向她扑过来……

从此，更不幸的生活开始了。操劳、挨打、受骂，还有不能对人诉说的屈辱，这一切她都默默忍受着，因为娘对她说过，这是命。

有一天晚上，秋云再也忍不下去了，她倔强地蹲在大门洞的柴草堆里，硬是不肯进屋睡觉，她男人被这股倔强劲儿激怒了，找了根拳头粗的棍子满院子追着打她，秋云吓得拼命拉开门闩，惊惶地逃进了村东河边的芦苇丛。

明晃晃的河水在风中颤抖，水面上映着一个破碎的月亮，风吹着枯黄的芦苇丛，发出凄凉的呻吟，河水撞着长堤像是在哭泣。秋云第一次觉得不想活了，这样的日子啥时候才是个头呢？她的泪水满含着屈辱落进河里，她不明白自己咋就活得这么难。

听说人死了就不会有愁烦，秋云真想一头扎进奔流的河水，让波涛卷走她的不幸。

她向河里走去，河水淹过了她的膝盖，淹过了她的腰。月亮躲进云里不敢看了，四下里黑沉沉，黑沉沉，只有风还在原野里悲泣……

第二天，天刚发亮，灰蒙蒙的雾气笼罩着整个村庄，睡梦中的人们被秋云的婆婆那高一声低一声的叫喊惊醒了，女人们蓬头垢面就跑出家门看个究竟。原来，秋云的婆婆见小媳妇一夜没回来，认定她是寻了短见，她哭咧咧地央求四邻八舍的乡亲帮忙，到井里捞人。男人们把村前村后的井都捞遍了，一直忙到日当午，也没找见小嫂子。

秋云的男人和几个叔伯兄弟又跳到坑里、河里去摸，日头落了山还是不见踪影。去秋云娘家找人的也回来了，还跟来了她的娘家哥哥，他大呼小叫着要秋云婆家赔人。秋云的婆婆觉得没有指望了，一屁股坐在街筒子里哭了个昏天黑地，惹得村里的好些女人也跟着掉泪花儿。

人们都认为这个小媳妇是再也回不来了。

几天后的一个夜里，天空黑漆漆的，冷雨夹着雪珠子往下抽打，一个小黑人影磨磨蹭蹭地挪近了秋云家的院门。小人影迟疑着，轻轻把手放在门环上，院里的狗听见人声汪汪吼着从破墙头上蹿了出来，它张开大嘴刚要去咬，却又亲热地拖住了来人的裤脚，还不住欣喜地摇着尾巴。

屋里的人被惊动了，秋云的婆婆用手遮着一盏小油灯来到门口，微弱的灯光里，一个瘦小的身影正在雨雪中不住地战栗。秋云的婆婆差点儿打翻了油灯，这个小人儿把她吓呆了，站在她面前的竟是那个大眼睛的小媳妇！她手里拎着个小小的包袱，鞋上和裤脚上沾满了泥巴，湿淋淋的衣裳紧紧贴在身上。看样子，她走了很远的路。她低着头，睫毛上凝着两颗泪珠，嘴角往下撇着，嘴唇还在不住地发抖，不尽的委屈，无限的哀愁，扫尽了她脸上的天真，她真像一个小媳妇了。

在那个凄凉的夜晚，当河水就要吞没秋云的时候，她忽然想起了苦命的娘。为了给哥哥娶媳妇，娘作了多大的难啊！人家娶媳妇都是笑盈盈的，娘娶媳妇却是含着泪的，那是娘贴心的女儿换来的呀！自己一死，婆家也会把嫂子要回去，哥哥一气若是再下了关东，娘的后半辈子靠谁呢？

秋云爬到岸边哭起来，她被逼到了活也难死也难的地步。

左思右想，秋云一气跑了十多里地，连夜逃到了她的姨家。由于惊吓和悲伤，冷水的浸泡，加上一路的奔波，一进门她就栽倒了。她姨慌忙请人来为她看病，却意外地发现秋云已经怀孕了。住了几天，秋云的姨哽咽着劝她，孩子，回婆家去吧。不是你姨不留你，有了人家的孩子就得好好歹歹撑着过。看到秋云默默地点点头，她心里一酸，忙打了个小包袱，牵着手把她送出了村口。

秋云再也不想回那个家了，可是又不得不回去，她垂着头，拖着沉重的双腿回来了。来到村外，她怕见人，思前想后不敢进村，谁知道往后的日子怎么熬啊。她又跑进村东那片芦苇丛,躲在那里头哭了个够。挨到天黑，风起了，雨落了，阴森森的天空黑得像锅底，晃动的芦苇像一群张牙舞爪的影子，她害怕了，一阵阵的恐惧和寒冷把她逼进了家门。

就这样，背负着人生重荷的秋云重新迈进了只有辛劳和愁苦的穷窝窝……

# 58 绣花鞋

自从第一次见到秋云，每逢称草的时候，我总要同情地看她几眼。在割草的孩子中间，秋云显得那样忧郁、孤独。她不说也不笑，偶尔有谁叫她一声，她就像刚刚被人从梦中唤醒，眼睛里流露出一种迷茫的神情。我实在想象不出她笑时的模样。

每当听到秋云的叹息，我就会发出一声更重的叹息。也许由于我同情的目光，也许因为我阻止小小子们跟她哄闹，她每次称完草，那双大眼睛总要定定地看着我。我觉得秋云也许像我一样期待着对方先说话，可是一种不自然的心理却让我和她都不好意思先说话。

一次，过完草，五星他们都跑到牲口棚里去玩了，小闺女们也都结着伴儿回家了，唯有秋云还愣愣地站在那里。她的胸脯一起一伏，有点喘息，汗水顺着耳边濡湿的头发往下淌。

秋云，你歇会儿再走吧。我指指旁边的草堆轻轻对她说。

她像是吃了一惊，眼睫毛不安地眨动着，也许没有想到我会跟她说话。她怔了一下，顺从地点点头，嗯了一声，慢慢地在草堆上坐下了。她坐得离我很近，我能闻到她身上散发出一股烟熏火燎夹着汗湿的气息。

你累吗？我怜悯地望着她，关切地问。

不。她简单地吐出一个字，又用细长的手臂掠开了前额上一绺被汗湿了的头发。

我想起口袋里有一块馒头，就掏出来递给她，秋云，给，你吃吧。

不，俺不要……秋云像害怕似的连忙推开我的手，脸儿也涨红了。

拿着吧。我把馒头塞在她发凉的手心儿里。

秋云接过馒头握在手里，一副不知所措的样子，她的身体向背后的草堆缩进去，那双没有穿鞋的脚也往后收着。我看到她那双沾满泥土和草屑的脚肿得很厉害，脚背高高地鼓起来，皮肤绷得发亮，像是要绽开了。

哎呀，秋云，你的脚肿了，你疼吗？我问她。

不……秋云轻轻摇摇头，低垂的睫毛上冒出了微微颤动的泪花。

唉，可怜的秋云，你心里一定有很多话，一定受了很多苦，你的眼泪已经把你的不幸告诉了我。我这样想着，爱怜地拉起秋云的一只手，我的泪水也涌出来了。

夕阳的余晖从背后洒在秋云的身上，把她的头发映成了一根根炫目的金丝。我望着她，在想，若不是这满面的愁苦，秋云该是一个多么清秀的女孩儿啊！她抬起湿润的眼睛，我看见她的目光里充满了感激和柔情。

秋云，你为什么这么小就……我刚问了半句，立刻就后悔了。

俺家穷，哥哥们娶不上媳妇，俺娘背着人老哭……她声若游丝地说。

你男人对你好吗？

他……秋云迟疑地点点头，猛地又摇摇头，他老是打俺……她的嗓子突然被噎住了，成串的泪水滴落到捏在手里的馒头上。

为什么？

秋云嗫嚅了半天才说，他夜里要俺……俺要是不依他，他就打……还……她用手背堵住嘴，好像要把哭声咽下去，一阵抽泣，她的双肩耸动起来。

秋云，你别哭，别哭啊。我掏出手绢，为她擦着泪水，不知道怎样安慰这个可怜的小人儿。

我那几天总在想秋云的话，夜里他要她……我不能明确地知道他要她是什么意思，这对我是一种朦朦胧胧的，说不清楚，又想知道的事。可我觉得这一定是不好的事……我想起那时和维娜她们对未来的幻想，我们议论过的爱情，爱情就是爱，爱情就是一个男的爱上了一个女的，有了爱情才能结婚啊……我记得我读过的一本苏联小说，那里面有一个情节曾让我脸红心跳，一对年轻人结婚了，每天早晨男主人公要离开家时，女主人公总是恋恋不舍，她一次次地叫他回来，吻我一下，再吻我一下吧……她说。我那时觉得结婚就意味着幸福。我为此经常憧憬自己的未来，在很久以后，我会怎样呢？哦，结婚，我会结婚吗？两个相爱的人将永远在一起了，那一切多么好啊。可秋云的生活却和我想象的不一样……

从那以后，每次称完草，别的孩子都去玩儿的时候，秋云就在我身旁的草堆上坐下，我们就说一会儿话。当她注视我的时候，我从她的眼里看到了她的信任。她细声慢语地给我讲她过去的生活，讲她娘家村里的小姐妹，我们成了好朋友。

我每次到场院里去，都要跟妈妈要个馒头，里面夹一点咸菜，包在手绢里带着。草堆旁只剩下我和秋云的时候，我就把馒头送给她吃。她先是不肯吃，我做出不高兴的样子，她才拿起馒头迟疑地咬了一口。见我笑了，她便狼吞虎咽地吃起来，那样子像是几天没吃饭。她一手拿着馒头，一手接在下巴上，掉下来的馒头渣儿也仔细地倒进嘴里去。

五星、三梆子和小金来见我总是和秋云在一起，显得不高兴了。五星说，姐姐，你老是跟秋云叨叨个没完，都不爱搭理俺们了。

三梆子说，就是，她有啥好的，整天价愁眉耷拉脸，跟个受气包似的。

小金来也做出丧气的样子。

我叹了一口气说，秋云多可怜啊！我觉得她太苦了……

我把秋云的不幸讲给孩子们听，渐渐地他们眼圈都红了，三梆子小声说，俺，俺多孬，从前净喊人家小嫂子吃枣子……

五星也不好意思地耷拉着脑袋说，那回半道上俺们那伙子还把小嫂子筐里的草都给她扬了，小嫂子坐在路边上哭，俺们还笑哩……五星用脚在地上蹭着，好像要蹭个洞钻进去。

就是呀，小嫂子从那么远的地方把草背回来，多不容易啊！往后咱们都应该尽力帮助她。我说。

姐姐，你瞧着吧……还没等我说完，五星就挺起胸脯，自告奋勇地说，往后俺们割草回来，把草匀给她一大半儿……

小金来着急地挤到我跟前，啊呗、啊呗地用手比画着，俺也匀给她，俺也匀给她。

现在，割草的孩子们都对秋云好了，没有人再跟她起哄。割草回来，他们都争着把自己的草匀到她的大草筐里。小闺女们也常常等她称完草一起回村。可是秋云却仍然怯怯地对待别人的好意，跟我说话的时候，只要有第三个人影出现，她的话就会立刻咽回去。

秋云，你怕什么呢？有一天我问她。

方丹，没人像你这样真心对我好，人家准都笑话我哩……

笑话你什么呀？

笑我穷，笑我笨，笑我这么小就……

不，秋云，你不明白。我连忙安慰她说，你总觉得别人笑话你，瞧不起你，其实你想错了，咱们陶庄的人都关心你，村里的婶婶、姐妹们都很同情你，五星他们也都愿意帮助你。我刚来的时候，也像你一样怕别人笑话我，笑我不能走路，笑我只能坐在家里。可是我想错了，这里的老人、孩子，所有的人都对我那么好。你看我的木轮椅，还是桩桩大伯给我做的呢。

我看到秋云脸上的愁云散开了，她轻轻地舒了一口气。当改妹来叫她一起回家的时候，我觉得秋云的背影挺直了，脚步也轻盈了。她抬起头去看落在枝头的小鸟时，那种新奇的神情就好像是一个孩子第一次发现了一个美好的童话世界。

又一天下午，妈妈蒸了几个包子，送我去场院的时候，她用手绢包了两个递给我，说，带给秋云吧。我感激地望着妈妈，心里多高兴啊。我想，秋云一定很久没有吃过包子了。

我坐在大槐树下等着，觉得太阳总不往下落。我怕包子凉了，就把手绢包捂在胸口上。好容易等到割草的孩子们回来了，却没见秋云，一直等到过完了草，也没看见她的身影。我又着急又担心地叫住了改妹，问她，改妹，你见小嫂子了吗？

姐姐，小嫂子今儿里没来。

为什么？她怎么啦？

吃晌饭的时候，俺听见她婆婆打她了，小嫂子躲在柴火堆里呜呜地哭哩。

她婆婆为什么打她呀？

丢人呗。她婆婆骂她不要脸，瞒着家里给旁人做鞋，小嫂子哭得凄凄惨惨的……

就没有人去劝劝吗？

姐姐，你不知道啊，咱这乡里，小媳妇要是偷偷给旁人做鞋，就是让婆婆揍死，也没人敢管。

……

小嫂子这两天准不来了，她婆婆让她跟她男人去干活儿了。

我呆呆地坐着，手绢里的包子已经凉了。望着秋云平时坐过的草堆，我感到茫然若失，秋云会给谁做鞋呢？我怎么也不相信她会做不好的事。

天色不早了，太阳仍然毫不吝惜地把无限的光芒投向广阔的平原，黛色的云霭在西边的地平线上形成了一片虚幻的远山，这大概就是平原上的人形容太阳落山的情景吧。

割草的孩子们都回家了。

五星、三梆子和小金来见我不高兴，一定要推我去看看村子东头的金线河。据说，很久以前，金线河的流水蓝湛湛的，透明得能看清河底的沙粒和小鱼小虾。太阳姑娘每天都要到这里，对着清亮亮的河水梳理她那耀眼的金发。有一天，她梳啊，梳啊，不小心梳掉了一根，金发飘然落进河里，河水顿时就变得金晃晃的了。其实，金线河是黄河一股细细的静脉，是从黄土高原上滚滚涌来的雄浑激流的一个小小支流。

金线河两岸筑起了高高的堤坝，在大堤上，能看到四周的田野和暮色中炊烟袅袅的村庄，还能听到河中流水发出哗啦啦的声响。我想象着到了秋天，黄昏时在这里眺望，金色的土地，金色的流水，那该是多美的景致啊。

啪——啪——啪——

一阵不间断的拍击声打破了黄昏的寂静。顺着河堤，我看到不远处有两个人影，看样子，听声音，他们是在打泥坯。正在抡板子的是个光膀子的男人，黑黑的皮肤上渗出汗珠，在夕阳的照射下像是涂了一层油那么光亮。他那粗壮有力的胳膊抡着木板子，使劲儿拍着泥坯模子里的胶泥块，好像不知道疲倦，每一用力，他的脸上就露出吓人的表情。他的胡子黑茬茬地遮住了大半张脸，额头和眼角爬满了又粗又深的皱纹。

在他的旁边站着一个小人儿，正在用铁锨和泥。紫花绿叶的大襟褂子，又肥又短的衣袖，鼓起的肚子……啊，是秋云！我差点儿叫出来。

五星指指他们，说，姐姐，看，那个就是小嫂子的男人。

我惊讶地望着他们，半天愣在那里。

秋云握着比她还高出一截的铁锨把，费力地捣着泥。她和那个男人就这样头也不抬地干活儿。我看不清她的脸，却似乎能听见她吃力的喘息声。

天渐渐黑了，我还在看着秋云，可是已经看不清她的影子了，寥廓天地间只回荡着单调的拍泥的声响，啪——啪——啪——。我觉得，那就像秋云沉重的喘息……

后来的几天总是下雨，那天下午，灰色的云层敞开了一道缝隙，太阳趁机喷射出一缕光芒，在灰沉沉的天幕下，那阳光显得格外刺眼。空气有些沉闷。妈妈说，我看你今天别到场院去了，万一淋了雨，病了怎么办。

我说我要去，一定要去，五星他们会等我，要是不下雨，说不定秋云也会在那儿等我呢。

我固执地跟妈妈纠缠，直到她不耐烦。

妈妈答应了，给我拿上一把伞，还拿了一块塑料雨布，妈妈说要是下雨就把自己蒙上盖上，她说我会很快去接你。

我笑了，我说，妈妈我知道你会让我去的。

妈妈没好气儿地白我一眼，她说，你总是让我没办法，你说你长大了怎么办？

我说我不愿长大，我愿意永远十五岁……

妈妈在泥泞的路上推着我来到场院里，把我安置在老槐树下，想了想又把我送到牲口棚的小屋里。记住，妈妈郑重地说，下雨时不能待在树底下，要不就可能被雷击着。我只好躲在这又热又闷的屋里，刺鼻的马粪牛粪驴粪味儿让人几乎喘不过气来，可我必须在这儿等着。大白狗懒懒地趴在门口一蓬湿乎乎的草堆上，无精打采地和我一起等着割草的孩子们。

妈妈走后不久，一阵隐隐的雷声从远处传来，一块块浓云像赛跑似的从空中掠过，割草的孩子们提前回来了。五星他们又从院墙的豁口上跳进来。天上落下了几颗很大的雨点儿，砸得外面的空地啪啪作响。小闺女们背着草筐像逃命似的尖叫着跑进场院，五星、三梆子和小金来也慌慌忙忙挤进牲口棚。

一阵急雨哗哗地落下来了。

大家都松了一口气，要不是跑得快，准得被雨淋着。五星他们几个小小子正庆幸，改妹一下想起什么似的瞪大眼睛大叫起来，咦呀，忘啦，忘啦，小嫂子还在后头哩。

改妹一边拿个粗布手巾抹着头上的雨水，一边朝门外探头瞧着。

啊，小嫂子今天也去割草了吗？我着急地问，又赶忙对五星说，五星，你快去接接小嫂子吧。

中。五星答应着，撒腿飞跑出去。

雷声滚滚，雨下大了。透过急雨，我紧盯着场院门口。五星很快就背着秋云的草筐跑回来，浑身湿透的秋云用两只手护着头，踉踉跄跄地跟在五星的身后奔过来。进了屋，秋云大口地喘着气，身子不住地发抖，雨水顺着脖子后边的发辫直往下淌。我发现，秋云的眼睛今天显得格外明亮，而且喜盈盈的。

外面的雨很快小了，五星他们在屋里憋不住，就跑到隔壁去惹马逗驴了，小闺女们也跑着回家了，屋里只剩下我和秋云。秋云拧干了头发上的水，并不急着走。她看看我，弯下腰翻开了她筐里的青草，从里面摸出了一个粗布小包。尽管盖着草，小包还是湿了。秋云双手微微颤抖着打开粗布包，里面包着一层花布。她小心翼翼地把小花布包递给我。

方丹，你待俺好，俺都记着哩。俺送样东西给你，你可别笑话……她的话结巴起来。

我接过小布包慢慢打开，啊，是一双绣花鞋！上面还散发着淡淡的草香气。我把鞋举到眼前仔细看看，纳得密密实实的鞋底，黑粗布的鞋帮，鞋帮上用彩色丝线绣着几朵小花儿，几片绿叶，还有两只翩舞的蝴蝶。活儿虽然有点粗糙，却能看出秋云尽了心。

秋云，谢谢你，你的手多巧啊！我赞叹着，翻来覆去地看着这双鞋，我发现一只鞋底上有一块发黄的疤。

也许是看到我惋惜的神情，秋云讷讷地说，方丹，你别见怪，那是俺婆婆丢到灶火里给烧的……

烧的？我问她，你婆婆为什么要把这么好的鞋烧了啊？

秋云的脸有点儿发红，声音很小地支吾着说，嗯……开头她不知道俺做鞋的事儿，俺谁都不想告诉，只想做好了给你，夜里俺都是等他睡了才做活儿。那天他去给亲戚家盖房子了，没回家。夜里俺就插空紧忙着做鞋，后来绱着鞋帮，不知咋的就困了，困得不行，就歪在墙角睡着了。俺婆婆那天正好蒸干粮，第二天要去走亲戚，瞧见这屋里半夜还亮着灯，就问俺点灯熬油地干啥，还死问俺给谁做的鞋，俺……俺不说，她就骂俺……还……还打俺……

我想起前些天改妹告诉我秋云挨打的事，就是因为这双鞋啊！

秋云低下头，又赶快摇摇头说，不，其实这事儿不怪俺婆婆，只怪俺没跟她说就使了鞋面子布，她才气得把鞋扔在灶门里，那天亏了灶里没多少柴火……你看看，就熏了那一块。我赶紧抓出来，对她说这是给你做的鞋，俺婆婆就消了气，她怨俺为啥不早说。给你做鞋她赞成，她还打柜底翻出一缕花线线，让俺给你绣上花哩。

我拉起秋云的手，只觉得一股热流涌到了心里，涌到了眼眶里，秋云，你真好……

秋云笑了，我还是第一次看到她的笑容。甜甜的微笑仿佛让她变了一个人似的。我第一次发现她这么美，苍白的皮肤光滑匀净，细长的眉下一对大眼睛，睫毛又黑又密，遮得一对眸子蒙蒙眬眬；她笑的时候露出一口糯米牙，又白又细，她的微笑就像灰暗的天空中透出了灿烂的阳光，又像黑夜的灯烛放射出耀眼的光明。

秋云多美啊！她的心又是那么善良。我想，假如世界上真的有天使，那么一定是她。

忽然，阳光消失了，灯烛熄灭了，秋云脸上的笑容不见了，她有点惊恐地望着场院门口。顺着她的目光，我看见一个男人进了场院，向这间小屋走来，一路还不住地东张西望。

雨不知什么时候停了，茫茫的水雾中，我看清走来的是秋云的男人。小嫂子留恋地看看我，慢慢拎起草筐出去了。

那个男人看到湿淋淋的秋云，连忙脱下身上的黑夹袄披在她肩上，又蹲下为她拧拧裤腿上的雨水，从她手里拿过草筐，轻轻扶着她，踏着泥泞走了。

看着这一切，我心里涌上了一种说不出来的滋味……

# 59 难产

雨夜，静悄悄的，有点冷。我躺在床上，怎么也睡不着，就借着小油灯微弱的灯光，入迷地读着《简·爱》。小说的主人公仿佛伸出一只看不见的手，把我牵进了她的生活。

此时，万籁俱寂，村里的狗都敛了声息，它们也许都蜷缩到自家门洞里的柴草堆里睡着了。我屏住呼吸，甚至能听见自己的心脏在怦怦跳动，时而急促，时而缓慢。

《简·爱》是我下乡时带来的，那还是黎江给我找来的，他说这是一本不错的小说，嘱咐我一定要藏好。那时，这本不错的小说平时只能屈尊躲在我的枕头套里。

我觉得眼皮发涩了。桌子上闹钟嘀嗒嘀嗒的走动声越来越响。我抬头看看，时针已经走过了十二点。小油灯的火苗无精打采地摇晃起来，但我对这本书实在爱不释手，简·爱与海伦的对话牢牢地吸引着我：

你干吗上这儿来，简？已经十一点多了，我几分钟以前听到钟声的。

我是来看你的，海伦。我听说你病得很重，不跟你说话我就睡不着。

那么，你是来跟我告别的喽，也许你来得正是时候。

你要上哪儿去吗，海伦？你要回家去吗？

是的，回到我永久的家——我最后的家去。

不，不，海伦！

我仿佛听到简·爱的声音弱了下去。我停下来，为不幸的海伦感到悲伤。

一阵凉风匆匆掠过，从土墙的缝隙里吹进来，带着阴冷的夜里的潮湿。海伦关切的声音又响起来：

简，你的小脚光着，躺下来，盖上我的被子。

我把被子拽上来，连脖子都盖住了，又继续读下去：

我很高兴，简，当你听到我死了的时候，你千万不要悲伤，没什么可悲伤的。我们每个人都有一天要死……

我死了以后，我还会看见你吗，海伦？

毫无疑问，亲爱的简，你也会来到那同一个幸福的地方……

小油灯的火苗摇曳了一下，熄灭了，隐隐约约，我觉得有件东西从我手里啪的一声落到了地上……

我眼前开始出现了一片匆忙的景象，相识的和不相识的人们穿梭般来往，生活中曾经发生的和不曾发生的事情也都拥挤过来，互相掺杂在一起。熟悉的地方，陌生的地方，也许在这个世界上根本不存在的地方也都从眼前闪过。在一个可怕的、黑森森的洞窟里，我的心紧张地狂跳起来，跳得特别响，咚咚咚……

那声音急急地撞击着我的耳膜。

我猛地睁开眼睛，黑暗中，咚咚的声音响得更加急促，它不是来自我的胸腔，而是有人在敲门！

谁？我壮着胆子大声问。

开……开门……开门啊……一种断断续续，带着粗重喘息的声音从门缝里挤进来。一个女人上气不接下气地发出呻吟般的哀告。她的说话声模模糊糊，我听不清她究竟在说什么。

一束昏黄的灯光从里屋移出来，妈妈在慌乱中一手举灯，一手系着外衣的扣子。

方丹，是谁？妈妈的神情有点紧张。

不知道。我摇摇头，赶忙穿好衣服。

别怕。妈妈一边小声安慰我，一边警惕地侧耳听着外面的动静。在这风雨凄凄的夜里，会是谁来敲门呢？

谁？妈妈向门外问道。

她……婶子……快，快开门哪！喘息、呻吟，噎在嗓子里的哭告，外面的人好像一下扑在门上了。

妈妈赶紧拉开门闩，两扇门哗的一声撞开了，一个人从外面跌坐进来，歪倒在地上。妈妈连忙伸手去扶，我一眼就认出这是秋云的婆婆，她灰白的头发上蒙着一层细细的水珠，脸上一副失魂落魄的表情。她的手指不停地哆嗦着。一种不祥的预感突然袭上我的心头。

秋云婆婆，快起来！你这是怎么啦？妈妈非常吃惊地问。

是秋云出事了吗？我也着急地望着她。

哎哟，她婶子，她妹妹，可不得了啦！秋云的婆婆站起来一把抓住妈妈的胳膊，眼睛瞪得可怕，她哭嚎似的说，她婶子，你这识文断字的人，快去救救俺那媳妇吧……

秋云怎么啦，啊？妈妈急忙扶秋云的婆婆在我桌边坐下来。

秋云的婆婆抹了一把泪，哭哀哀地诉说着，俺那儿，四十多岁才换了个媳妇，不易哟，可不能断了这条根儿呀……

我觉得我的血仿佛停止了流动，像冰一样凝固了似的，一股冷气跑遍了全身。

妈妈安慰着秋云的婆婆，问清了秋云的情况。

原来，秋云下午割草回家就去喂猪，因为下雨，院子里泡成了黄泥浆，走一步滑一下，秋云拎着一桶猪食，一不小心滑倒在猪圈旁，她顿时觉得肚子疼得撑不住，挣扎了半天也没爬起来。她男人听见声响，急忙把她抱进屋里。她躺在炕上，肚子一阵比一阵疼得厉害，可她却一声不吭。直到她身子底下的褥子被血水浸透了，枕头也被泪水和汗水泡湿了，秋云这才忍不住叫起来。

开始，秋云的婆婆还沉得住气。按照村里的习惯，生孩子先不请接生婆，说是瓜熟自落。可是，一个晚上过去了，那个不足月的小生命就是不肯出生，秋云的婆婆才打发人叫来了邻村的接生婆，可接生婆来了一看，说是怕担风险，又走了。眼见秋云的脸色越来越难看，秋云的婆婆这才慌了手脚。

妈妈听秋云的婆婆讲完，急急地说，赶紧送医院吧，要不马上去请个医生来……

可天下着雨，这路上咋走哩，苦命的人哟……

这是人命关天的事，先想办法救人……妈妈急忙嘱咐秋云的婆婆先回去烧一锅开水，又说，我这就去找陶成大叔，让他派人马上到县医院请医生，我一会儿就去看秋云……

秋云的婆婆听了，神色略微显得安定一些，赶忙滑滑擦擦地回家了。

妈妈过来嘱咐我安心睡觉，然后拿了手电筒带上门出去了。

细雨沙沙，我的心和着雨声慌乱地跳个不停。秋云，你要挺住啊！我一遍遍地从心里对秋云说。我不知道她正在怎样地忍受着痛苦的煎熬，也不知道怎样才能分担她的痛苦。我只想立刻去看看她，哪怕就坐在她的身边，轻轻握着她的手……

这时，门吱呀一声被推开了，进来的是素英。她带着受了惊吓的神情走进屋来，随手把妈妈放在门旁椅子上的小油灯拿到我的桌子上。

方丹，刚才听见婶子叫门，我还当是你出了啥事儿哩，可把我吓坏了。

素英姐，你说秋云会有危险吗？

现在不敢说，听说秋云淌的血水已经湿透了三床褥子呢……素英说着猛地停住了，也许看见我害怕的样子。她坐到我的床边又轻轻地说，方丹，别揪心，刚才五星他爹让翰明去县医院请先生了，我来时他就骑车子走啦。素英说到这里，脸上露出埋怨而焦急的神情，她说，你看这么当紧的时候，刘锁他们十几个壮劳力都不在家，都上县武装部比赛打靶去了……

我也担忧起来，杜翰明一个人到县里去，路那么远，还下着雨，他什么时候才能赶到啊？

素英说，五星他爹告诉翰明一条近路，那条路我走过，能近不老少……

我拉开窗帘，小窗外漆黑一片，远远近近没有一丝光亮。

方丹，别牵挂了，翰明准能把先生请来。她又说，婶子让我来陪着你，方丹，快躺下睡吧，我在这里纳会儿鞋底子陪着你。素英弯腰帮我拾起掉在床边的《简·爱》，拍了拍土，放在我的枕边，从衣兜里掏出一只纳了一半的鞋底，哧哧地穿起麻线来。

我木木地坐着，一会儿想着正在挣扎的秋云，一会儿又想着匆匆赶路的杜翰明。素英一定对我说了很多话，可是我却一点儿也没听清她说了什么，耳朵里只是一片轰鸣。

方丹，快躺下吧……素英又说。

不。我还是一动不动。

你呆了半天，想啥哩？

素英姐，我……我想去看看秋云。

不行，不行，这种事咱们咋能去哩？

素英姐，你推我去看看吧！我的眼泪流出来了，秋云多可怜，她心里有话总是跟我说，现在她有危险，我怎么能不管呢？素英姐，推我去吧。哪怕不到她跟前去，只要能听见她的声音，只要能让她知道我在陪伴她……

方丹，我知道你的心思……我咋不知道哩……素英的眼圈儿也红了。

她抽了一下鼻子，推过我的木轮椅。我知道，你想干的事别人谁也拦不住。她有点嗔怪地说着，弯下腰卷了卷裤腿。

我赶紧坐进轮椅里。

在黑暗中，素英推着我吃力地踏着泥泞的道路往秋云家走去。木轮椅的轮子几次被稀泥塞住了，她停下来，用手抠去泥巴，才又继续往前走。冰凉的雨丝落到身上，激得我一阵阵发冷。快到秋云家了。还没走到她家的破院墙，我就听见了一阵可怕的哀号，吓得我猛地吸了一口气。娘啊……疼死啦……这嘶喊带着绝望冲上黑幽幽的空中，就像一只受人宰割的动物发出最后拼尽全力的嚎叫。我闭上眼睛，一点也不能把这种凄厉的怪叫同那个慢声细语的秋云联系到一起。

土墙院的门虚掩着。推门进去，只见矮小的东屋门口正围着几个邻家的女人，她们准是来帮忙的。小东屋的门关着，一束束细线般微弱的灯光从门缝里透射出来，怪叫声也是从那里传来的。有一会儿，屋里似乎平静下来，我听到妈妈在里面轻轻说话，柔声地安慰着秋云。我又听到秋云喘息着，嗯嗯地答应着。没过一会儿，一阵叫喊声又从那个死命挣扎的躯体中发作出来。

冒雨站在门边的女人们正七嘴八舌地议论着，越是这种时候，她们越是不肯让自己的嘴巴有片刻安宁，好像屋里那种声嘶力竭的哭叫声还不够刺激人。

一个头上顶着大锅盖的女人语气担忧地讲着她刚才在屋里看到的情形：秋云赤着下身躺在炕上，两只手在炕边的苇席上拼命乱抓，她左右扭着身子，使劲儿摇头，头发滚得乱蓬蓬的，那张失血的脸被痛苦扭曲了，显出茫然无措又极度恐怖的表情。妈妈用一块新毛巾沾着瓦盆里的热水，为秋云擦去身上的血污。

有个身上披着粗布包袱皮儿的女人惋惜地叹了口气，咦呀，淌了那么多血水，孩子生下来怕也……

说得是哩。还有一个矮小的女人挤在大锅盖底下随声附和着，兴许还是个大胖小子哩，你瞅那小媳妇身子有多笨。

唉，可怜怜的小人儿哟，多能干活儿呀……

不足月摔着怕是悬乎，早点儿送医院就好啦。

这么远的路，就是去，没钱也住不下呀。苦命哟，谁让她托生个女人哩……

屋檐下的滴水声，女人们的说话声，秋云那盖过一切的撕心裂肺的嚎叫声混在一起，直搅得我心里翻江倒海一般。

堂屋的门大开着，啪嗒作响的风箱费力地抽动着，黑漆漆的墙上晃动着一个人影，忽明忽暗。一支难得点燃的红蜡烛孤零零立在锅台上，滚落着油亮亮的泪珠。秋云的婆婆正坐在灶前的草墩上烧火。她一边拉着风箱，一边不时撩起灰色的衣襟擦去从红红的眼角里流出来的混浊的泪水。地上有一堆湿漉漉的柴火，秋云的婆婆正抓起一把填进灶里，浓烟和着水汽霎时就拥满了屋子，又贴着门楣像一条黑龙似的游出来，没进黑暗的夜空。

我似乎闻到一股我所熟悉的秋云身上那种烟熏火燎的气息。

堂屋门前的一堆柴草旁边，影影绰绰蹲着一个人。他双手抱着头，好像在躲避什么。他的身子蹭得柴草唰唰作响。显然，他在发抖。我仔细看看，哦，是秋云的男人！

水开了。秋云的婆婆掀开锅舀水，热腾腾的水蒸气把屋里的一切都变得模糊起来，锅台上的红蜡烛只剩下了一个小小的柠檬色的光团。隔着雾气，我看着被柴草熏黑了的锅台，不禁想起秋云对我说过，她恨这个锅台。

那时，我常在过完草之后劝慰秋云，她生活中的欢乐太少了，我多么希望她能甜甜地笑笑啊！秋云，你应该高兴一点儿。有一次我对她说。

唉。秋云先是叹了口气，方丹，人家都说我不说也不笑，俺哪有高兴的事儿哩？没出嫁时，俺整日里跟着俺娘下地干活儿，一年四季，挨饿受冻，俺没叫过一声苦。那阵子俺娘老是对俺说，等收成好了，就让俺上城里扯件洋布褂。俺盼着，等着，等着，盼着，俺跟村里小姐妹都商量好了，到时候一块上城里赶大集，扯花布，可后来……秋云说着，一串串泪珠顺着腮边滚落下来。

秋云哽咽着又说，方丹，自从俺嫁过来，就没过一天好日子，只想着熬一天算一天。俺干一天活儿，吃罢饭还得刷锅洗碗。俺身子笨了，弯不下腰，够不着锅里的水，俺真恨，好几回都想把那锅台砸了，把那摞碗摔得碎碎的！秋云因为愤怒，苍白的脸儿变成了粉红色。她擦了擦泪水，又接着说，方丹，有时候，听着人家小闺女都结着伴儿出去玩儿，可俺还得纺花绩线，一样是人，可看看俺是个啥样子？俺怨自己的命苦，真想死……

我的心猛一震，吃惊地望着秋云。你为什么不回家告诉你娘呢？我问她。

秋云叹了口气说，俺娘有啥法子啊？她老是说，端人家的碗，受人家的管。老辈子都是这么传下来的，熬着准能熬出个头……

可是……我不知道应该再说些什么。

后来，秋云抬起头，睁大眼睛，用异样的目光盯了我一会儿，似乎想对我说什么，却又不好意思开口。

我问她，秋云，你想说什么？

她支吾着不肯讲。

秋云，说吧，有什么事，我一定帮助你。

停了一下，秋云终于说话了，她的表情很为难。

方丹，俺早就想求你，就不知你能帮俺不……能！

我毫不含糊地向她保证。

你……你能帮俺使个法子不，俺不愿……

什么？我不明白她要我做什么。

方丹，俺心里怕，怕得不行……

秋云低下头，看着自己那鼓鼓的肚子，又说，人家都说生孩子得遭大罪，你给俺使个法子，俺不告诉旁人，只求你能帮俺除了它……

啊？我吓得心里一紧，连忙对她说，秋云，这可不行，你可别乱想啊……

方丹，你别急，你不能帮俺，俺也不怪你，俺就是怕死在这一场上……

娘啊，让我死了吧……

秋云又一阵凄厉的尖叫把我从回忆中唤回来，我被一种惶恐慑住了，秋云真的会……我不敢想下去，只是在心里焦急地呼唤着，杜翰明，你快回来呀！

时间好像静止了。

雨，还在下着。素英站在我的木轮椅旁边，我们就这样默默地等待着，任凭细雨将衣裳和头发打得更湿。

秋云仍在一声高一声低地不停地叫喊着。这时，一直在屋里帮妈妈照看秋云的改妹的娘神色恐慌地出来了，她给大家描述着屋里的事，妈妈给秋云喂了水，可是她的嘴唇还是开始泛白了，两只干瘦细长的手臂痉挛地抽动着，她那弱小的身体里的气力怕是要用尽了。她的眼珠向上翻着，露出了可怕的眼白……改妹的娘说，她不敢再守在秋云的身边了。

秋云的喊声渐渐地变成了低缓下去的呻吟，哎……哟……听着那弱下去的声音，我的手又冷又麻，一阵阵冷汗浸湿了手心。医生，你快来呀！我几乎想大声喊出来了。

妈妈到堂屋里去舀水，她的身上沾了些血迹。看到我和素英，妈妈吃了一惊，方丹，你怎么来了？快回去……

我说，不，我要看看秋云……

妈妈说，我会好好照顾她的，快和素英回去吧。

我又说，不，我要在这里。

你怎么又来了犟脾气呢？妈妈有些火了。

我是秋云的好朋友，她知道我在这里会好些的。我不顾一切地大声说，我不走，我要等着秋云好了再走……

蓦地，我听到一个叹息般的呼唤像一阵微风飘过来，方——丹——！这呼唤像梦中的呼唤那么近，又那么远，又像是一缕气息，在空中很快地散开了。我被这一声呼唤惊呆了，啊，秋云，为什么我会觉得她的声音正在隐隐远去呢？我不禁打了个寒战……

# 60 泥泞的路

雨夜像一只巨大的墨缸，把世界浸泡在浓重的黑暗里。杜翰明吃力地蹬着自行车，在一条泥泞的土路上冒雨向县医院奔去。

旷野里太寂静了，只听到秋夜的细雨沙沙地打着路边的高粱。雨水打在杜翰明身上，淋湿了他的头发和衣服。快，快呀！心里有个声音在催促他。自行车越蹬越沉，车轮沾满了泥浆，几乎要蹬不动了，突然，前轮猛地一滑，自行车歪倒了，把他摔了出去。他爬起来，顾不得疼痛，也顾不得身上的泥水，扶起车子又骑上去，车子却怎么也蹬不动了。杜翰明心里像着了火，他干脆推着车子往前走，又挣扎了一段路，车轮不时陷进泥里，推都推不动了。快，快呀！杜翰明更着急了，他索性把自行车扔到路边上，心急火燎地拼命往前跑。

他越走越吃力，双脚不时被泥浆吸住，他心里恨极了这条土路，有多少人在这条路上艰难地挣扎过啊。黑暗让人感到压迫，雨水顺着头发不住地往下流，他的眼前一片模糊。冷风飕飕地钻进被雨水和汗水湿透的衣服里，让他的牙齿咯咯地打战。他不顾一切地往前走着，耳边不断地响着小嫂子声嘶力竭的喊叫，眼前晃动着人们焦虑和期待的目光。要快！要快！他不停地催促着自己，每走一步，脚下都在打滑。他不断地摔倒，又爬起来，摔倒，又爬起来。他的膝盖上，背上，全身都沾满了泥浆。滚一身泥巴，他忽然想起这句话，咧了一下嘴却没笑出来。下乡之前，在那一片激昂亢奋的誓词中，多少次出现过“磨一手老茧，滚一身泥巴”的豪言壮语，可又有谁真正体会过滚一身泥巴的滋味呢？杜翰明边走边想着，这下算是有点明白了，这就是农村，你在这里经受的，不仅仅是生活的磨炼和挑战，有时候，就像现在这样，你还要面临着以自己的一切去拯救生命的考验，这几乎就是生与死的考验。这是一条风雨交加的泥泞之路，是一条伸手不见五指的路，也是一条维系着生的希望的路啊。这是你平生第一次，有生以来第一次肩负着两个生命的全部压力，这千钧之重的压力。在这条淌着稀溜溜的泥浆的路上，你挣扎着，喘息着，义无反顾地前行。你第一次感觉到了这生命的战栗，死神要夺去一个孱弱无助的生命，而你却要与这凶残无比的死神一决高低！你这刚刚被田野里的风吹黑了脸皮的城里人，你这城里来的走惯了柏油马路的洋学生，你有这个勇气吗？

砰的一声，他又一次摔倒了，他顺着溜滑的沟坡滚了下去，泥水灌进他的嘴里，他只觉得头有些晕，他支撑着在沟底坐起来，水在他身边流着，他索性用沟里的水抹了一把脸。他喘息着定了定神，眼前黑乎乎的，他扶着沟壁站了起来，双手向上摸去，摸到了沟沿，沟沿上是稀泥，没有半点可以抓住的东西。他想爬上去，试了几次都滑了下来。沟里有水，但不深，他决定在沟里走，他的两条腿沉重地在沟里迈动着，水在哗哗地响。这下，泥路不行走水路，天无绝人之路，他想着。忽然，他感到腿上一阵疼痛，不由得弯下腰去，一定是刚才叫自行车弄伤了，他这么想着，就想再用一把力，可腿却抬不起来了，他瘫倒在沟壁上。他觉得自己被困住了，困在这黑夜中的水沟里，两条腿像失去了知觉一样，一动也不能动了。他本能地用手去抚摩自己的双腿，不能停下，人们一定在等待，一定在呼唤着我，这是对一个生命的呼唤。他狠狠地对自己说，杜翰明，起来啊，你这个懦夫，你这个城里来的白面书生，你白长了七尺高的个子！他浑身的血在往上涌，胸腔里就像有一股火在燃烧，他猛地转过身，双手死死地抠进沟沿的泥里，大吼了一声，嗨——！他奇迹般地爬了上去。

远处，出现了县城的灯光……

# 61　秋风里的墓地

不知道又过了多久。

突然，外面的路上传来了自行车链条的碰撞声和缺油的车轴发出的吱嘎声，还有匆忙的脚步声。屋里屋外的人顿时振奋起来，我抑制不住激动，想喊杜翰明，可我却喊不出来了，心里只有一个声音反反复复地默念着，秋云，你会好的，会好的……

医生来了——。杜翰明一把推开院门大声喊着。他打着手电筒把自行车停在门边。

哦，医生终于来了！

一位四十岁左右的女医生抹着脸上的雨水，拎着一只药箱，跟在杜翰明的身后疾步走进来。妈妈赶紧把她领进了小东屋。还贴着红双喜字的窗纸上映出了女医生的影子。她取出听诊器在秋云身上听着，皱着眉头望着这个在血泊里挣扎了很久的女孩子——一个十五岁的小嫂子。

人们屏住了呼吸，屋里屋外静得吓人，雨声、说话声、叫喊声仿佛都是很久以前的事了，只有一颗颗不安的心在各自的胸膛里紧张地跳动着。

秋云不再抽搐了，她闭着眼睛，像是睡着了，但她的呼吸却十分急促，微微隆起的小胸脯一起一伏。女医生仍在那里仔细检查。人们都紧紧盯着投在窗纸上的人影。

很久，女医生摘下了听诊器。

为什么不早点送医院呢？她带着责备的口气问。

回答她的是一阵沉默。

忽然，屋里出现了一阵骚动，秋云的双手又在炕上乱抓起来，她使劲儿蹬着腿，接着两只手又伸向了自己的喉咙，拼命地撕扯着胸前的衣襟，没有血色的脸一下子涨得通红。女医生紧张地抢救着。可是秋云的头慢慢向后仰去，直到把肩膀都拱起来，猛地，她像松了劲儿似的瘫软了，眼睛定定地呆住了，两只悬在胸前的手一下摔在了炕席上。

她，终于逃离了这个世界。

为什么不早点送医院……

女医生轻轻地又说了一遍，声音颤颤的。她收起听诊器，停止了抢救，默默地扯过一张粗布单子盖住了秋云的身体。

小东屋的门被打开了。

儿呀，你，你不能走哇——秋云的婆婆哭喊着冲进门，一头扑到秋云身上，又从炕沿滑坐到地上，两只手拍打着双腿嚎开了，我那苦命的孩子，叫我咋向你娘交代哟？你不能这么狠心地走哇，我对不住你呀，孩子啊……我的……

她哭得鼻涕一把泪一把，几个女人擦着眼泪过去拉她起来，谁知她却猛地抬起手，啪啪地打了自己好几个耳光，然后对着拉她的人喊，别拽我，谁也别拽我，是俺对不住俺那媳妇，俺那好闺女……自打她嫁过来，伺候一家子人，还得拖着身子去割草。俺不是不疼她，可是孩子……

她哭诉着爬起来，又扑到秋云身上。

孩子，今儿里你听听娘的心里话，咱穷啊，谁不干活儿谁挨饿，你整日不说也不笑，当娘的知道你心里苦，我的儿，我那苦命的儿呀，娘知道你那眼泪就包在眼皮儿里。孩子，你回来吧，娘当牛作马也供养着你。你回来吧，要走咱娘俩一块儿走哇……

秋云的婆婆说着爬起来，抓起秋云的手，在自己那双皱起老皮的粗糙的手里揉捏着，好像要把自己身体中的那点活力，给予那个已经逝去的生命。突然，她大叫了一声，一头倒在地上，晕了过去。大家把她抬到一边，女医生跟了过去。

我在东屋门边，透过泪水，看到秋云一只惨白的手垂在炕沿下。那是什么样的手啊！还带着几分稚气的小手，指尖上血肉模糊，扎着一根根大大小小的炕席上的苇刺。有的苇刺扎得很深，细嫩的皮肤上，可以看到刺尖从指肚里穿了出来。人们都说十指连心，刚才秋云用了多大的力气在挣扎呀！

屋里屋外，哭声一片。女人们在哭声中向女医生和妈妈诉说着秋云的好处。

秋云的男人蹲在炕角的灯影里，两只大手不住地揉搓着短短的头发茬子，咳咳地干嚎着，一句话也说不出来。他甚至没有勇气抬起头，看看炕上那个曾被叫作他的媳妇的血淋淋的女孩子。

秋云的婆婆慢慢醒过来了。她站起来，推开搀扶她的人们，晃悠悠地端起一个破瓦盆到堂屋的锅灶里刮了一盆热水，又歪歪斜斜地回来，把瓦盆放在炕沿上，一只手颤颤巍巍摸索着，从发髻上拔下一根银光闪闪的缝衣针，一手轻轻托起秋云的手，耳语般地对她说着，孩子，忍着点儿，娘给你挑了刺儿。娘不能让你带着两手刺儿走。别怕，娘轻轻给你挑，疼了你就哭一声，你哭，你就哭一声吧，我可怜的儿……

泪水像一股股急流，顺着她那布满皱纹的脸颊往下淌着。她捏着针慢慢在秋云那没了知觉的手上挑着，挑着。一根刺尖在指肚上翘着，她的手哆嗦起来，不忍心挑了。她回过头，泪光光的眼睛看着女医生，凄哀哀地恳求着，好心的人儿，求求你给孩子挑出来……咱……咱不能让她这么走哇……

那位女医生望着痛哭的人们，也流下了眼泪。她从药箱里取出一把镊子，痛惜地托起了秋云的那只手。尽管她知道这是一只已经没有了生命的手，但是她却格外小心，好像生怕惊醒了一个熟睡的孩子。

那情景，长久地留在我的记忆里了。

第二天，秋云下葬了。我不敢去送她。我害怕看到她那经受了折磨又归于平静的面容。微风里，我听到一阵阵悲切的哭声从远处传来，秋云的婆婆和另一个女人的哭声中夹杂着思念的诉说，苦命的孩子，你撇得娘好苦哇，往后你叫娘咋过哟……

哦，秋云的娘送葬来了。

墓地里，秋风中，一座新的坟头堆起来了。

# 62　悲怆的旋律

一股凉风钻进胸腔，杜翰明不觉打了个冷战，他使劲儿咳嗽着，想把侵入体内的凉风咳出来，急促的喘息让他的喉咙里如同灌满了浓烟，整个肺里都是呛人的辛辣。他觉得双脚踩进了污泥，拔不出来，齐到膝盖的水让他感到一阵阵发冷。他好像打开了手电筒，可微弱的光线却照不清前面的道路，他忍不住想高声呼喊，嗓子却不能随心所欲地发出声音。黑暗令人感到压迫，他摇摇晃晃地往前走，昏蒙蒙的天地间，单调的雨声更让人感到孤独。他看见黑森森的原野上游动着重重幻影，他们的呻吟呼叫汇成悲怆的旋律，在茫茫黑夜的帷幕后面响起，杜翰明感到一阵战栗。快记下来，这是回想曲中那个巨大跌宕下面的沉重的呐喊。

他的目光穷追不舍地跟随着那些黑黑的影子，只听见他们发出沉沉的怒吼，大地被震动了，云层被震动了，天上裂开一道巨大的缝隙，光焰从那越来越宽的缝隙里直射下来，太阳像一只火球接近了地面，强光耀得人睁不开眼睛，田野像炼狱般地迅速燃烧，那无数的幻影像燃着的秫秸，在熊熊的火光中蜷缩起来，挣扎着，扭动着，渐渐化成一片灰烬。太阳落下去，血红的霞光映照着被拱动的泥土，无数新的生命破土而出，迅速成长着，伸开双臂，向着夕阳，追着它发光的轨迹一直奔去……杜翰明很想飞快地把这个旋律记下来，可他的手却没有力气抓起笔，他睁睁眼睛，四周朦朦胧胧的，他觉得自己躺在医院里，医生正坐在床边，把一只温柔的手放在他的前额上。他想睁大眼睛看看，可他的眼皮却是那么沉重，头脑是那么混沌，在眼睛睁开的一刹那，他只看到一个模模糊糊的身影，他觉得一个女医生欣慰地说，好了，总算退烧了……杜翰明又一次睁开了眼睛……

# 63 燕子的呢喃

几天不见，杜翰明消瘦了许多，脸色也有些苍白。我不停地让他喝水，可他的嘴唇上还是起了泡。我看着他，从他微微蹙起的眉头和眨动的睫毛，能看出他睡得很不沉稳。一阵阵咳嗽让他的脸不断地涨红，额上也暴起了青筋，一番疲倦的喘息之后，他又沉睡了。那天晚上，去接医生回来，杜翰明就病了，一连几天发高烧，腿上摔伤的地方也感染了。

我每天都来看杜翰明。五星、三梆子总是轻轻地把我推到杜翰明的床边。过去，我从没到他的小土屋里来过，屋里收拾得干干净净，一张床，一个破木桌，在一个土台子上放着一只很大的蓝色帆布箱。杜翰明的床头贴着一幅从杂志上剪下来的油画，是俄国画家列宾的《伏尔加河纤夫》，一群衣衫褴褛、面容愁苦的人，正拼力地拉着纤绳，拖着一艘沉重的大木船，缓慢地向前挣扎。荒芜的沙滩上，破旧的篮筐歪倒着，半埋在沙土里，酷热的阳光把人们疲惫的身影投在地上，给这群穷汉罩上了一层悲怆的色彩。

第一天来到杜翰明的床边，我就注意到，在那只蓝色的帆布箱上，摆着一个很旧的木质小镜框，镜框里镶着一张照片，照片上一个男孩站在青青的草地上，拉着年轻母亲的手，满脸稚气地微笑着。在强烈的阳光下，他眯着眼睛。我想，这一定是杜翰明，童年的杜翰明。忽然我觉得我在哪里见过这个微笑……我每次来都忍不住看看这张照片，可惜，照片上的人很小，天空和草地占了一大部分，我看不太清杜翰明儿时的模样。可我却不知为什么总是固执地觉得——那微笑是我曾经见过的。我真的见过吗？我在哪儿见过这个微笑呢？我很想问问杜翰明……

我静静地坐在杜翰明的床边，看着他沉睡的面容，忽然觉得有一股热流从哪里涌起，这是一种熟悉的感觉，我曾这样长久地坐在谁的身边？又是谁曾这样长久地坐在我的身边呢？久远的记忆飘忽到我的眼前，我坐在和平的身边，我好像又看见她苍白的脸，听见她微弱的喘息和断断续续的述说，方丹，我要替你去找乌兰诺娃……哦，我真想告诉和平，那本芭蕾舞的画报我带来了，夜晚，在昏黄的小油灯下，我曾一次次翻开它，可渐渐地，我觉得乌兰诺娃离我的生活越来越远了，那个梦想也越来越远了。我眼前的一切才是最真实的，陶庄的学屋，孩子们的歌声，那些加减乘除。现实总是比梦想更近，也许它不会比梦想更美，可梦想永远是虚幻的，无法企及的。在这里我触摸到了生活的真实，打破了过去的一些梦想，它们无声地破灭了，我甚至没有感到那些梦想破灭的失望，只觉得要做的事很多。我曾把这些想法告诉过黎江，他在一封信里说，方丹，你长大了。我好像看见黎江坐在我的床边，我跟他说起死，我说我想如同一片树叶一样飘走……在这里，秋云死了，我看见一个生命终结了，我第一次感到了生者的宝贵。枯树可以发出新枝，衰草也能再萌生新绿，而唯有人的生命永远不能复生……

杜翰明不知什么时候睁开了眼睛，他一直在看我，当我发现时，我怎么都掩饰不住自己的窘迫了。杜翰明也一定看出我不好意思，他笑了，露出疲倦的笑容说，方丹，是你呀，我刚才迷迷糊糊还以为是医生呢……

我说，杜翰明，你病得这么厉害，真把我吓坏了。

杜翰明伸出一只手握住我的手，我这不是好了吗？说着他就要坐起来。

我说，杜翰明，你别起来……

杜翰明重新躺好，问我，方丹，你什么时候来的？你一直坐在这儿吗？

我点点头。我觉得杜翰明更紧地握住我的手，他笑着又问，嗨，你刚才想什么呢？

我说，我……我在想死的事和活着的事。

杜翰明故意瞪大眼睛说，这么深刻的问题呀？让我仔细看看，我眼前是哪位哲学家啊？

看到杜翰明好一些，我觉得轻松了许多。我说，你快好起来吧，我已经好几天没听见你拉小提琴了……

杜翰明看看立在墙角的提琴盒，左手的指头开始不停地活动，好像试试灵活不灵活的样子。他说，方丹，我好像在梦里记下了一段旋律，那是我冥思苦想了很久的。人有时候很奇怪，为了一组音符也许好多天绞尽脑汁都没有结果，而无意间它们却会忽然响起在梦里，我想，这可能就是灵感，由灵感产生的音乐才是有生命力的……

这时，五星和三梆子悄悄地推开门，五星提着一个陶罐儿，来到床前，他说，翰明哥，俺奶奶让俺给你送鸡汤，她说你喝了就长劲儿了，她还说让你趁热喝哩。说着，五星在桌上找了个大海碗，把罐里的汤倒出来。三梆子举了举手里的一提溜油条说，翰明哥，今儿里俺姐去赶集，这是她给你捎来的香油果子。五星听见却白了三梆子一眼，他说，翰明哥，三梆子没见过大世面，没吃过好东西，刚才他在路上偷偷咬了好几口香油果子，还当我没瞧见哩。我大笑起来，杜翰明也笑了，他的脸色不那么苍白了。三梆子却和五星认了真，他拎着油条，把脸凑到五星面前，谁咬啦，谁咬啦……他一连串地问。你，就是你……五星说。三梆子犯了倔脾气，没理也要争个理。他把油条往桌上一扔，说，五星，看我拾掇你不？我赶快说，三梆子，你们来看病人，怎么在人家这里打架呀？咱们快走吧。他们这才住了嘴，推我回家了。

当又一个黄昏来到的时候，一阵小提琴声从小窗外面响起。那旋律吸引着我，那是什么？低沉舒缓，轻柔悠远……我趴在窗口，一场秋雨洗蓝了天空，洗绿了田野里的青纱帐。太阳冲出云层，将潮湿的雨雾化成一道七彩长虹，高高地横跨在绿色平原的上空。一团团镶着彩边儿的云像随风飞起的棉絮，在半空里轻盈盈地向南飘移。窗外的枣树下，杜翰明正在全神贯注地拉着小提琴。那音势渐强的琴曲使人联想到平原上遍地横溢的雨水正穿过沟沟洼洼汇成一股激流，冲破阻力，甩落泥沙，以越来越强大的力量倾入江河，推动着，翻滚着……在他的头顶，枣树在秋风里抖着满枝的叶片簌簌合鸣。杜翰明的右手有力地牵着琴弓上下甩动，有时琴弓还在琴弦上飞快地跃动几下，弹跳出一组激越的音符，那些音符散散碎碎，又好像完整无缺。琴声缥渺，我觉得心里也像是有什么东西飘飞起来……我想起那天，五星和小金来推我来到场院里的老槐树下。孩子们割下的青草已经打成了垛，秋云经常坐着的那个地方，只剩下几根枯黄的细草还在秋风里微微颤动。老槐树上依旧吊着那杆大秤，我久久地坐在大树下，朦胧中，仿佛又看见秋云拖着沉重的大草筐向场院门口走去，她仍旧穿着那件紫花绿叶的大襟褂子，头发被汗水浸得湿漉漉的。我轻声向她呼唤着，秋云——，她站住了，回过头来，抬起手背抹了一下额头，又向外走去……小金来困惑的大眼睛看着我，我说，秋云再也不会来了……小金来看懂了我的话，他啊呗啊呗地比画着，小嫂子能回来，俺娘说人死了，梦里还能见着哩……他用小手为我擦着泪水，他一眨眼睛，更多的泪水从他的眼里涌出来。五星也不再忍耐，他一边抽搭一边不住地埋怨自己说，那时候都怪俺，俺怎么不对小嫂子好点儿哩……我仿佛听见秋云叹息般的呼唤从远处传来，又像一阵风似的远去了。我恍惚又听见秋云的娘那凄凄惨惨的哭声，在那样的哭声里，人们眼睁睁送走了多少亲人。在这样贫穷偏远的地方，人们需要一双能为他们减少痛苦的手，这儿的人们需要医生……

一声鸣叫猛然在头顶响起。几只黑色的小燕子振翅飞旋在场院的上空，它们活泼的身影投在地面一汪汪发亮的水洼里。五星抬头望着，忽然指着天空叫着，姐姐，你看，你快看，那是咱的小燕子！我朝五星指的方向寻找，在那灿灿的霞光里，一只小燕子正盘旋在我们头顶欢叫着。小燕子俯冲下来，久久地在我的身边飞来飞去，还不停地发出一声声呢喃。

哦，是那只小燕子！

小燕子，春天，当你摔伤了翅膀，衰弱地躺在小纸盒里，谁会想到你能在秋天的原野上勇敢地展翅高飞呢？在小燕子的呢喃声里，我好像听见孩子们在说，姐姐你真像个治病的先生哩。那一天放飞小燕子，我没有想过当医生，现在也许我应该这样想，应该这样做……我要做一个乡村医生，乡村医生……这听起来很亲切很熟悉，乡村医生，过去我多少次在小说里见过，比如，在高加索的一个小山村，有一个女医生，她热心地为人们治病，有一个军官爱上了她，她也爱上了那个军官。可是他们相隔遥远，只能用书信表达爱情。在一封信中，他们商定春天就结婚，那个冬天，女医生出诊时，却掉进了一个冰窟窿……我曾被那个故事深深打动，总在想，假如她活着，假如……

小金来见我不说话，就眨着眼睛看着我。这是一双为不能说话而藏着苦恼的眼睛，也是一双含义深刻的眼睛，许久以来不能用语言表达的思想都靠着这双眼睛来诉说，许久以来不能用听觉了解的事物也全靠这双眼睛去捕捉。这双眼睛敏捷得犹如会飞、会跑，有时却充盈着失望的泪水……我记得他在学屋的黑板前盯着那些无声的字发出叹息，他在歌唱的孩子中茫然地张着嘴，我记得他对树上吱喳的小鸟木然地瞪着眼睛，还有他搂着场院里哞哞叫的小牛犊的脖子惊骇不已的神情。

一个朦胧的愿望在我的心底升起，小金来，我要帮你冲出寂静的网，让你像五星他们一样听见世界上所有的声音……

# 64 黎江来信

维嘉坐在锅炉房里的一只破木箱上，膝盖上放着一沓信纸，他就这么弓腰写着，他在给方丹写信。维嘉觉得自己很久都没有给方丹写信了，只是没有写，其实他常常想写，却又不知道怎么给方丹描述自己的一切。几个月前，维嘉被分配到一个工厂，那天，他一进厂门就愣住了，工厂又小又破，车间外面有一堆堆的黑煤，进了车间，里面黑乎乎的，要走很近才能看清同伴的模样。他还没从惊奇和失望中回过神，厂长又告诉他，让他到锅炉房当锅炉工！那一会儿，维嘉真觉得有点天昏地暗，体会到了人们常说的那种一盆冰水浇下来，从头凉到脚的感觉。他忽然觉得自己就像小说里某个人物——比如那个后来遇见冬妮娅的小伙计，维嘉不敢说自己像那个小说里的主人公，因为那个小锅炉工后来成了一个全世界都知道的英雄，而他自己是那么平凡，在这里是没有轰轰烈烈的可能了。那些天他真是垂头丧气，自己都打不起精神，就更没勇气给方丹说什么了。他有时甚至都有点羡慕黎江，尽管黎江偶尔来信感慨那片放马场的荒凉寂寥，维嘉也还是有些向往，他宁可在草原上骑马飞驰，也不愿在这儿默默无闻地整天守着一个大锅炉……

这些天维嘉都觉得自己变了，他有时上班迟到，在班上也总是一副懒散的样子。为此，厂里批评过他，可他却依然如故。回家一进门，他连工作服也不脱就倒在床上，漫无目的地胡思乱想。他变得不修边幅，不饿极了就不吃饭。他不看书，也不听留声机，更不愿和同学聚会，一切仿佛都没有意义，都令人失望……他想这或许是他没给方丹写信的原因之一。

可方丹给他来信了，她讲述了自己在陶庄的一切，还透露了一个美好的心愿……维嘉忽然觉得自己有那么多话要写，钢笔尖飞快地在纸上滑动，就像一个人穿着溜冰鞋穿梭在溜冰场上，想收住脚很难。他就这么匆匆地写了好几页：

……

方丹，在这秋高气爽的季节，你的小鸿雁披着金色的阳光，飘然飞落在我的手上。它给我衔来了大平原亲切的乡土气息，也悄悄地把你心中的美好愿望告诉了我。它的到来引起我对远方朋友的无限思念。

方丹，此刻，你知道我是在哪里给你写信吗？就在我的锅炉房里。如果你看到信纸边缘这几个沾着煤屑的手指印，请不要怪我，因为我刚刚扔下煤铲。烈火在炉中呼呼地吼着，调皮的火苗几次冲开炉门。锅炉顶上那些横七竖八、粗细不匀的蒸汽管道不时发出喀啦啦的声响，漏气的阀门呼呼叫着，吧嗒吧嗒往下滴着大水珠。锅炉房门外是一座连一座的小煤山，工友们正推着小车从那里往炉前送煤。这就是我——一个锅炉工身边的世界。

方丹，不知我是否曾出现在你的梦里，不知你心目中的维嘉是否还是那个满脑子浪漫幻想、似乎不知天高地厚的家伙？我敢说，如果我现在站在你面前，你一定会惊奇地瞪大眼睛，以为我是美国黑人牙膏的广告模特儿，因为，我现在除了牙齿雪白，浑身上下全是黑的。在镜子里，我几乎无法认出自己了。可我的思想却依然常常在漫无边际的空中飞翔。有时，我是一名士兵，手握钢枪屹立在海边的礁石上，任凭海浪在脚下撞击，发出喧嚣的轰响；有时，我是一个大学生，戴一副眼镜，胳膊弯里夹着厚厚的书，出入于大学的图书馆、实验室，心胸里装着未来的蓝图，有时……

炉火弱下去了，一铲铲漆黑的煤炭扔进火炉，打断了我的幻想。现实告诉我，只有煤、烟和炉火才是我这个锅炉工的生活。这几天上夜班，借着炉火的光焰，我把你的信看了一遍又一遍，我看出你仍是那个对生活充满热情的女孩子，你始终没有放弃自己的信念，我很为你高兴，方丹……

维嘉忽然停住了笔，觉得心里有什么东西重重地往下一沉，他想起了另一个女孩子——燕宁，他不知道是不是应该把燕宁的事告诉方丹，他想要是方丹知道了一定会难过，所有的朋友都会难过，可是谁能真正把握住自己的命运呢？算了，维嘉深深地叹了口气，他不愿再想这件事，他也决定暂时不把这件事告诉方丹，不让她难过。

在这个静静的秋天的夜晚，外面下起了一阵小雨。维嘉出神地盯着炉门，炭火在炉内轰轰烈烈地燃烧着，维嘉希望生活中所有的不幸都像燃尽的煤灰，顺着高大的烟囱飞走。他往炉里加了几铲新煤，他又接着给方丹写信，他写道：

方丹，从你的信中，可以看出你对陶庄爱得多么深挚，你说你想当一名医生，用自己的双手去帮助人们解除病痛。方丹，这是一个多么美好的愿望啊！你的信让我想起一句名言——有志者，事竟成。我相信你会克服困难，成为陶庄第一个女医生。将来有一天，说不定你的名字也会像世界上第一个女医生伊莉莎白那样写进一本书里呢。

维嘉又写道：

方丹，你要的书，我明天就给你寄去，我跑了很多地方才找来了《人体解剖学》《人体生理学》《外科学》《针灸学》，还有一本《医用拉丁语》……但愿这些书能给你一些帮助。方丹，做一个乡村的白衣天使吧。我闭上眼睛，仿佛看到了这样一幅画面，幽蓝的天空，高悬的太阳，浓绿的田野，天地间飞翔着一只雪白的鸽子。方丹，你就像一只衔着绿色橄榄叶的鸽子，飞到人群中去宣告平安……

维嘉把信叠起来，明天早晨下班后，先去寄信。他这么想着，有点困，就仰头靠着门框，闭上了眼睛。当他醒来时，他打开炉门看看，火光已经暗淡了，他赶快把信塞进衣兜，拿起铁锨，铲起一锨又一锨煤块扔进炉门，火苗又呼呼地响着，升腾起来。维嘉添完煤，坐回到木箱上，抬头看看天空，小雨不知什么时候停了。夜空很明净，有几盏星星在遥远的深蓝中发出微弱的光。维嘉不觉叹息了一声，感到心里一阵空漠，说不出少了什么，全然不是给方丹写信时的心情。他在想，自己今后怎么办呢？永远在这儿烧锅炉吗？他掏出一盒烟，抽出一支点燃，悠悠地吐出一缕淡蓝的烟雾，维嘉已经想不起来自己什么时候学会了吸烟……

# 65 维娜的眼泪

那是灰蒙蒙的一天，燕宁出人意料地从部队回来了，回到了她用一个庄严的军礼告别的地方。她仍然穿着军装，只是鲜红的帽徽和领章不见了。她的面色苍白，表情淡漠。维嘉见到她这副模样并不感到震惊——燕宁能够承受这沉重的打击吗？维嘉和维娜只是担忧，同情，难过……

自从燕宁被吉普车接走，她几乎断绝了与维嘉、维娜的联系，也许在她看来，他们有一个不够革命的家庭。但是她回来时，维嘉和维娜还是向她伸出了友爱的手，他们觉出燕宁的手冰凉，还在微微地颤抖。护送燕宁回来的一个女兵悄悄告诉维嘉和维娜，她和战友们都为燕宁感到惋惜和担心。她说，燕宁入伍后，事事处处严格要求自己，从不允许自己头脑中有一丝一毫的私心杂念，也绝不姑息战友们的丝毫的过错。大家钦佩她彻底革命的精神，也惧怕她铁面无私的心肠。谁都不愿，也不敢向她敞开心扉，除非你想把自己的隐私变成班务会上的批评材料。她对谁都不会留情，在所有人的眼里，她都是一个坚定不移的革命战士，她很快被提升为班长、排长，还填写了入党志愿书。

可是谁能知道，这片锦绣般的云端下掩藏着一颗多么孤独的心呢！

这场史无前例的文化大革命是一场触及每个人灵魂的运动。不管人们当时多么幼稚，多么热衷，这句话都是屡试不爽的。有一天，燕宁的父亲也被打倒了，人们说他是一个长期隐藏的叛徒，解放前夕，他所在的地下党组织遭到破坏，好几位共产党员突然被敌人逮捕，几天后被枪杀。那里面唯一的幸存者就是燕宁的父亲，因此人们认定就是他出卖了组织和同志——他是一个可耻的叛徒！正当会场上宣布这个消息的时候，燕宁的父亲忽然挣脱开人群，猛地从办公大楼高高的窗口跳了出去……

父亲的罪名让燕宁受到了牵连，部队很快就通知她退伍了。燕宁没有质询，没有吵闹，没有恳求，没有哭泣，她真诚地对指导员说，我服从领导的决定，这是为了保持革命队伍的纯洁，是很必要的。

一连几天，她默默地整理行装，冷静地同战友们告别。排里那些软心肠的姑娘们为她的不幸哭红了眼睛，而燕宁的眼窝里却始终没有一滴泪。可是，她那张圆圆的苹果脸消瘦了，她重新戴上了眼镜，为的是遮住眼睑下那片浓重的青晕。她的脸上失去了往日的红润和兴奋，只笼罩着风暴横扫的青灰。

回到家里，燕宁从不出门，维嘉不知道她是怎样度过了那些日子。

有一天，维娜压抑不住心中的关切，要维嘉陪她去看看燕宁。

他们轻轻推开屋门，维嘉发现燕宁正独自坐在光线昏暗的桌前，窗帘被严严实实地关闭着。他小心地探过头去看看燕宁，只见她面容忧郁，紧蹙双眉，目光直直地盯在墙上，她的双肘紧紧地压着一个扣在桌上的镜框。

看着燕宁那消瘦的面容，维嘉和维娜都觉得难过。维嘉对她说，生活里总会有不幸，只要振奋起来，所有的不幸都会成为过去。谁知道，面壁沉思的燕宁却愤怒地猛然回过头来，瞪着维嘉大声说，维嘉，你怎么能对我说这种话？她义正词严地说，我没有什么不幸，我认为被部队开除是很正常的，革命队伍必须保持绝对的纯洁，要不然怎么能有坚强的斗志呢？

维嘉和维娜呆住了，他们无法理解燕宁，他们过去的好朋友，头脑里膨胀着一种陌生而坚定的信念，它像一堵高墙牢牢禁锢着她的精神。

燕宁又说，维嘉，维娜，今……今后你们不要再来看我，你们要和我划清界限，不然会影响你们的前途和进步。说句心里话，我……我不需要任何同情，我现在心里很坦然，如果让我继续留在部队，我反而会不安的。一个人怎么能背着沉重的包袱生活呢？我现在需要的是时间……是……是思考。这些天，我觉得生活里有些差错，但不知错在哪里。我眼前有很多线，黑线、红线，纵横交错，扭绞在一起，我需要把它们理清。可是，一重重的黑雾总来挡住我的眼睛，你们看，那团黑雾多么浓重，它为什么不散开啊……

燕宁站起来，走向另一面墙，背对着维嘉和维娜，低着头，再也不出声了，已经快齐肩的头发松散地垂下来，遮住了她的脸颊。维嘉觉得燕宁的话让他惊骇万分，他走到桌边，悄悄掀开燕宁扣在桌上的镜框，那里面镶着她父亲的遗像……

一个细雨霏霏的早晨，燕宁终于出门了。她的表情呆呆的，像一具没有思维的木偶。她向前拖着双腿，好像拖着什么沉重的东西似的，不说不哭，不怒不悲，面对周围投来的各种目光浑然不觉，脸上始终挂着一副木然的神情。

当维娜发现她离家出走时，就扯着维嘉焦急地四处寻找，他们心里惋惜着几年前那个胸前戴着红领巾的伙伴儿，怀念她那至今还回响在耳畔的甜润悦耳的欢笑声。他们在茫茫人海中寻找着闪亮的镜片后面那对弯月似的眼睛。可是，当他们终于在医院的病房里找到燕宁的时候，却再也看不见她那曾神采飞扬的神情，只看到一张灰白而憔悴的脸。燕宁穿了一件白底蓝杠的病号服，宽松的病号服让她显得有点瘦弱。她无言地躺着，目光呆滞地凝望着一个地方，一动也不动。她的枕边放着一本书，是那本她翻了无数遍的《联共（布）党史简明教程》，书的封面已经破旧了，书页也早已卷了边儿。书里夹着一张两寸的黑白照片，照片上的燕宁穿着棉军装，头戴棉军帽，是一个英姿勃发的女战士。

维嘉和维娜坐在病床两边，心里说不出的滋味儿，维娜泪流满面，她轻轻握住燕宁的一只手，不停地颤声呼唤她，燕宁，燕宁……维嘉也握住燕宁的一只手，他觉得燕宁的手汗涔涔的。维嘉说，燕宁，振作起来，所有的一切都会过去，真的……

燕宁脸上毫无表情，好像已经不认识他们，沉入了一个无知无识的世界。维娜还在不停地劝慰燕宁，燕宁，你别这样，我……我还是你的好朋友啊，燕宁，你说话吧，说出来就好了……

燕宁的眼里颤颤地涌出了一星星泪花，泪花越聚越大，终于泪水顺着鬓边流下来，燕宁一下一下地抽泣着，维娜更紧地握住她的手，燕宁的手颤抖着，全身颤抖着，忽然，她猛一转身，趴在枕头上大声哭起来，爸爸——爸爸！她叫着，那叫声撕扯着维嘉和维娜的心。燕宁的手死死地抓着维嘉和维娜的手，就像铁钳牢牢地钳住了什么，维嘉维娜一动也不动，任凭她把他们的手弄得像掰断一样的疼。燕宁哭了很久，额上的头发都汗湿了。后来，她渐渐平稳下来，脸上一副十分疲倦的样子。她眯着眼睛有气无力地说，维嘉，维娜，你们回家吧，我累了……很累，你们走吧，我要好好想一想，有很多事，我都要好好想一想……我要想想这一切都是为什么，生活为什么这样对我，我……我做错了什么？

维嘉曾想，燕宁为什么会这样？医生说，长久以来，她把自己的感情压抑得太深了。

现在每次去看燕宁，维嘉的心底总像被什么重重地敲击，他甚至能听见那一下一下的敲击声，如同重锤咚咚的震响，又像刺耳的金属发出让人眩晕的嗡嗡声。回家的路上，他总是想起燕宁上小学时的样子，也是在这条路上，燕宁穿着花裙子，又蹦又跳，看见他就清脆地喊一声，维嘉！她笑起来很好看，眼睛眯眯着，就像迎着太阳的光芒微笑……维嘉忍不住发出一声叹息，燕宁那时多么可爱啊！

# 66　骷髅头

繁忙的秋收开始了，随着青纱帐的倒伏，原野一天天变得辽阔宽广，千万只昆虫躲在砍倒的秋庄稼底下起劲儿地叫着，好似在高唱着丰收的欢歌。在收割的空隙里，陶庄人直起腰来，手搭凉棚望一眼秋天里迷人的光景，紫檀色的脸上漾开了喜滋滋的笑容，村前村后的枣儿、梨儿都熟透了，累累硕果压弯了枝头，在秋风里晃着几树彤红，几树金黄。家家户户的屋顶上也热闹起来，一堆堆铺晒着丰收的粮食，玉米像粒粒闪光的珍珠，高粱似黄昏燃烧的红霞，铜绿色的豆荚一串串挂下来，密密地盖严了土屋的山墙，仿佛天空飘落下片片美丽的云朵，把那些平凡的小土屋染得色彩斑斓。

我喜欢乡间恬静的秋天。在这个时节里，阳光灿灿，天空碧蓝，虫鸣鸟啼整日不断，空气中总是弥漫着成熟的气息。清晨和傍晚的微风也变得凉爽宜人。我常常趴在窗前静静地幻想。过去，在幻想中，我曾看见自己站在美丽的秋天里唱歌，看见自己在金黄的田野里奔跑。现在，我却时常看见自己正展开双翅在蓝天里飞过，把平安的绿叶送进每一个家门……我没有雪白的翅膀，载着我在这乡间土路上奔走的只是一辆木轮椅。

《基础医学》在我眼前打开了通往新世界的第一道大门，《解剖学》的导言让我确立了当医生的信心。五星、三梆子他们看到我眼前堆着这么多又大又厚的书，惊奇得直咂舌头。小金来晶亮的眼睛却紧盯着我。有一天，当我从黑字麻麻的书页上抬起眼睛，发现三梆子他们早没影儿了，只有小金来坐在我对面的长凳上歪着脑袋冥想。我对他笑了，竖起食指在他眼前晃一晃，他回过神儿来，双手比画着，指指他的脑袋，也冲着我笑。我问他，你在想什么？小金来带着几分羞涩，几分疑惑，指指我的书，又指指他的耳朵和他张开的嘴，询问般地一会儿点头，一会儿又摇头。开始，我不懂他的意思，他急得又皱眉头，又跺脚，嘴里啊呗啊呗地叫着，显得十分委屈，双手比画得更急了。

我摇摇头，还是不懂。

小金来猛地站起来，一把抢过我手里的书，先做出认真阅读的样子，然后放下书，好像在沉思。又一指自己的嘴，摇摇头，再拿起我的手放在他胸前,闭一下眼睛。睁开时,他就做出第一次看到周围的样子,双手弯起来罩在耳后，笑着点点头，张开嘴啊呗啊呗地叫着，拍着手跳了起来。那神情分明在说，我听见了，会说话了！

我明白了，急忙用双手比画着问他，你是要我为你治病吗？

啊呗，啊呗，小金来点点头。

我轻轻拉起他的手，看着他的眼睛，小金来，总有一天，我会让你听到鸟儿的歌唱，让你用清脆的声音喊出你心中所有美好的愿望。我又用手比画着把这一切告诉他。

小金来好像看懂了，眼睛里闪着喜悦的亮光，他高兴地拍着手跳起来，口袋里那盒跳棋也随着发出欢快的哗啦啦的声响。一直趴在屋门口的大白狗跟着兴奋地摇起尾巴，发出低低的呜呜的叫声，好像也在为小金来高兴。

就在这时，小金来突然脸色一变，惊恐地瞪大眼睛紧盯着我身后的窗口。我疑惑地望着他，不解地比画着问他，怎么了？你怕什么？

啊呗，啊呗……小金来恐惧而焦急地叫着，神情慌乱地指着我的窗口。我一回头，猛然看见一个晃动的骷髅头正瞪着两个黑洞洞的眼窝，龇牙咧嘴地向我脸上扑来！

啊——！我吓得发出一声惊恐的尖叫，头上的每一根发丝几乎都麻乱地直竖起来。

嘻嘻嘻……骷髅头猛地缩回去了，窗外传来一阵憋不住的窃笑声，原来又是捣蛋的三梆子在捣鬼！

我胆战心惊地望着缩到窗外的骷髅头，又气又怕地叫着，三梆子，你快拿走——！

三梆子那张土花脸紧贴着骷髅头挤上来，他咧着瓢嘴，嬉皮笑脸地说，噫，瞧你吓的。姐姐，你怕啥？它又不咬人。说着，他又把那个骷髅头朝我脸前一伸，吓得我赶忙闭上眼，没命地尖叫起来。

三梆子见我真害怕了，忙把骷髅头挑在一根食指上，一迭连声地说，俺拿走哩，拿走哩……嘴里说着，却不真走，只是在窗外原地跺着脚。

小金来生气了，他啊呗、啊呗地吆喝着，让大白狗去撵三梆子。大白狗呜的一声冲出门去，汪汪地大声咆哮着冲向窗后，三梆子慌了神儿，挑起他的骷髅头没命地撒腿就跑。大白狗紧追不舍。

看着三梆子仓皇逃窜的样子和他那故意做出来的连跑带蹿的滑稽相，我忍不住哈哈大笑起来，笑得眼泪都出来了。那个骷髅头在三梆子手指尖儿上歪歪斜斜地晃动着，仿佛也笑得东倒西歪。

我笑着，忽然想，这个骷髅头不就是解剖书上所讲的颅骨吗？这是一个多么好的标本啊！用它来学习不是要比书上那个模糊的图形明白得多吗？对，这是标本，这就是一个标本！不能让三梆子扔了它，我连忙朝三梆子的背影大声喊着，三梆子，三梆子，你回来，你回来！

谁知我一喊，三梆子跑得更快了，大白狗也汪汪地狂吠着，追得更紧。我急得直拍桌子，可三梆子一眨眼就没了影儿，我更着急了，一回头，看见小金来正站在我的身后伸长了脖子望着窗外的情景，开心地嘻嘻笑着，我抓住他的手摇晃着，对他喊，小金来，快，快去把三梆子叫回来！

小金来并不明白我在说什么，他只顾拍着双手快乐地又笑又叫，好像说，姐姐，瞧，这回三梆子就不敢跟你捣乱了吧？可他很快就看懂了我要他做什么，便起劲儿点点头，飞快地冲出屋门，向远处的三梆子追去。

过了好半天，三梆子和小金来才气喘吁吁地回来了。大白狗紧紧咬着三梆子的一只裤脚，把他拖得歪歪斜斜。

三梆子两手空空的，我着急地问他，三梆子，那个骷髅头呢？

三梆子嬉笑地一扬下巴颏儿说，俺把它扔啦……

扔了？

嗯，扔到那边的大沟里啦，老远老远的，不信，你问他。三梆子收起笑容，认真地指指小金来，又指指远处，小金来连忙点了点头。

快去，快去把它捡回来！我急火火地对他叫着。

三梆子一愣，莫名其妙地眨眨眼，不相信自己的耳朵似的。

快去呀！我对他又叫了一声。

三梆子这才回过神儿来，他奇怪地问，姐姐，你还真要那家伙呀？

是啊，快去找回来。我又说。

三梆子显出越发不明白的样子，又问，姐姐，你要那家伙做啥？

我要用它学习。我翻开《解剖学》，指着那些头颅解剖图谱对他解释着。

三梆子明白了，说，姐姐，你等着……话音未落，他已经撒腿跑出去了。小金来不知怎么回事，站在那里呆住了。

我不知道三梆子能不能再把那个骷髅头找回来，又担心他刚才扔出去时会不会把它摔坏了。当三梆子飞快地跑回来，我甚至失望地想，一定是没有了。三梆子气喘吁吁地扑到窗前，讨好地说，姐姐，给。那个眼窝空洞的骷髅头又从窗口钻了进来。

看着可怕的骷髅头，我觉得全身仿佛变得冰凉，额上也好像出了一层冷汗，只觉得有一股墓穴中阴冷的气息正在向我扑来，吓得我猛地向后一闪。

小金来以为三梆子又在吓唬我，气得脸通红，就冲着三梆子啊呗啊呗大叫起来。

我赶忙给小金来比画，我要它是为了学习治病，也给你治病。治好耳朵。我克制着厌恶和恐惧，壮起胆子战战兢兢地接过那个骷髅头，我的手一阵发抖，连忙把它扔在桌上。

姐姐，你还要个下巴颏子不？还没等我镇静下来，三梆子又把一块弯弯的排满牙齿的骨头递进来。

我努力镇定自己，伸手接过那块骨头，和桌上的骷髅头对在一起，一个完整的颅骨出现在眼前。啊，太好了。我高兴地叫起来，三梆子，你看，这是个多好的标本啊。就把它摆在这里吧。

三梆子惊愕地眨了眨眼睛问，姐姐，你真要把它搁在这里摆着啊？

是啊。

那可不中。人家瞧见，准得骂咱哩。

为什么？

咦，你知道这是咱村儿里谁家的先人呀？

我忍不住笑，我说，三梆子，我用它学习怕什么？

那你也不能让旁人瞧见。三梆子一本正经地嘱咐我。

好吧，那白天我把它藏起来，晚上再拿出来。

那你不害怕啦？三梆子很有兴趣地吸吸鼻子问我。

不怕了。

真的？

当然。

姐姐，你还真行哩。三梆子咧开瓢嘴笑了。小金来也好奇地把脑袋凑过来，看我摆弄骷髅头。他不停地做出极夸张的恐惧表情。可我紧绷的精神已经渐渐松弛下来。

夜已经深了，整个陶庄陷入一片沉寂。我在小油灯下翻开《人体解剖学》，仔细读着颅骨这一章，我在笔记本上记下了每块骨头的位置和结构。平面图上看不清楚的地方，就拿起三梆子捡来的颅骨对照。这块颅骨已经风干了，颅壁变得很薄，颅内不时爬出几只蚂蚁，我想它们是把这里面当成一个庞大的宫殿了。额角、顶骨和颞骨都比较完整，形成了这座宫殿圆圆的拱顶。颅底的枕骨处有一个多边形的缺损，就像宫殿的大门。边缘上留下了一些很微小的咬噬过的痕迹。那些分布在骨头上的小孔原先密布着网络一样的血管和神经，后来就成了蚂蚁们的隧道和走廊。

我把这个蚂蚁王国的宫殿对在下颌骨上，又继续看书。渐渐地，我的眼睛有些模糊了，头脑也变得迟钝起来，书上的字迹总停在固定的一行，再往下的字迹代表什么意思就一点儿也不知道了……

咔嗒，咔嗒……

不知过了多久，一阵奇怪的响动把我惊醒了。我发现这声音就在我的桌上，离得很近。我一抬头，发现桌上那个骷髅头正对我龇牙咧嘴地怪笑，还轻轻地摇晃着。我以为自己看错了，睁大眼睛仔细一看，只见那个骷髅猛一点头，两个黑漆漆的眼窝紧盯着我，我吓得猛地往后一躲，发出了一声尖厉的惊叫，好像有一只手卡住了我的脖子，憋得气都喘不过来了。妈妈被我的尖叫声惊醒了，她披着衣服从里屋冲出来，惶恐地问，怎么了？什么事？妈妈，鬼来啦——！我伸手指着桌上的骷髅头。妈妈看见，吓得猛然站住了。

这时，那个骷髅头又晃动起来，牙齿碰得嗒嗒作响。

妈妈紧张而疑惑地看着这东西，想了想，神情镇定下来。别怕，世界上根本没有鬼。说着，到门后抓起一根秫秸秆儿，轻轻捅了捅那个头骨。咔啦，那东西又响了一下。妈妈鼓了鼓勇气，再一捅，那头骨一下歪倒了，一只灰溜溜的老鼠从枕骨大孔里钻出来，飞快地逃掉了。妈妈吓得也惊叫一声，退到墙边，一只手紧紧捂在胸前，嘴唇哆嗦，脸色发白。看着妈妈被吓得那副样子，我忍不住偷偷笑起来。见我笑了，妈妈却真生气了，她一下扔了秫秸秆儿，回头严厉地瞪着我，嚷着，你干什么？以后半夜三更不准你再捣鼓这些东西！又说,看你弄的这事儿多吓人。我忍不住笑出声。妈妈说，还笑呢，天都快亮了，还不快睡觉！她没好气地说完，进屋去了。这段时间爸爸去县里学习，妈妈和我在家。每天晚上妈妈睡觉前把门关好，还要在门后放把椅子，还有脸盆什么的。她说要是有坏人进来，听见声音就会吓跑。我想想自己制造的恐惧很想笑，可看看那个头骨，又吓得赶快躺到床上，吹灭了小油灯。

月光透过薄薄的窗帘照进来，朦胧的清光里，我觉得那个头骨上黑洞洞的眼窝还在紧紧地盯着我，那两排白牙龇着，在对我冷笑。我紧紧闭上眼睛，却怎么也睡不着，那双黑洞洞的眼窝好像隔着我的眼皮还在直视着我。我慌忙把被子拽上来蒙住头，却还是躲不开那两个黑洞。它们在我的眼前晃动着，扰得我一刻也不安宁。我好像掉进了一个堆满骷髅的深井，在我的周围，横横竖竖都是枯骨，它们吱吱嘎嘎地扭动着，拼成一个个白森森的、张牙舞爪的怪物，狞笑着向我逼来。我不敢动，也不敢喊，觉得自己正旋转着向黑洞洞的井底沉下去，沉下去，耳边响着急骤跌落时呼呼的风声……

当鸟儿鸣啭出一个新的早晨，当光明轻轻启开我的眼帘，我觉得自己好像从来都没有这么轻松。可我再也不想读《解剖学》了。

三梆子按捺不住好奇心，一大早就跑来了。他趴在我的小窗口故意笑嘻嘻地问，姐姐，今儿俺上家北薅猪菜去哩，我再给你找几个骷髅头不？

不，我不要了。我忙说，你快把这个也拿走吧！

嘻……三梆子得意地说，俺知道你就得害怕。咱村儿里大小伙子都没几个敢戳这的。说着，他背着粪筐跑进来，把那堆骷髅拨拉到粪筐里，背走了。

我这才松了一口气，把《解剖学》推到一边，又拿起《外科学》。《外科学》里有很多彩色插图，我好奇地翻看起来。前面的几页上，印着一堆堆被病菌侵袭的细胞，猛一看，就像一些霉烂的果子。再往后翻，插页上出现了一些溃烂的创面，我感到一阵恶心，五脏六腑都在翻腾，连忙把那几页掀过去。猛然间，眼前又出现了一个令人毛骨悚然的面容，那是一个面部丹毒的患者，病菌使那张脸变了颜色，变了形。太可怕了！我慌乱地把书一合，哗的一声从窗口扔了出去。

我趴在桌上，深深叹了口气。我能当医生吗？我把手放在《内科学》上，可是突然又打了个冷战，谁知道这里面还会藏着什么怕人的东西呀！我忙把手缩了回来。

姐姐……一个怯怯的声音从小窗外传来。我一回头，又吓了一跳，原来是脸上包着破围巾的小飘，她的眼睛正从破围巾的缝隙里不安地望着我。

姐姐,这是你的书不？她那双缠着破布条的手举着那本《外科学》,从窗口递进来。

啊……我吓得往后一缩，惊恐地喊着，快把它扔了！

小飘一惊，慌忙把手抽回去，那本书嘭的一声落在地上了。她低着头站在窗外，抽搭着，嘤嘤地哭起来，那瘦小的肩膀一耸一耸的，十分伤心的样子。

小飘，你干吗哭啊……我吓慌了，不知道她为什么哭得这么伤心。

小飘抬起包着破布条的手，一边擦着眼泪，一边抽抽搭搭地说，姐姐，人家都说你要当医生哩。俺寻思找你给俺治治病，可你也嫌俺……我赶忙说，小飘，你别哭，我不是嫌你，我是，是……

姐姐，俺不怪你，谁让俺得了这病哩？小飘说，人家见了俺都躲着走，俺上地里干活儿，那些小小子就拿土坷垃扔俺，俺到河里洗衣裳，他们就说俺把水弄脏了……俺爹带俺四处看了好几回，可就是治不好，俺家穷，俺瞧病的钱是俺爹帮人家盖房子攒的，那回俺爹从高处摔下来，腰疼得直不起来还去干活儿哩……

我同情地看着这个看不见模样的女孩子，她的心里埋藏着这么多委屈，她又是这么懂事。我好像被什么尖锐的东西刺痛了，刚要说什么，小飘抬起头来，姐姐，俺走，往后俺……俺再也不来了……说着，她转回身，用两只包着布条的手擦着眼睛，离开了窗口。

我猛地趴在窗口叫着，小飘，小飘……

她没有回来。

我又扯着嗓子没命似的叫着，小飘，小飘……

小飘回来，离着窗口远远地站住了，她问，姐姐，你又叫俺做啥哩？

我说，小飘，你帮我把那本书捡起来，把它给我。

小飘听了，抬起眼睛迟疑地看看我，捡起那本书，拍拍土，默默地放在我的窗台上。

我说，小飘，你等着，等我看完这本书，还有屋里这些书，我就能给你治病了。

小飘来到窗前，问我，姐姐，你说的话当真不？

我郑重地点点头，把手伸向窗口，想握住她的手。

不，不……小飘却往后退缩着说，俺这疮谁沾着就……

我说，小飘，我不怕，当医生不能怕病人，不能怕传染……

小飘还有点儿犹豫，她说，姐姐，那你把窗户关上，行不？

为什么？我诧异地问。

你……你就隔着玻璃摸摸俺的手吧。

那只缠满了破布条的手贴在了玻璃上，那对在破围巾缝隙里露出来的眼睛望着我，我也把手贴在玻璃上，我们的泪水一起流下来……

小飘有时偷偷藏在我的窗外看我读书。在默默的期待中，她保持着长久的耐心。有时候，当我从书上抬起眼睛，就会看见一束清新的小野花放在窗台上。偶尔，我会听见一个女孩儿轻轻哼唱一个小调，那小调很好听，可有点儿凄凉。我循着声音向外望去，却看不见小飘的身影，那小调常使我产生一个愿望，我很想看看那包在破围巾里的是怎样一个女孩儿。有几次，当收工的人们咋咋呼呼朝我的窗口走来，我就听见一阵急促而慌乱的奔逃声，我猜那是小飘跑了。

当我翻书翻走了一个又一个白天和黑夜，人体的各种结构在我的脑海里逐渐清晰起来，各种疾病的发病机制、症状和治疗也逐渐明晰起来时，我决定给小飘治病了。早晨，五星、小金来和三梆子刚来找我，我就急不可耐地让他们去找小飘。五星、三梆子快去，你们告诉小飘，我要给她治病。小金来奇怪地看着我，也想知道我说什么。我比画着告诉他，我、要、给、小、飘、治、病！小金来眼睛一亮，高兴地啊呗啊呗地叫着第一个跑出门去。五星拉起三梆子转身要跑，三梆子却站在原地不动，他说，五星，要去，你去，反正俺不去。

三梆子，你干吗不去啊？我问。

他小声嘟哝着，那妮子，一脸烂疮……

我瞪了三梆子一眼，大声说，五星，三梆子不去，你去，告诉小飘，我要给她治病。还告诉她，要是病好了，让她一辈子别搭理三梆子！

五星说了声，姐姐你等着，就跑出门去。三梆子的脸涨得通红，像红皮儿地瓜，见我生气了，五星也跑了，他连忙说，姐姐，俺不是不去，人家都说她那疮……见我不理他，慌忙改了口，说，俺这就去还不行吗？我还是不理他，三梆子就嬉皮笑脸地说，姐姐，俺这就去，俺和五星、小金来编个花轿把小飘抬来还不中啊？

我忍不住笑了，我骂三梆子，滚你的，谁要你娶新媳妇啦？

三梆子咧开瓢嘴嘻嘻笑着一步蹿出门，去追五星和小金来了。

我拉开抽屉，找出一堆药瓶，有酒精，有抗生素，还有药棉、绷带、胶布，我把给自己治疗褥疮的药全都找出来了。我想象着操作步骤：先解开小飘的围巾，揭去脸上那些肮脏的破布条，揭不掉的地方，就用药棉蘸着清水润湿，慢慢揭下来，然后为她清洗疮面，剪除脓痂，敷上消炎粉，再用绷带为她包扎起来……

过了好半天，五星他们还没回来，我想，也许他们到地里去找小飘了，人们都说小飘很勤快，整天帮她爹干活儿。我趴在桌上，在冥想中，我看见小飘好了，脸上的皮肤细腻平滑，乌黑的头发梳成了两根油光光的小辫儿，还剪了一排齐眉穗儿，哦，站在我面前的是一个多么清秀美丽的女孩儿啊……我沉浸在自己的想象里，不觉笑了。

在地里干活儿的人们停下来歇息了，犁地的老牛站在田埂旁慢慢地吃草。都半晌了，五星他们还没回来，他们去哪儿了？去别处玩儿了？不，五星和小金来不像三梆子，我要他们去找小飘，他们一定会去的，特别是小金来，他从不许三梆子拿土坷垃扔小飘，有一次，他见三梆子朝小飘扔土坷垃，就和三梆子打起来。还有五星，他早就不欺负小飘了，有时见到别的孩子欺负小飘，他还打抱不平。五星说他现在要当个好班长，长大了像他爹一样当个好队长。可他们去哪儿了？为什么还不回来啊？

五星、小金来和三梆子回来了，他们像做了坏事一样，是悄悄地溜进门来的，一个个还耷拉着脑袋。小飘呢？我奇怪地问，小飘怎么没来？

五星和三梆子都不说话，也不看我。小金来也不啊呗、啊呗地比画了。他们并排站在门边，那样子就像一群败下阵来的小公鸡。哎，你们干什么去啦？我又问，你们怎么没叫她来？五星，三梆子，你们去小飘家了吗？

去了……三梆子鼻子齉齉地说，声音像蚊子嗡嗡叫。那你们为什么不叫她一起来呀？

五星想说什么，又咽了回去。

小金来看看我，长长的睫毛扑闪着，啊呗……他刚比画了一下，又把手放下，只是轻轻地摇头。

我急了，你们……五星，你们到底去哪儿了？为什么不说话？

五星慢慢抬起头望着我，小声说，姐姐，俺说了，你……你可别难受啊……

我忽然觉得身边仿佛掠过一阵凉风，不由微微抖了一下，小飘怎么啦？我想问，可又不敢问，只在心里问自己。我这才想起，我的小窗外好多天没有小野花了，我也好多天没听见小飘唱的小调了……小飘怎么了？我颤颤地问。

五星说，姐姐，小飘她爹带着她走啦……

啊？走了？我震惊地看着五星。

三梆子走到我桌前也小声说，姐姐，小飘真走哩……

我问，他们去哪儿了？什么时候走的？

五星说，人家说，她爹今儿里一大早就带她走了，往村东头走了……村东头？

三梆子说，俺们几个到村东头一打听，人家说，小飘她爹领她沿着大河往东走了，俺们追了老远也没见影，就……就回来了。

小金来这时也来到我面前，比画着，俺娘说，大河老长老长的，走不到头，要是走到尽头，就看见太阳了。

我说不出自己的失望，说不出心里的难过，小飘，我多想看看你的模样啊……忽然我觉得一股怒气冲上来，我骂三梆子，我指着他，一连串地骂他，三梆子，你混蛋，你混蛋，都怪你……你整天欺负人家小飘，人家能不走吗？我伤心地哭起来。五星呆立着不说话，小金来不停地忽闪着大眼睛看看我，又看看三梆子，他攥紧拳头，好像随时要揍三梆子。三梆子的脸通红，耳朵也通红，脑袋都快耷拉到胸口了，憋了半天他才小声说，俺……俺咋知道她爹带她走哩，要是知道这样……俺咋能……

我抽泣着，我再也见不到小飘了。

小金来拉起我的手，会说话的眼睛看着我，好像在说，姐姐，别哭了……

我比画着告诉他，这些天，我看书，很少给你说话，我就想快点给小飘治好病，可是她走了，我不看书了，不想当医生了……

小金来着急地指指自己的耳朵和嘴，啊呗、啊呗地叫着，又拍拍我桌上的书，那神情分明在说，姐姐，俺还等着你给俺治病哩……

傍晚，五星、小金来和三梆子推我来到金线河的大堤上。夕阳正在落下去，河面上洒下无数细细碎碎的光点，金晃晃地刺着我的眼睛。我向河东头望去，那里是一片暗淡的青灰，蜿蜒的河消失在远方。我仿佛看见小飘的爹领着她朝那里走去，晚风吹拂着他们，吹拂着小飘的破围巾，还有她手上那些褴褛的布条。

五星三梆子谁都没有说话，小金来也久久地沉默着，他们也许都像我一样，盼望小飘有一天从大河的尽头回来……

# 67　印第安人

我天天盼望邮递员的到来，我急于把给黎江的信寄出去，我想让他也分享我的快乐。可是我等了好几天邮递员也没来。在田野里，我一次次向天空望去，我想看见一只鸽子，会送信的鸽子。我想象着，把这封信系在鸽子腿上，把它抛向空中，鸽子带着我的信飞进白云里，等它再落下时，就是黎江的军马场了。它也许会落在黎江的肩头，它咕咕地叫着，告诉黎江，这是陶庄的来信……我为自己的想象笑了，笑自己编了一个童话。我继续等邮递员，等待他那辆绿色的自行车发出叮叮的铃声。天下雨，道路很泥泞，我有些丧气，雨天邮递员不会来。人总是这样，越想快点实现一个愿望，就越实现不了。我早就把给黎江的信粘好了，邮票也贴好了，可我的信却寄不出去。在等待中，我甚至都忘了自己写的什么，黎江读了我的信会怎样呢？一次次拿着封了口的信，我终于忍不住撕开了，我想知道自己的秘密，我希望自己有秘密。那是在夜晚，在小油灯下，我把信拆开了，哦，这是我的秘密呀。黎江会怎么读这封信呢？我把信展开，想象着自己是黎江，他也许坐在草地上读信，也可能是骑在马背上，嗯，方丹的字写得比以前漂亮了，我装作黎江悄声地说，黎江真的会夸奖我吗？我笑了，又读自己的信：

黎江，我学会针灸了，我的腿上已经扎了好多针眼儿，我每天都练习进针，捻针，起针，反反复复地练着。前几天，我腿上有一个针眼儿感染了，因为腿没有知觉，针眼儿周围红肿起来，我才发现，可已经晚了，我发了几天烧。从县里请来医生打了针才控制住感染。医生说这很危险，处理不好就会得败血症。妈妈很生气，总是不停地埋怨我，可她不知道我急于做一名医生的心情……

黎江，我快忙得分不出白天黑夜了，可是我很快乐。在这封信里，我要给你讲一件有趣的事，有一天，五星、小金来和三梆子来找我，我发现他们一进门都猛地呆住了。我像往常一样招呼他们，三梆子向后退了两步。五星和小金来也不敢往前走，小金来甚至抓住了五星的手，跟在他腿边的大白狗也蹬直了四条腿，两眼警觉地盯着我，嗓子里发出呜呜的吼声。你们怎么啦？我问他们。五星他们不说话，差点退出屋门外去。我正奇怪，杜翰明从我的小窗口探进头来。看见我，他也猛地一愣，接着他笑了，指指我的脸问，方丹，你怎么变成印第安人了？我连忙对着镜子一照，自己也忍不住笑了。原来，为了记住针灸穴位和经络，我用蓝墨水和红墨水在脸上画了一些点和线。红蓝斑点和条纹把我的脸变成了一张吓人的面具。我一笑，那些红蓝道道就更吓人了。我哈哈大笑起来。五星、三梆子和小金来回过神儿来，也忍不住叽叽嘎嘎地笑起来。我们突然爆发的笑声，惊得窗外枣树上的鸟儿扑棱着翅膀，尖叫着飞走了……

黎江，我学会了针灸，就连我自己也不能不感叹小小银针的威力，我已经给很多人治好了病。也许你不相信，或者你会担心，你会问我，方丹你能行吗？其实我心里也很不踏实呢。你知道，开始的时候，我对自己信不过，对每一个病人都要反反复复问半天，第一次给病人针灸时，我的手直发抖。黎江，我怎么给你形容呢？那一瞬间，我的心悬得老高，真怕一针下去，病人会出现意料不到的反应，我想我会用双手捂住眼睛，什么都不看都不想了。其实，病人只是牙疼，而且一针下去，他竟笑了，他说，嘿，不疼啦，一点儿也不疼啦。开始我还半信半疑，总觉得他是在哄我，这银针会有这么灵吗？他越笑我就越不信，因为这第一个让我大胆给他针灸的是陶成大叔，他以他的信任鼓起了我的勇气。不过，陶成大叔的牙疼真好了，黎江，你看，我腿上的感染值得吧？

我被自己的信吸引着，仿佛在读一个别人的故事：

黎江，从那以后不久，我的病人多起来了，人们有个头疼脑热、腰酸腿疼都来找我。尽管维嘉给我寄来很多医学书，可病人并不都是按书本上写的那样去生病的。从我第一次拿起银针，小金来的眼睛紧盯着我的手，每当一个病人带着满意的微笑离开，小金来总要歪着脑袋冥想半天。有一天，他突然拽着我的手，指指他的耳朵，又指指张开的嘴，我却不懂他要说什么，急得他又皱眉头又跺脚，小金来又伸过脑袋，拿起银针，他的眼里满含着信赖和渴望。为了小金来焦急的神情，我翻书翻走了多少个黑夜，练针扎了多少穴位啊。

又有人找上门来了，是刘锁。黎江，你从我过去的信中也许已经认识了三梆子的姐姐素英，她是个心地善良、恬静秀美的姑娘，前不久，在地里干活儿淋了雨，回到家两腿突然瘫痪了，那几天村里的人说什么的都有。素英和刘锁是村里第一对自由恋爱的人，自从他们订了婚，村里有的青年也希望自己能像他们一样自由恋爱。可素英偏偏病倒了，两腿痛得一动也不能动了。那些天有人就说，这下刘锁和素英准得散伙。刘锁套上小驴车把素英拉到县医院，医生说，素英得了严重的风湿病，治不好也许就再也站不起来了……

那天刘锁急火火地来找我，他说，方丹，你给素英扎扎针吧。俺娘这些天整天嚷嚷着要我退婚，你说我咋能这时候黑良心哩？他说，这辈子我是铁了心，素英病成啥样我也不嫌弃。我被刘锁滚烫的心感动着，可我却不能对一点儿把握没有的事轻易许诺。黎江，你看，我只能翻开书，一遍遍地学习。

那天我去看素英，她把炕头收拾得很整洁，一床素花的被子把她围在当中，被子上一双灵巧的手正飞快地掐着麦秸辫儿。看见三梆子推我进门，她的眼睛一亮，又露出带着一丝愁苦的笑容。我靠在炕边给她看病，素英掀掉盖在腿上的被子，撸起裤腿，我看见了多么熟悉的伤痕啊，红一道，紫一道，那时，我也曾经一次次抓破过双腿，没有谁比我更知道这些伤痕的疼痛了……我对素英说，以后不许这样了。素英哭了，三梆子也哭了。素英对我说，方丹，你给我扎针吧，治好了，我和刘锁一块儿带着三梆子，治不好，我就把我攒下的嫁妆送给他，让他……

黎江，我不能让素英失望，我要尽我的努力给她治病……

# 68 最后一个黄昏

秋天，原野又是一片金黄。

整个夏季，野草都在疯狂地生长，贪婪地吞没每一寸土地。稠密的雨水把顽固的盐碱深深逼入地下，壮硕的沙蒿每一棵都像一簇茂密的矮树丛，无拘无束的野花像散落在荒原的星星，随风摇着细嫩的茎子，把清香的花粉飞扬在广漠的空中。不甘寂寞的昆虫躲在草丛深处发出嘤嘤嗡嗡的鸣唱，使无边的平原在这连成一片的声波里震动着，仿佛大地也在簌簌战栗。

秋风吹来了，大自然像一位绿衣少女，转眼换上了黄色的衣裙。草枯了，花黄了，香蒲和芦苇用密密的枝叶把长渠映成一条金色的水流。阳光像一个忙碌的画家，一边给灰菜淡黄的叶子镶上淡紫色的花边儿，一边又为沙蒿粗壮的枝丫描上暗红色的条纹，好像要借着绚丽的色彩炫耀自己的殷勤。

经过一个多雨的夏季，长渠里的水不再像春天那样浑黄，澄澈的水波映着蓝天白云，夜晚还映照着满天星月的倒影。初看上去，渠水是平稳而静止的，但从漂浮在水面的衰草枯叶旋转着向前飞奔的速度，能看出水流很急。密密丛丛的芦苇纤纤直立在水中，把流水分做千万条涓细的支流，汩汩地发出银镜般的闪光。苇丛中偶尔发出噼啪的响声，那是顽皮的小鲫鱼跃出水面，在半空里翻个跟头，又晃着鳞光钻入水底。

黎江在这条渠边为马群刷洗了一个夏天。每当黄昏，即将归棚的马群总要跃入水中，洗去一天的汗水和泥尘。流水淹没了它们健壮的四肢和滚圆的肚腹，也许感到凉爽清新，它们不住地轻轻甩着尾巴。那匹最小的红马驹已经长得高大矫健，浑身被黎江刷洗得油光发亮，像火一般赤红。洗过澡，黎江亲昵地拍拍它浑圆的后臀，它便甩着湿淋淋的尾巴冲上长堤，向西坠的残阳发出一声酣畅的嘶鸣。叫吧，叫吧，这是属于我们的最后一个黄昏了。黎江深情地注视着这匹心爱的小红马，恋恋不舍地目送它纵蹄追向流火般奔驰的马群。

几年的放牧生活在和马群的朝夕相处中匆然而过。马背上载过黎江的苦恼，也载过他的叹息，更载着他冲破原野的疾风暴雨，从第一次放牧的朝晖里一直走到今天。他身上的军装早就洗得发白了。袖口和下摆也被磨得毛了边儿，但是，在这日渐陈旧的衣衫里却裹着一颗越磨越坚强的心，在这经风历雪的躯体上，昂着一个不断更新的头脑。黎江的脸上已经没有了郁闷和消沉。岁月在这张脸上变换着手法，逐渐刻上了希冀和成熟。

马群奔跑着，马蹄带起一路风尘，一蓬蓬白色的芦花被卷到空中，不停地上下翻飞，有的就缓缓地逗留在晚霞里。黎江眯起眼睛望着轻飘飘的，羽毛似的芦花，忽然觉得这个黄昏如诗如画般的美丽。哦，飘飞在空中的芦花为什么不肯离去？黎江仿佛听见它们正在召唤自己，我们成熟了，要飞向一片新的土壤，在那里重新扎根，萌发新绿，等待再一次的成熟和飞升……

黎江在想，一个人也要经历从幼稚到成熟的思想过程，包括对新生活的认识和对新环境的适应。他不由想起了方丹，她现在怎么样了？这个念头刚刚出现，黎江心里就涌起一股强烈的思念和牵挂，方丹，方丹……他说不清自己这一刻的心绪，只是愿意这样默默无声地呼唤方丹的名字，这样做着，就有一股热流在涌动，孤独造就思念，孤独造就遐想……他曾无数次地靠遐想打发时光。黎江想起那年夏天，方丹在一封来信中告诉他，自己当了村里学屋的老师，她说，黎江，你没想到吧，你真的没想到吧？黎江从这句话里感到了方丹的快乐，他为她高兴。那几夜，黎江失眠了，他回想着自己的生活，惋惜着在马背上悠悠荡荡消磨掉的那些日子。他也回想起被关在地下室里的那个夜晚，背靠阴湿的墙壁，怀抱抢来的书，屈膝坐着。那时候，信念能帮助他镇定自若地面对现实，而在这里，现实几乎使他丧失了信念。为什么？因为他放任自己沉溺在哀怨中，甚至想放弃一切……

方丹说她当了孩子们的老师，她充满了热情去做那一切，她说黎江，我还记得你给我讲代数的事，有一次你给我留下好几页代数题，说实话那些题对我太难了，有好几道题我怎么也做不对，我很怕你说我笨。可后来，你却说，是你没给我讲明白，不是我笨……黎江，在这里我要靠自己了，学着你的样子给孩子们讲课，尽量给他们讲明白。方丹又说，黎江，你离我那么遥远，我常想，要是你能来看看我们陶庄的学屋，看看我教孩子们读书该多好。困难还是有很多，学屋里没有课本，我编了一些课文，杜翰明也帮我编了好几课……

黎江被那封信深深感动了。

从那以后，太阳无数次升起又落下，晨光暮色给渠堤马背上埋头苦读的黎江披上一层层金辉。那只曾被抛弃在角落里的黄书包，又成了他形影不离的伙伴。他要用知识来充实自己，帮助自己，不能让自己被前进的时代抛在后面。回想几年前听到大学停止招生时的那份沮丧，他暗笑自己狭隘，通向未来的道路多着呢，就像这平原，只要你认准方向，哪条路都能把你带到太阳升起的地方。

可是，隐隐的，他心里仍存着上大学的渴望，那毕竟是从少年时代起就梦寐以求的愿望啊！

在夕阳里，健壮的马群逐渐感到寂寞了，它们无法理解，一个骑手怎么能忽视辽阔的原野，而把自己埋进狭狭窄窄的一方小书里？它们不懂，主人正在文字铺起的道路上急起直追，书中有比原野更加辽阔的世界……

黎江终于追上了一个久已不敢再想的目标！

全国大专院校开始招生了，这消息多么让人振奋！黎江高兴得几天几夜都睡不着。他决定要去报名参加考试，也许希望十分渺茫，但他必须去。他要铲除头脑中那片看不见的荒原，要让知识的光芒重新照亮生活的道路。考试后的焦虑是一杯浓茶，是苦涩的兴奋，录取后的欣喜是一杯醇酒，是呛人的陶醉。那曾经失去的梦想，经历了几个冬天，竟然又奇迹般地回到了他的身边，他被北京大学物理系录取，他就要开始新的学习了，一切都是那样陌生，一切又是那样让他兴奋。

当悬在喉结的心落回原处，他反而产生了一种留恋，面对原野，流下了几年来的第一行眼泪。那天他的心潮不停地涌动，他想说，几年来，我在你的怀抱里生活，心灵深处常感到压抑。我恨过你，骂过你，多少次渴望能够早日离开你。现在，离别的时刻，我才感到你的艰苦教会我多少宝贵的东西。也许，这段经历能够成为我一生的精神财富，有了它，我就能够勇敢地面对未来生活中的风风雨雨，所以，我想对你说，我感激你。他好像在对一个沉默的老人倾诉着，原野把他的话吸进去，没有回声……

宿营地高高的木杆子上早已挂起了红布条，在天空的映衬下，就像一缕红红的火焰在黄昏的微风里抖动着。流火般的马群在渐渐变凉的微风里感到了即将到来的黑暗的威胁，它们急于回到温暖的马棚去咀嚼芳香的草料，便尥开四蹄跑上归途，留给原野一串音乐般动听的马蹄声。

那匹小红马不肯抛下黎江，它依恋地跑过来，用一只前蹄刨着泥土，仿佛在催促他，回去吧，回去吧。黎江不想回去，他抬手拍拍小红马的头，小红马驯顺地趴下来，卧在他身旁。

对，别走，让我们一起把在这里的最后一天延长下去。他举起书包，看，这里面全是方丹寄来的信，让我们重新读一读，再重温一次她给我们带来的快乐……

小红马眨着榆叶形的大眼睛，略显不安地望着空旷的原野。晚风习习吹来，黎江手中的信纸发出沙沙的响声，仿佛在讲述着远方的故事……

# 69 大白狗和雪橇

那也许是我写给黎江最长的一封信了。我很想不断地把我在陶庄的事告诉他，我想每天都给他写信。我也时时盼望他的回信。过去我总是把自己的烦恼写给他，而现在我却有那么多的快乐想告诉他，我的信写得很长。一次黎江来信说，方丹，读你的信就像读小说一样。他还说，你再这样写下去，说不定有一天就成了作家。我笑了，我的信真的像小说吗？小说是什么？在那封长信里，我给黎江描述了我在陶庄当医生的情景。

黎江，又到秋天了。在这天高云淡的晴空下，我每天都能看到一群群大雁向南飞行。遥望雁阵，我常常想，它们或许也曾飞过你的头顶，扇落了翅膀上浅色花纹的羽毛，让它轻轻飘落在你的书页上，变作一枚小小的书签儿。

我喜欢陶庄的秋天。陶庄的孩子们经常把我推到秋收的田间去领略大自然的风光。心灵手巧的五星常歪着月牙儿头，用新鲜的高粱莛儿给我做漂亮的蝈蝈笼子。顽皮的三梆子总是耐着性子趴在豆子地里，寻找正躲在豆叶底下的大肚子蝈蝈，捉来放进笼子里，让我听它唱歌。小金来呢，他会机灵地躲过看瓜人的眼睛，猫腰溜进瓜棚，为我摘来金晃晃、香喷喷的大甜瓜。夜晚，我们披着皎洁的月光，围坐在堆满粮食的打谷场上，我给孩子们讲故事，给他们唱歌，那一会儿，就连天上的星星也对我们羡慕得直眨眼睛。

陶庄给予我的快乐远远不止这些。

当了乡村医生,我已经为这里的很多乡亲治好了病。黎江,你还记得，我跟你说过素英的事吧。也许你不相信，我只给她针灸了几次，素英的腿就不疼了，又治疗了几次，她就能站起来走路了。很快她又能下地干活了，在地里和姐妹们在一起，素英的笑声最响亮。刘锁的娘说,过年的时候就给他们办喜事。这个消息随着阵阵轻风传遍了三里五乡，来找我治病的排起了队，有的人甚至从几十里以外来找我，有时候我还要到外村出诊，去医治那些不能出门的病人。小米每次从学校回来都要推我去给人们治病，小米说，看见那些被治好的病人，她也有说不出的高兴呢。

黎江，你一定会问，在风吹雨淋、天寒地冻的日子里怎么办呢？去年冬天，我们这里下了一场大雪，积雪厚厚地盖满了平原上的沟沟壑壑。太阳金晃晃地照耀着,在白茫茫的雪原上,反射着刺眼的强光。下过雪的天气冷极了，可是那时，几里以外有一个病人正瘫痪在床上，需要尽快治疗。推我出诊的五星踏着雪跑来了，他站在我的桌前不住地跺着脚。他的棉鞋上沾着一层厚厚的雪绒，棉帽的护耳在冻红的脸蛋儿旁忽闪着，好像两只黑黑的长耳朵。

姐姐，今儿里别去了，不差这一天半天的，等雪化了……他把双手捂在嘴边呼呼地哈着气说。

妈妈也在一旁竭力劝阻着。

我擦掉窗上的冰花向外看，一望无际的雪原上看不到一个行走的人影，我不禁犹豫起来，是啊，在这样滴水成冰的日子里，谁肯到外面去呢？可病人在等我。我围紧了红围巾，对五星说，我们不能让病人失望。要是我们不去，就会拖延他的病情，他就会多遭受一些痛苦。五星懂事地点点头，搓了搓冰凉的小手说，姐姐，咱去！

在屋外厚厚的积雪中，五星深一脚浅一脚地使劲儿推着我走向村口。小金来正在他家的门口堆雪人儿，看到我们，他向屋里拍了两下巴掌，便飞快地跑出来。他身上穿了一件黑粗布棉袄，腰里横扎了一条麻草绳子。迎面而来的寒风冻得他缩起了脖子。他的巴掌声把那只威风凛凛的大白狗唤了出来。在白皑皑的雪地里，如果不是那两只黑得发光、圆得像葡萄珠似的眼睛，一下子竟不容易发现大白狗的身影。

大雪把平原覆盖得一片银白，在阳光下，雪原上有无数晶莹的颗粒在发出闪光，好像白雪中撒满了数不清的钻石，一亮一亮地晃着人的眼睛。小金来和五星把大白狗拴在车前，那雪几乎埋到大白狗的胸脯。它像一匹驾辕的骏马，费力地拉着木轮椅往前奔。五星和小金来每一步都踩出一个深深的雪窝。积雪灌进了他们的棉裤腿儿，木轮椅在他们的推拽下简直是一寸一寸往前辗。没走多远，他们就发出了急促的喘息声。

五星停下来，跳上一个高高的土坎儿向前张望，白色的雪毡一直伸向灰色的天边，平原上分不清哪里是道路，哪里是沟渠。再回头看看我的木轮椅，轮子被埋在白雪中，车前拱起的雪粉盖住了我的双脚，再往前走，积雪准能堆成一堵墙。

五星摘下帽子扇着热得通红的脸，他头上冒起一股热气。大白狗也热得伸出了红红的长舌头，趴在冰冷的雪地上呼呼地喘息。小金来解开腰上的草绳，双手拽着衣服的前襟来回地扇着，还不时用袄袖抹一把额上的汗水。他的眼睛始终询问般地紧盯着五星，仿佛在等待他决定走不走。

五星在犹豫，他为难地看着遥远的路途，又看着我的木轮椅和热得出汗的小金来。忽然，他眼珠一转，撒腿向刚离开不远的村里跑去。我急了，张开嘴想喊他回来，一股寒风刚好冲进了我的喉咙，呛得我咳嗽起来。

小金来不安地看着五星的背影，见他跑远了，气得一跺脚。他冲着我拍拍小胸脯，忽地跑到车后，一个人奋力推起来。大白狗仿佛懂得他的心思，也弓起身子在前边使劲儿拉着。木轮椅一点一点往前挪，走得更加吃力了。我回头看看小金来，他昂着红扑扑的小脸儿冲我笑笑，好像在说，姐姐，别着急，五星不去，俺一个人也能推你去！

我心里一阵发热，眼睛湿了。多可爱的小金来啊！我拉住他的小手，把他拽到车前，对他比画着，等等吧，五星会回来的。

我没猜错，村口很快又出现了五星奔跑的身影，他还喊来了三梆子，他们一路踢飞了多少白雪，扑扑跌跌向我跑来。到了跟前，我发现五星手里拿着两条弯木板，三梆子的胳膊上挂着一串绳子。他们要小金来帮着把木板垫在木轮椅的车轮底下，又用绳子绑牢了，然后五星吆喝一声，驾！

大白狗忽地一下拉动了绳子，木轮椅变成了雪橇，它在雪地里流畅地滑动着向前冲去，我觉得就像飞起来一般。聪明的五星和三梆子想出了一个多么绝妙的主意啊！风声在耳边呼呼地响着，飘起了我的红围巾，空旷的雪原回荡着我们的欢笑声……（我在信里没有说我在雪地里想起了那个高加索的女医生，其实，我想起了她，我看见她被那个年轻的军官救起来。我看见白茫茫的雪地上，他们两个人手拉手向远处走去，那一会儿，一种幸福感充满了我的全身，我觉得那是“温暖的冰天雪地”。）

黎江，经历了这样艰难而有趣的出诊，我对自己更有信心了。看到我的病人好起来，我真是比什么都高兴。秋收时有一天，陶成大叔站在地头数了数，在那儿干活儿的人几乎都找我治过病。陶成大叔对我说，方丹，你瞧瞧，你给咱解放了多少劳动力啊。望着堆满场院的粮食，我笑了。我想我可以问心无愧地与大家一起分享丰收的喜悦了。

黎江，你感觉到了吗？我变了，变得不再是那个整天坐在窗前，脸色苍白，期待自由的小姑娘了。我的心仿佛生出了翅膀，它飞起来了，我想说，天空属于我……

# 70　草甸上的月光

天色昏暗了，信上的字迹开始模糊起来。

黎江回味着方丹最后的几句话，真切地感到方丹变了，变得对生活充满信心，每句话都显得生气勃勃。她的确不再是那个病弱孤独、嘴角边挂着寂寞的女孩子了。她身边有一个让黎江感到陌生的环境，她在那个环境中像鱼儿游进了大海一样自由、快乐。

忽然，黎江心里产生了一种有点别扭的感觉，他无声地问自己，为什么，为什么，方丹当老师，第一个给她鼓励的不是我；她学习当医生，第一个为她找来医学书的不是我；她治愈了病人，第一个为她感到高兴的仍然不是我。他蹙起眉头,不明白这一切为什么让他感到别扭。难道方丹在困难中得到周围朋友们的帮助不好吗？不，这正是他所希望的，可是……

他抓住一点思绪猛追下去，他要弄清往事中让他朦胧感觉过，却始终没有真正理解的一种感情。他觉得自己就站在一个门边，只要再迈一步就能看到谜底。

一轮明月从平原尽头冉冉升起，万盏银星缀满了暗蓝色的夜空。瞬间，万物在昏暗中又变得明亮起来。渠水在月光下泛着银波，芦苇在月光下随风摇荡，晃动的苇叶看上去仿佛比白天多了几倍，像一队黑森森的人马正在借着月光潜行。薄云在月光下缓缓飘移，轻袅袅的夜雾在月光下旋转，转出一个诗意朦胧的夜……这一切都不能像往常那样吸引黎江。他躺在露水初降的草丛中，遥望着深不可测的夜空，嗅着原野上略带苦涩的草香，听着秋虫唧唧啁啁的歌唱。告诉我，告诉我，思绪中那个让人猜不透的谜底是什么？他问月光，问流水，又对着原野轻声地问，灼热的语气烫着了风。

月亮升高了，变得十分遥远，一片轻柔的云缓缓游来，把月亮遮住了一半，那闪光的一面恰像一个少女的侧面头像。黎江心中怦然一动。他想起第一次见到方丹，是在那个敞开的窗前，金色的阳光倾洒在她的发丝上，她眨动着一双好奇的眼睛，脸上浮现着热情的笑容。然而现在，那一切却在一片遥远的土地上，在他的目光看不到的地方。黎江突然感到他的心忽悠一下，像被人摘走了似的，空荡荡的。

露水下浓了，凝在草叶上的水滴偶然在月光下一闪，像一颗晶亮的珍珠跳出草丛。他伸手一拂，珍珠消失了，留在掌心一片湿漉漉的水渍……他想起几年前他和方丹分别的时刻，那个泪流满面的女孩子，她让他陡然产生出无限的爱怜，直到今天那种爱怜还隐藏在他心底的深处。黎江好多次想赶走一种他觉得自己不应该去想的东西，可那个影子实在太深刻了，仿佛被雕凿在记忆里，那一次连他自己回想起来都觉得不可思议，他是那样突然地拥抱了方丹，她也在那一瞬间紧紧拥抱了他，就像电影里生离死别的情景。黎江黎江，我还能见到你吗？方丹不停地问他。能，我们还会见面的，你要相信……黎江有生以来还是第一次流了那么多眼泪，而且是在一个女孩子面前。还有……唔……那一会儿他很想用嘴唇吻去她的泪痕，很想，他想着就觉得心在颤抖，全身都在颤抖，有一股热流迅速在体内膨胀着，涌动着……他的嘴唇也想去吻泪痕以外的什么……他忽然又阻断了那个念头，心里默默地告诫自己……不……不能那样……方丹是你亲爱的朋友……朋友……她需要的是顽强的意志，而这也是你自己需要的……

这个回想就像水珠的闪光在他眼前一亮，是不是自己喜欢方丹，或是比喜欢……这个念头仿佛变成一团有力的气体，在他脑海中嗡的一下扩散了，又挤进他的胸腔里膨胀起来，猛烈地碰撞着他的心脏，它跳动的声音好像变得擂鼓般地响。经过固执的冥思苦想，一丝甜甜的甘露终于慢慢浸透了他那颗不安的心，是的，这是一种不同寻常的感情。从第一次见到方丹，他就被方丹那种独特的性格吸引了，尽管她那时还是一个小姑娘，可她的微笑让他抛弃了在女孩子面前一贯的拘谨。

黎江沉浸在回忆中,他要借每一件往事的痕迹来证实自己的感情。在他和方丹的交往中，他做的每一件事不都是为了使方丹快乐吗？在那些日子里，看到方丹在困境中挣扎，他痛苦，看到方丹哭泣，他悲伤。不是吗？当那操场上焚书的烈焰在燃烧，当那地下室里，恐怖的黑暗在聚拢，当他躲在闷热的天花板上逃避追捕，当他跟在精神失常的哥哥后面四处奔走……他想得最多的是方丹，甚至一次次不顾自己的安危跑去看她。

黎江的家里没有姐妹，他无法判定自己对方丹是不是一种兄妹间的感情，但是，有生以来第一次，他的心被一根看不见的游丝拴着牵向远方。他想起自从来到军马场后，他多么渴望获得她的消息，哪怕仅仅看一眼她的字迹呢。于是,他给方丹写去了一封信,在期待回信的日子里,他整日打着马向远方狂奔，太阳落山才踏上归途，唯恐自己忍受不住在地窝子里长久的等待。

月亮开始移向西天，秋夜的风带来侵人的寒冷。黎江紧靠着静卧的小红马，从它赤红的躯体上汲取几分温暖。这是黎明前最浓的黑暗，黎江希望夜能再变得长些，好让他有充足的时间体会他的初醒的感情。也许，他会永远这样默默地保存他的深情，也许，将来有一天，当方丹能够理解时，他会向她敞开心扉，倾诉埋藏在心底的真挚话语。他要告诉她，当她还是个小姑娘的时候，他就默默地爱她了……对于未来的一切，黎江还想象不出会发生什么，他不知道在他和方丹之间会发生什么，但是有一点他很坚定，学校放寒假的时候，他一定要去陶庄。

夜风吹着他发烫的脸颊和胸膛，他深深地吸进一口凉风，感到被夜露净化了的空气是那样清新。曙光已在东边的天际悄悄升起，黎江仿佛看见大学的校门像一座神圣的殿堂为他敞开，新生活向他伸出热情的双手，一切都在等待他……

# 71　小金来听见了

在我的记忆中，那是一个太阳红红，云儿飘飘，鸟儿叫声格外嘹亮的早晨。晨风让满树金黄色的叶片发出轻轻的窸窸窣窣的吟唱。我趴在小窗口，看到杜翰明又站在枣树下拉琴，他把大自然点点滴滴的音符凝聚在一起，揉进琴弦，汇成了一个优美的旋律。

从晨曦初现到阳光满天，杜翰明一直在拉琴。前不久，一支浩浩荡荡的解放军野营部队开进了平原，为了加深军民鱼水般的情谊，部队和公社决定组织一场军民联欢晚会。为此，公社让各个村里的知青小组准备文艺节目。杜翰明的小提琴独奏被认为是最精彩的节目，他要在晚会上演奏自己创作的随想曲的前半部分。几天来，他一直在加紧练习，今晚就要演出了。

琴声在晨风中荡漾着，又同轻纱般的薄云缭绕在一起，细细柔柔地在我的心间穿过。在无边无际的想象中，构成一幅声的图画，仿佛有一只手牵来了一片明净而辽阔的蓝天，接着，花儿开了，鸟儿唱了，各种各样的小动物也都蹦蹦跳跳地跑来了，啼声、叫声、欢唱声汇成了一片活泼喧闹的合鸣……

我在哪里听到过这个旋律呢？这个旋律好像变成了一根长长的线，把我心灵深处一个遥远的记忆牵了出来，我恍然觉得，小窗外的原野在向后旋转着，旋转着，我看见纷纷扬扬的雪花在空中飘飘摇摇飞落下来，火车在震响中一直向前开……朦朦胧胧，我看见一个男孩子正拉着小提琴，在晃动的车厢里向我走来，他头上戴着一顶毛茸茸的大皮帽子，蓬松的茸毛一直遮到眼睛上，就像在眼前多加了一层浓密的睫毛，他的眼睛那么黑，那么亮，他对我微笑着……

我觉得心里猛然被什么撞击了一下，忍不住仔细打量着杜翰明，那会是他吗？不，我还是不能把眼前这个身材高高的，焕发着青春气息的杜翰明和记忆中那个脸蛋儿红红的男孩子重合在一起，可我却分明觉得过去和现在，琴弦上流动着的好像是同一个旋律。我真想叫过杜翰明，让他也穿越记忆的门，在这支旋律一次次的重复中，寻找一个风雪弥漫的日子，寻找这支旋律同火车震动时发出的交响……

可是此刻，在我急于想得到答案的时候，却不能打断杜翰明的琴声。他正在很投入地拉着琴，那么入迷，仿佛整个身心都沉浸在如歌如诉的旋律中了。

这时，小金来从外面风风火火一头闯进来。口袋里的那盒跳棋哗啦啦地响着。他兴奋地冲到我面前，双手忙乱地比画着，眼睛里闪动着欣喜的光芒，啊呗，啊呗！他急急地指指窗外，模仿着杜翰明拉琴的样子。

杜翰明怎么了？我看看窗外，杜翰明依然沉浸在美妙的琴声里，我奇怪地看着满脸喜悦的小金来，比画着问他，你要说什么呀？

小金来见我不明白，神情显得更加着急，他使劲儿拍拍木轮椅的扶手，心急地比画着催促我，姐姐，快上车！看他着急的样子，我只好坐进木轮椅。小金来立刻推着我冲出门，咕噜噜地跑起来，一口气跑到地头上才站住。

小金来，你推我到这儿来干什么？

我一字一句地大声问，还一边比画着，这儿有什么？你看见什么了？

呜——呜——，小金来把手罩在嘴边叫着，又对我指一指田野，我侧耳倾听，没有什么，只有轻风吹摇青纱帐，发出一片刷啦啦的声响。还没等我明白是怎么回事，小金来又迫不及待地推起我，一口气跑到场院里。他拿起一根秫秸秆儿逗弄着正在埋头吃草的小毛驴，惹得它昂起头啊啊地叫着，他却快活地又拍巴掌又蹦高。

小金来今天为什么这么高兴啊？我一遍遍地猜，一遍遍地问，小金来见说不明白，干脆又推我飞跑起来。跑到池塘边，他撅了根柳条，起劲儿地撵着水中的鹅鸭，把它们惊得嘎嘎乱叫，凫水而逃。他欢笑着，学着鹅鸭们蠢笨的样子，伸长了脖子嘎嘎直叫。我惊奇地瞪大了眼睛。只见他喘着粗气，涨红着脸，跑到我面前，双手罩在耳边，做出聆听的表情，又学着鹅鸭们嘎嘎地叫着，那声音仿佛把他自己吓着了。接着，他指指我的手，又指指自己的耳朵，高兴得手舞足蹈，还在地上连连竖了几个蜻蜓。他所表现出来的狂喜让我明白了，小金来的耳朵听见声音了！小金来听见声音了！

我一把抓住他的手，喜悦的泪水止不住流下来。我真想再大声问他，小金来，你真的听见了吗？可我的嗓子里却发不出一点声音，我只是抽泣，不停地抽泣，眼泪像一阵急雨纷纷坠落。哦，小金来，小金来，我为你高兴，我也为秀娥大婶，为桩桩大伯高兴……

小金来垂下眼睛，颤动的睫毛下，涌出一行行泪水，胸膛里发出一声声呜咽，他趴在木轮椅的扶手上哭起来，这一天他盼望了很久，也许他受过的委屈，忍耐过的寂寞都在这不顾一切的哭泣中得到释放。

小金来终于又得到了他曾经失去的声音的世界。我轻轻抚摩着他毛茸茸的脑袋，抚摩着他手上和耳边的针眼儿，好像又看见他在急切地比画着，姐姐，你扎吧，俺不怕疼！他的眼里流露着焦急、执拗和希冀。

我想起，在好多次针灸治疗后，小金来的耳边留下了密密麻麻的针眼儿，可他的病情却仍然没有好转。每一回秀娥大婶看着我从他耳边取下一根根银针，看着他因为疼痛而涨得通红的脸，她心疼极了。那一天当我又拿起他的手，在上面寻找穴位时，秀娥大婶紧紧搂着他的肩头，眼里闪着泪花，嘴唇嗫嚅着说，方丹，能换个法子治治不？说着，她把小金来藏到身后，声音低下去了，方丹，俺知道你心眼儿好，难为你这么上心给金来扎针，可扎了这些日子也不见轻。看着他受疼，俺心里下不去。俺金来这辈子兴许就是不该说话的命，要不就别让他受疼了……

我好像又看见小金来从秀娥大婶身后跑出来，扑闪着睫毛，看看我，又看看秀娥大婶，执拗地把手伸到我面前，可秀娥大婶却扯着他的胳膊往外走。他不情愿地挣扎着，出门时，他还回过头，向我投来一个求助的目光。

我拿着银针愣住了，心里充满了愧疚，泪水溢出眼眶。我真恨自己，这么长时间还治不好小金来的病。我有些灰心了，可是，如果放弃治疗，也许就等于放弃了让小金来开口说话的希望，就等于看着不幸的阴影笼罩他的一生，不，我不能放弃！

我那时怎么也没想到，小金来那么快又跑回来了，他的小小的身影像只敏捷的小猫扑到我的眼前，脸上带着顽皮的、得意的微笑，他双手比画着告诉我，姐姐，娘把俺关在屋里，纳着鞋底看着我，她烧火做饭，出去抱柴火，俺就偷偷跑出来哩。他笑眯眯地把手伸过来，又比画着，姐姐，你扎吧，俺不怕疼！

我把小金来拉到胸前，紧紧拥抱着他，哦，小金来，你是个多么懂事的孩子啊！

从那天开始，小金来每天都瞒着秀娥大婶来扎针。我为他翻遍了我所有的医学书，寻找着一个又一个新的治疗方法。为他扎针的时候，我心里总是默默地对秀娥大婶说，总有一天，小金来会用一声亲切的呼唤来报答你那颗慈爱善良的心。

这会儿，小金来脸上带着一副入迷的神情，侧起耳朵注意聆听着第一阵风声，第一阵鸟鸣声，还有小羊咩咩和小狗汪汪的活泼的叫声。看着在贪婪聆听的小金来，我在想，温柔的风，你吹吧，美丽的鸟儿，你唱吧，宇宙间的一切声音都发出震响吧，为这个可爱的孩子唱一支喧闹的歌……

# 72　拉手风琴的女兵

晚上，月亮还没有升起来，小窗后就传来一阵稀里呼隆的脚步声，紧接着，一群小小子乱嚷嚷着扑在我的窗口，他们脑袋挨脑袋地挤在一起，五星、三梆子带着一脸兴奋，和别的孩子七嘴八舌地叫着喊着，姐姐，咱去看联欢会不？

姐姐，快走呗！

再晚了可就开唱咧。

还没等我说话，屋门咣啷一响，改妹和一群小闺女又叽叽喳喳地笑着挤了进来。

姐姐，俺们来推你瞧大戏去哩。我觉得眼前一亮，小闺女们今天打扮得真漂亮。她们都换上了新衣裳，辫梢儿上还扎上了一节红绒绳儿，脸上也都喜盈盈的。我看着她们，说，瞧你们今天打扮的，一个个就像去走亲戚。

改妹说，姐姐，你也梳梳你那辫子吧。

我从抽屉里拿出镜子，支在桌上，拿出梳子，拆开发辫儿轻轻梳理着。小闺女们都围在我的桌子边上，有的摸摸我的头发，有的探头照照我的镜子，改妹拿起我的塑料头绳，对着小油灯照着，惊讶地叫起来，咦，这扎头绳还是透亮的，怪不得叫玻璃丝哩。小闺女们一听都挤过来争着瞧。可香劈手夺过那根头绳，嗔怪地说，改妹，你咋这么没见过大世面呀？她把头绳递给我，说，姐姐，麻利地扎上，咱快走呗。

这时三梆子在窗外发出了一声怪叫，接着他就大声说，用着你这伙子了不？人家等了大半天，你倒要推着走哩。小金来也啊呗啊呗地不愿意了。小闺女们也不示弱，改妹撇了撇嘴说，咦呀，三梆子，也不上井台子照照你那样儿，脸皮儿比那榆树皮都花花。小闺女们嘻嘻哈哈地笑起来。我也笑了。三梆子不在乎地转了转眼珠子，嬉笑着说，噫，装啥样儿？你这伙穿这么新，是上那村里相小女婿去不？一听这话，小小子们又乐得没法收拾了。小闺女们一个个气红了脸，改妹气鼓鼓地说，姐姐，快上车，咱走，不理他们。五星他们一听，急忙离开窗口，呼隆隆跑进屋里。五星挤到最前边，抓住木轮椅的扶手，不让改妹推，小金来啊呗啊呗地叫着，往后推搡着小闺女们。改妹倔强地紧紧抓着木轮椅不放，还使劲儿掰五星的手，说，俺先来的，俺推！五星也强梗着脖子，争辩着，是俺先来的！

俺先来的！

俺先来的！

我坐在木轮椅里对他们大声说，改妹五星你们别吵了，别吵了！要不我就不去了。可是劝谁也劝不住。小闺女们和小小子们还是相持不下。

俺推！

俺推！

在他们的争吵中，门外传来了一阵急慌慌的叫喊，姐姐，姐姐——！满屯儿神色慌张地闯进门来，满屯儿的爹也惊慌地跟在后面。满屯儿拨开吵成一团的孩子，挤到我面前，抹着泪说，姐姐，俺……俺爷爷摔在地上没气儿哩……你快去救救他吧！

啊！怎么回事？我赶忙问满屯儿的爹。

满屯儿的爹挓挲着两只手，嘴唇哆嗦着说，刚才还好好的，这一袋烟的工夫手脚就不会动弹了，也不会言语了……他焦急的目光求助地望着我。

别急，我马上就去！我回头对五星、三梆子、改妹他们说，你们快走吧，我今天不能去了！

我伸手抓起桌上的听诊器和针盒，对满屯儿说，咱们快去你家吧！

五星、三梆子、小金来失望地和改妹她们互相埋怨着，纷纷拥出门，向西跑了。满屯儿和满罐儿推着我向村东飞奔而去。

还没进满屯儿家的大门，就听见满屯儿的娘呼天抢地在哭叫，还有一群别的女人也在哭，满屯儿说那是他的一伙婶子。见到我，她们哭得更响了，爹呀爹的一阵乱叫。满屯儿的爷爷直挺挺地躺在堂屋的土炕上，手脚冰凉。我让女人们安静，让她们出门等着。我给满屯儿的爷爷测了体温，量了血压，一切正常。我放心了，他只是一时的眩晕，我给他针灸，只在他的人中穴扎了一针，他就醒过来了。满屯他爹……他也说话了。这时女人们又纷乱地拥进屋子，爹呀爹地叫着，一个个脸上还挂着泪珠子就笑了。我继续给满屯的爷爷治疗。

从满屯儿家回来，天已经很晚了，村子里静得鸡犬无声，只有月亮在夜空里缓缓移动着，静静地为人们照看着家园。进了门，我看见妈妈正在里屋跟秀娥大婶说话，妈妈和村里的女人们最近都在撮合秀娥大婶和桩桩大伯的事。妈妈正劝说秀娥大婶放弃旧思想，开始新生活。我看见秀娥大婶只是把头埋得低低的，哧哧啦啦地纳着一只大鞋底。我真希望她能同意这件事，那样，小金来就有一个完整的家了。我在想，桩桩大伯是个多好的人啊！

我趴在桌子上，挑亮小油灯，翻开《内科学》，读起“晕厥”这一章，明天我还要去给满屯儿的爷爷做进一步的诊断和治疗。这时，村头的狗汪汪地乱叫起来，嘈杂的人声也逐渐清晰了，一定是联欢会结束了。

不一会儿，我听到一阵急匆匆的脚步向这边跑来，随即，传来敲门声。妈妈出来打开屋门，是杜翰明来了。他拎着琴盒，满脸兴奋地一步跨进屋里，好像还没从联欢会那种热烈而欢腾的气氛中走出来似的，显得兴致勃勃。

方丹，你为什么不去看演出啊？我到处找你，你为什么不去呢？他一进门就问。

我说，我去看病人了，满屯儿的爷爷得了急病。

杜翰明摇摇头，一副很惋惜的样子。

我说，杜翰明，快告诉我晚会怎么样，都有什么节目啊？

晚会很……晚会太好了！杜翰明把琴盒放在我桌上，神采飞扬地说，今天的节目有独唱、小合唱、笛子独奏、舞蹈、诗朗诵，还有快板书，不过，最精彩的节目还是那个手风琴独奏。杜翰明在我的桌边坐下，回想了一下说，拉手风琴的是一个女战士，她对音乐的理解显得很不一般。方丹你知道，演奏乐曲的人有很多类型，有的人为表现自己而演奏，有的人为抒发感情而演奏，也有的人是凭自己对音乐的理解在音符的世界里漫游。我觉得，那个女战士是第三种人。她演奏的时候，曲中有峰峦，她就是山，曲中有河流，她就是水。她就像音乐世界里的春风秋雨。她奏出的旋律回响在每个人的耳边，优美的意境展现在每个人的眼前，就像一股看不见的清流吸引着人们……

可惜我没听着……我真觉得有点沮丧。

是啊，是很可惜。不过，我把她的曲谱要来了，方丹，我现在就拉给你听听。说着，杜翰明站起来，从衣兜里掏出一张曲谱，展开支在我的书上，又打开琴盒取出了小提琴。

他的琴弓刚落在琴弦上，一个熟悉的旋律顿时在小土屋里萦绕起来，仿佛震响了整个世界。它慢慢托起我的心，轻柔柔地飘向星光璀璨的夜空。那是什么？那是什么？

……

她欢笑着跑进一条小河，

温暖的河水淙淙流淌，

女孩儿快乐地奔跑，

她的脚下溅起白色的水花

……

这是什么？我为什么熟悉它？哦，让我再仔细听听，再仔细回想：

女孩儿的笑声穿透了阳光的迷蒙，

她不顾一切地跑，

河水喧哗着，

世界开满了花，

女孩儿永远不停地奔跑，奔跑

……

这支琴曲牵着一段记忆向我飘来，我的眼前出现了一双白皙的手，那活泼的十指在黑白琴键上灵活地跳跃着，像一群舞蹈的精灵。啊，忘不了一次次听这支琴曲，忘不了随那双手弹奏的琴声歌唱，忘不了从嘶哑的喉咙里发出的呼唤……那些记忆像沉重的巨轮从我心头碾过，那绝望的琴声带着最后的轰响永远埋藏在我的心底，也埋藏着我日夜思念的朋友远去的谜……

今天，那支琴曲怎么会在这把小提琴上重新响起呢？

我震惊而又激动地望着杜翰明，急切地打断了他，我说，杜翰明，这支曲子……

杜翰明停下来，一歪头对我笑了，方丹，怎么样？这支曲子不错吧？我知道你一定会喜欢的。他又说，方丹，你知道，这支旋律给了我一些启发，它就像一缕清新的风吹进了我的头脑，让我产生了新的灵感，也给我的随想曲注入了新的想象力……

杜翰明，我又一次打断他，焦急地问，快告诉我，那个拉手风琴的女孩子叫什么？

叫什么？他猛一迟疑，想了想，抓起桌上的琴谱看了看，哦，她叫谭静。

什么？我不敢相信自己的耳朵，瞪大眼睛望着杜翰明。他重复了一遍，是叫谭静。

啊，谭静，是谭静！思念像汹涌的潮水立刻向我涌来，我的眼前像是遮起一片水雾，一切都变得朦朦胧胧，耳边只回荡着一个声音，谭静，谭静……

自从失去谭静的消息，我多么挂念她。每当听到琴声和歌声，我就会情不自禁地想起她。我多少次问天空，问白云，也问过风，谭静，你在哪里？

我说，杜翰明，你快告诉我，谭静现在在哪里？

怎么，你认识她吗？他惊异地问。

我……我当然认识她，谭静是我的朋友，是……是我最好的朋友……

一时间，我不知道怎么把谭静的事告诉杜翰明，只觉得眼泪就要涌出来了。

呵，太好了。杜翰明惊喜地望着那张琴谱，说，没想到，这支曲子给你带来了好朋友的消息。方丹，你知道乐曲中重逢的旋律是最打动人的……

我打断了杜翰明的话，我说，你快带我去看看谭静，杜翰明，我们现在就去吧！

杜翰明说，现在可不行，那个村子离咱们这儿有十几里路呢，你要去也得等到明天啊。见我着急的样子，他又说，这样吧，今天晚上你睡个好觉，明天我陪你去找谭静，要不我就骑自行车去接她，怎么样？

我心急地看看窗外，一颗流星正朝着开联欢会的方向俯冲下去，我多么羡慕那颗流星啊！

杜翰明走了。静静的夜，我怎么睡得着呢？我真希望妹妹此刻也能知道这件事，我想要是妹妹在，她也一定像我一样睡不着，我们一定会连夜去找谭静。我一次次欠起身来看看窗外，盼望黎明快点到来。

终于，雄鸡开始啼鸣了，我吹灭了小油灯，看到第一线曙光从小窗口照进来，月亮和群星带着一个不眠的夜坠向西天，新的太阳又要升起来了。

光明啊，你快来吧，晨风啊，快发出欢唱。

谭静，我来了……

# 73 擦肩而过

清晨笼罩在薄雾之中。

小金来把大白狗拴在我的木轮椅的前面，五星抖着威风驾驾地吆喝着，那神气好像在驱赶一匹雪白的骏马。大白狗忠实地执行着命令，撒开四蹄在土路上拼命跑着。我的木轮椅在这急速的颠簸中发出吱吱嘎嘎的怪叫，五星和小金来直跑得气喘吁吁。

土路两旁是高高的青纱帐，绵绵的白雾在秋庄稼的叶隙间徘徊，一股晨风把雾气吹得像轻纱一般冉冉飘起，又徐徐缓缓地降落下来，绕在叶子上袅袅地荡漾。远处，秋虫躺在枯黄的叶片底下唱着秋天最后的歌。

我急切地望着路的尽头，想象着和谭静见面时的喜悦和激动。哦，那些过去的日子，那些深切的思念，那些盼望重逢的幻想，我甚至不敢相信很快就能见到谭静，还以为自己陷在了一个重复了多少回的梦境里。

我们走上了一条大路，晨雾像五颜六色的薄纱，一条浅绿，一条粉红，渐渐淡化在湛蓝的晴空里。

喜鹊在大路边的白杨树上喳喳地叫着，啄木鸟抓着树干笃笃地敲着，小麻雀们在一块谷地边琐琐碎碎地议论着，犹豫地盯视着田间那个戴着草帽，摇着红布条的破草人儿。

小金来在清晨纷攘的世界里，对一切都感到新奇。他的耳朵追着风，追着鸟儿，捕捉着一切新鲜的声音。他不时被某个声音吸引，停住脚净顾着倾听，我一个劲儿地催促他，小金来，快走啊！

部队驻扎的村庄在视野里逐渐清晰了，我已经能看到袅袅炊烟正在上升，偶尔传来的几声公鸡的啼鸣，反而使村庄显得非常安静。来到村口，我的心禁不住怦怦跳起来，哦，就要见到谭静了，我忽然有些紧张，我怕见到谭静会激动得说不出话来，也怕我会抑制不住地涌出泪水。我不敢向前走，好像再走一步，就会被急促的心跳窒息。我连忙回过脸对五星和小金来大喊着，站住，快站住！

五星好不容易喝住了大白狗，奇怪地盯住我问，姐姐，咋站住哩？

小金来也纳闷地瞪圆了眼睛。

我无法向他们解释我的心情，我怎么说他们也不会明白，我向村里望去，希望我的目光能够穿透绿树掩映的房屋，看到谭静的身影。在我的想象中，村里这会儿一定很热闹。哦，那些身穿绿军装的战士，有的在给房东挑水，有的正在打扫院子，还有的正在帮着乡亲们推碾子，碾子上铺着刚刚收下的金灿灿的谷子，嗨，那个活泼的女战士不就是谭静吗？我就要见到谭静了！五星，快走！我忍不住拍着扶手大声叫起来。

五星和小金来吆喝着大白狗，又推起木轮椅，骨骨碌碌向村里跑去。

村里静静的，如同陶庄一个又一个平静的早晨，这儿看不见一个解放军。这是怎么回事啊？我抬头看看天，噢，也许天还早，部队还没有吹起床号吧。我庆幸自己这么早赶来了，我要立刻找到谭静的住处，在她的门口静静地等待，让她开门看到的第一个人就是我，她该会多么高兴啊！想想我的主意和谭静惊喜的样子，我忍不住笑了。

我呆呆地想着，等回过神儿才发现，我的木轮椅两旁已经围满了村里的孩子，他们好奇地跟着我往前走，一边嘁嘁喳喳地议论着。这一伙啧啧夸赞“驾辕”的大白狗，那一伙研究我怎么坐一个装着四个轱辘的椅子。还有些孩子瞪着憨直的眼睛望着我，他们问，你就是那个会扎针的姐姐不?

我笑着点点头，问他们，谁能告诉我解放军住在哪儿?

他们立刻热情地七嘴八舌地抢着回答，姐姐，解放军走咧!

昨夜里人家解放军的队伍就开拔哩。

这会儿呀，早走得远了去啦!

姐姐，你咋不早来呢?

走了?顿时，失望像一片浓云从我的心底涌起。谭静，谭静，你为什么不等我?自从听到你的消息，我的心里再没有片刻安宁，经历了一个思潮起伏的夜晚，我把保存了几年的话语都聚集在舌尖儿上，把期待了那么久的快乐都寄托在这个早晨，而你却像一个美丽的幻影，在我向你伸出手时，你却消失了。谭静，谭静，我不知道此刻我该怎样来形容我的失望，只觉得四周空荡荡的。我真后悔为什么昨天晚上没有赶来。

孩子们簇拥着我来到昨晚演出的地方，我长久地看着还未来得及拆掉的舞台，想象着谭静在台上拉手风琴的情景，那轻越悠扬的旋律，那恬静优美的意境，像一股看不见的清流……

姐姐，你看。忽然村里的一个孩子说，那不是郝队长吗?

我回过头，看见一个英武高大的军人正和几个村干部说着话，向这边走来。他的两道剑眉下是一双黑亮有神的眼睛。他大声说，大伙儿别送啦，善后工作要是有问题，我再回来处理。

孩子们告诉我，郝队长就管文艺宣传队，他带来一大伙子兵，他们吹拉弹唱啥都会。

我叫住了郝队长，我问他认不认识谭静，郝队长说，当然认识，谭静是我们宣传队的，他们分队昨天夜里接到紧急任务，天还没亮就走了。

我问郝队长，那你们的宣传队还回来吗?

不，我们从这里去安徽……郝队长说。

两行泪水缓缓淌过了我的面颊，我把过去的事和我昨天夜里的盼望告诉了郝队长，我说，我见不着谭静了……

五星和三梆子说，那俺方丹姐姐咋办呀？小金来也看懂了大家说的事，脸上的神情很沮丧。

郝队长拍拍我的肩头，对我说，方丹，咱们部队就是这样，说来就来，说走就走……也许看我的样子太难过，他又说，这样吧，你给谭静写封信，我保证给你带到。

我点点头。

可是写信来不及了，村口一辆绿色的吉普车很急地鸣着喇叭召唤郝队长。

郝队长赶快从口袋里掏出一个小本子，翻开一页说，就写在这儿吧。说着他又从上衣口袋里掏出一支钢笔，拧开笔帽递给我。那一会儿，我好像什么也想不起来了，我不知道该写什么，也许我想写的太多太多了，后来我只匆匆地写下了通讯地址，我说，郝队长你一定告诉谭静我来找过她呀……

# 74 秋天的树林

秋风吹拂着落叶飘零的树梢，树梢摇动着碧蓝澄澈的天空，阳光里，一行大雁向南飞去，整齐的雁阵罩着一层金光。秋天的田野看去一片赭黄，渐渐地，赭黄的田野里出现了一片春天般的绿色，远远看去如同一排排青春的树林，树林顺着一条田间小路移动着。这是一支野营拉练的队伍正在一望无际的大平原上行进。

谭静背着背包，一手拎着手风琴箱子。她英姿勃勃地走在队伍里，头上是一颗闪闪发光的红星。她的身影有点儿歪斜，她已经这样走了好多天。谭静觉得她的腿已经不听话了，脚上的泡已经破了几层，走起来疼得钻心。汗水顺着她的脸流下来，流到脖子里，汗水也从她的额上流下来，把她的有点儿卷曲的额发浸湿了。她觉得睫毛也雾蒙蒙的。谭静擦去汗水，抬头看看，她看见在头顶飞过的大雁。久久地凝望着它们，耳边好像回响起一支熟悉的旋律，远飞的大雁，请你快快飞，捎个信儿……谭静轻轻哼着，不觉有些激动，她得到了方丹的消息。那天，郝队长把方丹的事告诉她的时候，谭静竟像个孩子似的哭起来，她哭得很伤心，郝队长还以为出了什么大事。尽管他希望谭静能够见到日思夜想的朋友，但是，部队是有纪律的——他们要日夜行军，直至到达目的地。

那天晚上，谭静在一个驻防的小村里刚住下，就趴在桌上给方丹写信，她的手仿佛从没有那么快地写过字，她想告诉方丹的太多了。她写道：

方丹，你知道我多着急啊！听郝队长说你就住在附近的陶庄，其实，我这几天就住在你的邻村，我们相隔也就是十几里地，可我却不知道你就近在咫尺。我没能去看你，我真说不出心里有多遗憾！这几天我一直在想，怎么想个办法，或是找个借口来看你。如果不是部队纪律严明，我真想偷偷跑到你的身边，哪怕只看你一眼呢。我甚至希望突然发生点什么意外的事儿能把我留下，好让我们重逢。

谭静回想着，这几年，她随着部队到处迁移，走过了多少地方。可是，在她的心底深处却忘不了红色楼房下的那个窗口。自从离开那里，她总感到那个窗口有一双热切期待的眼睛。她能想象几年前她去考试的时候，方丹一定在那个窗口盼了很久，她一定不停地唱过，失望地哭过。那天晚上她没敢去安慰方丹，因为她都不知道应该怎样安慰自己。谭静只觉得她们是不幸的，她不懂为什么她们这些孩子要承担父母的罪名。为此她们失去了追求的权利。面对那一切，她下了决心，要跟着解放军走，不仅仅是为自己，还要为很多受到不公平对待的孩子争口气！

她走了，先是藏在那支部队宣传队的一辆卡车上，经过几天的颠簸，她不知道已经离家多远了。她跳下车，又固执地跟着部队往前走，一千次一万次地恳求郝队长把她收下。

人们也许很难想象，当一支部队拽着野草和藤萝往山上攀登的时候，有一个女孩子从山坡上滚下来。她爬起来，抹着眼泪又去追赶队伍。前面的战士看着她摔得流血的胳膊和膝盖，一再同情地劝她，小姑娘，回去吧。郝队长也一次次地劝说她。不！谭静执拗地摇摇头，又跟上去。

当那支部队蹚着冰河艰难前进的时候，谭静用冻裂了的手拄着棍儿，在冰水里冻得瑟瑟发抖，可她还是头也不回地往前走。大家看着她红肿溃烂的双手和双脚，又一次劝她，回去吧。不！谭静更加坚定地摇摇头，继续向前走。

谭静已经记不清那些天她吃了多少苦。就连她的同学刘援朝也被她感动了，那一次刘援朝很顺利地就考进了宣传队，他在这里吹笛子。一路上，刘援朝也好多次找首长，请他们收下谭静。

清冷的星夜，谭静曾多少次地想起那群静卧在琴盖下的雪白的鸽子和黑色的燕子啊！她的手不由得抬起来，她真想把它们唤醒，让它们奏出那支《秋天的树林》。有时她仿佛看见方丹靠在琴旁轻轻跟着琴声歌唱，她在心里对她说，方丹，我不能回去，为了让我们的梦变成真的，我不能回去！

当冰雪融化的时候，温暖的春风把她的衣裳吹绿了，美丽的梦终于变成了一颗火红的星星缀上了她的军帽……那一会儿谭静多想把这一切告诉方丹啊！

她曾给方丹写信，她的信被退回来，她一次次地看着信封上的那行无情的字，眼泪流下来——查无此人！

谭静写信问妈妈，妈妈告诉她，方丹一家去了一个偏远的农村。妈妈还告诉她，维娜也搬家了。谭静想，维娜就是不搬家，她也不愿给她写信——叛徒！

她更加想念方丹了。

她怎么也没想到，这次竟在这遥远的小村庄听到了方丹的消息，在郝队长的讲述中，谭静好像看见方丹坐在木轮椅里，孩子们推她奔跑在绿色的大地上，她向那些需要帮助的人伸出热情的双手。嗨，方丹，我的好朋友，我真为你高兴啊！谭静从心里说。

谭静不禁又想起那时方丹常问她，那片树林真的那么美吗？谭静真想告诉方丹，走出了那座红色的楼房，外面是一个多么广阔的世界啊。

战士们又唱起了激昂的歌，谭静振奋了一下精神，紧跑几步追上战友，就要离开山东的地界了。她不由回过头看了一眼阳光下那一片金黄的大平原，被风吹起的草叶在空中翻飞着，像一群金色的蝴蝶，谭静觉得眼睛被晃得迷迷离离，她真希望它们是蝴蝶，是一群会说话的精灵，她要让它们把心里的话捎给方丹。她要说，方丹，请不要为我们的再一次离别而失望难过。我们就像生活海洋里的两朵浪花，总有一天还会重聚在一起，我期待着有那么一天，我们相逢在同一个舞台上，台前堆满鲜花，身后站满朋友，我们还会在一起唱歌……

# 75　少女的雕像

很多年后的一天，我开始写小说。在动笔之前，我曾想，我将会写什么，我会写谁。这么想的时候，心里不免有点怅然，甚至有点空洞的感觉。而当我拿起笔来，伏在雪白的稿纸上，却忽然觉得自己的笔停不下来了，如同电影在倒片，过去的一切又重现在眼前。那是褪了色的旧电影，是棕色的，遥远的。我在想，生活本身就是充满戏剧性的，处处都有人物的冲突、巧合等等。我有时怀疑自己是否正处在哪一幕剧中，我担任着什么角色？我走进的是一个正剧还是悲剧呢？不管是什么，我已是剧中人，哭了，笑了，爱了，恨了，这个角色的内心很复杂。我被一幕幕剧情牵动着，我惊奇地发现，有些事仿佛都曾出现在我的印象之中，那些印象究竟来自何处，我却无法说清。事情过去了很久，我还在回想它的真实性，我尽力让它和虚幻的印象分离开，把我还原给现实世界，让自己知道这一切不是戏剧。可现实却太像戏剧一般:谭静来了，她真的来到我身边，可她又走了。这不像剧中的安排吗？紧接着是沉重的一幕：谭静走了没几天，我收到了维娜的来信，维娜告诉我，燕宁已经不是过去的燕宁了，燕宁回来了，因为……维娜说尽管维嘉不让我把这件事告诉你，可我还是忍不住拿起笔。她说，方丹，我知道你会感到难过，而我却无法掩盖这个坏消息……

我说不出那一刻的震惊。在此之前，我曾多少次想起燕宁。我承认，我曾经恨过燕宁，甚至再也不想见到她。有一段时间，我不去想她，就像忘掉一块已经愈合的伤疤。时间和距离也许能使人忘却疼痛，可疤痕却永远凝结在那里了。刚来陶庄的那个夏天，我每天都去场院里给孩子们过草，等待他们回来的时候，望着远处正在落下的夕阳和暮色中的田野，我总是想念往日的朋友，谭静，维娜……我甚至常常想起燕宁。有时，我看见她对我笑了，有时，我看见她拿着一束花站在我面前……那一会儿，我曾想，假如有一天燕宁从这乡间的小路上走来，我一定会向她伸出手，用我的微笑去融化隔在我们之间的寒冰。这不是我原谅了燕宁，而是我懂了，过去的友谊是多么珍贵……

正像风暴袭来，会掀起巨浪，移动沙丘，折断大树，让世界变得面目全非，那场灰色风暴的威力远远不是任何真正的风暴所能相比的。理想、友谊、爱情，这些梦幻般的词语，这些曾经让我们心潮激荡，脸上泛起红晕的字眼，突然间像浮云一样被狂风吹散了。有的人被驱赶到生活的边缘，忍受着心灵的摧残，那些豪情万丈、急流勇进的人，也在无法捉摸的巨浪和漩涡的冲击下，灵魂破碎……那一切都是不由自主的，在那样的狂风暴雨中，哪一片绿叶不曾遭受它的撕扯呢？

一天，朋友们带我到中国美术馆看一个美术展览。我转着轮椅在光滑平整的大理石地面上缓缓地走走停停，细细地观赏着一件件艺术品。忽然，我的目光被远处的一座白色雕塑吸引了，我很难说清我为什么一下就被它吸引住了，仿佛是一种突如其来的灵感，一道闪电般的震颤，如同一只山雕猛地冲出铁笼……我几乎是径直冲到那座雕塑前的，轮椅飞快地转动着，在光滑的地面上产生了惯性，我差一点撞到围着雕塑的护栏上。周围的人们用惊异的目光看着我，而我却用更惊异的目光看着那座雕塑——那是一群少女的雕像，四个少女的半身雕像，她们裸露着丰满的、还没有完全发育成熟的胸脯，美丽而纯净。她们有的彼此凝望，有的在微笑，有的低垂着睫毛，一副羞涩的表情。她们的纯真让人感受到温暖和友爱的气息，感受到一种美的传递……这是我熟悉的气息，我想起从窗外倾洒进来的蓝色月光，哦，蓝色月光下的我们……我为这座雕塑作品激动着，还有……还有这座雕塑作者的名字：罗维娜！

维娜已经远在法国，她在巴黎的一所大学学习雕塑，那座雕塑是维娜出国前的作品。我不知道别人怎样欣赏它，可我知道这件作品倾注了维娜多么深挚的情感，友谊，爱情，憧憬……

我久久停留在那座雕塑前，想起来陶庄后维娜给我的第一封信。维娜说，生活已经把我改变了，也改变了很多人。方丹，我曾多少次地想，也许你会因为黎江的事恨我一辈子，我想你永远也不会原谅我了。在你离开的那一刻，我忽然明白了，过去的一切是多么宝贵，然而生活再也不会还原了……

维娜写道：方丹，你绝对想象不出，我是怎样度过那个冬天的。当我知道黎明已经离开这个世界时，我几乎瘫坐在地上了。维嘉告诉我时，黎明已经走了好几个月了。那些天，我的精神颓丧到了极点，我怎么也不敢相信黎明死了。我们曾经在燕宁的导演下牺牲过一次，可那是悲壮的，而黎明呢，他的死却是那样悲惨，他竟是那样离去的……有一天，下着雨，我独自又到艺术学院去了。在雕塑室里，我看见黎明的作品还伫立在那里，没有人到那间堆着泥块的屋里去，它成了一座被人们遗忘的雕像。我对你说过，那是一座少女的雕像，没有完成的雕像，她将永远是残缺的……我忘了在她面前站了多久，那个少女比我前一次看到时的表情又丰富了，她眺望着远方，双唇微微开启着，我想她一定有很多话想说……后来的好多天，那座雕像总是在我脑海里浮现，我希望有一天，我能真正地学习雕塑，我要让我的作品说出她想说的一切。我现在有时仿佛还在一个噩梦之中，我不知道做什么，怎么做……

我给维娜写信说，过去生活改变了我们，现在是我们改变生活的时候了……

# 76　秀娥大婶

赤红的火焰随着风箱的抽动，夹着一股股浓烟从灶膛里冲出来，一根根秫秸秆儿在火光里卷曲着，噼里啪啦地爆裂着迸出火花，不一会儿，就消失在热烈的燃烧中。那由黑红色变成淡紫色的火舌不时贪婪地伸出灶门，舔舐着那里的灰烬，直到秫秸秆儿燃尽了，它才慢慢地不甘心地缩回到灶膛里去。秀娥大婶坐在灶前，一手抓着撅短了的秫秸塞进灶门，一手起劲儿地拉着风箱。她的眼睛被忽明忽暗的火光映照着，一闪一闪的。

门外不远处，一棵高高的杨树上，两只翘尾巴的喜鹊正浴着早晨的阳光喳喳地欢叫着。这叫声让秀娥大婶不觉停了正拉着的风箱，她静静地倾听着，清秀的脸上慢慢浮上一丝欢愉的微笑。她感到有一种充满心胸的喜悦，像一株多年挣扎在荒野的苦菜突然获得了充足的肥水和阳光，正要伸伸展展开放出自己生命里的花朵。

她留神地聆听着，期待着在外面纷乱的嘈杂里听到那串叮当悦耳的马铃声。秋去冬来，没觉出天气是怎么眨眼的工夫就变冷了。收割一空的平原显得有些荒凉，大地上的色彩也显得单调，换了冬装的鸟儿不再追着原野上的风儿鸣啭，一切都显得萧条、静谧。陶庄这几天却沸腾起来，村里的青壮年汉子都在忙着准备上河。他们修车盘，换车脚，编抬筐，拧大绳。那些独轮车的轴心里灌满了油，被顽皮的孩子们推着吱吱扭扭满村儿乱窜。村里的女人们都在不停地磨粮食，蒸干粮，满村的石磨咕噜噜响成一片，仿佛村子里整天滚动着不息的雷声。

自打挖河的消息一传开，小金来就哇啦哇啦地叫着，要跟到河上去。他听人说，河上打夯的号子喊起来，震得天地都响。秀娥大婶说啥也不放心，小金来还从来没有离开她一步哩。再说，河上那么乱，万一碰着擦着可怎么办？任小金来跳着脚闹，好几天，她就是横竖不答应。昨天傍晚，桩桩大伯来帮她挑水，挑得水缸里晃动着一面亮光光的镜子了，他才收了桶，却没有走，站在院子里迟疑了半天，又磨磨蹭蹭地来到屋门口，手扶着漆黑的门框，脸却冲着地皮儿，吭哧了半天才说，他……他婶子，赶明儿，叫咱金来跟我上河吧。秀娥大婶那会儿正坐在门口的板凳上纳鞋底，听桩桩大伯这样一说，她的脸唰地涨得通红，耳朵里一跳一跳地响着，咱金来，他说咱金来……她心跳耳热地只顾呆想，桩桩大伯局促不安地又问了一句，你说中不？秀娥大婶猛地回过神儿来，这才不知所措地点点头，嗯，中啊。话音未落，小金来像只撒欢的小羊，从桩桩大伯身后蹿出来，一头扑进她的怀里又笑又叫，还高兴地拍着手又蹦又跳，他口袋里那盒彩色跳棋也跟着发出哗啦啦的笑声。秀娥大婶无可奈何地摇摇头，桩桩大伯倒笑眯眯地拎着水桶回他院里去了。

清晨，太阳还没有升起，小金来就欢蹦乱跳地冲到桩桩大伯的院子里，性急地催着到场院去套车。队里指派桩桩大伯上河做饭，他还要先去装上那些家什。秀娥大婶站在门口，只见晨雾像仙女舞动的白纱，轻袅袅地飘荡起伏。桩桩大伯牵着小金来的手走了，他们的身影没入浓浓的白雾里，寂静的清晨被小金来的笑声搅和了。

秀娥大婶撩起衣襟儿，擦掉冒出眼角的喜悦的泪花儿，转身到灶前忙碌起来。她要蒸上一锅黄灿灿的窝窝，蒸熟了，满满地拾上一篮子，不能让上河的爷儿俩饿了肚子。秀娥大婶起劲儿地拉起风箱，灶火一明一暗，照在她的脸上，把她的面庞映得红彤彤的。她又往灶里塞了一把柴，浓烟滚滚扑到脸上，辣得她两眼直冒泪水，那泪水顺着脸颊流进嘴里，苦溜溜的，就像她不幸的命运。秀娥大婶忘了烧火，她呆呆地看着烟气在屋里慢慢散开，不觉沉浸在如烟的往事之中。

人们都说，秀娥大婶年轻时是娘家村里数一数二的俊俏人儿，说媒的挤破了她家的门。陶庄的媒人技高一筹，不光凭嘴说，还领着一个五大三粗的青年汉子让她爹娘相看，爹娘都觉得小伙子老实又厚道，就订下这门亲。秀娥大婶结结实实地为他做了几双大布鞋。她心灵手巧，鞋底儿上纳出了层层云梯。那天她骑着披红挂绿的小毛驴儿到了陶庄。她永远也忘不了那个夜晚，面对着一双红烛，她羞涩地垂下眼睛看着自己的绣花鞋，黑绒般的睫毛后边躲着漆黑闪亮的大眼睛。她偷偷地让自己的眼睛像猫儿似的在地上跑，期待着看到那双大脚穿上她做的新布鞋。当她看见一双脚向她走来时，心里却觉得像是被人猛地搡了一把，她惊愕地抬起头，眼前站着一个瘦弱的，病恹恹的汉子。娶她的男人是个痨病鬼。听算命的说，娶了亲，他的病才能好，他爹娘怕人家知道实情不肯嫁，就借堂兄弟桩桩做了人样子。可是，等秀娥大婶知道了真情，她的命运却再也没法改变了。有一天大清早，她去挑水，偏巧在井台上看到了桩桩，她怨恨地掉开了头，眼泪打湿了新嫁衣的肩头。桩桩不敢看这个以他的名分娶到陶庄的女人，他在她面前觉着亏心，从此不敢答应媒人们为他提亲，仿佛他已经辜负了天下所有的女人。嫁到陶庄不到一年，那个病恹恹的男人就死了，他留下一个刚生下来还没睁眼的孩子。秀娥大婶哭了个天昏地暗，把她嫁到陶庄以来的委屈哭了个够。村里的女人摇头叹息，都可怜这个苦命的寡妇。那场伤心的痛哭让秀娥大婶断了奶水，小金来饿得哭了好几天，得了一场热病，多亏桩桩大伯花大价钱从集上牵回来一只奶羊，还为他东奔西跑求医找药，总算保住了一条小命。可是过了几个月，秀娥大婶却发现这个俊俏的孩子听不见声音……

村里的女人更同情她了，都说她掉进了苦井里。

从那时起，桩桩大伯每天傍晚都来给她挑水，默默地来，默默地去。望着暮色罩着圆圆的缸口波动的水光，秀娥大婶的心情怎么也不能平静。陶庄没有再嫁的寡妇，村里的媳妇们背后闲扯，都觉着桩桩大伯和秀娥大婶该成一家，可是老辈子没有开过这个头，《李二嫂改嫁》那是戏文里的事，秀娥大婶改嫁就没人敢说行。

桩桩大伯把疼人的心都贴在小金来身上，走路扛在脖子上，干活儿带到地头上，歇晌的时候，就给他捉几只蚂蚱、蝈蝈。桩桩大伯的大手很是灵巧，撅几根高粱莛儿，就能插一个蝈蝈笼子，捉一只绿生生的蝈蝈放进去，让小金来拎回家。小金来把蝈蝈笼子挂在门框上，太阳一晒，蝈蝈就抖起翅子起劲儿地叫，秀娥大婶听着，泪花就不住地往下掉，心里问着，蝈蝈，蝈蝈你叫唤啥，是替他跟俺说话不？

灶膛里的火发黑了，秀娥大婶擦了擦腮边的泪水，又往灶膛里添了把柴。望着重新燃起的火苗，她觉得火光把她的心猛地照亮了似的，她知道，只要她点点头，桩柱大伯就会和她一起推倒隔着两家的那堵墙，用他扎蝈蝈笼子的手盖一个他们自己的家。就在昨天，桩桩大伯来说了话，还说“咱金来”，好像金来压根儿就是他的儿子。秀娥大婶想着，心里觉得甜丝丝的。她拼命拉动风箱，灶膛的火烧得红艳艳的。她想起自打方丹给小金来治好了耳聋，他已经能学着说话了，神气儿也显得更机灵了。这孩子是他们的奔头啊！秀娥大婶仿佛看到一家三口坐在院子里的土台边，台子上放着她做的黄灿灿的大窝头，大海碗里盛满她熬的玉米糊糊，他们亲亲热热地吃着笑着。小金来亮汪汪的眼睛看看她，又瞅瞅桩桩大伯，她恍惚听见小金来一会儿叫爹，一会儿叫娘。秀娥大婶禁不住泪花盈眶，心里说，金来，我的好孩儿，你自小没爹受了多少屈啊。你是娘的心头肉，你是娘的命根子。她想起，小金来从小就那么懂事儿，夜里她纺线，小金来就靠在她的身边，软绵绵、热乎乎的像只听话的猫儿。有时，见她伤心落泪，小金来就爬起来，捧着她的脸，乌黑的眼睛看着她，用小手给她抹去泪水。他啊呗、啊呗地轻轻叫着，好像在说，娘，别哭，别哭啊……

锅里的蒸汽像一片白雾直往上蹿，秀娥大婶还在起劲儿地烧火，一股浓浓的饭香弥漫在屋子里。这时，一阵清脆的马铃声，马车停在了院门口，装车的回来了。秀娥大婶赶紧擦去满脸的泪水。桩桩大伯进了屋四处看看，回身到院子里抱来一捆柴火，放在灶边。小金来搬了个小凳子，站在大红马跟前，把一个不知从哪儿找来的红穗子系在它头上。秀娥大婶把窝窝拾进篮子里，都上了尖儿，又找了块新织的粗布手巾盖严了，把篮子递给桩桩大伯。桩桩大伯两手在衣襟上擦了擦，紧紧攥住了篮子把。他头一回抬起眼睛，看着面前这个受尽了委屈的女人，他看到那双眼睛里含着盼了多少年的期待。他嘿地叹了一声蹲在地上，多少懊悔，多少羞愧，他在她成亲的夜晚听到她的哭声，却没敢去砸开锁住她的门，他在她男人死后，眼睁睁看着她熬日月，却没敢来挑起她家的梁，眼泪啪嗒啪嗒落在地上。桩桩大伯憋了半辈子的话都挤在舌尖儿上了，他轰的一下站起来，张嘴叫了一声，金来他娘……

秀娥大婶心都快跳出了嗓子眼儿，她激动得有些发晕，伸手扶住了漆黑的门框，眼睛紧紧盯着桩桩大伯的嘴，她知道他要说了，她明白，不用说，可是她又盼着他快说。世上的事儿就是让人没法捉摸，桩桩大伯一看到秀娥大婶的眼睛直盯着自己，他忽然觉得勇气从脚下溜走了，要说的怎么也说不出来，却支支吾吾地说了句，等……等挖完了河，俺爷俩就……就回来……

秀娥大婶点点头，眼里涌起一层失望的泪光，桩桩大伯没有勇气再面对这双眼睛，出了门，他一哈腰抱起小金来，安顿他舒舒坦坦坐在大车上，驾驾地吆着牲口赶起了车。出村时他猛地一回头，看到那个身影孤单单、凄凉凉地站在树下的高坡上。他恨自己笨，恨自己愚，却又在心里安慰自己，等上河回来，等上河回来吧，到那会儿一准儿跟她说。

走了，那一挂丁丁零零的马车。那车上，两个人拴着秀娥大婶一颗心。挖河要挖一个冬天，冰消雪化的春天就会回来。她相信好日子就在那个春天，在那红了桃花，绿了原野，一行行大雁飞回故乡的时候……

# 77　小木屋

天气好像忽然就变冷了，高远的空中偶尔还会传来一两声仓皇的雁鸣，使人记起相去不远的秋天。屋里冷极了。北风从四面土墙的缝隙里和屋顶透风的席箔间往来穿梭，吹散了火炉的温暖。我缩成一团，蜷在床上，看着窗外灰色的天空，全身冷得止不住地发抖。腿上的褥疮感染了，我倒在床上，一种从未有过的虚弱感紧紧压迫着我。在一阵阵高烧后，我觉得生命的活力正在一点点消失。我快死了吗？我会死吗？那时我很多次想死，我画了一些落叶，它们在风中飘零……我觉得自己哪天早晨就死了，不，我不……黎江说过，放了寒假就来陶庄。哦，黎江，你快来，我多么希望此刻你在我身旁，像那时一样，坐在我床边，让我静静地看着你。给我说点什么吧，你说你不会死，你说你会很快好起来……黎江，过去你总说我坚强，其实，我……我并不像你想象的，我有时很软弱，在你面前，我掩饰过自己，假如你知道了会责怪我吗？黎江，我宁愿你来责怪我，现在我必须控制住感染……

夜晚，我照着镜子为自己换药。借着小油灯微弱的光线，我发现有些疮面已经溃烂变黑了，必须剪除掉那些坏死的组织。我拿起剪刀，在镜子里，我看到了可怕的疮面，也看到了自己因为惧怕而变得苍白的脸。我感到心慌，拿剪刀的手在不停地颤抖。我咬紧嘴唇，把剪刀伸向那些发黑的皮肉。每当剪刀发出一声碰响，我的腿就出现一阵抽搐，全身也会一阵发冷。在这静静的夜里，剪刀咔嚓咔嚓的声响格外刺耳，它压低了我咚咚的心跳，盖过了我紧张的喘息，冷汗湿了我的衣裳……当伤口露出了鲜红的肌肉，我只觉得疲惫不堪，眼前的一切都在旋转。

多冷啊，一定快要下雪了。寒风仿佛吹进我的骨髓里去了，我使劲儿蜷缩着，用被子把自己严严地包裹着，全身却还在止不住地发抖。我急切地想睡去，朦朦胧胧，我听见妈妈在门外耐心地劝阻着那些来找我的病人，还听见人们拉着车子又咕噜噜地远去……

四周很温暖，我睁开眼睛，觉得眼前一片白光，睁大眼睛，只见一片白雾茫茫，仔细看看，才发现眼睫毛上落了一层雪绒。坐起来，我发现被子上也盖了一层薄薄的雪绒。哦，下雪了。拉开窗帘，小窗外一片白皑皑的，夜里，大雪悄无声息地落下来。北风裹着雪花漫天翻卷，细碎的雪片儿就从屋顶席箔的缝隙间挤进来。可我没有觉得冷，我甚至还觉得自己的脸颊有点儿热，从桌上拿过镜子照照，我看见自己往日苍白的面颊透出淡淡的粉红。我笑了，笑自己的那个梦。我梦见了什么？我梦见了谁？

我忘记昨晚自己是怎样睡着的，我看见了什么？我好像去了一片树林，看见林中有座小木屋。我从没见过这样的小木屋。我闻见了烤肉的香味儿，烧松木的芳香，我听见手风琴和浑厚的男中音，他在唱一支很好听的歌。我向小木屋走去，我问自己去做什么？要去找谁？我努力回想，我要去找谁，停住脚步，我倚在一棵大树上，树叶猛然飘落，如同一阵金色的雨……我要找谁？我知道我要找谁！我叫喊着跑向小木屋，他出来了，向我张开臂膀，我紧紧地拥抱他，他也热烈地拥抱我……我为自己的梦而羞愧，可我的心里不是幸福的吗？

妈妈不知什么时候点燃了火炉，屋里散发着木柴燃烧的气息。我欠起身，发现枕边有一封信，急忙拿起来一看，多厚的一封信啊！

是杜翰明的信。妈妈告诉我，这是上河送粮食的人捎回来的。我靠在枕头上，展开信纸。杜翰明写道：

方丹，听村里来的人说，你病了。我很想回去看看你，可是这几天河上工程很紧张，大家都在拼命抢时间，争取在大雪降下之前完成任务。此刻，我多想站在你的床前，为你拉一支轻松欢快的琴曲，我相信音乐能减轻你的病痛。方丹，我想告诉你，我在这里写完了那支随想曲，我每天都把小提琴带到工地上，休息时，我就为大家演奏一段。有时，我看见人们专注地听我拉琴，看着那一双双眼睛，我就会想起你。方丹，你听，你听见了吗？穿过原野，越过天空，你是否也听见了我的琴声？我想，你一定在凝神谛听，因为我总觉得在人群中有一双眼睛特别明亮……当我第一次站在你的小窗前，看到你，就觉得这双眼睛有点熟悉，我曾一次次在记忆里寻找过。在这里，我终于想起来，在一列穿过雪雾向前奔驰的火车上，有一个双腿瘫痪的女孩儿，脸上也眨动着这样一双眼睛……方丹，我真希望能在第一场大雪盖满平原的时候，迎着飞雪站在你的小窗前，把一支完整的随想曲拉给你听。那随风飞旋的，也许是歌，也许是梦……

我的手微微发抖，欣喜变成一股热流，从我的眼眶里涌出来。哦，杜翰明，在风雪中的列车上，那个拉小提琴的男孩子真的是你，那个对我微笑，我也对他微笑的男孩子真是你吗？此刻，我多么盼望大雪快快飘落，好让我再一次聆听你的琴声，让我们一起走进那个记忆……杜翰明，我还要告诉你，在陶庄，有一个喜讯在等着你，谭静的部队已经决定破格让你参加解放军文艺宣传队，村里已经接到了县武装部的通知，陶成大叔说部队过几天就要派人来接你了。

忽然，我心里涌起一种说不清的伤感。杜翰明要走了，今后，我不能听他拉琴了，我会想念他，如同想念黎江一样。在冥想中，我觉得黎江和杜翰明一起向我走来，黎江穿着洗得发白的旧军衣，他在小窗外不远处站住了，对我微笑着，好像在说什么，可我却听不见他的声音。杜翰明穿着肩头打了补丁的学生蓝制服，在那棵枣树下站住了，他手里拎着小提琴，回头看看我，拉起一支无声的琴曲……我很想看清他们的面容，可我越想看清，越想分辨，就越看不清，分不明。我总是这样，越是想念一个人，就越想不起他的模样。黎江和杜翰明的身影越来越模糊了，他们有时好像变成了一个人。我不知道我会更想念黎江，还是更想念杜翰明……

# 78 闪烁的星光

杜翰明觉得这段时间是他经历的最艰苦的日子。

各村的治河民工来到工地已经快一个月了。治河工地的生活十分艰苦。首先是粮食问题。他们这些五尺高的壮劳力，干一天活儿，只能吃十几个玉米面的窝头，白水煮一锅大白菜，放几把盐，菜汤里连点油星儿都没有。河上民工吃的粮食都是各村送来的。富裕点的村子给河上送来了玉米面，穷村子只能送来地瓜和高粱面，有的村子甚至把留下的麦种也送来了。任务紧，工时长，干活儿不到半晌，就饿得头晕眼花，心里发虚，双腿还一阵阵发抖。常常有人饿得晕倒在泥浆里。

经过一天的劳累，回到住地，大家全都累得东倒西歪，吃过晚饭，连衣服也顾不得脱，带着一身泥，就一头栽到地铺上。可是，躺在破旧的土房子里，冷飕飕的寒气从墙角、门缝钻进来，穿透了棉被，冻得人想睡都睡不着。

在这样的生活中，杜翰明对这块土地刚刚产生的感情又变得淡薄了，他甚至希望尽快逃离它。在这里，他总觉得自己失落了什么，错过了什么。他觉得自己本该汲取知识的头脑就这样荒废着，变成了一个只会用简单的生产方式进行劳作的农民。他一遍遍地问自己，怎么办？

对于自己头脑中涌出的这些问题，他感到无法解释。一连好多天，他都陷在苦苦的思索中。一天早晨，天色刚有点蒙蒙发亮，他就拎着小提琴来到大堤上。远处，一片晨雾笼罩着睡意蒙眬的大平原，东边的天际出现了一片黎明的霞光，黛青色的云翻腾着，被越来越多的玫瑰色融化了。黑沉沉的大地上映出了最初的红光。微微的晨风无声地掠过，吹起了湿润的泥土气息。光明挣脱了黑暗的束缚，正要从遥远的东方升起来。

他站在高高的河堤上，迎着寒风拉起了小提琴。他的手指落在绷紧的琴弦上，唤醒了一个个沉睡的音符。一个熟悉的旋律牵着他的思绪又一次在原野上寻找着什么。他忘记了寒冷，忘记了时间，望着无限绵长的河床，挖河工地上的生活就像一幅幅场面壮观的油画，展现在他的眼前，重现在他的琴曲中：

凛冽的寒风吹过长长的河堤，太阳悬在灰白的空中，远远地仿佛也在躲避寒冷。而工地上却始终热闹沸腾。在这万人汇成的颤动的长河里，人们怀着极大的热情，在寒冷和劳累中奋力苦干。夜间的寒冷使积水的河床里结了冰，土地变得无比坚硬，镐头刨下去，只留下一道道白茬子。但是大家拼命地挖掘着，只听见泥土发出一片咚咚的震响，就像一部雄壮的交响乐的序曲，擂响了隆隆的鼓声。终于，冰层咔啦啦地崩裂了……

在他的周围，劳动的人们不停地淌着汗水，人体蒸发的热气在河道里形成了一片薄薄的白雾。他的双腿深深陷在没膝的泥浆里，已经不感到冷了，因为早晨还在结冰的泥浆已经被人的体温暖得热乎乎的。他们挥动着锹镐，铲起一块块大泥坨子，重重地扔进泥筐里。

刘锁带着青年突击队，推着独轮车往高高的堤坝上运河泥。他们顺着河堤的斜坡，上上下下，往来穿梭地奔跑着，独轮车发出吱吱呀呀的欢唱。穿着单衣的小伙子们你追我赶地互相竞赛，谁也不肯比别人少装一车土。在不断加高的河堤上，打夯的小伙子们也不甘示弱，他们拉起石夯，喊着震天响的号子，扑通扑通起劲儿地砸着。长堤在他们的脚下变得坚实平整。新的泥土又不断堆积，重重的石夯被他们高高地抛过头顶，粗犷的打夯号子更加响亮……

刹那间，激荡的潮水仿佛从脚下这块土地上涌来，一串陌生的音符在杜翰明的心中跳荡着，像沸腾的岩浆猛烈喷发，烘托出随想曲崭新的乐章。澎湃的心潮推动着他，多少感情融汇成气势宽广的音乐的洪流，震响在他的琴弦上，就像滚滚的大河一往无前地奔腾着，冲击着。它冲破了原野的寂静，冲倒了生活中所有阴暗的屏障，音域达到了他从未超越的巅峰。

忽然，杜翰明的心轻松了，他感到无比喜悦。那一刻，他仿佛看见和煦的春天正在向他走来，灿烂的阳光已铺满大地。面前的土地不再是空旷荒芜，而是泛着绿色的波涛。琴曲在向前发展，他在这琴声里听见了河水的奔流，耕牛的哞叫，春风和麦苗的细语，秋雨和青纱帐的吟唱……

当他中断琴曲，睁开眼睛，恍惚觉得河床里布满了闪烁的星光，就像是浩繁的星河从天而落，那么璀璨，那么明亮……

他眨眨眼睛，啊，原来河堤上下不知什么时候已经站满了密密麻麻的人群，他们正杵着锹镐，神情专注地凝望着他。琴声消失了，他们却还在倾听。杜翰明激动地愣住了，小提琴从他的肩头滑落下来……

顿时，一阵掌声，一阵暴风雨般的掌声骤然响起，杜翰明的眼泪涌了出来。在这个时刻，他感到了一种从未有过的喜悦——人们是那么聚精会神地听他拉琴，人们在高喊，杜翰明，再来一个！嗨，再来一段儿吧！他还有什么比这更大的奢望呢？在人们中间，在劳动者中间，他第一次真正感到了音乐的伟大……

# 79 大河上的消息

一束柔和的灯光放射出无数道耀眼的金丝，喷洒在古老的织布机上。木梭子像条欢畅的鱼儿，在彩色棉线汇成的河流里飞快地往来穿行。灯光也映在秀娥大婶带着笑意的脸上，她正坐在织布机前，俯身向着那条彩色的河，两只灵巧的手娴熟地传递着木梭子，她的眼睛随着木梭子一左一右的传递来回闪动着，将希望交织在每一寸经纬之中。织布机咔嗒咔嗒地欢唱着，梭子鱼儿在畅游。她的脚有力地踏着脚镫子，每踏一下，河流就会变换出一种新的颜色。横在她腰际的卷轴上，已经卷上了一块梦幻般图案的土布。

秀娥大婶今天觉得格外欢喜，村里上河送粮食的人回来，给她捎来了桩桩大伯的口信儿，桩桩大伯说，等这两天忙过去，就带小金来回家看看她。

捎信儿的人告诉秀娥大婶，她的小金来在河上欢实得像个小牛犊子。他整天在干活儿的人堆里跑来跑去，一会儿帮人家拿锨拿镐，一会儿帮人家拉车子，一会儿又跑到大堤上，跟人家一块儿吆喝打夯号子。收了工，小金来还跑前跑后，热心地帮着桩桩大伯给大伙儿开饭。工地上的人没有一个不喜欢他的。秀娥大婶听着人家夸奖小金来，心里甜得就像灌了蜜。

她扳着指头一数，上河的爷儿俩已经走了个把月了。这段日子，眼前没了活泼懂事的小金来，屋里屋外就显得空落落的。晴朗的夜空，明晃晃的月亮照着屋门，秀娥大婶孤单单地坐在门前的石凳上。这些年来，院子里的水缸第一次空了，映不出天上的半个月亮，日子就显得更加漫长。秀娥大婶盼着盼着，不知道挖河的队伍哪天才能开回来。

木梭子飞快地游动着，织布机咔嗒咔嗒轻松地唱着，此刻，一向命运多舛的秀娥大婶满心里饱含着喜悦和朦胧的期待。她仰头看看窗外，夜空里，一缕缠绵的白云绕着两颗星星，像是联结着两颗心。唉，桩桩大伯一准儿知道她的牵挂，要不然，咋会托人捎来了信儿呢？

经过了那么多年的煎熬，她觉得自己总算有了新的盼头。明天，也许后天，桩桩大伯就会带着小金来回来看她。她呆呆地想着，恍惚看见屋门咣啷一声开了，小金来像一只小羊羔，活灵灵地蹦着跳着，一头拱到她的胸前，抬起他亮晶晶的眼睛看着她，清清脆脆地叫了一声娘。秀娥大婶心里一颤，泪花子像落雨似的洒在刚织出的花土布上。甩了甩头，她仿佛又看见桩桩大伯站在门口，他还是那样一手扶着门框，眼睛瞅着地皮儿踟踟蹰蹰地吭哧了半天，才对她说，金来他娘，河道挖好了，往后咱不怕旱也不怕涝了。你瞧瞧，院子里桃花杏花都开了，梁上的燕子也回来做窝了，叫我说，咱……咱就把家合起来吧。一瞬间，秀娥大婶仿佛真的看到了春天、春花、春水，春天的原野，春天的欢笑……她脸上顿时腾起一片幸福的红光。压抑不住内心的喜悦，秀娥大婶更起劲儿地甩起木梭子，织布机伴着秀娥大婶心里的欢笑，咔嗒咔嗒地响着，仿佛在诉说，仿佛在欢唱。

古老的织布机啊，你曾织过多少人美丽的憧憬，又织过多少人缕缕的哀愁。可今天的千丝万缕，却织进了秀娥大婶崭新的希望。彩色的河啊，你流吧，流吧，秀娥大婶仿佛已在那颤动的波纹里看见了春天……

不知道从哪一刻起，在织布机欢快节奏的间隙，隐隐夹入了一种令人不安的声音，就像盛夏的一阵雷雨，被狂风驱赶着从东向西压了过来。这声音惊动了秀娥大婶,她犹疑地停了织布机,屏息静气侧耳细听,远远地似乎有很多人发出声嘶力竭的叫喊，渐渐近了，才听出是一片悲痛的哭声。那哭声打破了乡村夜晚的平静，也扰乱了秀娥大婶心中的安宁。

出了啥事儿?

秀娥大婶心里倏然一惊，木梭子失手坠落在地上，啪的一声摔裂了，梭轴上的红棉线立刻散乱成一团。在她模糊的视野中，那团红线恍如一汪漾开的鲜血，惊得她心慌意乱，一种不祥的预感袭上心头，她那刚刚还泛着喜色的脸唰地变白了。

外面的哭声如暴雨般铺散开来，罩住了整个陶庄，仿佛家家户户都在悲泣。那哭声发自猛然受到重创的心灵深处，汇成了一片呼天抢地的哀号，以惊人的凄惨和绝望震撼着秀娥大婶的心。一时间，她像中了魔法似的忘了动，只顾用惊骇的目光紧盯着屋门，强烈的恐惧攥住了她的心。

哭声很快临近了，还夹杂着一阵仓皇而纷乱的脚步声，紧接着，院门猛然被推开了，传来了三梆子失魂落魄的哭叫声，婶子，婶子，出事儿啦……秀娥大婶猛地站起来，耳朵里嗡地一响，血都涌到头上来了，她突然感到一阵虚弱，瘫软地倚在织布机上，浑身颤抖着，惊慌失措地瞪大了眼睛。三梆子跌跌撞撞扑进门来，满脸都是肮脏的泪痕，他身后还跟着一群女人，眼里也都盈满泪水。秀娥大婶急切地扑过去，一把抓住三梆子摇晃着，慌乱地问，三梆子，出了啥事?出啥事儿了，啊?

婶子……三梆子看着秀娥大婶的脸，他的嘴一扁，哇的一声哭了起来。他哭得那么厉害，连话都说不出来了。秀娥大婶使劲儿摇晃着三梆子，急煎煎地叫着，三梆子，出了啥事?你快说，你倒是快说呀!

婶子……三梆子嘶哑着嗓子边哭边说，河上死人啦！

啊？秀娥大婶吓呆了，嘴唇剧烈地颤抖着，谁……谁死了？

三梆子呜呜地哭着，刚说出一句小金来……就被秀娥大婶眼里那股疯狂绝望的神情吓住了，后半句话噎在了嗓子里。

秀娥大婶惨白着脸，她的心像被绳子绞起来似的越拧越紧，有个软弱的声音在她心底呻吟般地挣扎着喊，不，不……她的手把三梆子抓得那么紧，指甲都快嵌到他的肉里去了。她虚弱地喘息着，不相信地说，不，不是俺金来，你说，你说呀！

三梆子挥着胳膊拼命地擦眼睛，他哆嗦着嘴唇，泣不成声地说，是……是真的……河上的人都躺倒了，躺了一地。

无声的泪贴着秀娥大婶苍白的面颊缓缓地流下来，带着苦涩涌进嘴角。她的心像被摘走了似的，空得受不了。她忍不住喊着，不，俺不信！我把孩子交给他桩桩大伯了，他会给我领回来。

桩桩大伯——，三梆子哭得更痛了，他说，桩桩大伯见小金来没气儿了，疼得他一头撞在桥墩子上，立时就不行了。

啊——，一声惨叫从秀娥大婶的胸腔里迸发出来，她甩开搀扶她的女人们，猛一低头，还没等人们醒悟过来，就一头撞在织布机上。古老的织布机轰的一声倒塌了，那些彩色的棉线立刻混乱地绞在一起，鲜血顺着秀娥大婶的额头汩汩地流下来，染红了脚下的泥土。她眼前一黑，崩溃般地摔倒了，昏死过去。

吓慌了的女人们七手八脚把她抬到炕上，一边给她裹伤，一边流着同情的泪水。

陶庄上河的人，除了桩桩大伯和小金来，还有满屯儿的爹，振生，福兴，还有……还有知识青年杜翰明也……

整整一夜，凄惨的哭声笼罩着陶庄。男人们捶胸顿足，握紧了拳头，嗨嗨地砸着树干，砸着土墙，女人们凄凄哀哀地哭念着死去的亲人。为了上河的人不挨饿，她们把囤底都扫净了，甚至把秋种剩下的麦种也磨成面送上去了。谁知道，那借来的麦种是浸了农药的，陶庄上河的人吃了都中了毒。医生闻讯赶到的时候，已经死了七八口人，其余的人虽然都被送进医院抢救去了，但现在还不知道是死是活。

当第一声鸡叫唤来人心泣血的黎明，昏睡了一夜的秀娥大婶慢慢睁开了眼，她的空洞的目光望着屋顶，望着守在身边的女人们，她似乎不明白人们为什么都在怜悯地注视着她。

正在这时，一直跟桩桩大伯和小金来待在河上的大白狗突然回来了。它那身雪白的毛不知怎么揉得乱七八糟，沾满了泥土，它的尾巴夹在两腿之间，簌簌地抖着，胸腔里发出一阵阵低沉的哀鸣。大白狗嘴里叼着一只方方的小纸盒，低着头挤过人群，来到炕前，将纸盒放在炕沿上，眼睛哀伤地望着秀娥大婶，又咬着她的衣裳轻轻地扯着。目光呆滞的秀娥大婶一看到大白狗，眼睛里突然有了光亮，她一把搂住大白狗的脖子，咦，你咋回来啦？金来哩？金来哩？大白狗又叼起小纸盒放在秀娥大婶手上，她紧紧地抓着，认出来了，这是方丹送给小金来的跳棋，他整天装在衣兜里的。秀娥大婶猛地爬起来，迈下床，推开周围那些搀扶的手，絮絮地念叨着，俺金来回来哩，俺金来回来哩……她急切地奔向门口，两手僵直地向前伸着，仿佛要迎接那个即将扑进她怀抱里的孩子。可院子里空空的，外面的小路静静的，只有晨雾在缭绕，那么白，那么凄凉。秀娥大婶一头栽倒在门槛上，女人们围上去，又掐人中，又蜷胳膊，秀娥大婶总算睁开了眼睛。她哑声叫着，金来……金来……我的……她的一只手向空中拼命地抓着。女人们不忍心看她的眼神儿，都把头掉开了。她脸色惨白地倚在门框上坐着，眼窝里没有泪，也没有神，只是呆呆地盯着院子里那堵土墙，任凭女人们怎样呼唤，她都像没听见似的呆望着。

她的思绪飘飘忽忽的，想起这些年，为了小金来的病，她流了多少眼泪，害了多少愁。挺灵透的孩子，他听不见，也不会说话。每逢他在外面受了委屈，回家没法说，没法道，两眼泪汪汪地瞅着她，她心里就像刀剜了似的。这个要强的孩子，为了能说话，瞒着她去找方丹治病，那些日子他挨了多少针啊！那天早上，小金来猛不丁地跑进来，搂着她的脖子叫了一声娘——，喜泪一下子就冲出了她的眼窝窝。小金来用小手为她擦着泪。他越是不能说话，就越是有那么多让人疼爱的地方，让人忆念的好处。莫不是他知道自己得早早地离她而去，才留下了这么多的想头？

一声发自心底的哀哭终于从秀娥大婶的喉咙里冲出来，止不住的泪水在她那憔悴的脸上流淌，金来，金来，我的孩子啊！

女人们被秀娥大婶惨切的哭声搅得心酸，忍不住跟着啜泣，她们抹着眼泪劝慰着，他婶子，想开点儿吧。

人死了不能回头。

金来他娘，别哭了……别哭伤了身子，你……你……还年轻哩……

五星的奶奶老泪纵横地劝说着，自己却不住地抬起袖管儿捂住眼睛。

我还有啥指望啊……秀娥大婶呜呜咽咽哭诉着，这些年我苦撑苦熬，都是为了我的孩子。他桩桩大伯心眼儿好，我知道他愿意拆了墙合成一家过，可我不敢应他，就怕人家笑话孩子。要知道落这么个下场，我……我早就该砸了它……她抬起迷茫的泪眼，绝望地盯着那堵墙，那堵横在她和桩桩大伯之间的破土墙，那时过年过节她总是把一碗饺子放在墙头上，喊桩桩大伯来拿。盯着墙上那放过多少碗饺子的豁口，她突然发疯一般从地上爬起来，推开身边的女人们，一把抓起靠在门边的镢头，嘶哑地喊着，我砸了它！砸了它！砸了它！

她冲到土墙跟前，不知从哪里来的力气，拼命狠狠地刨着，凌乱的泥土纷纷落下，剧烈的震动使根基残破的土墙轰隆一下倒塌了，一股黄土冲天而起。在昏黄的土雾里，秀娥大婶扔掉镢头，磕磕绊绊地冲过废墟，跑到桩桩大伯的院子里，一头扑在锁着的木头门上，双手使劲儿拉着门上的铁搭扣，拼命地摇晃着，放声哭喊着，他桩桩大伯，你看看，我把这墙砸了，你快带咱金来回来吧，回来吧……

她在寒风里绝望地呼喊着，渐渐地，她的力气耗尽了，嗓音也喊得嘶哑了，她那伤痕累累的心坠着她的身体，沉重地瘫倒在门台上……

# 80 悲歌

飞雪在荒凉的平原上肆虐地横行，枯叶落尽的树枝在呼号的寒风中摇摆着，发出一阵阵尖厉的啸声。天空中深灰色的云更加浓重了，仿佛被一层低垂的铅幕遮挡着，太阳好像永远也升不起来了。

陶庄的墓地弥漫着一片浑浊的黄土，稀疏的枯草在墓地上疯狂地抖着，一团团被霜打过的苦菜，紧贴着地皮，紫蔫蔫的叶子瑟瑟地发颤，似乎也惧怕生命的消亡。这一切使墓地越发显得落寞而悲凉。

五星和三梆子推我来到这里，几座新坟已经堆起来了，送葬的人们站在墓前，头上和身上都落满了雪，巨大的哀伤在一张张悲痛欲绝的脸上、在一双双红肿的眼睛周围新添上多少悲苦的皱纹。人们痛断肝肠的哭声像冬天里呜咽的风，在阴暗的天幕下低沉地回旋。多少被贫穷压抑的辛酸和愁苦都和着对亲人的悼念的悲泪一起涌流。

陶成大叔站在一个高坎子上，沉痛地看着那一座座新坟。面对眼前黑压压的人群，他想说什么，但张了几次嘴，嗓子里却没有发出声音。他像是害了一场大病，突然显得苍老了许多。泪水在他布满皱纹的脸上横流，他的一只袄袖子都被泪水湿得发亮了，还不时抬起胳膊擦着眼睛。

隔着泪光望着这一切，我不愿相信那些熟悉的人们会这样突然地告别这个世界，更不愿相信死神这么轻易就把这些生命夺走了。哀痛哽塞着我的喉咙，泪水一次次如雨般地涌流着……

老少爷们儿……陶成大叔终于嘶哑着嗓子说话了。乡亲们，咱陶庄出了这么大的事儿，大伙心里都难受，可咱不能光抹着泪花子来安葬咱的亲人。咱陶庄祖祖辈辈都受穷，年年顶着个穷帽子。咱的娃娃一生下就落在野菜窝窝里，让人看着从心里疼啊！他们……他抬手指着那一片新坟，颤颤地说，他们挖河是为了让咱大伙往后能过上好日子……他们……泪水汹涌地奔泻在陶成大叔的面颊上，他用巴掌抹了一下，又说，乡亲们，咱可都是有骨气的，咱得对得起走了的人！这河，咱还得接着挖，不把日子变个样儿，咱就没脸再来看咱的亲人！他猛地把头转向那几座新坟，起誓般地说，桩桩大哥，翰明，振生，福兴，根柱……小……小金来……你们都听见了不？咱陶庄老少爷们儿都来送你们了。往后，俺们开河多替你们挖一锨土，俺们种地，多替你们撒一把种子。咱陶庄的兴旺里有你们的血汗，大伙儿不会忘记你们的姓名。你们就闭上眼安心地去吧，咱大伙都会替你们照应一家大小……陶成大叔说不下去了，他抬手捂住了悲泪纵横的脸，嘿的一声蹲在黄土坎上。

小金来的大白狗瑟缩着脖子，神情凄惶地趴在小主人的坟前，向着新堆起来的黄土，发出一声声悲切的哀鸣。它不时用两只前爪扒着土堆，好像要把小金来从沉重的泥土下面拽出来。哦，小金来……我的眼前又浮现起他可爱的微笑和他那对善解人意的眼睛。我似乎又看到他兴冲冲地向我跑来，双手飞快地比画着，姐姐，场院里又添小牛犊了，咱瞧瞧去不？我似乎又看见他站在白茫茫的雪地里，对我拍着小胸脯，姐姐，俺一个人儿推你去。

泪水顺着我的面颊滚落下来，小金来，你刚刚能用自己的耳朵聆听美妙的声音，大自然刚刚在用景物构成的图画中为你添上一层声音的色彩，你却永远地离去了。你留在我脑海里的印象是那样深刻而清晰，我觉得，也许在哪片寒风呼号的原野上，也许在哪片不肯倒伏的草丛后面，还会露出你那可爱的脸庞，你还会瞪着充满疑问的眼睛向我走来。

空气变得越来越湿重,纷纷扬扬的雪花从天空中更急地飘落下来。三梆子和五星走过来偎着我的木轮椅，泪汪汪地看着小金来的土坟。

秀娥大婶瘫坐在小金来的坟前，瞪着一双呆滞的眼睛看着面前那小小的坟茔。她的眼窝凹陷着，脸色死一样惨白。她那凄楚的表情让人看了更加哀痛。那是一张对生活失去了一切希望的脸，只为生命的存在而发出痛苦的喘息。一片片雪花落在她的脸上、手上，她木然地抬起头，看看飞雪密布的天空，又低头掀开盖在身边篮子上的手巾，从里面抓出一把金黄的玉米，轻轻撒在小金来的坟堆上。她望着坟头呓语般地说，金来，我的孩子，娘撒下这些粮食，等到春天，雪化了，鸟儿啊，燕儿啊，就飞回来了，让它们跟你说话儿，让它们跟你做伴儿……她抓起玉米一把一把地撒着，金黄的玉米随着洁白的雪花沙啦啦地盖满了坟头。猛然间，她扑在坟堆上，两手不停地抓着泥土，号啕地哭起来。围在坟前的女人们也忍不住哭成了一片。她们和妈妈擦着泪水走过去，把秀娥大婶搀起来。秀娥大婶擦擦泪眼，又从篮子里取出一双崭新的布鞋，走到桩桩大伯坟前轻轻放下了,刚擦去泪痕的脸颊上又滚过大颗大颗的泪珠。她挣脱大家的搀扶，又一次瘫坐在坟前，呜呜咽咽地说，你呀你，你咋恁狠心哩？当初为你来到陶庄，这些年俺心里装着多少委屈？眼瞅着总算有了奔头，你咋又不管不顾地走了？你……你呀你……

我想起桩桩大伯，不由轻轻地抚摩着木轮椅，心里默默地念着，桩桩大伯，是你让我坐着木轮椅走出了小小的屋子，是你亲手做的木轮椅载着我第一次走进了陶庄的学屋，载着我奔走在为人们治病的土路上，载着我看到了阳光和田野……

紧挨着桩桩大伯埋葬的是满屯儿的爹、振生、福兴、根柱……我眼前好像又闪过他们那一张张憨厚朴实的面容。这些平凡的人们，春天，我看见他们在地里默默无闻地抛洒着汗水，秋收的时候，又看见他们赶着大车，装上最好的粮食去送公粮。他们的生活是那样贫苦，交出了那么多粮食，却从来没有半句怨言……

杜翰明的坟墓建在一个高高的土坎上，很多人都从家里拿来馒头、鸡蛋、红枣和一碗碗白酒，放在这个城市青年的坟前。那里肃立着杜翰明的亲人，还有从各村赶来的知识青年。陶庄的人们几天来一直念叨着杜翰明的好处，他们说杜翰明是个大城市的洋学生，可他一点儿架子都没有，见了谁都那么亲。他们说杜翰明不怕吃苦受累，啥活儿都能干。在地里歇晌时还给大伙儿拉琴听……姑娘们哭得最伤心，改青、风存低着头，发出一阵一阵的抽泣和轻轻的呜咽，她们再也不能叽叽喳喳议论杜翰明了……

杜翰明的小提琴和他那支终于完成了的随想曲的琴谱静静地放在坟墓上，那一沓纸张在寒风里哗啦啦地抖着。

雪花在我眼前急骤地飘落，在雪雾中，我恍惚又看到一个男孩子拉着小提琴，在晃动的车厢里向我走来。他头上戴着一顶毛茸茸的大皮帽子，脸上展现着友好的微笑。他的琴声仿佛牵来一片明净而辽阔的蓝天，接着，花儿开了，鸟儿唱了……

雪越下越大，回旋着飘落，像一张动荡的网，世界突然被遮得很小了，刺眼的雪光把我的心里耀得空荡荡的。

这时，一辆绿色的吉普车从村子里疾驶而来，吱的一声停在不远处，三位军人跳下车，匆匆向杜翰明的墓前奔过来。走在前面的那位军人，脸上有一对浓黑的剑眉和一双充满英气的眼睛，我认出来了，他是谭静那个宣传队的郝队长。陶成大叔迎上去，把郝队长他们带到杜翰明的墓前。郝队长沉痛地告诉大家，他们是来接杜翰明入伍的……

郝队长他们默默地伫立着，看到压在小提琴下的曲谱，郝队长扬起了剑眉，他走过去轻轻拿起琴谱翻看着，久久地沉浸在那支随想曲中。他的眼睛亮起来，表情也越来越激动，接着，他把曲谱交给身边的一个军人，拿起杜翰明的小提琴，细心地拂去琴上的白雪，猛地甩起琴弓，他指间流泻出来的琴曲是多么熟悉啊！仿佛又在娓娓地讲述着那个难忘的故事。那个躺在绿草丛中听妈妈拉琴的孩子，在共和国青春的岁月里成长，迎着风，迎着雨，用他炽热的爱谱写着生命的颂曲。枣树下，他的琴曲牵来了温馨的春风；原野上，他的琴弦飘散着迷人的麦香；青纱帐里，他的琴声宣告着一个丰硕的金秋；挖河的工地上，他又用琴曲向人们预示着美好的未来。

白雪在落下，琴曲在飞扬，仿佛在说，方丹，穿过原野，越过天空，你是否听见了我的琴声？我相信，无论我在哪里，风儿都会把我的琴声送回陶庄，染绿这片贫瘠的原野……

我的心向着飘雪的天空呼喊着，田野里的风啊，你不要发出呜呜咽咽的悲泣，狂风中的树啊，你不要扬起匆匆送别的手臂，让我把这每一个音符都深深地嵌进记忆中。

琴声渐渐消失了，人们还泥塑木雕般地呆立在墓地里，很久都不能从琴声的震撼中唤回思绪。郝队长和另外两个军人站在杜翰明的墓前，缓缓抬起手臂向杜翰明行了一个持久的军礼，郝队长又从头上摘下棉军帽，拂去上面的积雪，端端正正地放在杜翰明的坟墓上。军帽上的红星在白雪中熠熠闪烁着，就像杜翰明那颗年轻的心还在为美好的生活而跳荡。

雪花越发急切地扑向新培的黄土，仿佛要遮去这一幕，还给世界一片洁白和安宁。

# 81 再见了，陶庄

美丽的乡村的春天。

田野里麦苗已经返青，田埂、路旁开放了一簇簇小花，我们的马车就在两边开满小野花的土路上走着。陶成大叔亲自赶着车送我们，马车走得很慢。车上坐着爸爸妈妈，我和妹妹，还有我们的家当。与我们第一次来陶庄的那天一样，我的眼里盈满了泪。我要离开陶庄了，永远地离开了。我将回到原来生活的那座城市，一切仿佛梦一般。那里过去发生的事，我已经忘记了很多。至于那里后来发生了什么，或是正在发生什么，我很少去想，我觉得我生命的一部分已经和正在离开的这块土地连在了一起，和这里的人们连在了一起。

马车缓缓地走着，我们洒着不尽的泪水跟人们告别。村里的街筒子两旁，村外的田野、路边都站满了人，很多人一清早就站在这里等着送我们了。五星的奶奶也在人堆里，她不停地撩起衣裳的大襟儿擦着发红的泪眼，马车从她身边走过时，她哽咽着嗓子对陶成大叔说，五星他爹，你路上走平稳点儿，别让孩子颠着……

娘，你别挂心，回……回屋吧。陶成大叔一边应着，一边不住地用巴掌抹着泪水，他对爸爸妈妈说，大哥大嫂，你们啥时得闲了可再回来瞧瞧，还有……方……方丹啥时想回来，咱就去接你……

素英跑过来，把一个花包袱塞到我胸前，她的嘴角轻轻抽动了几下，想说什么，却又泣不成声。擦去泪水，她才开口说，方丹……这里边是……是我自己织的布……花格的，你……你留着做个套褂穿吧……

小嫂子的婆婆也紧追几步跑来了，她的发颤的手把一双黑布鞋递到我手里，说，孩子，拿着，留个想头吧。

哦，一双黑布鞋，鞋底纳得密密实实，黑粗布鞋帮镶了天蓝色的鞋沿条……

马车走到村口时，我看见了秀娥大婶，她坐在家门口一个石磙子上。自从小金来和桩桩大伯死后，她每天都坐在这里，先是发呆，痴痴地直瞅着一个地方，头也不梳脸也不洗，不吃也不喝。女人们不知道劝了她多少回，好话说了千千万，她这才有些清醒过来。从那，她又像过去一样，把自己拾掇得干干净净，可还是雷打不动地坐在这里。她每天都是泪汪汪的，遇见个生人就要把小金来的事说几遍，说着就又哭得说不出话来。她流了多少泪水谁也说不清。后来秀娥大婶开始每天坐在那里做针线活儿，她不停地纳着一只鞋底儿，有时快有时慢，好像永远也纳不完。有一天我发现，秀娥大婶真的永远也纳不完那只鞋底了，她手上的针从没有纫上麻线！可她却还是不停地纳着，她说她要给桩桩大伯做鞋，要给小金来做鞋……

我们的马车从秀娥大婶的面前经过，我跟她告别，我流下泪水，可是秀娥大婶的眼里却是一片茫然，她只是用很小的声音嗫嚅着说，方丹，你咋走啦……你咋也走啦……

小金来的大白狗一直跟着马车，任凭我怎么说它，也不回去。陶成大叔大声呵斥它，回去吧，回去呀。大白狗却还是跟着，它慢慢地跟着跑，它跑得有点儿费力，大白狗好像老了，它那双像黑葡萄珠似的眼睛也变得有些浑浊，常常流着泪。有时它坐在我的桌边愣愣地发呆，身子微微摇晃着，就像要歪倒，可它却使劲儿撑着，直到我轻轻摸摸它的脑袋，它才低低地呜呜几声，仿佛在说什么。村里的人说，大白狗通人性，知道想念人儿，它想小金来，可就是不会说，它流泪不是眼睛坏了，是想小金来想的……

陶成大叔说，就让它跟到公路上吧，它也舍不得你们走哩。

马车出了村，我回头看着那个小土屋，那个小窗口，还有小窗前那棵枣树，渐渐地那一切在我的泪光里模糊了，消失了。

五星、三梆子、满屯儿、大秤他们一直跟着马车跑，他们喘着粗气，汗水顺着腮边流下来。我一遍遍地让他们回去，可他们却硬要把我们送到大路上。他们就那样跟着跑，不停地呼唤着我，姐姐，姐姐……

马车在土路上摇摇晃晃，我说，五星，回去吧，别忘了你是班长，你……你要带头好好念书……三梆子，你往后也要好好的……

三梆子说，姐姐，俺记住哩，要是小飘回来，俺就给你打信来。

沿着一个陡坡，我们上了大路。五星、三梆子、满屯儿、大秤停住了，他们站在一棵大榆树下，五星叫住了大白狗，搂着它的脖子，不让它再跑了。马车走了很远，我看见他们还在不停地招手……

1985年—1990年初稿<br>1999年修订<br>2002年再次修订

**图书在版编目（CIP）数据**
轮椅上的梦 / 张海迪著. -- 北京 : 中国青年出版社, 2025. 1. -- ISBN 978-7-5153-7299-0
Ⅰ. I247.5
中国国家版本馆CIP数据核字第2024CX1651号

责任编辑　孙梦云
书籍设计　IDEA·XD + 刘清霞

出版发行　中国青年出版社
社　　址　北京东四十二条 21 号
邮　　编　100708
网　　址　www.cyp.com.cn
编辑中心　010–57350394
营销中心　010–57350370
印　　刷　北京盛通印刷股份有限公司
经　　销　新华书店
开　　本　710mm × 1000mm　1/16
字　　数　351 千字
印　　张　29.5
版　　次　2025 年 8 月北京第 1 版
印　　次　2025 年 8 月北京第 1 次印刷
定　　价　98.00 元

如有印装质量问题，请凭购书发票与质检部联系调换
电话：010–57350337